墨碑Ⅰ：崩塌

王　莹　著

天津出版传媒集团
百花文艺出版社

图书在版编目（CIP）数据

墨碑. Ⅰ, 崩塌 / 王莹著. -- 天津 : 百花文艺出版社, 2023.7
ISBN 978-7-5306-8577-8

Ⅰ. ①墨… Ⅱ. ①王… Ⅲ. ①幻想小说 - 中国 - 当代 Ⅳ. ① I247.5

中国国家版本馆 CIP 数据核字 (2023) 第 080663 号

墨碑. Ⅰ, 崩塌
MOBEI Ⅰ BENGTA
王莹　著

选题策划：王　欣
责任编辑：由高峰　　装帧设计：图美之家
出版发行：百花文艺出版社
地址：天津市和平区西康路 35 号　邮编：300051
电话传真：+86-22-23332651（发行部）
+86-22-23332656（总编室）
+86-22-23332478（邮购部）
网址：http://www.baihuawenyi.com
印刷：三河市华东印刷有限公司
开本：787 毫米 × 1092 毫米　1/16
字数：300 千字
印张：18.5
版次：2023 年 7 月第 1 版
印次：2023 年 7 月第 1 次印刷
定价：78.00 元

如有印装质量问题，请与三河市华东印刷有限公司联系调换
地址：三河市燕郊冶金路口南马起乏村西
电话：（0316）3312202
邮编：065201

序言

三年多前的一天，突然产生一个自认为有趣的想法——人类世界科技的发展速度并不均匀，明显是越来越快、存在着某种加速度系数。为什么会这样呢？好像背后有神秘的力量在驱动，那这力量来自于哪儿、有何目的？是不是像悲观主义者所说的，加速发展的人类文明是为了使人类自身“毁灭”，进而更快地进入下一高阶文明的发展中？

当然，理智会告诉我很多客观的答案。但是，所谓万事万物的果存在着无数种可能的因，就像一百多年前维尔纳·海森堡提出的不确定性原理。因此，我在构思这部小说的时候，放任奇怪的念头自由滋生，探索小说创作中人物和世界的边界。

从这个想法荡开，一个科幻题材创作的想法雏形开始形成。两个不同阶别的文明生物构成了小说中众多角色的连接者。一个被选中的人类从平凡无奇变成天才量子科学家，他的每一个发现都好像在冥冥之中被人指引。当这种力量消失时，他对自己经历的一切产生了怀疑，陷入深深的痛苦中；来自四万光年外的外星人，接受神圣使命来到地球，拯救即将毁灭的母星上的家族。他曾想过，自己完成任务回到母星时，一定会让家族获得更高的荣耀。但迎接他的却是家族的覆灭。他同样陷入了痛苦中，想尽办法逃避追杀，并追查这一切的根源。所有的线索，又指向了那颗遥远的蓝色星球和星球上的人们。

他们之间的纠葛从亲密到分裂贯穿整个故事的始终，而这部小说是系列故事的开端。因尝试保留童心的趣味，这部系列小说的第一部将视点放在了那颗遥远的外星球。这个决定充满了困难，也让写作变得尤其艰难，反复修改，仍不能让自己满意。思虑再三，终于痛下决心，为了能够继续往前。

因为通过这部难产的小说，我明白一个道理：比起创造人类的奇迹之神，我只是一个微若尘埃的写作爱好者，在纸片上想象另一重时间和空间而已。

写作的过程中，有很多问题在我头脑中盘旋。如果能和未曾谋面的你们一起进行这思考的游戏，也算是完成了这部小说的小目标——

人类科技的尽头是什么？

人能突破时间的限制吗？

除了地球生命之外，外星球是否还存在着生命？

如果有这样的奇迹存在，那生命本身是什么呢？

在偌大的星系之外，是不是还有更大的星系？

如果物质是无法确定的，作为存在的证明，意识的作用是不是会代替肉体？

薛定谔的猫，会不会带领人类文明走向另外一个方向……

小说没法提供答案，只是通过构建一个虚拟的恩怨宇宙，思索现在。

人类文明之外的宇宙，是人类世界的折射，就像物质和反物质、文字和文字的组合，充满无穷奥妙。正如一粒沙、一瓣花，暗含这难以想象的另一重宇宙。

唯一的体会是，思考诸多光年之外的外在，一样会思考自己玄秘的内心。

写作这部科幻题材的小说，虽有力有不逮的痛苦，但文字的魅力像浩瀚银河中闪烁的星星，让我停不下来。

从古至今，人类仰望星空，对银河之外的宇宙充满了各种各样的想象，想象开花结果，变成神话故事、诗歌、雕塑、绘画或者影像，也包括文字。

将此拙文分享给大家，希望大家能找到自己内心的答案。

目 录

第 1 章 暴风雨来临 / 1
第 2 章 芸芸众生 / 10
第 3 章 顿悟 / 18
第 4 章 突如其来的意外 / 26
第 5 章 窝棚里的流浪汉 / 38
第 6 章 老白的身份 / 45
第 7 章 千年旅程 / 51
第 8 章 回到古博星 / 62
第 9 章 逃离控制中心 / 68
第10章 陈年往事 / 75
第11章 成人礼 / 76
第12章 逃往古墨大邦 / 85
第13章 无境之球 / 91
第14章 塔拉贝的条件 / 101
第15章 大紫闪文 / 111
第16章 重生 / 121
第17章 河滓伊德的梦 / 130
第18章 追杀索布隆 / 146
第19章 嵘毗虫与千目鳌兽 / 165
第20章 六角花城堡 / 174

第21章　原来是他　/ 180
第22章　战争开始　/ 187
第23章　死亡山谷　/ 199
第24章　盖耶诺环　/ 204
第25章　新的计划　/ 218
第26章　空中激战　/ 227
第27章　古墨大邦的变数　/ 235
第28章　最后的希望　/ 242
第29章　墨法耶的想法　/ 249
第30章　挣扎的虫子　/ 255
第31章　再回地球　/ 267

第1章 暴风雨来临

连续闷了好几天，简直让人喘不过气来。藏在树荫底下的知了也叫得有气无力。在这个有着火炉之称的城市，烈日之下，万物被炙烤着，水汽蒸腾，好像要把所有的水分子都搅和到黏稠的空气中。好不容易熬到太阳落下西山，湿热的感觉并没有减轻，空气中的黏腻却悄悄地换了种味道。与落日相对的东方，厚厚的乌云席卷而来，黑着脸、张牙舞爪、层层叠叠的，侵占了半个天空，好像要通过这种愤怒把一天的烦闷都要发泄掉。要是真能下个痛快就好了，哪怕温度降不下来，去一去闷气也不错。

小胡同里的路灯下，一个大爷躺在竹椅上，心里这么想着。老旧的白色背心配大裤衩，一双拖鞋挂在脚丫子上晃荡，手里摇着一把破旧的大蒲扇，这些就算是当地土著的夏日标配了。另有一个瘦削的中年男人推着收垃圾的三轮车过来打招呼，两个人有一搭没一搭地聊着。胡同口有几个小孩不知疲倦和炎热，正在疯跑打闹。收垃圾的从脖子后捞出一条微黄的毛巾擦汗，一甩挂在肩上，老头努努嘴，没有动弹，收垃圾的心领神会，拿起椅子旁边的啤酒，送到嘴边抬起头咕嘟咕嘟，不过几秒的工夫、一瓶见底，空瓶子直接扔到了车上，重重地打了个嗝。所有动作毫无停滞、一气呵成。

突然起了一阵大风，乌云很快压满了巷子上方那条狭长的天空。真的快要下雨了。不知道从哪儿传来的父母大声吼叫的声音，于是，巷子口的小孩们连同生活的噪声都像变魔法一样突然消失了。

老头嘀咕着骂了句什么，便急忙起身收起椅子往回走。收垃圾的开着电动三轮车也要找一个熟悉的避雨的地方，心里盘算着下雨对于生意的影响，不知道哪里蹿出来的一只黑猫，瞪着绿色阴森的眼睛看着他。这着实吓了他一跳，三轮车也差点撞到了电线杆。他嘴里骂骂咧咧，打开车灯，周围变得更暗了，他顾不上对付这只不请而来的猫，加了电门往巷子纵深开去。在角落，一个流浪汉戴着破烂的麦秆编成的遮阳帽,佝偻着腰,背着一个大的、黑漆漆的塑料袋,和收垃圾的三轮车相反方向走来。巷子不宽,但是流浪汉在路中间走着,并没有做让步的打算。收垃圾的摁了摁喇叭,看着流浪汉直奔着自己,便着急忙慌地拧动车把,从流浪汉身边擦着过去了。流浪汉似乎并没有受到任何影响,还是低着头,直直地往前走着,直到巷子的某一处停下。

他看着面前封闭的铁门,慢慢地抬起头,露出一张疲惫的脸。脸上混着汗渍和污垢,以及暴晒留下的、发红的鼻梁和颧骨。他的眉毛很长,有的甚至倒挂下来,下面是一双三角形的眼睛,下眼睑是半圆的,厚而蓬松。似乎想到了什么,他突然上去扒住铁门,脸上露出阴狠的表情,但随即他的眼睛又红了,似乎心里藏着巨大的不平。很明显,这个不大的铁门是某个单位或者公司的后门。从铁门边上的缝隙看进去,里面只能看到是一个至少有几十年历史的院落,里面的水泥墙、色彩、建筑风格和结构,都让人联想起苏联援建的时代。

就在流浪汉趴着往里看的时候,大风刮得更厉害了。旁边的香樟树左摇右摆,大片的叶子被卷到了空中,相互撞击、发出噼噼啪啪剧烈的响声。云层越压越低,一颗球状闪电蹿出来,劈到了树上,高处粗壮的树枝瞬间被炸开,砸在流浪汉的身边,但他好像失聪一般,保持着刚才的姿势一动不动。

黑猫灵活地从树上跳到了围墙上,蹿进了这所大院内。

院子不算大,但是很整洁。小巷对面的一侧是正门,要不是有门口的出入车辆伸缩门,还真让人判断不出时代。正门的左边有个门房,类似很多机关大院或者集体单位一般。院子的中间有花池,边上铺着一圈带有黄蓝色线条花纹的大块瓷砖,虽然显得有年代了,但是用料很厚实,能感觉到当年的气派。总之,给人的感觉是,这个大院里的一切都低调普通,又带着一种莫名的神秘感。院子中间就是那个上了年纪的苏式大楼,斑斑驳驳,爬山虎和不知名的藤蔓植物爬满了墙,被太阳烤了一天,正在狂风中飘摇着等待暴雨的洗礼。

乌云蔓延到西边,最后一片天光也被挡住了,瞬间整个世界陷入一片黑暗中。所有的色彩都消失了,狂风开始并没形成什么气候,只是卷起了一些轻飘飘的东西在空中飞舞,然而像带着怒气,小小的发泄并不能平息,而是愈加的愤怒。遇到无法突破的角落,这股怒气会形成一股圆形的气流。在天空中,无数个小龙卷风夹杂在其中,终于变成一股无法估量的能量场,带着巨大的速度撞击着阻拦它的一切东西,包括广告牌、建筑物的顶棚,甚至是汽车。可以想象,在狂风暴雨过后,人类所谓文明的产物将会以某种非自然垃圾的形式被清扫。

神秘的大楼内零零散散地亮着灯。在一楼过道里，间或吊着老式的玻璃灯，生了锈的金属丝包裹着花瓣形状的玻璃灯罩，也许是接触不良的原因，闪电袭来，灯泡便有节奏地闪动，回应着接踵而来的几声闷雷。老式玻璃灯下，一个老头正在用拖把拖着地，缓慢、迟钝，像卡顿的老式机械钟，总是让人担心老头会突然停在那儿不动了。那只不安分的黑猫不知道从哪里又钻了出来，悄无声息地靠近正在拖地的背影。窗外，一道紫色的闪电在空中炸开，像鞭子一样在空中挥舞，接着化为几个火球飞快地钻入了地下。老头丢下拖把，抬着头似乎在等待什么。震耳欲聋的炸雷来了，震得窗户上的玻璃发出啵啵的颤音，黑猫尖叫着跳起来，冲着老头飞了过去，刚好落在老头的肩膀上。

"小黑啊，吓坏了吧？"老头对着黑猫说，"我刚才还想呢，你又跑到哪里去了，要是淋了雨，会不会生病啊？"老头边说边把打扫的工具归拢，锁在工具间里。

又是一连串的闪电，持续释放着巨大的能量。闪电照亮了空空落落的街巷小道、霓虹灯初上的繁华大楼、来不及躲避的奔跑的人和车。大雨倏忽而下，正如大家所期望的，是一场酣畅淋漓的瓢泼大雨。

老楼的走廊里空了，只剩下玻璃灯罩里的灯泡在闪烁。在走廊尽头，有一个唯一亮着灯的房间。从房间里传出来有节奏的、敲东西的声音："啪""啪""啪"……还有猫咪细微的叫声。

"别着急啊，拉环总是被我拉坏。"房间里，老头对着蹲在书柜旁边的猫说。房间外哗哗的雨声被厚厚的窗户隔绝了，房间里面亮着暖色的台灯，显得特别的温馨。小黑在等待着什么，叫声中充满了期待和不满。老头的头发有些花白，戴着老花镜，正拿着一把钳子，走到书柜边蹲下，夹住猫鱼罐头已经翘起的角，用力一拔，终于打开了猫鱼罐头，黑猫得偿所愿，心满意足地凑上前去吃着罐头。老头摸了摸它的脑袋。

"生命总是那么短暂。好好吃吧，趁着还没……轮回，对，物质的轮回。"他收拾好地上的工具和扯坏的罐头拉环，转身离开了房间。老头的喃喃自语对正在享用美食的小黑来说没有任何意义。生物的本能让它正沉浸在欲望的满足中。大雨哗哗地洗刷着闷了十几天的城市，终于让高温在深夜稍稍降了下来。吃完罐头的小黑感到十分满意。它伸了一个长长的懒腰，跳到了房间的床上——那是它从被老头收养以来就一直霸占的地方；胡须上还留着鱼肉的腥味，于是它便专心致志地洗起脸来，对于小黑来说，这些都是一种生物钟，就像平时出去疯玩，欺负一下那些没人认领的流浪猫之后，沿着后院的围墙跳进来，找到老头要吃的，当然大概率是猫粮,隔三岔五的呢,会有一罐美味的罐头。如果老头忘了,或者小黑自己特别想吃的时候,它就会赖着老头,向他撒娇,或者干脆在地上翻滚,一直要到美味的鱼罐头为止。在小黑看来,这老头的生活太有规律了以至于毫无趣味,就像每天晚上到十点钟必须要躺在床上睡觉一样,小黑也会陪着他一起,直到老头睡着了。小黑一般不会睡着,因为它还惦记着出去玩一圈。毕竟夜晚的时间太漫长。可是,今天外面下着大雨,小黑也不方便出门了,老头还在隔壁的书房里,到时间了也不来睡觉,小黑实在撑不住了,自己蜷在床上呼呼大睡。

大雨一直下到了天蒙蒙亮的时候才止住。一夜的狂风骤雨,就像一场疯狂的盛宴,胡吃海塞之后总会满地狼藉。街道上积水没有散去,小路上都是被风雨打折的残枝,有些大树甚至被连根拔起,将下面的车死死压着。混乱和无序中竟带有一丝颓废的美感。好在大雨后空气出奇的清爽,弥漫着泥土和树木的香气,劫后余生的肥喜鹊照例在树枝上愉快地叫着,好像与这场风雨毫无关系,给人同样感觉的,还有公园里的大爷大妈们,他们已经聚集在一起,活动筋骨,准备来一场消耗所剩无几荷尔蒙的舞蹈。

大院里转角的房间还亮着灯。老头反常地一夜没睡,埋着头坐在一张有些年代的实木大案边正写着什么。书桌上放着一个台历,一个用红色笔圈起的日期旁,写着“1072”几个数字。

“不要被同化,不要介入他们的生活。”

他叹了口气,眼镜什么的整整齐齐地放在桌子上,虽然一夜未睡,但是他的瞳孔出奇地干净透彻,完全不像一个老年人熬了一夜的样子。干净整洁的房间和大半面墙的书柜,让人疑惑这个负责打扫卫生的老头到底是什么身份和来历。书柜旁有一幅画,看上去有些年代了,上面有几棵颇为奇怪的树,细细打量,原来树叶全是逆锋笔法,树叶不同于以往国画采用中锋点笔,所以树叶类似三角形。而树下的大河就更奇怪了,更不是传统写意的晕染之法,而是由细密的点构成,凑近看宛若天上的星辰。画的右下部分,画着一个黑色的建筑物。四四方方,没有门窗,兀自矗立,作为国画风格的作品,很是奇怪。更为奇怪的是,画的上方画着一个飞行的古代轿子,轿子里有个年轻人探头出来看。周围墨色云朵围绕。材质也不一般,既不是宣纸,也不是画布或者绢之类的,而是泛着银色光泽的金属。看来这是一幅现代作品,以古技法为呼应,进行了形式上的映照。

老头合上本子放在书桌的左边,摆正。把钢笔拧好,端正地放在右边。整个书桌上,除了台历、一瓶墨水、一支钢笔、一本加厚的笔记本外,仅有一盏民国时期的台灯、靠近书桌最右边整齐地叠放着地两块蓝底格纹手绢。老头走到门口，拿了旁边的老式铝合金饭盒和一个玻璃水杯后，从银色小碟子里拿起钥匙，将门锁好离开小屋。

走出小楼，迎面走来几个年轻人。上班的时间到了，老头想。

其中一个年轻人，蹬着山地自行车，倏忽停在大楼前，从车上跳下来。他穿着白色T恤、浅色牛仔裤、银灰色运动鞋，背着一个黑色电脑包，头发蓬松不堪，却倔强地向上耸立着，看上去竟然还有点型，年龄大约二十五六岁的样子，脸上洋溢着阳光般的笑容。他从车把上抓下一个装着油条和豆浆的袋子，看见老头夹着饭盒走过来，咧嘴打招呼："老白，早上好！"

看门的老头姓白，单名一个滓字。这个滓字有点讲究，推想他的父辈也是有点文化的。滓字来源于古文，指的是茫茫自然之气，也指宽阔的河流。和他打招呼的年轻人叫荀蒙，曾经和老头开玩笑，问怎么取了这么个古怪的名字，老白说自己家的附近有条河，就叫滓河，所以在他们老家，那时候好多小孩的名字都带有滓字。

老白见到荀蒙，烦恼好像一扫而光，笑着点头道："好！早啊！"荀蒙略显夸张的语气："昨天的雨下得真大！"白滓看了看荀蒙手里提着的东西："还是喜欢吃外面的早餐啊！少吃点，不健康。"荀蒙伶牙俐齿："老头，这些吃起来才香，哪像研究所食堂里的那些……哎呀，跟医院里的病号餐没什么两样，看着就饱了。"一个年轻的女孩跑过来："荀蒙！"女孩二十出头，身材高挑，体形偏瘦，穿着白底碎花连衣裙，一双米色的凉鞋，微微卷曲的头发垂在肩上，薄薄的妆容精致优雅，笑起来眼神灵动闪闪发光。"白叔早！"她转身对着荀蒙说："食堂的东西有这么难吃吗？小心我向大师傅告状！再说这油条，你知道用什么油炸的吗？别说你不知道，万一是地沟油的话，里面可含有黄曲霉素！可比砒霜厉害多了！吃我的这个，我自己炖的，粥，好消化。"女孩把手里的饭盒递给荀蒙，荀蒙赶紧躲开，就像躲炸弹一样。给荀蒙递饭盒的女孩叫沈晓晓，和荀蒙在一起工作，算是荀蒙的师妹，两人都是世界知名的量子物理学家徐庆之教授的学生，也是这量子力学研究所的实习生。

老白看着两人打闹，笑笑转身向食堂走去。

荀蒙指了指油条，对着女孩笑着说："晓晓，是不是地沟油呢，还是未知的概率。但是身体的习惯对机体的影响，却比这种未知恐惧还要大得多。"

沈晓晓："哎……普朗克常数。诡辩我不如你。不过我确定的是，整个研究所里，最欣赏你的不是徐老师，而是……老白叔。"

荀蒙："这你又知道了。"

沈晓晓:“我当然知道啊,你以为谁都和你一样。”

荀蒙:“我怎么了?”

沈晓晓小声嘟囔:“愚钝。”

荀蒙:“你说我愚钝?!”

沈晓晓:“我哪敢啊大天才! 只是其他方面……”

荀蒙拍了拍沈晓晓的头:“所谓愚钝,只是不想在某方面浪费时间而已,你信不信?”

沈晓晓脸红:“我信……你才怪。”

荀蒙咬了口油条:“真香!”

沈晓晓给了荀蒙一个俏皮的白眼。

荀蒙和沈晓晓进到老楼,径直走到走廊的最深处,在转角处,有一个通往地下的水泥楼梯,楼梯的对面窗户,只有一小半能看到地面,昏暗而狭窄。他们接着向下走半层,出现了一道铁制的巨大的门,显得有些诡异和不协调。大门上有个小摄像头,门边上立着个一米二左右高度的铁柱,铁柱上有个巴掌大的黑色平板。荀蒙往后撤一步,作出女士优先的姿态,沈晓晓一笑,把手掌放在了平板上,平板上出现了蓝色的掌纹图样,上面出现了“PASS”的字样。“到你了!”沈晓晓往后一步,荀蒙将手掌放在平板上,验证通过后,铁制大门打开,荀蒙和沈晓晓通过后,大门随即关上。铁门里面和外面陈旧的20世纪80年代风格完全不同,可谓别有洞天。如果说上面一楼是蒸汽时代,这个地下一层就是无线波能量无处不在的今天。除了白色的墙面和银色金属的支撑外,全是玻璃和镜子。宽阔的走廊边还有电子流瀑的景观,以及相当现代的观念雕塑。两人走在铺着厚厚地毯的走廊里,几乎发不出一点声音。

走廊尽头是一部电梯,不过没有上下的按钮。荀蒙和沈晓晓将身份磁卡举到前面,一道蓝色的光线出现,同时对他们的身份磁卡和面部进行了扫描,电梯打开,他们走入电梯,电梯周围全是屏幕,上面放着实验室的宣传影像。

“欢迎来到未来量子高级别实验室,在这里,你会进入到量子力学研究的新领域,请保持安静……”荀蒙和沈晓晓熟悉地睁大眼睛,一道红色的光线从前方射向他们的面部。

电梯里发出一个温柔的声音:“验证通过,电梯将直接送您到指定的实验室。”

电梯下降,层数直接显示-15,电梯门打开,两人走出来,几个巨大的、被透明玻璃隔断的实验室出现在他们面前。

一个虚拟的全息美女隐现，微笑着对他说："亲爱的，早上好。"

荀蒙调皮地说："早上好，桃桃。"

沈晓晓："桃桃，不能无视我呢！"

全息美女傲娇地点点头："女人之间最好保持点距离。"

沈晓晓无奈地看着桃桃，然后凑近荀蒙小声地说："你看看，连她都只对你一个人特别！"

荀蒙笑："走吧！"

荀蒙和沈晓晓在实验室门口换了鞋和衣服，进了右边的实验室。实验室的门牌上，写着"国家级量子通信实验室"。

一个满头白发、六十多岁的老科学家在电脑前查看资料。面前摆着一个巨大的仪器盘。他就是这个实验室里的权威，也是全球顶尖的量子物理学家徐庆之。

荀蒙和沈晓晓在门口一起说："徐老师好。"

四十年前徐庆之响应国家号召，从首都来到这个南方的城市，从无到有、一手建立了量子研究所。五十多年前的中国克服了重重困难，在微观物理学上取得一系列成就，鼓舞了后来的一大批年轻的知识分子投身其中。包括当时在新疆罗布泊实验基地跟随父母生活的少年徐庆之。而将量子力学研究所建在这座南方城市的地下深处而不是在人烟稀少的沙漠边陲的原因，是这项研究属于基础理论研究，不需要国家严格保护的机密，为了让研究人员的生活更加便利丰富，才选择了这个城市。相比于其他的国家级研究机构，无论是空间还是人员配置，都显得特别的微小。但是徐庆之认为，这项研究要想领先，并不依赖研究人员的数量以及资金多少，而是寄希望于某些天才的突破。为了达到选对人的目的，徐庆之一边做研究，一边在大学里带着博士硕士，将发现的好苗子都劝过来，招致麾下。值得庆幸的是，他在十年前，遇到了一个天才少年，也就是现在他的学生荀蒙。荀蒙在这个年纪已经有了不同寻常的理解力，在一些全球科学家都没有注意的地方，他会天才般地发现一些突破点。可以说，荀蒙一个人，提高了整个领域的研究水平。徐庆之看着他，忍不住有一丝笑意在脸上浮现。他边看资料边柔声说："你们好！……荀蒙！"

看到老师叫，荀蒙赶紧过去。"纠缠态在长距离传输保持质量上，还有很多没有解决的点。你有什么看法没有？"徐庆之在用商量的语气，这在整个研究所也只有荀蒙有这样的待遇。

荀蒙挠头："主要是原子能级跃迁的质量问题，目前的手段可控性比较弱。"

徐庆之点头,接着埋头干活:“嗯,有点道理。”

实验室门打开,两个人走了进来。一个是徐庆之唯一的儿子徐磊,也是所里的研究员。他三十多岁,脸色有点憔悴,胡楂泛青,看来没有休息好;另外一个不到三十的样子,微胖,戴着一个厚框圆眼镜,是所里的研究助理何阳。何阳看到沈晓晓,笑着点头,看来对这位研究所的所花,有不少的好感。

徐庆之抬头看了一眼墙上的时间,面无表情地说:“3个小时。”

何阳尴尬地点点头说:“昨天走晚了点……”

何阳话音未落,被徐磊拦住了:“下次不会了。”

徐庆之说:“不会有下次。再晚到,就不用来了。你们俩都是。”徐庆之的话冷漠,却藏着巨大的冲击力。对于儿子,他一向要求严格。十年前,徐磊从北京的一所著名大学毕业,央求父亲收留他,费了很大的功夫。因为徐庆之认为自己了解自己的儿子,他不是做这项研究的料。可是徐磊却不这么认为,或许是从小缺乏父亲的陪伴,潜意识里想和父亲一起工作。总之,后来禁不住徐磊的再三请求,徐庆之终于同意了。不过,徐庆之对徐磊约法三章,如果在工作上出了任何一点纰漏,就会被大脚开出研究所。

徐磊貌似平静地说:“好的。”

荀蒙悄悄地把自己还没有喝的豆浆推给徐磊:“状态不大对啊,没事吧徐哥?!喝点豆浆。”

徐磊开玩笑:“没事!只是身体闹了点小情绪。在这里,小情绪最不重要。”

何阳凑过来小声说:“徐哥昨天又加班到凌晨,肠胃有点不舒服,早上我刚从医院接他过来,让他休息他也不肯。”

荀蒙:“那还不赶紧请假?”

徐磊苦笑地看着徐庆之:“老头的脾气,你知道的。”

五个人在实验室忙碌着,徐磊有时候咳几声,抬头对上徐庆之凌厉的眼神,就会生生把咳嗽声压下去,徐庆之看见徐磊蔫蔫的样子,无奈地摇摇头。

徐庆之:“对了,下个月哥本哈根大会……”

实验室里几个人都看着徐庆之。

徐庆之:“还是荀蒙辛苦,代表我们所去一趟吧!跟同行们交流下最新的研究成果,顺便把我们的论文带过去。在这之前,数据都需要仔细验证核对,在国际会议上,我们代表的可是国家。”

徐磊将头埋在电脑前,好像没有听到这些对话一样。

何阳对着荀蒙："看老师，多偏心！"

荀蒙："出差，开会罢了。以为这是什么好差事啊？"

徐庆之仿佛想起什么来，补充道："徐磊，数据核实的事，就交给你去做。下周末之前交给我！"

徐磊含糊地说："好。"

徐庆之严厉地问："听到了吗？"

徐磊："好的，所长！"

第2章 芸芸众生

实验楼的院子外、仅仅隔着胡同和几栋老住宅楼就是这座城市的主街道。来来往往的人群穿梭其中,星罗棋布的餐馆热气蒸腾。吆喝声、车辆的喇叭声、打招呼聊天说话声都混杂在这潮湿闷热的空气中。在城市的中心竖立着一个巨大而丑陋的钢皮做的雕塑——一个少女手里举着星星。这貌似是以前某个年代审美的遗留,现在已然成为在这座城市生活的人的坐标,不仅是地理意义上的,也是心理层面的。从雕塑少女看来,以喧嚣的灰尘在身上降落的厚度为度量,时间就是刻度,日子过得不快也不慢,和她对面的广场大楼上镶嵌的石英钟一样准确而乏味。这与生活在其中的人的感受却大相径庭。有人觉得一天很快,二十四个小时一眨眼的工夫就没了,有的人觉得一瞬间很漫长,如坐针毡,度日如年。

不管怎样,时间终归是逝去了。人类几十万年的历史就这样不停地滚滚向前。具体到当下,烟火气随着太阳的落下而慢慢变成另外一种味道:落日余晖、华灯初上,人潮不再汹涌,从夜幕降临、万家灯火到深夜灯火零星。路上稀稀拉拉的车依旧奔驰,只不过发动机的轰鸣变得更为刺耳罢了,由此标志着城市陷入了短暂的沉寂。

对于地下实验室的研究员们来说,时间则是一个虚无的概念。从日出到日落,都好像是一个无关生活的程序,有时候下班出来的时候是星空璀璨,进入大楼的时候太阳还没有跳出地平线。所以一天过得会特别虚幻,就好像生活在一个脚踏不到地面的虚空中。

徐庆之好像不知道什么是疲倦,还在一遍一遍看着资料,在白板上一遍又一遍写着各种公式,写上又擦掉,擦掉又写上,周而复始不知道过了多久。荀蒙也是如此,忙着核对基础数据,对于让徐磊一个人核实基础数据这件事,他觉得有点过意不去,毕竟徐磊是他的师兄,并且也是徐老师唯一的儿子和亲人。在内心的深处,荀蒙觉得自己在研究所里多少有点显得扎眼。一方面他不由自主地享受着徐老师对他的偏爱，这种出类拔萃的愉悦出自人性的本能追求，每次看到别人被批评的时候，甚至有种阴暗的喜悦出现。另外一方面，理智就像冷水，人性本欲的烈火进行降温。同时出现的理智告诉他这种喜悦具有某种不正当性，需要压制，至少别给别人造成孤傲和小气的印象。再说，命运从根本上说是不公平的，荀蒙想，比如才华。从小到现在的学习经历，想来自己还是觉得不可思议。对比之下，有些人终其一生也不能有小小的成就。自己占领的这点先机是个人努力的结果吗？可能是，但也许仅仅是幸运而已。想到这儿，他又看向徐磊。徐磊一个人对着电脑，面色蜡黄，但仍然瞪着带有血丝的眼睛。何阳过来劝徐磊，“哥，你赶紧回去休息吧！”徐磊看着徐庆之的背，摇摇头。沈晓晓有些支撑不住抓着桌上的黑咖啡猛灌，其余的人看着黑板的数据都皱着眉头，一如既往、有节奏感地陷入僵局，看来在荀蒙代表研究所参加哥本哈根大会之前，还有一场硬仗要打。

不知不觉，天边就泛亮了。路上的行人慢慢地多起来了，车一辆接着一辆，不一会儿就堵上了，旷阔的马路仿佛变成了等待进一步加工的、钢铁工厂里的原材料传送带。在太阳核能量的鼓动下，此时的城市就像沸腾的水一样，冒着热气，充满了活力。越来越多的年轻人从地铁、公交、出租车或者私家车里出来，走进或高耸入云的大厦，或密密麻麻的格子间里。一些年纪大的则提着鸟笼、太极剑，拉着购物小车，又或是牵着宠物，出现在公园中，小道边，菜市场或者小街小巷里。除了人的轨迹，还有其他动物的轨迹。一些散养的猫狗或者流浪的、在城市的垃圾桶里寻找食物的小动物，多数时候都可以在这空间中找到属于自己的一片天地。围绕地球运转的卫星有自己的运行轨道，从它的视角看来，每个微小的生物个体就像一个个充满能量的原子，在自己的轨迹上有规律地运动着。

宠物猫小黑外出了一夜，也终于摇摇摆摆地回到研究所的院里。它顺着窗户的缝隙跳进屋里，刚好被白滓看见，“你这个家伙，夜里又不回来！”

小黑跑到白滓身边蹭了一会儿、宣示完主权后，高傲地跳下去，原地伸了个懒腰，饭饱酒足后回到窝里蜷成一团呼呼睡去。早餐时间到了，得去吃饭。老白拿着饭盒离开。

研究所的食堂里有不少人，相互打着招呼，有的精神饱满，有的则哈欠连天，看来是整夜没有睡。老白在食堂的一个角落里，毫无表情地吃着早饭，就像进行某场仪式。他对食物的态度可以用一板一眼来形容，怎么说呢，就像一个现代化工厂里的智能机械手臂，正在有条不紊、不带情感地把一块块钢铁原材料准确地放到传送带上。他仔细地把一小块馒头分成正方形，慢慢放入嘴中咀嚼，就好像在吃高档餐厅的一块上好的牛排。旁边放着一杯水。在吃馒头的过程中,他并不喝水,只有等所有的方形馒头都吃完了,才会将水一口气全部喝下。机械化生产般地吃完早餐后,他顺手擦干净了桌子,准备起身离开。这时,他手腕上的表开始发出了震动,伴随着极为细微的提示声。他抬手看了看手表,上面出现一串数字。他脸色一变,突然加快了步伐。

在这个蒸笼般的城市,哪怕是早晨的太阳,已经到了让人难以忍受的地步。研究所旁边的小巷子里知了叫个不停,收二手电器的光着膀子、蹬着三轮车,大汗淋漓,车前的喇叭声好像也被烤焦了,发出了有气无力的嘶哑的重复叫卖声。收废品的中年人行过转角处,却看到不起眼的角落竟然还搭着一个破帐篷,帐篷里蹲着那个衣衫褴褛蓬头垢面的乞丐。八成是个呆子或疯子,不嫌热吗?这男人想到,但是没有停留,接着蹬着三轮车,晃晃悠悠地往蒸汽升腾的未知方向而去。一个老婆婆拿着一个装着馒头蔬菜的海碗,倒在帐篷前的一个塑料盒子里,对着乞丐叹了口气,“可怜的孩子,吃点东西吧!你也不嫌热。得空去河里洗洗,二里路外就闻到身上的味道咯。”乞丐也没有理睬,只是目露凶光地看着围墙,嘴里喃喃低语着并不知道说些什么。老婆婆顺着乞丐的眼光看了看研究所的围墙,又叹了口气,嘴里嘟哝着,抱着自己的空碗又回去了。

地下的研究所里感受不到这种酷热,智能中央空调系统让所有房间都保持着恒温。不过经过连夜奋战,研究员们早已经身体透支。但徐老师还没有动。这就意味着大家没有得到下班的“命令”。荀蒙和徐庆之一样,沉浸在工作中,丝毫没有意识到一天一夜已经悄无声息地过去了。熬夜让他变得更为亢奋,眼中闪烁着疲惫的光。

沈晓晓一边翻看各种数据资料一边说:“算法应该没有问题。”

荀蒙看着仪器沉思:“那为什么这两组数据有出入呢?按照康普顿散射公式[①],应该能得到一样的结果才对。”

徐庆之:“会不会是中间数据推导出了问题?”

沈晓晓看向荀蒙,荀蒙正在想着什么,沈晓晓:“师兄,怎么了?”

荀蒙的大脑在快速运转,他好像在这种差错中察觉到了什么,就像在黑暗中突然见到了一闪而过的光,想要看清楚,却消失不见了。随着这种抓不住的灵感逃遁

---

① 当X射线或伽马射线的光子跟物质相互作用,因失去能量而导致波长变长的现象。

在黑洞中，荀蒙的眼神黯淡了下去。

徐庆之抬头看着徐磊：“你那儿有什么结果？”

徐磊有些紧张地回答：“没有。”

徐庆之说道：“还是要仔细一些。”徐磊点点头。徐庆之看着正在发呆的荀蒙问道：“我们实验的一些想法，需要通过对撞机去检验。不过你们也知道，做一次对撞实验意味着国家付出多大的成本。荀蒙，你怎么看？”

荀蒙没有说话，沈晓晓扯了扯荀蒙轻声说：“徐老师叫你呢！”

荀蒙回过神来：“没有问题。就是找不到突破口。”

徐庆之想努力地缓和气氛：“这半年全世界的进展都不太好，纽约和哥本哈根通报，也没什么进度。我们现在先缓一缓，再检查一遍这两年的数据。荀蒙，你也要放轻松些，不要过于着急，有时候向前迈一步，花上几十年的时间很正常，现在我们有这样的小小突破已经很不错了。”

荀蒙点点头。何阳太困了，本来想站着缓解不停袭来的困意，还是敌不过，竟然摔倒了。他赶紧爬起来，向徐庆之道歉。

徐庆之这才意识到时间过去了多久，带有一丝歉意地说：“你们忙碌了一整天，也去休息一下吧！”

荀蒙根本没有办法回到住处去睡觉。他本能地觉得，刚才他头脑中出现的一个闪念，也许是下一个突破口也说不定呢。对，得狠狠地咬住这个灵感才行，要是在哥本哈根大会上能有新成果发布，那会是怎样激动人心的场面。于是，他被一种亢奋的刺激激励着。坐电梯回到地面，来到研究所后面的小花园溜达。小花园在院内大楼后面，不大，也就两百来平米。小归小，但是绿树成荫，在槐树的包围下，穿插种着蔷薇科的花。在被花丛隔开的草坪上，摆放着一些桌凳。阳光透过树叶斑驳地洒在他身上，湿热的空气慢慢包裹着他，让他疲惫的身体一下子感觉到沉重起来。荀蒙决定坐下休息一会儿，这时小黑从草丛里钻出来，跳到石桌上，走到荀蒙面前抬起下巴看着他，就像骄傲的国王伸出手来，等待下臣的亲吻。荀蒙伸手抓着小黑的下巴，向这小东西示好，小黑如愿以偿，享受地就势躺在石桌上。

荀蒙专心撸着猫，丝毫没注意到有人在靠近。来人在荀蒙对面坐下，把他惊了一下：“老白，干吗呢，悄没声的，吓人。”

白滓好像看出荀蒙最近实验不顺利：“最近看你们加班都是没日没夜的，也得注意身体才好。”

荀蒙不以为然:“老头,你自己才要注意,我还年轻得很呢。”荀蒙和老白说话向来没大没小,他没把老白看作是一个身份低微的看门人,也没顾忌老白的年龄足够做他的父辈甚至是爷爷辈了,不知道为什么,两个人能处得像哥们。

老白笑:“你们做的事我也不懂,我就知道你们要想研究点啥出来,非得费上不少年的功夫。真是不容易。”

荀蒙:“可惜人的生命是有限的,要是能够不死,穷极宇宙的奥妙,该多好!那比神仙还快活!”

老白笑着说:“真能活千年,未必是好事,那是王八。”老白难得开玩笑,让荀蒙觉得有些许尴尬,老白自己先笑了起来,“有个事,我想跟你打个招呼……”

荀蒙看着老白支支吾吾的,一反常态:“啥事啊老白,有啥就说呗!”

一个年轻保安小陈看见荀蒙和老白,径直走过来,隔着花丛问好:“荀老师好!”

荀蒙因为和老白的关系,和值班室的这帮大大小小的爷们处得都还不错。大部分都能说出他们的名字和老家,他们来单位做保安的曲折经历和将来的宏图志向。这位小陈也是如此,他是西北某省人,高中没能毕业,听说这边好挣钱就来了,来了就没有了回去的路费,经人介绍就来这儿做了保安,一晃也有三四年了。因为爱吃拉面,长得也瘦瘦长长的,所以荀蒙就开玩笑叫他陈拉面。

荀蒙:“拉面,叫哥。别荀老师不荀老师的,听着像骂人。”

小陈腼腆地笑笑,转头对着老白:“白叔,我听说您准备不干了?”

白滓:“是啊,老了退休回老家养老。”

小陈听到这话有点落寞:“退休好,可以见到家人了。”

荀蒙惊讶地问:“老白你要退休了?”

白滓点点头。

小陈念叨:“我们老家离你们那儿不算远,白叔,把地址给我,得空我去看你。”

老白:“我退休就闲云野鹤去了,你上哪儿找我?”

小陈本来是客气一下,他自己都回不了家,更别说再走一千多公里去找老白了。现在被老白客气地挡回来,有点不知所措,瘦条条的身体此时显得更瘦削了,宽大的保安服在身上晃荡。

小陈:“那行了,白叔,我先去值班,回头说啊。”说完离开。

老白:“这小子,家里都没人了,回去干啥。”

荀蒙:“你什么时候走?”

白滓:“可能下周吧。”

荀蒙有些落寞:“回老家吗？在哪里?”

白滓：“我记得告诉过你啊!”

荀蒙笑笑:“对,对,我记得是阿拉善盟的……巴丹吉林沙漠那边。有点远啊!”

老白:“不远,现在交通多方便。”

荀蒙:“老白,以后我一定找时间去你那儿玩。听说,那儿的风景好,牛羊肉也好吃,我去了,你得请我吃羊肉!”

白滓笑了笑没说话。

荀蒙看着白滓:“你要带着小黑一起走吗?”

白滓呆了一下,然后走到小黑跟前,摸着小黑说:“估计这次带不走它了。猫和人一样,在一个地方久了,换个地方会不适应的。”

荀蒙笑着说:“小黑很可爱,承蒙它看得起我,要不然换我来伺候它?”荀蒙摸着小黑,小黑眯着眼睛非常享受。

白滓拍了拍小黑的头说:“那当然好,你可要好好听荀大哥的话!”

小黑抬着头看着白滓。

荀蒙:“老白,等有空的时候,我开车带着小黑去看你。哎,我可不是拉面,尽说客套话,我可是说真的啊!”

白滓笑了笑:“好。”

到了下午,一缕阳光照进了实验大楼一楼宽大的休息区里,由此,更让人觉得整个休息区的黯淡。徐磊坐在边角的椅子上,佝偻着腰,双手紧紧抓住水杯,好像抓住了一根救命稻草。何阳哈欠连天地走了进来,看见徐磊拿着水杯手有些发抖,赶紧上来关切地问:“大哥,你没事吧！徐主任那是气话,我看他听到你不舒服,还是……有反应的。”

徐磊摇摇头,从裤兜里拿出几种药,倒在手上,送入嘴里和着水一起吞了下去。他本来想在办公室父亲骂他的时候当他的面吃下去,不知道自己真这么做了父亲的脸色会什么样。父亲,这个词对他和徐教授的关系来说有些错位和怪异。在徐磊的心目中,徐庆之首先是一个一丝不苟的量子力学方面的知名科学家;其次是研究所的领导,一个可以在研究所里为所欲为的人;最后才是一个没有尽到责任的父亲……对于最后一点,他觉得要是刻意在理智上忽略,或许就不会那么难受了。何阳拍了拍徐磊,在他身边坐下。对于何阳的殷勤,徐磊知道,他或许正是因为自己是徐庆之的儿子,并不仅仅是他师兄的身份。不过无所谓,事情既然这样,一定有它成为这样的理由。为了维持他沉稳儒雅的形象,不太适合给何阳脸色看。“多亏了你,要不是你帮忙,我估计现在只能在医院了。”徐磊的客气让何阳有点不知所措。

不远处,沈晓晓正捧着手机、沉浸在游戏的快乐里,时不时傻笑,一脸幸福和专注的神情。何阳看着晓晓,眼神痴呆,徐磊用力拍了一下何阳的头:“小子你看啥呢?”

何阳不好意思地说:“嗯,没看啥! 没看啥!”

徐磊:“要我告诉你真相吗? 晓晓喜欢的不是你。”

何阳有些丧气地说道:“我当然知道,看看也不可以啊!”

徐磊:“知道就好,知道就不要胡思乱想。”

何阳:“我也想说一个真相,哥……你难道不喜欢这个小师妹么!”

徐磊顿了顿看向沈晓晓的方向:“胡说八道,实验已经够让我头疼的了,还有空去想其他的吗。”

何阳:“虽然我比不上荀蒙这个天才,要是我能像你这样自律也是好的,唉,整个实验室我就像你们的陪衬。既生瑜,何生亮! 我觉得我应该改名何生亮。”

徐磊眼神暗淡地小声嘟囔:“上帝总是不公平的。”

何阳还是看着晓晓,似乎并没有听见徐磊说的是啥,一脸痴汉表情,徐磊看着晓晓旁若无人地沉浸在自己游戏世界里,开心得像个小女孩,整个人都散发着光彩,不知不觉也看得入了迷。

在实验室里,荀蒙还在为停滞不前的实验苦恼。老白马上要走了,这更让他莫名地心烦意乱。从上大学到研究所实习工作的这十多年,虽然他几乎每周都要和自己的父母视频通话,为了能够集中精力,他也没让父母来这座城市照顾他,况且牺牲父母自己的生活、围绕着他一个人,未免太过自私了。再说,父母已经为他付出了太多。能够以科学家的身份生活,相比于其他的工作来说,确实是一种单纯的幸运,但是也免不了身边人分别带来的情感剥离之痛。而生活上呢,老白这个老头经常鼓励他,虽然他对自己的研究一无所知,但是有他在,荀蒙总是感觉到有种亲情的关怀,就好像是他的知心朋友,甚至说,像他的父亲。想到这儿,荀蒙也觉得自己有点不可思议,一个值班室的老头居然成了自己精神上的父亲。

徐庆之看着精神不振的荀蒙,走了过来。“碳原子的变化也许并不是一个可行的观察途径。”

荀蒙抬头，多日得不到休息的身体让他感觉过于沉重。“是啊，怎么才能得到理想的实验材料呢？用原子级的尺子才能量出来吧。人这么庞大的躯体，到了微观世界，反而变得极其弱小了。”

徐庆之突然严肃起来：“荀蒙，回去吧！”荀蒙还想拒绝，但是徐庆之的脸上写着不能拒绝他命令的表情。“好好睡一觉，搞研究更需要好的身体。”荀蒙有时候觉得，这个老头还停留在 20 世纪的某个年代，用词都有点劣质烟叶的味道。

荀蒙知道不能和老师对抗，只好耷拉着头离开。实验室的灯光终于暗了下来，只剩下徐庆之桌上台灯的光线还在亮着。

第3章 顿　悟

荀蒙一个人走在夜深人静的小街上。街上行人寥寥，偶尔有汽车快速经过，高速转动的车轮与柏油路面摩擦发出的噪声，把荀蒙从实验的千头万绪中暂时拉了出来。薄雾在夜色中悄然升起，前方的人和建筑都化成了一片朦胧的景象，惨淡的路灯好像要突破这越来越浓重的雾气似的，倔强地发着强硬的光，却被空气中的水汽折射反射成一片柔和的忽明忽暗的雾，在这柔和的、朦胧的雾气中，人影憧憧。在荀蒙身后，一个身影远远跟着，荀蒙沉浸在自己的世界中，走走停停，这个身影也跟着走走停停。而更诡异的是，这个身影后，还远远地跟着第三个人，开始的时候看不清，等他走近的时候，嘴角发出激动的嘶嘶声，让人似曾相识，没错，他就是在街角搭帐篷的乞丐。在肮脏的、结成块状的头帘下，乞丐的血红色眼睛瞪着前面的身影，他貌似并不关注荀蒙，只关注偷偷跟踪荀蒙的、中间那个神秘人影。

从小街来到了主路上，高耸的太阳能路灯让光线一下子变得明亮起来。两边的路灯和广告牌将一切笼罩在光波的能量之下。荀蒙还在琢磨着实验的问题，对身后的人影一无所知，甚至在雾气之下，没有注意到面前的红灯，他径直穿过去，到了对面。

乞丐跟着那个神秘的背影，似乎急切地想确认跟踪荀蒙的神秘人的身份。他表情扭曲，嘴里念叨着，“一定是你，一定是你……”

因为光线突然变得明亮的原因，跟着荀蒙的身影有意地拉远了距离，并在人行道边行走。旁边围栏上长出的茂密的树枝，将跟踪人藏在了阴影之下。突然，这个背影站住了，他感觉到了后面跟踪的人，便缓缓回头看。乞丐见状，赶紧躲在角落。等了一会儿没有动静，他把头伸出来，却看到神秘人还在远远地看着他，两人的眼神远远地对峙着。果然是研究所的那个老头，对！就是他，老白！乞丐兴奋地撩起了盖在自己脸上的油腻头发：“终于让我抓住你了！”

跟踪荀蒙的人，正是白滓。他回头，急匆匆地穿过马路。既然已经用眼神挑明了对方的身份,乞丐也不躲藏,快跑着跟了上去。

经过马路,白滓的步伐越来越快,完全不像一个年过六旬的老人,身手敏捷,简直是一个处在黄金期的短跑健将,乞丐在后面追得气喘吁吁。

一辆汽车从横向的小巷子中穿出,看到冲出来的乞丐,司机赶紧踩刹车,尖锐的声音响彻夜空,乞丐一个不稳,直接撞在了车子上、摔倒在地。司机赶紧下车,却看见是一个蓬头垢面的乞丐,态度从担心变得倨傲起来。"你怎么走路的,撞坏我的车子怎么办?!我告诉你啊,你赶紧给我起来,别装!是你撞了我,我顶多赔你两百块……"乞丐挣扎着起来,怒气冲冲地拨开司机,发现老白已经不知所终。

乞丐生气地狂叫起来,"杀人凶手!杀人凶手!!"引得周围一群流浪狗跟着狂吠,司机见状,嘴里骂着疯子,扔下两张百元大钞,赶紧上车离开。旁边小区的保安拿着手电跑出来,探头探脑地查看状况,乞丐从地上捡起砖块,砸向驶离的汽车。保安见到疯狂的乞丐,哪敢上前,默不作声地退回到小区岗亭里,关上了门。乞丐喘着粗气,又疯疯癫癫地跑开。白滓从后面出来,看着离开的乞丐,脸上闪过一丝阴影。

荀蒙回到家里,打开灯。家具的颜色是暖调的,光线也是。屋里的布置简洁又有些小趣味。书柜上,摆着乐高的伦敦红色双层巴士玩具,还有几个造型欧洲范儿的铁质老爷车模型。照片墙上,挂着蒙荀登山攀岩的照片,还有在东南亚某地碧绿的海水边、穿着潜水衣露出笑容的照片。从整体上看来荀蒙是一个生活有品位、自律并喜爱极限运动的人。他给窗边的绿植浇水,给热带鱼喂了鱼食,并不吝啬时间,坐在鱼缸面前,看着自己命名的色彩斑斓的小鱼,一个个和它们打招呼。这种解压方式,对于荀蒙来说是再好不过的了。看完了鱼,还有很多人间的美事在等着他——泡澡,煮黑咖啡,在书房打开电脑,以科学达人的名义回答网友的提问,听音乐,查看国外的论文……

白滓出现在了荀蒙家楼下,他一动不动地盯着荀蒙家亮着灯的窗户。一只流浪的小野猫似乎感觉到了某种危险,发出警告的嘶叫声,叫着从树上跳下来。但是当这只野猫落到地上的时候,白滓突然不见了踪影。

荀蒙趴在书桌上睡着了,咖啡已经见底。

第二天一大早,天刚蒙蒙亮,荀蒙就急匆匆跑进了实验室。徐庆之还趴在桌子上打盹儿,旁边的台灯还亮着。听到动静,徐庆之抬起头,看见荀蒙,惊讶地问:"你怎么这么快又回来了?不是让你好好休息吗?"

荀蒙兴奋地说:"徐老师,我想到了,我想到了!"

徐庆之起身给荀蒙拉了椅子:“你慢点,别激动,来坐下慢慢说。”

荀蒙坐到椅子上:“我知道实验的问题在哪里了。”

徐庆之也兴奋起来:“快说说!”

荀蒙:“之前我们一直在量子通信材料上想办法,我想不一定是石墨烯材料的问题,有可能关键是碳原子的剥离和叠加方式,才让我们现在的实验没法进行。”

徐庆之难掩激动神情:“是啊,你想到什么方法了?”

荀蒙就像一个来到游乐园的小孩,眼睛闪着光:“我们一直想的是,怎么去除多余的原子,得到绝对平均的碳原子结构,如果用反向思维,用某种有黏性的东西把碳原子粘下来呢? 正常来说,只要物质构成一致,它们之间的力也应该是一致的。只要赋予同样的外力……”

徐庆之已经知道了荀蒙的解决方法,他兴奋地抱住荀蒙:“太棒了,这也许。不,这肯定是一个新的方向! 无和有真是辩证的,伟大的老庄哲学,伟大的中国文化! 哈哈哈……”

徐庆之放下荀蒙:“现在我们先找出可能的形式,看看哪种能够对量子纠缠态的稳定性有帮助。”他兴奋地坐到电脑前,“快两年了,终于有新的方向了,太好了。荀蒙,你真是天才!”

荀蒙不好意思地抓抓头:“徐老师,您夸奖了。”

徐庆之:“老师很开心,真的。”

荀蒙:“徐老师您一晚上没睡吧! 您先休息一下,我先简单地捋一捋方向。”

徐庆之:“没事,我不困! 咱们一起来。”

荀蒙点点头。说完师徒二人就在实验室忙起来了,论证,演算,探讨各种材料的可能性。

早上八点半,徐磊、何阳、沈晓晓等几乎同时来到实验室,三人在实验室外就见到辛勤工作的荀蒙和徐庆之,已经没有办法用惊讶来形容了。何阳摇头,“有天分还勤奋,还有天理吗?”

沈晓晓靠近荀蒙,嗔怪他:“你是铁打的啊,这么早来还这么有精神,老师您也一样。”

看着荀蒙和父亲的表情如此欢快,徐磊内心却产生了一种不祥的预感——这次荀蒙又想出了什么点子,让自己的父亲如此高兴。他看着徐庆之,想表现出一副期待的样子,不让自己内心的不满和嫉妒表现出来。徐庆之搂着荀蒙的肩膀,告诉了大家荀蒙新的思路,大家都很惊讶,沈晓晓兴奋地立即跳起来:“荀蒙,你是我们团队的发动机啊！怎么又想到这些解决方案的？”

徐磊满脸笑意：“太好了！我们终于有突破了。”

何阳：“这个要是行得通，我们可是走到纽约和哥本哈根最前面啦。”

徐庆之：“何阳，量子力学太大了，这点快慢也太微不足道了。”虽然徐庆之也很兴奋，在一条看似没有路的地方，又发现了新的可能性，好像看到了一点亮光。对于这点突破，他心里比谁都高兴。但他不想让自己的学生们太过骄傲。在他的观念中，骄傲往往是科研的敌人。

何阳有点不好意思地说：“徐老师，知道啦！”

这一天实验室里的所有人都很有干劲，眉宇间已经看不见前段日子的沉重。沈晓晓看着荀蒙认真的样子，不觉被他的才华和正直所吸引。她想象着荀蒙去哥本哈根大会时一定会技惊四座，散发出迷人的光彩。殊不知，在她沉浸在这种爱情的想象中时，她也是别人的想象。荀蒙专注地忙着思考材料的可能性，完全在思维的世界里漂浮；何阳看着沈晓晓，表情有些落寞，从沈晓晓的眼神和身体反应，不用分析研究就知道他追求沈的可能性已经从想象滑到了幻想。徐磊对这个可爱的师妹也是有好感的，不过相比较而言，他更在乎自己研究上的成果和父亲的目光，看到何阳失魂落魄的，徐磊便挡在了何阳和沈晓晓的中间，和他商量单向黏度和材料不相容的问题，拐弯抹角地提醒他断舍离。何阳回过神抓紧做手头的工作。

几个人一直从早晨忙到黄昏，等到徐庆之抬手看时间的时候已经快接近晚上七点了。

徐庆之：“大家最近都辛苦了，天天长时间加班工作。不符合劳动法啊……明后两天正好周末，大家都好好休息一下。”

让徐教授讲劳动法真是一件难得的事，但是大家能听出来，一件更难得的事是徐教授居然开始对大家都幽默起来了。研究所里顿时充满了快乐的气氛。沈晓晓两眼放光：“真的吗？太好了！师兄，要不要出去放松下？”

荀蒙也想放松放松，但是出去玩实在有点耗费精力：“饶了我吧，我现在就想好好睡一觉。”

沈晓晓：“一个月都泡在实验室，都生锈了，还不松松筋骨？”

荀蒙笑着说：“就你能说。”

沈晓晓：“你要干吗?！不要告诉我你要留在实验室。”

荀蒙：“你当我是什么？美女，站在你面前的我也是人！我可不想去泡吧什么的。早就想去攀岩，现在天气正好，平均温度 16.3 摄氏度，明天西风偏北 2 级，后天多云,天气也不错。你去不去?”

沈晓晓心里一酸,嘴上强硬:“去啊。”她想,又是这种高难度的,如果是去唱歌,还可以在荀蒙面前展示一下自己女性温柔的一面,如果能喝酒,她一定会喝,借着酒意跟他表白也挺好,进可攻退可守。但是攀岩就不一样了,在荀蒙面前,自己不是一般的菜,想到自己狼狈不堪的样子,沈晓晓就想哭。

何阳凑过来:“我也想去郊外玩,我们一起!”

荀蒙:“好啊!”

何阳:“徐磊哥,一块去吧?”

徐磊:“我这身体还有点不舒服。”

何阳:“磊哥,没关系的,我看今天好太多了。明天就全好啦!去吧!”

徐磊被缠住,笑着答应:“好吧,我去,好久都没运动了,正好。”

徐庆之不想打扰这些年轻人:“你们先聊,我先走了。”

几个年轻人一起:“徐老师慢走。”徐庆之特地转身回来,看着荀蒙:“攀岩可以,可要注意安全啊!”荀蒙嬉皮笑脸地对着教授点头。徐庆之故意冷着脸,“散步不好吗?年轻人啊!”简单整理了一下自己的书桌就离开了实验室。徐磊看着父亲离开的背影。

沈晓晓抓起自己的包:“各位师兄我先走了,明天见。”

何阳还想说些什么,沈晓晓已经离开了实验室。三人收拾了一下实验室一起离开,在一楼正好看见老白在拖地,他停下手里的活:“今天这么早啊!”

荀蒙:“是啊,老头,这个时候不应该是你在食堂吃饭的时间吗?”

老白:“今天的事有点多,我做完再去。”

徐磊拍了拍荀蒙:“你们聊,我先走了,记得明天我们老时间、老地方见!”说着离开了办公楼,何阳赶紧追上,他担心徐磊放鸽子。要是只有荀蒙和沈晓晓,何阳怕是要尴尬得死。

白滓:“明天不上班了?”

荀蒙:“明天徐老师放我们假,我们约好一起去攀岩。老头,晚上有空吗?我们一起吃晚饭如何?”

白滓:“让你破费,这怎么好意思。”

荀蒙厚着脸皮:“你怎么知道是我请客的?”

白滓:“嘿嘿嘿,有好事啊!你等一下。”白滓快速拖好地,回到宿舍换了一身米色的休闲服,荀蒙看见了觉得有点惊讶,心里想真是人靠衣装,如果是不知道的人,还以为白泽就是一个温文尔雅的大学教授呢！

荀蒙："老头，我就请您吃个便饭，需要伪装吗？"

老白不说话，不停笑。

荀蒙："又不是不见面了，你回内蒙古又不是去太空，我还可以去看你啊，又不是一辈子见不到了……"

在大门外，老乞丐远远地跟着两人，他一直恶狠狠地盯着他们。

荀蒙带着白泽七拐八拐来到一个不起眼的小店，小店门口用美工笔歪歪扭扭地写着"烤串"，门头上用铁丝和灯管扭出一个"串"的字样。穿过小门里面别有洞天，一个不大的院子几乎坐满了人，中间有棵大槐树，因为之前暴风雨的原因，一个大树杈断了，树干倾斜，并且在另外一边露出了一截树根。为了怕树倒下，店家在树的一边用铁棍支着。荀蒙找了一块空地，自己在墙边拉来折叠小桌和小凳子支在大槐树下，老白拍了拍粗壮、满是裂纹的树干，感叹道："太可惜了，这树得有三四百年了，如今怕是活不成了。"荀蒙正来回张罗，看着老白，估计是要离开这座城市了，难免伤感。赶紧劝解："老头，这树厉害着呢，就像你说的，三四百年了，遇到过多少风雨啊，没那么容易死的。现在看来不还是挺好的吗！看看有啥想吃的？"老白意兴阑珊。荀蒙给老白倒上了啤酒，自己干了一杯。

老白："肯定是工作上有进展了！"

荀蒙："你怎么知道？"

老白笑道："你的高兴都写脸上了，是人就能看出来。而且哪次有进展，你不请我来这儿啊？"

荀蒙不好意思地抓抓头："是吗？我不记得了。"

老白："算起来，距离上次我和你来这儿，快两年了吧？那次之后，你好像去美国领了一个什么奖。这次比上次还要高兴，所以肯定是你们的实验有进展了。"

荀蒙有点惊讶："老白你好厉害，好像什么你都能观察到。"老白笑了笑，喝了一口酒："我哪有你们厉害。你要是不嫌弃老头不懂，你可以跟我说说。让我也跟着高兴高兴。""这……有点复杂啊。我们一直在量子超远距离信号衰减的材料上停滞不前……只是想到了一个大概的方向，能不能有效果还得看后面的实验。当然，现在高兴有点为时过早……"荀蒙看着老白的眼神有点发直，赶紧打住："对不起啊老白，你看看，一起撸个串，还要听我唠叨这个！"

老白："明白了，你说的这个我大概能懂。"

荀蒙故作反问："哦？真的懂？"

老白举起手里的一根串:“你想烤肉,之前不知道用什么串,后来发现用铁扦,大概是这么个意思吧?”

荀蒙鼓掌:“老白,你说得太透了！牛!”

老白不好意思了:“瞎说,别拿老头取乐！不管怎么样,恭喜你!”

荀蒙:“老白,其实……我每次有新的发现都会梦见一个人。那个人……有点像你!”

白滓脸上闪过一丝不易察觉的变化:“是吗?”

荀蒙:“我也不知道为什么会这样,有可能天天看见你的原因。我现在特别相信缘分这回事,就和量子领域里的很多难以解释的现象一样。我好像有种潜意识,总觉得我早就认识你了,但又想不起来在哪里见过,就觉得倍感亲切。就像现在吧,这个场景有时候你感觉曾经出现过,也是有你,也是在这个烧烤摊,咱俩这么说着话。还有那个服务员……”

两人看向服务员的方向,服务员手里拿着刚烤好的串,因为记不得是哪桌要的了,弯着腰问,转身时不小心碰到客人桌上的啤酒瓶,啤酒瓶晃了一下,但是客人反应快,把酒瓶扶住了,服务员赶紧道歉离开,接着忙活。

“同样的场景好像在之前发生过,但是我真切地觉得这是不可能的。也许,在地球之外,真的有一个平行的时空,和我们现在的时空同时进行。就像量子里的玻色子一样。不过,也许是两个时空因为时间涡流的原因,出现了信号干扰,所以我才感觉到对方平行世界里的已经发生的事情……”

白滓笑着说:“你还真不把我当一个打扫卫生的老头哇,哪能听得懂你说什么。”

荀蒙不好意思了:“这才喝了一点酒,搂不住了。老白,别见怪!”

新的烤串端了上来,荀蒙给白滓挑了一串大的:“老白来,我知道你最喜欢吃这种柳枝烤肉。”

白滓接过烤肉:“嗯,老家的味道。”

荀蒙:“老白你回家后一定记得给我打个电话,最好买一个智能手机,否则我可不答应啊,我这边忙得告一段落我一定带着小黑去找你。”

白滓吃了一口柳枝烤肉,什么也没有说,眼眶已经红了。

荀蒙故作夸张的样子化解尴尬:“老白你这是怎么了,你可别哭啊,这儿人多。”荀蒙递给白滓一张纸巾,老白接过纸巾擦眼睛:“真是老了,受不了这么煽情。”荀蒙吃着肉:“我说的可是真的。”

老白笑笑："你是个年轻有为的科学家，将来说不定要拯救世界呢。以后啊，你能惦记着老头，老头很感激。知道你越来越好，我就很高兴啦。"

天色渐沉，小院子照例迎来了一天的高潮，等位子的吃货们已经从院门口排到了胡同里，在升腾的烟雾笼罩下，男女老少的食客们有说有笑、有哭有闹，就着人间烟火聊着家常百味，或者宣泄种种生活的不满。有的不知道因为什么伤心事，一个人吃着吃着就哭了起来，也有喝多了就摔瓶子的，赶紧被送串的服务员拦住，将这些不安分的破坏分子架到边上醒酒；更常见到的男男女女们，分食一根串上的美味，说着情话……这就是真实中的饮食男女、人间烟火热闹非凡的奇迹。老白貌似已经醉了，一言不发地看着周围。荀蒙的酒量明显也不好，他的脸已经红了，打着嗝。

荀蒙："老白，还能行吗？不行告诉我啊。"老白突然站起来："好像门口有人要找我，你等等。"说着老白就踉踉跄跄地跑向门口。

荀蒙心想这老头也真怪，喝多找个借口上厕所罢了，年纪大了，老白可真要面子。

串店的门外，一个伙计正在和乞丐纠缠。很明显乞丐想进来，但是伙计不允许。乞丐很激动，不知道嘴里在嘀咕什么。老白走了出来，看着乞丐，乞丐也看着他，老白走向边上的巷子，乞丐跟了过去。

在一个拐角小巷，老白转身瞪着乞丐。乞丐冲上去抓住老白，嘴里不停地低声嘶吼："是不是你杀的？你还我儿子，你还我儿子！"老白突然一把掐在乞丐的脖子上，将乞丐提了起来。老白的瞳孔中突然出现了蓝色的光，像被一只怪兽附了身。乞丐被勒得喘不过气来，双腿在空中乱蹬，他的手在空中挥舞着，就像一个溺水将亡的人正试图抓住漂浮在水面上的木头。不一会儿，乞丐的脸色由红变黑，动作也越来越小，他的眼睛闭上了，嘴角却露出了一丝诡异的笑容。老白好像清醒了过来，他的瞳孔突然恢复成黑色，他放开了手，乞丐直接摔在地上。他带着酒气愤怒地低吼："你儿子不是我杀的，不是我！"乞丐不停地咳嗽，想说话说不出来。乞丐喘着粗气，抬头看，已经不见老白的身影。

第4章 突如其来的意外

徐磊回到家，打开灯，所有的家具包括墙壁都是白色或灰色，空旷又干净，风格极其克制。方形的桌子，直角的凳子，包括竖条纹的酒柜，整个家里连一个弧线都看不到。没有任何植物，也没有什么装饰。只是在门口的玄关处有一张照片，是徐庆之、徐磊和母亲一家三口的合照。从边框来看，照片有些年头了，照片中的徐磊看上去只有十岁左右，身形单薄，穿着的衣服从带有弧度的后背往前垂坠下来，好像在身前飘荡。母亲的眉头略紧，努力挂着笑容，牵扯着上扬的嘴角。少年的徐磊紧紧地拉着母亲的手，而母亲也给了他回应，两只手包着徐磊的手。徐磊的头微微偏向母亲的方向，似乎要躲开旁边的父亲。徐庆之站得很直，两条胳膊抱在胸前，透出严肃的气质。但是他的脸被一块变形金刚的贴画盖住了，看不清面貌。徐磊用手摸了摸照片中的母亲，放好照片，径直向书房走去。

书房内非常空旷，书柜不大，书架上只有两个大的标签分类，一类是天文学，另一类则是物理学。《量子力学原理》《朗道物理学》《量子物理史话》《欧洲物理期刊》《应用物理期刊》等，尤其是狄克拉的书，被放在了醒目的位置。除这两类之外，看不到一本杂书。

在书架下面，有一方现代风格的红木书桌。统一在整体高调的装修风格下，规规矩矩的厚木桌面，下面是白漆的铁条架子。书桌上放着一个笔记本电脑。桌子边立着一把黑色的椅子。在书柜的另外一边、靠近墙边角落的地方，有一个黑色的厚厚的真皮沙发，边上放着一方简约的三角形红木茶几。茶几的上方墙面上有一个突出的小支撑架，上面挂着一个索尼的耳机。看来这是他唯一用来休息放松的小空间了。徐磊坐下，打开电脑，电脑的屏保是一幅极光的照片，他按下指纹解锁，打开一个保密文件，文件夹里是一篇英文文章，上面是 *Review of Modern Physics* 的刊名，作者写着荀蒙。

周六的天气极好，因为有微风的原因，不似前段时间那么闷热。天很蓝，几丝白云像天鹅羽毛般轻飘飘地挂在天上，荀蒙开着车，带着徐磊、何阳、晓晓往深山里驶去。徐磊坐在荀蒙的边上，看着外面的景色，显得很是惬意。荀蒙身后是何阳，他的表情非常拧巴，因为他和沈晓晓坐在一起。沈晓晓没心没肺的样子，开心地吃着薯片。挑选这个位置也是她故意的，因为从后视镜就可以看到荀蒙的表情。她先把薯片递给何阳，何阳紧张加晕车，五脏六腑都吊着，只是摇摇手。徐磊一向老成持重，沈晓晓也不好拿薯片给他，便摇着薯片伸到荀蒙旁边。何阳阴阳怪气："醉翁之意不在酒啊。"沈晓晓回头："要你管！"荀蒙看了眼晓晓乐了。晓晓问："莫名其妙的笑什么？我脸上有东西吗？"荀蒙："我记得沈小姐平时是很讲健康饮食的，不是吗？怎么吃起薯片来了？"晓晓："偶尔破例不行啊？"荀蒙："你知道一包薯片的热量是多少吗？里面的苯并芘、杂环胺、丙烯酰胺这些致癌物有多少含量呢？"晓晓知道荀蒙在打趣之前早餐的事情："吃薯片不是为了减肥，是为了心情，心情好了什么致癌物都不是问题。"荀蒙："嗯，你是师妹，你有理。"晓晓："知道就好。出了实验室，我们可是平等的！不能因为是师妹就被欺负，是不是徐师兄？"徐磊回头笑："谁能拿你有办法？"荀蒙赶紧辩解："我哪里欺负过你？！倒是你，不能欺负我！那叫持靓行凶你知道吗？"

四人的笑声回荡在山间路上。

说话间，沿途出现峭壁，同时也出现了大片的栎树林，枝繁叶茂，几乎遮蔽了天空。两辆汽车穿过一道山谷，接着开出去，突然出现一块开阔的空地。一边是峭壁一边是山林，路边山谷有一条小溪流过，偶尔能看到有一些人在远处扎营，看来这里是一处不错的户外休闲地。

几人停好车，开始扎营。看来这两天的休息，大家都准备把时间花在这儿了。荀蒙轻车熟路，不一会儿工夫就把帐篷搭好了。何阳正在手忙脚乱地帮晓晓弄帐篷，立好了一个桩倒了另外一个。"晓晓，别着急啊，马上就好！"何阳的汗都快出来了。荀蒙要过去帮忙，被何阳拒绝。"这地下面都是石头，不能怪我技术不行。"何阳是死要面子，荀蒙也不驳他，准备登山的用具。晓晓从包里拿出无人机，"我才不着急呢，现在还早不是吗？"荀蒙打趣沈晓晓："怎么？自拍不是用自拍杆吗？怎么都用上无人机了？"晓晓："给你们拍啊，不用无人机怎么行？何阳，一会儿你陪我去找好位置！"何阳停下来，笑得像个两百斤得孩子，"好，好！"

徐磊做事一向有条不紊，装备被整整齐齐地放在地上。绳索、锁扣、电钻、膨胀螺丝、扳手各种工具一应俱全，再三清点后，他把东西都收拾起来。

他们所在的位置已经属于山脉的高处，顺着视线往前看，只有一个不到一百米的顶。山坡上没有明显的小路,长满了荆棘类的植物。再远处,能看到绵延的群山,天气比较好,所以能看到很远。如果爬上坡顶往下看,就出现了一个落差几百米的悬崖。据说,过去有药农来采药,都是沿着悬崖、利用藤条上下其间。现在,已然成为攀岩爱好者必须要体验一次的地方。

徐磊指着山边一条小径:"一会儿我们从这里上去你觉得怎么样?"

荀蒙看着山势:"挺好的,高度正好!"

晓晓站在平台上,看着下面的万丈深渊,吓得往后退。何阳讨好的地说:"别摔着了,今后我还想看见你呢。"

晓晓:"我是想看看在哪儿拍比较好!"何阳:"理解理解!"

晓晓拿着无人机往山下跑去,何阳赶紧跟上。

荀蒙看着活蹦乱跳的晓晓和何阳肥胖的背影,笑着摇摇头。

徐磊把面包拿给荀蒙:"下去之前补充点体力。"

荀蒙接过,大口塞在嘴里。徐磊看着天上的云,站立不动。与刚开始出发的时候不同,在北边的天空,乌云开始涌来,风也变大了。

荀蒙:"怎么了?"

徐磊:"我担心要下雨。要不然等明天?"

荀蒙:"就是下冰雹,今天我也得去。好不容易休息两天,明天再不成,那得等到什么时候去?再说了,无人机都准备好了,可不能反悔。"徐磊无奈地笑笑。荀蒙把绳子挂在肩上,往平台走去,徐磊跟了过去。

到了山顶平台,荀蒙找了块大石头,在地上打孔。徐磊把肩膀上的绳子放下:"你先我先?要不然我先下吧,好保护你。"荀蒙不服气:"哥,咱们还是单独走线吧,这样才好玩。"徐磊拿出打孔器,"注意安全,别急。"

平原远处,有一群高中生叽叽喳喳地走过来,其中一个高中生手里还拿一个老式的插卡摄像机,看来是要拍摄旅游短片之类的。他们看见荀蒙和徐磊正在准备攀岩,上来看热闹。拿摄像机的学生:"哥哥,我能拍你们吗?"徐磊戴上头盔:"安全起见,别站在这儿啊。这儿太危险。"

几个高中生兴味索然,"有什么了不起的,"为首的高中生嘟哝着,"我们去那边野餐,怎么样?"

他的提议得到了同学们的认同。不愧是少年们,情绪很容易就高涨起来,欢呼着往后跑去。拿着摄像机的同学立刻开机,在后面拍摄着。

荀蒙做好防护后,他和徐磊握了握手,相互打气。荀蒙便拿着电钻顺着绳子滑下去，滑下一段就在岩壁上打孔，上好快挂和安全扣，荀蒙顺着绳子一路下来打了5个孔，荀蒙看着还在上面的徐磊："大师兄，你倒是快点啊！"

徐磊："好啊！我慢，别等我。"

云飘走了，山风阵阵，所以也不觉很热。远远的脚下，山间树林被风吹得沙沙作响，偶有鸟儿飞过传出悦耳的叫声，晓晓的无人机在空中盘旋。荀蒙看着下面，远远的晓晓和何阳在挥手。荀蒙向他们挥手。

下面的小孩已经铺好了野餐布，有坐着的，有躺着的。一个学生弹着吉他，摄像机在不停地换角度拍摄。另外一个女孩抓住拍摄者的肩膀，"你用这个累不累啊，手机拍他不香吗？"拍摄的同学一个不稳，摄像机掉在了地上，"你给我等着！"说着便追着女孩打闹起来。

在远远的背景处，一个戴着帽子的人远远地出现。走到一半他停了下来，看向荀蒙他们下山的地方，将自己的帽子抬了抬，原来是老白。

打闹的高中生停了下来，"你们有没有看到一个人？"其他人看着空空荡荡的平原，"哪有人，你看错了吧？"确实，这里除了他们，周围一个人影都没有。一阵风吹过来，说话的高中生打了个寒战，他明明看到了一个人。突然他们听到山谷下一阵惊呼，便迅速跑了过去。

原来荀蒙在下降的过程中，固定在岩石上的主力绳突然断了，出于本能他赶紧抓住山壁上突出的石块，头顶上是徐磊，他注意到了不寻常，大声问荀蒙有没有问题。荀蒙觉得还有几个固定钉，应该没事。可是他抓的这块石头并不牢固，突然承受了大的重量，导致石块掉落，荀蒙手一滑，身体控制不住地急速向下坠落，速度过快，在加速度的影响下，一颗颗支撑用的钢钉被绷断脱离岩壁。远远地看到荀蒙就像一个破麻袋一样从悬崖上被扔了下来。晓晓看着这样的场面，脑袋里早已经空空一片，吓得一直尖叫，所有人听到的恐怖叫声就是晓晓发出的。幸运的是，最后一颗钢钉救了他。但荀蒙下落时的速度太快，身体不停地撞在突出的岩石上，巨大的疼痛感袭击着他，几近昏迷，在最后的一瞬间，他本能地用脚蹬了一下石壁，随着下落的中止，惯性又带着昏迷的荀蒙重重撞在山体上，发出一声闷响，手臂上被划出一道长长的口子，瞬间血流如注，顺着绳子滴了下来。何阳和晓晓在下面喊着荀蒙的名字。徐磊也着急不已，他顺着绳子赶紧往下降，一把拉住了昏迷的荀蒙，带着他慢慢降到了下面平台上。沈晓晓和何阳赶紧冲过来，大家都吓坏了，沈晓晓不停地摇着荀蒙，希望把他叫醒。何阳打急救电话，紧张之下电话都拨不出去，还是徐磊平静了下来，拿过何阳的电话，叫了救护车。

幸亏荀蒙的身体素质不错,不一会儿他就恢复了神志,从状态看来,应该没有生命之虞,但身上疼得厉害,他不敢轻易地转动身体。他有些懊悔,自己为什么不再仔细些,变成残废还好,万一摔成白痴,以后还怎么做研究呢?

当救护车到的时候,晓晓已经用紧急医药箱里的药品,帮荀蒙胳膊上的伤口做了简单处理。毕竟是小女孩,吓得嘴唇都白了,帮荀蒙处理伤口的时候,剪刀都抓不稳,哆哆嗦嗦的。徐磊等得心急,往山下跑,希望能早点把医生带上来。何阳则把看热闹的高中生们赶开。

过了不知道多久,终于听到了车子的动静。让所有人奇怪的是,和救护车一起来的,还有警车。医护人员把荀蒙移上担架抬上救护车,沈晓晓要求陪着去医院做检查,帮助缴费什么的。何阳自告奋勇也要跟着去,却被警察拦住了。何阳无奈,只好和徐磊一起等待警察的问讯。

队长仔细看着断裂的主绳,眉毛不自觉地紧蹙起来。绳子断裂处有明显的切割的痕迹,看来这里面真有点问题。按说如果绳子在来之前就被人做了手脚,受害人应该能发觉,除非在断裂处做了掩饰;另外一个更大的可能性是在荀蒙下山的时候被人割断了。他转头吩咐身边的警察:"小王,你去那边问问那几个学生;秦武,你带两个人去周围看看。"

警察小王看着那几个十几岁的少年少女,"刚才已经问了,他们离得远,不知道具体发生了什么,是听到沈晓晓的尖叫才赶过来的。不过,有个小朋友,听说之前看到一个奇怪的人。"

队长听到这个来了兴趣:"后来呢?"

警察小王:"后来一眨眼的工夫那个人就消失了。"

队长点了点头,走到徐磊身边:"刚才是你和受伤的那个人一起攀岩的?"

徐磊:"是的。"

队长:"你应该知道他是怎么掉下来的。"

徐磊:"我也没有看得太清楚,攀岩本身就带有一定的危险性。所以当时我的注意力都在岩壁上,没有注意到他的情况。是他的主力绳突然下落我才发现的。"

然后转向何阳:"那你当时在干什么?"

何阳:"我在山脚和晓晓一起看他们俩攀岩,顺便航拍。"

队长跟一个警察:"航拍的素材拷好了吗?"

手下点头,把笔记本拿了过来,里面的画面是何阳和沈晓晓的航拍。在画面中可以清晰地看到两个小小的人影一上一下在岩壁上慢慢下降。

队长:“前面的部分呢?”

何阳:“我和晓晓,哦,就是刚才走的那个女孩,我们找到位置的时候,磊哥和荀蒙已经开始了。”

队长:“你们是什么关系。”

何阳:“同事。我们是量子研究所的同事。”

队长皱了皱眉:“还有谁知道你们来这里?”

徐磊:“我们实验室的都知道。”

队长:“你知道他最近和什么人结怨吗?”

徐磊:“这我就不知道了……应该不会吧,我们天天在研究所里,也没有什么机会出去。”

“队长!”队长:“什么事?”又转过身对着徐磊递给他一个记事本:“你留个联系方式给我,方便以后协助调查。”徐磊接过记事本写下了电话。警察队长看了看记事本收好后,朝警员那边走去。

队长走过去,警察乙指着树丛中一个脚印,脚印旁边的小灌木被踩断了,看上去是新留下的,脚印和攀岩的地方非常近。关键是,灌木在山顶的另外一侧悬崖边,一般人是不会踩到上面去的。

队长一边观察脚印一边说:“小心取证。”警察乙点点头。

何阳看着警察的现场搜证小声问:“怎么会发生这么严重的事情,回头怎么跟老师交代……”

徐磊焦虑地说:“我再仔细点,荀蒙就不会发生意外了。我们先收拾好东西,去医院看看。”

何阳点点头。

医院内,徐庆之已经闻讯赶到,还有不少人也在手术室门口焦急地等待着。徐磊和何阳也赶了过来。徐磊注意到,在父亲旁边的老头,是北京来的霍秋林教授,他也是量子力学界的大拿、在场所有人的老师。他到本市开一个高校教育研讨会,顺便和父亲约好见面。徐庆之本打算晚上带上徐磊一起去请霍教授晚餐,聊聊北京方面的进展。荀蒙的意外竟然惊动了霍教授等专家,让徐磊很是意外。

何阳:“徐老师。”徐庆之着急地问:“这到底是怎么回事?”徐磊赶紧解释:“荀蒙攀岩的时候,出了点意外。”一如既往,徐磊在父亲面前,显得唯唯诺诺。徐庆之的脸色铁青:“你不是也在吗? 为什么不保护好他! 万一有事,不仅仅是他荀蒙一个人,也是我们研究所的损失,更是整个国家和量子物理学界的损失!”何阳:“徐老师,师兄也不知道具体情况,况且现在警察也在调查。”徐庆之冷冷地说:“是我报的警。”霍教授:“你们研究所的成果很醒目,难免会引起国际上某些国家的忌惮。是不能大意的,我们在科学家的人身保护上还要更加重视才行啊。”

沈晓晓:“徐老师您不要着急,荀蒙肯定会没事的,在初步检查的时候我已经问过医生了。”

几个人在手术室外着急地等着,徐庆之不说话,其他人也不敢发出声音。时间和空间好像凝固了。窗外天色黯淡了下来,楼道里的灯变得惨白。本来人来人往的医院慢慢变得安静,偶尔能听到安全通道的楼梯里病患的咳嗽声和脚步声。徐磊看着一只蛾子在拍打着翅膀,不停撞向 LED 冷冷的塑料外罩,发出“嘭、嘭”的声音。手术室的灯终于灭了,荀蒙被推出来,医生也出来了,沈晓晓上前:“荀蒙,荀蒙!”

医生摘下口罩:“小伙子麻药没过呢,别担心。没大事,左侧半月板损伤伴髌骨脱位,有些肌肉撕裂,其他的伤都是外伤,影响不大。”说完专门走到徐庆之面前,徐庆之的表情舒展了些,上去和医生握手。医生:“徐教授,我可是按照你的吩咐,把小伙子的浑身上下都查了个遍啊。就像你说的,把他修得和以前一模一样的还给你。”徐庆之笑着说:“辛苦你们了!”

沈晓晓也松弛了下来:“只要脑袋没摔坏就好……”

医生没有理会这个故作轻松的笑话:“今天你们回去吧,晚上护士会好好照顾病人的,病人现在需要好好休息,我们也要观察一下他有没有其他的未知损伤。”

大家算是松了一口气,护工推着荀蒙离开。看着荀蒙进了电梯后,徐庆之想起来霍教授一直陪着,连饭都没吃上:“霍老,我送你回去吧!”霍秋林点点头,“要是还有胃口的话,一会儿我去安排一下……”“徐教授啊,看到你的爱徒没事了,我好像又有胃口了,哈哈哈……”

徐庆之和霍秋林等人的声音消失在电梯后,大家都感觉脚踩到了地上,庆幸荀蒙没有大问题,万一有个好歹,照今天这个阵势,怕是所有人都吃不了兜着走。等他们离开医院的时候,下起了暴雨。何阳脱下自己的外套给沈晓晓,徐磊冲过去开车,方便接上他们两人。三个人终于冲上了车,在如注的雨中离开了医院停车场,这时穿着雨衣的老白突然出现。在徐磊的车离开后,他往医院住院大楼慢慢走了过去。

深夜,病房护士台。一个护士正在值班,老白慢慢地走近。护士站起来,“你要找谁?”老白面无表情:“我想探视下病人。”护士:“大爷,现在已经过了探视时间,病人都要休息，您不能进去。”老白：“是吗?”他凑近护士，“你看这是什么?”护士看着凑近的老白，却看见他的眼神里出现了漩涡状的纹样，一会儿便呆住了。

老白拿起护士的记录本，看到了荀蒙的房间号。“1506 床，好的。谢谢你啊!”说完便慢悠悠地往里走去，护士还站在那儿一动不动，好像被施了魔法一般。

夜幕中，大雨在肆意地冲刷这座城市。高高低低的建筑物都变成了墨蓝色。不过，此时的公安局还是灯火通明。刑侦会议室里，负责荀蒙案件的刑警队长带着手下正在白板上琢磨他们查到的有限的资料，旁边还钉着一张现场脚印的照片。下面的刑警们歪坐的歪坐，来回走动的来回走动，大家都觉得未免有点小题大做了。终于有人忍不住：“队长，不就是一个年轻人受了点伤吗? 为什么比杀人案还要重视?”队长：“说实话，我和大家一样纳闷。但是局里要求尽快弄清楚，我想肯定有道理。”公安局的武局长眼睛红通通的，看来也是很长时间没有休息，出现在会议室门口：“你来一趟。”

刑警队长走了出来：“武局，啥事?”

武局长不接他的话：“这眼睛又跟我作对，上次你说的那个什么药水来着?”队长：“妥布霉素，您这得休息了，可不能再熬了。”武局长：“好。对了，你现在手里的那个科学家坠崖案别查了，把现在你们掌握的资料交过来，记住，是所有资料，一张纸也别漏了，这个案子有人接手。”队长：“武局，这是什么情况，我怎么跟弟兄们交代!”武局长：“你们手上那么多案子，闲啊? 别装了，我知道你们对这类小案子不感兴趣。”看着刑警队长一脸不满的样子，武局长只好透底，“这是上面的意思，这个案件比你想象的复杂，你现在要做的就是交接清楚这个案子。”队长隔着玻璃看到局长办公室里有两个穿黑西装的人，不像是系统里的。他虎着一张脸：“不知道又是哪里冒出来的大人物。”

武局长：“你说啥?”

队长：“没啥，我现在就去把资料整理好，给您送过来。”说完有点生气地离开办公室。

不一会儿队长拿着两大沓资料及卷宗回到武局长办公室：“武局，这是今天这个案子的资料，全部在这里了，你们慢慢看，我先走了。”队长转身就走，没给两个西装男好脸。武局长一脸无奈，对着旁边两人不好意思地说：“两位知道，做刑侦的得长期跑案子，性格就这样，糙得很。”两个人一脸严肃，根本不寒暄：“所有的材料都齐了的话，我们就开始看材料了。”武局长会意，从自己的办公室退出来：“好的，好的，你们忙，不打扰!”

房间里只剩下他们两人。

两人把所有资料倒在桌上,仔细看资料。

年纪大点的扬扬手里单薄的两张纸:“就这么个不叫案子的案子,干吗这么大动静! 国安局又不是私人保姆!”

两人都是国安局科技处反间谍特别部门的。年轻点的是科长,叫古鹏,年长点的大约四十岁,是古鹏的手下,叫杨志豪。

古鹏:“听说这个差点摔下去的是个青年科学家,他的价值比很多你我知道的人都要大。如果没事,当然好。但是也难保有人害怕他的存在。”杨志豪:“害怕他的存在?”古鹏:“别忘了,国与国之间不仅在经济方面竞争,前沿科技更是重中之重。”杨志豪摊手:“好吧!”

第二天一早,何阳约着徐磊一起来医院,看看荀蒙术后的情况怎么样。刚进病房看到沈晓晓已经到了,正在给荀蒙盛鸡汤。

何阳:“荀蒙,好点了吧?”

徐磊把水果放在床边。荀蒙看见他们,不好意思地说:“真是给大家添麻烦了。谢谢你们。”

徐磊:“你没事就太好了。”何阳看到沈晓晓手里的鸡汤,做出嫉妒的样子,“这鸡汤味道真香,还没进病房呢就闻到了。晓晓,你有点偏心哦。”沈晓晓被说得不好意思:“这可不是我带来的,是老师。”

这时候徐庆之从外面走了进来,看到徐磊他们:“来啦。”说着坐在荀蒙旁边,“尝尝味道怎么样。”何阳惊讶:“老师您还会做饭啊?”徐庆之:“这比做实验还是要简单多了。你们年轻人,总是不注意照顾自己。”徐磊的脸色有点不好看,他想起自己去世的妈妈——那个很少看到自己丈夫的可怜女人;也想到了自己,记忆中吃过自己父亲做的菜,次数寥寥无几。可是现在,这个所谓的父亲居然为一个学生熬了汤。徐庆之:“以后这种要命的运动还是不要玩了。”荀蒙笑着说:“放心吧,老师,我以后玩极限运动的时候,一定更加注意安全。”徐庆之对这个不安分年轻人的说法有点不满:“我不是和你玩文字游戏,下次再这样,还会有这么好运气吗?”徐庆之的语气一下子又变得严肃起来,让所有人都不自觉地板直了身体。徐庆之意识到自己的语气有点过了,赶紧收回来:“别怪徐老师多嘴,老师有生之年还想看着你在斯德哥尔摩市政大厅里发表获奖①感言呢。”

---

① 指获得诺贝尔物理学奖。每年一度的颁奖仪式在瑞典的斯德哥尔摩市政大厅举行。

荀蒙调皮地点头："知道了老师。有此一劫，以后我会加倍小心我的身体。"

沈晓晓噘着嘴："老师，您可不能偏心啊。"

徐庆之笑着对大家说："老师都希望你们能比老师强。你们再多坐坐，我先走了。徐磊，你跟我来！"徐磊："好的，所长。"

徐磊上前接过徐庆之的袋子，两人一起离开。

沈晓晓："哎，这对父子也不知道为什么这样。"

荀蒙："晓晓！"

沈晓晓："知道了，我不说。"

何阳："大师兄也挺可怜的。"三个人一起叹气。

徐磊和徐庆之走到医院大门口，徐磊跟在父亲身后，不知道会有什么样的任务等着自己。

在医院门口，徐庆之站定，徐磊跟着停下来。徐庆之把手伸出来，徐磊顿了顿。徐庆之："把袋子给我。"徐磊会意，赶紧把袋子递过去。徐庆之："你在他们中最年长，你要照顾好他们。虽然放松身心是有必要的，能开拓思维，但你要明白，研究所最重要的是什么，是人才！荀蒙就是我们研究所里最有潜力的人才，比那些上千万的设备要贵重多了。所以他不仅仅是你的师弟、你的同事，更是你要保护的人！这次你的责任最大，明白吗？"

徐磊嘴上说"我知道了"，心里却不以为然。在成为科学家的路上，有人走得早，有人走得晚。有人快有人慢，但是谁又比谁聪明多少呢？他很想有一天能够证明给自己的父亲看看，自己也有成为顶尖科学家的潜力。但是目前，荀蒙确实在成果上占优，对此他也只能认了。徐庆之："这两天我要开会，你要记得接荀蒙出院。"徐磊："放心吧，爸爸。"徐庆之带着复杂的感情看着徐磊："那就好，你也要注意休息。上次生病恢复过来了吗？"面对突然而来的关心，徐磊感觉心中一颤，只是简单地点了点头。

徐庆之叫的车来了，徐庆之准备上车，徐磊："爸爸！"

徐庆之："什么事？"

徐磊顿了好一会儿："没什么。"

徐庆之上了车。徐磊看着车子消失的方向，心里想送送他，但是他没有勇气说出口。从他记事起，对父亲的印象总是很模糊，因为见面的时间总是很短。那时候他和母亲还在北方，母亲因为工作，没有跟随父亲到这个城市来。所以，他几乎快忘了父亲的样子时才会重新见到父亲，而且一般在年底的时候。那时，家里的壶冒着烟,上面壶里的水在沸腾。每当分别的时刻到来时,留下的印象总是一片水汽蒸腾,仿佛一切都是朦胧的。那个叫父亲的人又要出差了,母亲赶紧给他递上包,拿上围巾,然后告诉小时候的徐磊,让他在家等着,她要去送爸爸。有一次,他鼓足勇气说要跟着一起送爸爸去车站,却被徐庆之阻止,让他乖乖地在家做作业。也许是爸爸妈妈是担心外面的寒夜太冷吧,又或者,他们俩有一些话要说。想到这些往事,徐磊很庆幸自己没有说出来,否则等待他的估计也是拒绝。他会说什么呢?“你忘了我刚刚跟你说的话了吗?照顾好荀蒙!”想象中徐庆之严厉的表情再次出现。徐磊在外面站了一小会儿,转身向病房走去。我会把您交代的任务完成好,徐磊心想,但是,我也一定会让您对我另眼相待。

下午,到了住院部禁止探望的时间。三人被护士请出病房,徐磊有其他事先走了。沈晓晓想喝杯咖啡,何阳便主动邀请她去一家新开的咖啡店去品尝。

徐磊开着车,在一个大农贸市场边停下。这个为了工作几乎丢掉所有生活的人,一走进这熙熙攘攘的菜市场,就感觉到一种不适应。他下了决心,冲进这能唤醒自己是平凡众生一员的意识炼狱。用不了半小时的工夫,徐磊手里提着一只鸡冲出了菜市场、上了车。回到家,他开始清洗买来的鸡,剁成块、生姜切片、打好葱结、放在电炖砂锅里,加好水、摁下开关,直到此时,令他难以面对的痛苦历程才算是结束了。他转身进了书房,打开笔记本看资料。直到电炖砂锅发出滴滴的声音,徐磊抬起头来,停顿了会儿,好像做了什么重大决定一般,合上电脑,来到厨房,揭开锅盖,在黄澄澄的鸡汤里加入适量的盐,轻轻搅搅,用勺舀起尝了尝味道,从柜子里拿出一个白瓷碗,盛了一碗汤,端到餐桌上,坐好。仿佛是进行某个庄严的仪式般,端正,谨慎,小心翼翼。在记忆中,去世的母亲偶尔会炖鸡给他喝,但从没有从父亲这儿得到过如同荀蒙般的礼遇。成就是自己的,生命也是自己的,不能依赖他——那个所谓的“父亲”。徐磊一边喝汤,一边却不争气地红了眼眶。

三层楼的咖啡馆风格简约,白墙、浅色木地板、上下全通的窗户、弧形的楼梯,包裹着中空的挑高空间,顶部有一盏流线型的雅致水晶灯,品味高雅。

一楼还有一个不大的花园,花园里种着一墙粉白色的月季,一只拉布拉多趴在月季墙下睡觉,惬意舒坦。何阳和沈晓晓在一楼的窗户边坐着,沈晓晓看着花园,一脸的愁容。

何阳:“别给我打马虎眼,这个事情我一知半解,你总不能让我直接问徐老师和大师兄吧!”

服务员快速上了一杯新的柠檬水,沈晓晓接过赶紧喝了一口,总算舒服很多,

“千万别，这两人你谁也别问。”

何阳：“那好，你给我说，我就不问。”

沈晓晓：“师兄难道不晓得他们的关系吗？”

何阳：“我当然知道他们是父子，只知道关系不好，具体的我真的不知道。”

沈晓晓：“其实我知道得也不多，最清楚这件事情的还是荀蒙。大师兄的妈妈好像是因为徐老师照顾不周才过早离世的，我来的时候师母就过世了，就这个还是我缠着荀蒙给我说的，其余的我也不是很清楚。”

何阳低语：“难道徐老师有外遇？”

沈晓晓：“师兄你胡说啥啊，徐老师怎么可能有外遇，他就是个工作狂。”

何阳：“也对，徐老师也不是那样的人。”

服务员送来他们点的东西，沈晓晓喝了一口咖啡：“我也觉得大师兄可怜，但也没有办法。”

何阳点点头：“真是家家都有本难念的经，就即便是徐老师也这样。”

沈晓晓：“其实他们两个都挺惨的，本来是一家人，却别别扭扭的，希望以后他们可以和好吧。”“估计有点困难，我觉得主要是徐老师不喜欢大师兄。”何阳这么说也不奇怪，如果不了解的人，还以为徐磊是个不成器的研究所助理，哪会猜到他和所长竟然是父子呢。“这个我也不明白，按道理说大师兄是徐老师唯一的儿子，但就不知道什么原因徐老师好像更喜欢荀蒙。”

何阳：“是吧，我也是这样觉得的。”

沈晓晓：“真的是一点办法都没有，看着大师兄那样，荀蒙有时候也挺烦恼的。”

果然，沈晓晓还是更关心荀蒙啊。何阳喝了口咖啡，有点苦。

第5章 窝棚里的流浪汉

在研究所外面的胡同边上，停着一辆老旧的轿车。

古鹏坐在车里，手里拿着一个魔方在玩，貌似漫不经心的样子，杨志豪拎着一个购物袋走了过来，打开车门坐在了副驾上。

杨志豪："要不要和研究所的负责人谈一谈？"

古鹏不说话，看着手里的魔方。

杨志豪从购物袋里拿出了可乐，大口大口地喝着。他打了个饱嗝，从袋子里拿出另外一罐，递给古鹏。

古鹏："不用了。调查这件事，还得从这个研究所着手。能知道他去攀岩的，不会是一个陌生人。"

杨志豪："那倒是。目标也很多啊。"

杨志豪放倒座椅，躺了下来。古鹏看了一眼，脸上露出不高兴的神色，但也没说什么。杨志豪算他的前辈，从他进入国安局开始就对这位善于随机应变的"老人"有了深刻的印象。进入科室七八年，自己提了科长，出行任务，别人都不愿意和他合作，只能自己带着。本来应该对他很客气，但是古鹏怎么也尊敬不起来。"只能自己多担待吧！"古鹏看着手里的魔方。

研究所里偶尔有人走出来，每出来一个人，古鹏就拍一张照片，打开平板电脑和上面的电子资料核对。资料上显示着对方的一切秘密，包括在什么地方出生，什么地方长大，在什么大学毕业，有没有去过国外，参加过哪些国际会议等等。作为前沿的科研机构，很多人都频繁地出国。"看来防范策反没那么简单啊。"古鹏痛苦地挠头。正在这时，杨志豪迅速地从座位上弹起来，像貂一样直起身子，撞到了车顶。

古鹏："怎么了？"

杨志豪做出嘘的手势，古鹏顺着他的手看过去，那个经常在附近出现的流浪汉正鬼鬼祟祟地看着研究所的院子。

古鹏觉得杨志豪的反应也过于夸张了:“如果他是国际间谍,倒是突破了我的想象力极限了。”

杨志豪:“也可能不是什么间谍。好多案子,看着复杂,原因都很简单。我遇到过太多这种事了。说不定最后发现就是一点私人恩怨呢。”

古鹏对杨志毫不遮掩、以经验压人、莫名其妙的傲气很是不满,但他不得不承认他说得有道理。有时候办案子,需要这样有经验的人。古鹏顺着杨志豪的视线,看着流浪汉。

两个研究所的人走出来抽烟,流浪汉躲在墙后偷听着。

“荀蒙好好的,怎么会出事呢?”“攀岩这件事本来就危险,一来二去的出点事故也是正常,好在没有大事,否则我们研究所损失就大了。”“可是我听说绳子是被人动过手脚的。”流浪汉听到这儿,表情变得严厉起来。他急匆匆地往回走去。

古鹏发动汽车,远远地跟着流浪汉。

在一处搭建的、低矮的棚子里,流浪汉急匆匆地跑进去,在一堆垃圾里翻找着什么。在小心封好的泛黄的塑料袋里,放着照片和寻人启事。他哆嗦着打开塑料袋,拿出一张手绘的复印纸。纸上的画像虽然笔法不熟练,但是能明显看出画的正是白漥。流浪汉嘴巴哆嗦着,像是从喉咙深处发出的低声哀号:“一定是你,终于找到你了!”他把泛黄的画像揣到怀里,转身准备离开时,棚子里进来了两个人,正是古鹏和杨志豪。

古鹏:“跟我们走一趟吧!”

流浪汉愣住了,杨志豪准备往前时,流浪汉像疯了一样,大吼一声,企图从两人中间穿过去,杨志豪伸手去拦,差点被巨大的惯性撞倒。古鹏也上来帮忙,将流浪汉摁倒。流浪汉在地上挣扎,从喉咙里发出低低的咕咕声,嘴角上挂着泡沫。杨志豪大声吼着:“不要反抗!”流浪汉红了眼,咬着牙说:“你们这帮凶手!也想杀了我灭口吧?啊!”古鹏用眼睛瞟着地上散落的照片,照片上是一个十岁左右的少年,正笑意盈盈地看着镜头。照片颜色泛黄,并有一些模糊不清了。古鹏问他:“杀谁灭口?”

流浪汉:“你们不是想让荀蒙死么?只要我今天不死,一定要揭发你们!我要报警!”

古鹏:“放开他。”

杨志豪放手,却被流浪汉抓住胳膊咬了一口。杨志豪下意识地给了流浪汉一拳,将流浪汉打晕。

古鹏责怪地看着杨志豪。杨志豪嘟哝:“他这咬的不是你!”

古鹏看着流浪汉只是昏过去并没有大碍,便在棚子里翻找起来。其中一张照片上,在少年的旁边站着一个人。少年是七八岁的样子,手里举着一张奖状,面露羞涩,旁边站着一个笑呵呵的中年人。身后的背景是一个老旧的工厂小区住宅楼。

“那是小飞在小学三年级得奖的照片……”流浪汉的声音从身后传来,“小飞是我儿子,唯一的儿子。”流浪汉貌似对自己被打昏没有记忆一般,翻身坐了起来。

古鹏看着流浪汉:“我们来,是想问你点事。放心,我们不是什么坏人。不过具体身份不能告诉你。”

流浪汉看着古鹏,眼神里露出期待的光。

古鹏:“你和研究所的人有什么瓜葛?”古鹏看着流浪汉征询的眼光,接着说道,“我们是来调查荀蒙遇险的事情。”

流浪汉激动地说:“太好了,太好了。终于有人能听我说话了。”杨志豪从鼻孔里哼哼两声。

流浪汉看着手里的照片,脸上出现柔和和痛苦两种表情的交织:“我叫黄国庆,不是什么流浪汉、精神病……流浪汉,”他看了看自己油黑发亮的袖口,“也算是流浪吧。身份证我丢了,没法给你们看。这照片上是我儿子黄飞……”古鹏看他说话有点颠来倒去的,着急得到关键信息:“这些你刚才说了。你能告诉我和荀蒙有关的事吗?谁要对他不利?”黄国庆突然不说话了。杨志豪凑上前去,拍了拍他,把手放在他肩膀上,用力搂住他破烂肮脏的衣服,凑近黄国庆:“老兄弟,给我说说你儿子小飞的事。”

古鹏不自觉地开始崇拜起杨志豪来了。一般人别说搂着他的肩膀,就是靠近这个半疯半痴的流浪汉,这味儿也够喝一壶的。黄国庆谈到儿子,终于敞开了话匣子。话越说越顺畅。古鹏得知,他以前是离这儿七八百公里小镇上的矿厂职工。也是十多年前,他十岁的儿子黄飞被人害死,凶手一直抓不到。

杨志豪:“这些和研究所有什么关系呢?”

黄国庆:“我儿子小时候成绩特别好,聪明。和荀蒙一样。”

古鹏:“这么说,荀蒙你也认识?”

黄国庆:“是,他和我儿子是同学。两人一般大。如果小飞活着,今天也这么大了。”

古鹏:“你接着说。”

黄国庆："儿子被害以后，我不死心，到处打听凶手的下落。因为我们住的地方是厂矿宿舍，一般没有外人来。我向来和人没有恩怨，所以我怀疑一定是外面来的人干的。一天，我看到了一个老头，鬼鬼祟祟的，在荀蒙家附近晃荡，因为我从来没有见过他，所以特别留心。一次是偶然，但是后面我看他又出现过两三次。"

古鹏拿着地上泛黄的寻人启事，上面画像是老白："是不是他？"

黄国庆点头："我怀疑这个老头就是凶手，一定是他害死了小飞，而且他还盯上了小蒙。"

古鹏皱着眉头："这么多年你一直跟着他？"

黄国庆："我是跟着荀蒙到了研究所，我不能让他再遇到危险。"

古鹏："那你为什么不报警？"

黄国庆："这个老头很厉害，自从十几年前我见过他几次以外，后来再没有见过他。我把这画像拿给别人看，别人都说没见过。这么多年，很多人都说我疯了，我知道。但是我很确定，这个老头是一个恶魔。直到，这次，我又见到了他。"

杨志豪的表情变了。

黄国庆："就在研究所里。和荀蒙在一起。因为这个院子我不能进去，我不能打草惊蛇。我想这次他逃不掉了，没想到荀蒙还是出事了。"

古鹏："放心吧，荀蒙没什么大碍。你说的那个老头也在研究所？"

黄国庆："我肯定，你们快去抓他，他是个恶魔！"

古鹏："我们会查清楚的！"

研究所一楼老白的宿舍里，东西被收拾得井井有条，很多书和资料都已经捆好，箱子也摞在了一起。门口传来了敲门声，小陈在外面大声地说："他这个时候应该在的啊！"说着，他把虚掩着的门推开，走了进来，后面跟着古鹏和杨志豪。

古鹏："你说他叫白滓？"

小陈好奇地看着古鹏："老头为人挺好的，应该不会犯什么事吧？我听说有些杀人犯远离家乡，隐姓埋名，表面上看起来和和气气的，实际上……"小陈说着自己起了一身鸡皮疙瘩，"不会吧？"

杨志豪："你平时喜欢写小说啊？"

小陈："您怎么知道的？"

杨志豪："想象力太丰富了！"

古鹏看着周围的陈设："你知道白滓是哪儿的人吗？"

白滓的声音从身后传来："哪位找我？"

小陈讪笑着凑上来:“这两位是来调查荀蒙老师遇险的事情的。”

白滓手里拎着袋子,看见古鹏和杨志豪,露出不高兴的神色,他把袋子放在桌子上,转身给两位倒水。

白滓:“请问你们是?”

古鹏:“不用了,我们就是来做例行调查,问问荀蒙周围的情况。你能跟我们说说吗?”没等白滓开口,古鹏接着说道,“要不先说说你吧,你是哪儿的人?”

白滓低着头,坐在椅子上,像一个犯人似的:“我家在内蒙古阿拉善盟,准确地说是巴丹吉林沙漠附近的戈日德乌镇。”

古鹏打开平板电脑,输入白滓的名字,确实出来了一些资料,不过没有照片,只有大概的出生年月。就人口的大数据收集,很多边远山区或者牧民生活的草原,难免出现资料不全的状况,古鹏放下平板电脑,“你为什么要来这里打工?家里还有人吗?”

白滓笑笑:“家里的人早就死光了,就我老头子一个人。以前在家里放羊,每天除了羊,也没有个人说话,后面我听一个过路的客人说把我的羊都卖了,在外面可以过上不错的生活,所以后来我就出来了。”

古鹏:“怎么来的研究所?”

白滓:“我以前什么活都干过,有点后悔出来了。这里是好,没钱的话跟我一个老头子也没什么关系。但是回也回不去了,羊都没了。现在还好,攒了点钱,可以回去养老了。”

古鹏:“回答我的问题!”

白滓:“大概七年前吧,有个老乡说这边好找工作。我来了后,刚好听说这边要招清洁工,工资是低了点,不过院子不大,打扫起来也方便,有吃有住,挺好的。”

古鹏:“杀过人吗?”

古鹏突然的提问让在场所有的人都吓了一跳,杨志豪心里门清,如果对面坐着一个杀人犯,突然被问这样的问题,多少会露出破绽。所以,这个问题一旦出口,被审问人的第一反应非常关键。可是,在一瞬间,杨志豪突然闪了下眼,就好像在黑夜中灯忽然闪黑了一下。

白滓的反应很正常:“你可不能冤枉我啊,我一个老头,杀人?我能杀了谁啊!”

古鹏盯着白滓:“我就是例行公事,这么一问。”他回头看着杨志豪:“我们走吧!”

杨志豪一脸不解,跟着古鹏走了出去,小陈也忐忑地退了出来:“白叔,我先过去啦，免得他们看不见我，又要批评！”

白滓点头，接着收拾东西了。

古鹏出来，叹了口气：“不会是他！”

杨志豪：“为什么这么说？”

古鹏：“他七年前来到研究所，那会儿荀蒙还在老家。如果真是像黄国庆说的那样，这事对不上啊。我要害一个人，也得有道理，不能平白无故的。这老头从大西北过来，无亲无故的，动机很难成立。再说，谁有这么厉害的预知能力？”

杨志豪：“这么说，确实有道理。”

古鹏：“也不能怪他。儿子死了，又找不到凶手，时间长了走不出来，精神难免会出现问题。”

杨志豪跟着古鹏上车：“难道荀蒙掉落真是一场意外？干吗上面这么担心一个小年轻的这点破事？”

古鹏：“之前不是说了吗，他对于国家来说，可是一个宝贝，比大熊猫还厉害呢。你说能不担心吗？”

实验室里一早大家都到了，唯独少了沈晓晓。徐磊把大家召集起来，强调纪律，何阳赶紧偷偷给沈晓晓发了一条微信。晓晓刚刚迈下负一楼的最后一级楼梯，刚刚预备回信，桃桃一下闪现在晓晓面前：“晓晓，荀蒙怎么了？我听大家说他出了意外！”

沈晓晓被吓得拍拍心口：“桃桃，你能不能不要这么吓我？”

桃桃转了一圈：“好吧，我保证下次不会突然出现在你面前，那你要回答我的问题！”

沈晓晓：“荀蒙他遇到点意外住院了，你消息灵通，不应该不知道啊。”转身准备上电梯。

桃桃跟着闪进电梯：“原来他们说的都是真的，什么意外，严重吗？”

沈晓晓故意逗桃桃：“你猜呢……”看着桃桃一脸担心的样子，“放心吧，你荀蒙哥过两天就能出院了！”

桃桃：“那你还来上班！”

沈晓晓：“我不上班我干吗？”

桃桃：“你应该好好陪他啊。”

沈晓晓看着一动不动的电梯数字：“我的奶奶，我怕了你了，我下了班就会去看他的，顺便帮你向他问好。”

桃桃:“真的?”

沈晓晓点点头:“真的,现在不用继续把我关在电梯里了吧!”

桃桃开心地闪出了电梯,电梯又运行起来,沈晓晓哭笑不得小声嘀咕:“你也就会欺负我。”

桃桃的声音从电梯里传来:“谁让你是个好人呐!”

沈晓晓开心地笑着:“谢谢哦!”

半透明的数字人桃桃欢欣鼓舞地飞走了。电梯到了,沈晓晓突然感觉背后还有一个人,她回头一看,电梯里分明就是她自己。她感到莫名的不安,快步往办公室走去。

第6章 老白的身份

白滓在食堂的一个角落里吃着早餐。食堂里有不少人，吵吵嚷嚷，噪声在食堂顶上回荡。但这一切好像和他无关似的，默默吃完收拾好碗筷，顺手擦干净了桌子起身离开。快要走到门口的时候，手表闪了几下，白滓抬手看了看手表，老式的液晶手表上竟然出现一串数字。他停顿了会儿，突然加快了离开食堂的步伐。

老白回到房间时，小黑已经醒了，睡眼惺忪地跳到他的脚边蹭来蹭去，白滓抱起黑猫放在桌案上，抚慰了下，顺便拉上了窗帘。从床边的柜子下面抽屉里掏出一只不大的长方形木盒，木盒黑中透亮。干干净净，边缘光滑，没有任何的纹样，也没有任何缝隙。他拿着木块站在那张奇怪的中国画前，一道光线扫描了白滓的眼球，图中的树竟然动起来，画中的那块石碑投射出光线，在虚拟的影像中慢慢变大，老白轻点墨碑，墨碑下开启一角，白滓走了进去。

进入墨碑里的虚拟空间，里面别有洞天。空间硕大无比，侧面全是透明的材质，看到外面竟有一片银色的大江，水面上浪层间距非常大，但是速度奇慢，就像被放慢了一百倍，浪花一层层慢慢堆砌起来。房间里为数不多的坐卧器具都呈半透明状。中央有一张光滑的长方形大床，一张半圆形椅子一样的坐具，旁边有 Z 字形书桌，书桌上有一本看上去很老很厚的书。进入空间的白滓衣服褪下，从银色头皮处，皮肤开始裂开，收缩，最终缩进了老白的口中。那个有点佝偻腰的老头不见了，一个两米多高、浑身浅蓝色的外星人出现了。他松了松身体，感觉到十分惬意，用长而尖的手指把口中的皮肤拿出来，放在一边。接着把木盒放在“床”的正中，摘下左手无名指上的银色戒指，放在右手食指上。戒指发出微光，慢慢包围他的食指。一会儿工夫戒指飞速旋转成一个发光的银色小球，白滓快速把手指放在长方形的木头正中，银色小球从指尖滑落、悬浮在木盒上方，在小球和手指之间，还联系着一束光，光线变化成蓝色。随着小球慢慢沉入盒中，木盒也变成了银白色，连接在白滓手指上的蓝色光线突然消失，木盒就像泡沫一样膨胀开来，变大、展开，直到铺满了整张床。最终变成四层,上面三层放了些针剂药品,多半已经用尽。白滓在第四层输入手表上显示的数字,在输入最后一个数字后,一个正方形的点阵缓缓升起变成一个圆球形,密密麻麻的点快速移动,最后形成了地球的样子,悬停在半空中,有个红点在不停地闪烁,那是中国内蒙古境内的一处沙漠,旁边出现详细坐标。

闹钟终于响了,遥远的家乡——古博星球在召唤他和他的同伴们。

坐标的信号在空气中以粒子的形式震动,能量却很快消失了。老白将手表戴好,走到“窗户”边,看着外面幻象“江水”,表情复杂。

万里之外的纽约的量子力学研究所在一片森林之中,显得十分隐蔽。四十岁左右的量子物理学家尼克和略微年轻的瑞典籍美国科学家简恩从大楼里走了出来。一个五十岁左右的肥胖的白人司机见到他们,赶紧把车子停好,打开车门。

尼克拍了拍司机的肩膀:“谢谢你,亨特。”简恩拎着黑色的文件箱坐进后座。

尼克坐在简恩旁边。车子开动。

尼克:“哥本哈根实验室的进展怎么样?”简恩摇头:“昨天刚刚和斐迪南联系过,也是在材料的不稳定上停滞不前。这次的大会,可能会变成中国的主场。”尼克面容严肃起来。

司机亨特的手表发出了轻微的提示音。他低头看表,上面闪动着红点,他脸色一变,不自觉地加大了油门。

哥本哈根。

海滨的三栋略显哥特风格的现代建筑里,科研人员在忙碌着。同样是全球量子力学研究的中心,三十多岁的斐迪南也是赫赫有名的人物。他正在和同事米克尔森抱怨电脑工作站总是出现系统问题。他的助手伊桑带着技术人员林德哈特走了进来。林德哈特戴着帽子,面色苍白,好像很久没有晒过太阳一般。在浓密的大胡子下,他的眼神却亮得发光。

斐迪南:“就是这个工作站,你看看究竟是什么问题?”

林德哈特将工作站的电脑主机拆开,用特制的吸尘器对里面的灰尘进行处理。这时,他的手表发出了轻微的嘀嘀声。看到手表上的红点以后,他放下工具,急匆匆地离开机房。

白滓从虚拟空间中走了出来,又变成了往常的样子。收起存储空间的木盒,看着日历上写着的1072,坐了下来。小黑跳进他的怀里,闭着眼睛蹭他,安慰着主人。是该准备回家了,不过需要带走的没几件东西。老白心想,总算是完成了任务。他把小黑放在写字台上,小黑却不安分地跳下,抬着头看着画中动起来的江水和三角形的树叶，忍不住去扑。画布上出现几道猫爪印，但很快就消失无踪。小黑对主人的把戏感到迷惑，便对着老白"喵喵"地叫了几声，好像在询问老白为什么会这样。怎么跟一只不会说话的猫解释多维空间呢？老白知道，按照以往的惯例，得让小黑走完整个流程。于是，他蹲下来摸了摸小黑的头，安慰得不到答案的小黑，小黑便顺势跳到了白滓的肩上，宣示自己的地位，好像说不知道也没什么大不了的，毕竟作为一只猫，往往对主人有独一无二的主权。老白起身，小黑顺势跳到了书柜上，转身趴下。把自己作为梯子，供小猫一乐，这就是他和这只小猫的默契之一。但小黑还是难以抵抗它作为一只猫的生物冲动，忍不住用它圆溜溜的眼睛盯着画面里舞动的树叶。

对着画站立许久，老白激动的心情终于平复下来。白滓看了看窗外，已经是深夜了。他听到了徐庆之和保安小陈打招呼开车离开研究所的声音。那说明，研究所已经人去楼空了。临走之前，得再做一件事。老白想。于是拿着钥匙出了门。

楼里异常的安静，只能听到远处偶尔驶过去的摩托车发出的轰鸣声。这是在一公里以外的街道上，无法无天的年轻人们在用改装过的摩托车比赛，发泄着他们无处安放的青春。老白看值班室还亮着灯，便小心翼翼地朝着地下的研究所走下去。在大铁门处，他将手指轻轻地放在指纹识别器上，手上的戒指变成快速运动的圆球，强大的能量撕碎了三维世界物体中电磁能量粒子的基本结构。圆球搅动着微观世界，瞬间变成无数小点四散开，就像弥漫的烟雾一样，源源不断输出，很快这扇通往 2049 实验室的门打开了。白滓走下楼梯，看到半透明的桃桃闭着眼睛、悬浮在负一层大厅的半空中，他缓慢地进了电梯。

天空的边缘透出一丝蓝意。保安室内小陈勤勤恳恳，一夜没睡，正认真看着书。当汽车的车灯将研究所的铁门照亮的时候，小陈抬起头，看到是徐庆之教授的车回来了，赶紧用遥控器将铁门打开。他伸出头，跟徐庆之打招呼："徐老师，您又这么早！"徐庆之对着小陈笑笑，点头。显然是小陈的努力和尽职让徐庆之很是欣赏。

车子停在院子里。徐庆之走下车，向大楼走了下去。

偌大的研究所里，日光灯一排排地被点亮。徐庆之进入自己的工作室，进入桌子前坐下。半透明的桃桃在外面走廊上飘荡，她身上异常地闪现出马赛克。

徐庆之看见她，心里闪过一丝不祥的预感。桃桃害怕因为自己的失职被责怪，赶紧点点头消失。

他准备打开电脑，突然发现面前多了一件黑色的包装盒。他打开包装盒，里面只有一个CF卡。这应该是相机卡,徐庆之想。可是什么人会把这个东西送给他呢?按照规定,在研究所里的所有电脑,出于保密的需要,都不允许用外面不明来路的硬盘链接。他将卡片放在一边,却又按捺不住自己的好奇心。他把卡片放在兜里,向外走去。

玻璃门外,徐庆之大声喊道:“桃桃!”

桃桃讪笑着出现在徐庆之面前。

桃桃:“徐老师,有什么要吩咐桃桃的?”

徐庆之:“昨天下班以后谁又来实验室了?”

桃桃:“没有人,桃桃没见到人……可是,桃桃昨天不知道怎么的,睡着了一会儿……”

徐庆之:“睡着了?监控系统出现了问题……”

桃桃:“桃桃没问题,千万不要怪桃桃。”

徐庆之:“好的,没事了。”

桃桃赶紧逃开。

徐庆之走回实验室,将卡塞到会议室投影仪上的接口里。里面出现了荀蒙他们爬山的影像。

徐庆之看着影像,脸色慢慢凝重起来,看到后面,脸色铁青。他一拳打在投影仪上,将机器打翻,破碎的投影玻璃还在投放着影像。徐庆之缓了一会儿,慢慢蹲下去,把卡片拔了出来,喃喃自语道:“怎么会这样,怎么会这样……”

没有一种生命能得到永恒。白滓在心里反复地想着这句话。

终于挤过人群,坐到了开往西北的火车座位上。老白松了口气。此时,车窗外面,保安小陈在向老白挥手。老白不让人送,可是小陈坚持。他说这样荀蒙回来不会怪他。老白明白这个平时表现得蔫头耷脑的年轻人为什么如此执着——在这个城市,他没什么亲人,将来有一天自己能走的时候,也不希望只身冷影。想到这儿,老白竟有些感动,向他摆摆手。小陈的眼角湿润了,便转身消失在人群中。老白的手里只拿了一个小包,其他什么也没带。火车缓缓驶出站台后开始加速,白滓看着越来越荒凉的景色,在心里自我宽慰着:应该没什么东西可以留恋的吧。那些自己收集来的木头,那些书,还有那些曾经让他打发时光的小物件,此时此刻,都一起向他的脑中袭来。还有那只猫……小黑,它会不会不习惯没有自己在的日子?这些赶不走的念头让老白成功地陷入了离别的情绪中。不过,也有一些让人愉快的事在等着他。在古博星,已经过去了整整十年的时间,家里的人应该还好吧,他们一定盼望着自己能回去。说不准还有一场不大不小的仪式。对！还有那片江水，真想脱下这层皮，立刻跳下去，痛快地游上一回！

车厢里，有一个五六岁的孩子挣脱了大人的怀抱，喊叫着、摇摇晃晃地奔跑着穿过过道。他的父亲正手忙脚乱地在后面追着。小孩发出刺耳而欢快的笑声。这声音把白涬从思绪中拉了回来，他打量着周围的人们。一个戴着白帽的老人，面部就像火车外干涸而皴裂的土地一样，沟沟壑壑。衰老让他的皮肤不再有弹性，眼神不再发亮，好像生命之火随时会熄灭。他的手里拿着经书，嘴里正在念叨着什么。老人的身后，几个四五十岁的大汉正凑在一起玩扑克，为了一点赌资相互责怪，吐沫横飞。还有一些年轻人，不知道是生活的压力太大还是什么原因，身上有种与年龄不相称的老成。一对烫着奇怪头发的情侣就像连体婴儿一般痴缠，说着一些若有似无的情话。这些在老白看来，虽然在地球上生活了一千多年，还是难以理解。低等文明的生物就是这样，可怜又可悲。回过头，心里却想，荀蒙已经出院了吧，还没有好好和他告别呢。老白即将离开地球了，让他产生复杂情绪的人类，好像也只有包括荀蒙在内的一两个。

"你的任务是去一个叫地球的地方，去帮助他们发展他们的科技。"白涬来到地球之前，接到的是这样的命令。这命令改变了他的人生轨迹，让他从四万光年外的古博星来到了地球。

古博星，古博星！无数个独处的时刻，白涬总会想起它。这是他日思夜想的地方，是他的故乡。那是高等文明生物的栖息地，那里有银白色的江和美丽的蓝金玲花。在花丛中奔跑的时候，金色的粉末就会飘散在花的上空，就像金光闪闪的晨雾。虽然离开古博星已经十年了，他一刻也没忘记那种感觉，没有忘记自己在家族里的名字——河涬伊德。自己属于古博星河涬家族成员的一分子，身份天然代表着荣耀和高贵。可是为了一个宏大的目的，他不得不接受任务，裹着人类的皮囊，执行他特殊的使命。

一栋黑色的、闪着微光的巨石建筑矗立在发着银白色光芒的大江边上。周围都是浅金色的、有着三角形叶子的树木。建筑的上方，有各种不知名的飞行器往来穿梭。头顶上，挂着一颗环绕陨石带光环的行星，行星明显有一角已经崩裂，像缺了一角的玉璧。围绕着它的光环则发出金色的微光。一个长方形的飞行器朝着黑色建筑的中间空处飞了进去，在上空激起了一圈圈微微的透明波纹。

飞行器缓缓降落在空旷的建筑中庭，光滑的黑色立方体边盖打开，一个古博星信息员从飞船上走下来。他有着超过两米的身高，蓝绿色荧光的皮肤，椭圆的脸型和浅黄色瞳孔，耳朵的位置有两个橄榄形的突起。紫色辫子齐肩垂立。身上则穿着深灰蓝色的紧身服装，偶尔有带点的光在身上闪过，就像闪电一般。来人面无表情，另外一个古博星人走过来，两人用胳膊相碰，身上的光芒运动得更快了——这是古博星人交换信息时除了语言的一种方式。两人离开后，飞行器慢慢沉入地下。

他们来到一个空旷的大厅，对面有一个倾斜的、巨大的三角形结构。三角形没有阶梯，平滑、刚硬。在接近顶端的位置，镶嵌着一把白色的宽阔的座椅，有一个古博星人像埃及法老一般坐在上面。他的长相容貌和其他古博星人并无二致，只不过皮肤有些坍塌，应该是上了一定年岁的原因。他对信息员旁边的古博星卫士伸了伸手，引领信息员的卫士便离开了。

信息员用古博星语汇报:“尊敬的大太司阁下，三位计划执行者就要回来了。请问有什么指示?”

坐在椅子上的人被尊称为大太司，是古博星上最受尊敬、地位最高的人:“金环星最近又有异动了吧?”信息员知道大太司的意思:“是的大太司阁下。最近金环星内温还在持续升高，伯恩莱顿岩熔口也变大了。”信息员所说的伯恩莱顿岩溶口就是那个悬浮在古博星上空行星的缺口。多年以来，古博星人一直为这颗即将毁灭的星球忧心忡忡。对古博星文明来说，摧毁一个行星非常简单，但是它会改变星系的引力结构，如果金环星爆炸了，古博星将会改变轨道，被炙热的戈兰克斯恒星吸收，成为炙热火球的一部分。

大太司沉吟:“把三个人分开，他们从那个低等星球回来，说不定会沾染病菌……那个河滓伊德，等他汇报完毕，让他和他的家族永远在一起吧!”

信息员惊讶地看着大太司。

大太司:“你们要记住，我要的，是我们星球所有人的将来!”

“知道了!”信息员离开了。

大厅里恢复寂静。大太司摁下椅子边的开关，整个大厅瞬间被点状的球形充满，放大，有三个小红点正在向一个目标移动。大太司的脸上露出极少见的满意神情。

第7章 千年旅程

窗外的绿色越来越少，取而代之的，是越来越多的荒野、山丘，浅黄色的大地几乎占据了一切。一千年来，这些景色发生了缓慢而巨大的变化。刚刚来到地球时，这地域在他的记忆中还是绿洲。也许是记忆发生了错乱……那是在人类时间的公元946年？对，应该是那个时候。之前虽然有过在太空和其他星球旅行的经历，但这是他第一次走这么远。从古博星来之前，他已经学习了很多关于地球的知识，但是，这些只是模型演算，并没有任何古博星人能够准确地告知他地球上到底是个什么样子。

当年飞船到达地球，他把人类的皮肤药丸放到嘴里，皮肤从嘴里生长出来，将他紧紧地裹住。为了能够更像人类，身高被缩短了四分之一。对他来说，这就像酷刑。而这酷刑，需要忍耐地球历一千年。看着镜中自己的倒影，觉得人类真是丑陋不堪。把所需要的基本物资缩小成一片放入戒指中，随后走了出来。飞船沉入沙中，他则赤身裸体地行走在沙石棘丛间，观察这个号称是水星球的荒蛮世界。太阳把远处的山丘烤得冒出水汽，好像一切都要燃烧起来，举目不见河流。不过，对于古博星人来说，这个温度称得上凉爽。在一个小恒星升起落下三次以后，他终于见到了地球上的最高生灵——人类。他们满面愁容，穿着破烂似布条的衣服，老的老，小的小，漫无目的地在荒野中行走。白滓好奇地看着他们，庆幸从古博星带来的皮肤尚算合适，当然，在见面之前，他悄悄做了点调整。现在看来他和这些低等生物没什么区别了。为首的老头看着赤身裸体、肮脏不堪的白滓，以为他是一个流浪的呆子，招呼他过来，给他水喝，给他吃的。地球的食物对他来说毫无美味可言，但是他必须得吃。他想了解这种奇怪的生物。于是，他跟着这些人一起走。慢慢的，有人累死，有人病死。布条般的衣服就到了他的身上。很快，他学会了人类的语言。对他来说，这些都不是什么难事。他惊奇地发现，这些人类有时充满同情心，有时冷酷无比。对于死去的同类，他们没有半分悲伤，冷静地瓜分死者的食物、衣物,但是却能把食物和水让给年幼的孩童。他从这些流浪的人类口中得知,现在的朝代更迭频繁,互为攻伐,也就是后来说的五代十国。

在经过长达三十多个日夜以后,他们终于走出了沙化荒原,来到一片有树有水的地方。九死一生的人群发出了欢呼声。在一口水井边,他们一拥而上。疯狂地喝着从里面打上来的水。突然一个女人哇的一声吐了出来。原来她在水里看到了一根泡得发胀的断指。呼啸声瞬间而至,在没反应过来以前,鞑靼人骑着马,拿着弯刀,已经开始杀伐。饥渴疲乏的人群根本没有力气再逃,纷纷被杀,为首的老头跪地求饶,鞑靼士兵根本不听,一刀将老头的脑袋砍掉。喷溅血液的头颅滚到白滓身边。

刚到地球的白滓被一片混乱、动不动就兵戈相见的场面震撼了,他完全想象不到同一个星球的族群之间会残虐至此。鞑靼士兵不知道他的能力,竟要过来杀了他,白滓无意参与这些纷争,决定离开这个是非之地。他利用戒指让错位的时间还原,挥舞着弯刀的鞑靼恶徒的动作瞬间被放慢了一百倍。白滓看着几近停滞的杀戮现场,叹气离开。鞑靼士兵看到一阵光,面前的人突然消失,不免惊恐,丢下几个求饶的人,策马离开。

战火,流民,以及随处可见的尸体。他所看到的,是一幅悲惨的人类炼狱。不过,对于初到地球的高级别文明生物而言,人类的悲喜并不能与他相通。就像一个人类的小孩看着一群为争夺地盘大打出手的蚂蚁军团一样。他不会出手干预这些陷入混乱的人类,他有自己的使命。不过,看着这个没有希望的族群,他不知道自己能不能完成大太司交给他的任务——让这些低等级生物尽快地提升他们的文明程度,以超过自然进化的几十倍甚至上百倍的速度。但是,有一只“蚂蚁”出现在他面前时,他改变了想法。

来到地球几十年后,白滓流浪到辽国地区。他伪装成官方造船厂的伙夫,促成了大商船的制造技术,让沿海的贸易变得发达起来。但是战乱和动荡让他选中的人很快死去。他对这些人类没有情感可言,他所在意的,是按照大太司的命令,逐步推动地球科技的发展。因为他的皮肤无法像人类一样变老,所以每隔几年,最多十年,他就要换一个地方,换一个身份,换一个名字。

时间来到了1034年,北宋东京大灾,饿殍遍野,死伤无数。亲人死去的无力哀号声让人心碎。这些景象让白滓的恻隐之心开始浮现。在赈灾粮到达之前,那些大户人家便成了饥饿难耐灾民们的目标。一天白滓经过街道,一个落难的公子死死抱住胸口的布袋,以免被恶人抢走。周围的难民们无动于衷,也许已经见惯了这些事。公子被打，仍然不放手，且一言不发。恶人们饿极了，哪管得了廉耻，拳打脚踢。公子看到白滓经过，一下子抱住了他的腿，将米袋护在身下。也许这是命运，白滓想，既然如此，就救他一命吧。

没等到几个恶人反应过来，白滓和公子都已经消失不见。

公子知道白滓不是常人，对他千恩万谢。并执意要报答他。公子名叫李成玉，是唐朝皇室后裔、名门之后。历经战乱，家道中落。但饱读诗书，有几分才气。在他的挽留之下，白滓跟随李成玉去到家中。所谓家，只是两间不能遮风挡雨的草棚。有老母亲在堂，风烛残年，行动不便。让白滓意外的是，即便如此，仍辟出一处园子，种了绿竹。草棚之下，竟有文房四宝。李成玉告诉白滓，家中已无余粮，为了老母亲，把自己的一件袍子卖了，仅换得一点米。用来伺候母亲。李成玉将米熬成粥，跪于母亲床前，吹凉了喂母亲。剩下一点，李成玉盛于碗中，双手递给白滓。白滓第一次见到这样的人，非常好奇。就问他为什么要这么做，饥饿难耐之下，不是应该想尽办法活下去吗？李成玉的答案是困也不改其志。如果饿了就去抢吃的、困了就睡下，不管位于何处，人前尚有忌讳，无人处肆无忌惮，这与禽兽何异？

李成玉的儒雅和气节让白滓对人类多了一层认识。虽然他吃不饱、穿不暖，但仍然保持着士的高洁。对于来自古博星的白滓来说，这本是应有之义。但是在低等文明的乱世之中，亲眼看到这等人物，不免感慨，想把他当作样本，增加对人类的了解。为了这个，他又一次破了例，使用时间调节器弄来食物接济他。李成玉推让再三，勉强接受，并和白滓清谈三日，身居茅庐却心忧天下。

李成玉以魏晋之风自许，日子虽苦，但仍吟诗弄花作画。一日，两人花前饮酒，月至半空。白滓喝多了，开始胡言乱语起来："兄台可知，我本天上而来，奈何无法归去？"李成玉接话："白兄家住天上，你可是月上人否？"白滓晃着酒杯："非也，月亮算什么，我的家可比这月亮远多了！我悄悄告诉你，比月亮远五万万多数！"李成玉以为白滓说的是醉话："哦？愚弟才疏学浅，只知天下之大，鲲鹏扶摇几万里而已；人心之大，北冥至南冥而已。难不成白兄的家在银河之中？"白滓挥袖大笑："远不止于此！"李成玉拿起笔："先朝大诗人太白，意达天地，穷及四方。现在看来，不及白兄。白兄不妨说说家乡景致，让愚弟拙笔绘出，趁着酒兴，肆意一番。等明日酒醒，留下一段佳话可好？"

白滓抬头看着天空喃喃道："我的家啊，树非此树，不能不说奇，似恶人张牙舞爪。银色大江在其畔。边有通天黑色高楼。人皆乘飞船交通往来……"

白滓用手指蘸了杯中的酒在桌上画着树的样子，树干粗壮，树枝张牙舞爪甚是奇怪,李成玉看了看:“原来是千年枯树啊!”

李成玉停下笔,思索片刻:“黑色高楼是何物?”

白滓:“就像……就像石匠所作之碑。通体乌黑,巨大无比,高耸入云!”

李成玉似恍然大悟,喝了一口酒缓缓道:“原是石碑啊,那飞船又是何物?”

白滓酒意越来越浓,说了什么连自己也忘了。第二天醒来,发现自己身体变形肿胀,怕被人发现,赶紧躲了起来。不能多喝这种人类造出来的奇怪液体是他早就发现了的,昨天不知道为什么,竟然差点被人类发现自己的身份。也许是对李成玉这个人类太过信赖。这么多年在地球生活的经历告诉他,不能把自己放到这种关系中,否则会带来很多麻烦。等身体恢复原状,再次回到李成玉家中,要和他告别。李成玉对白滓行大礼,对他一谢再谢。白滓说自己要云游四海,李成玉和他定下十年之约。请他十年后再来此相聚。白滓随口答应后离开。

在一个荒凉的西北小镇,白滓从一辆破旧不堪的巴士上走下来。站牌的标识早已经看不清,上面竟然还挂着一个生锈的铁桶。狂烈的西方吹得铁桶撞击着站牌,发出有节奏的声音。还有几个等车的牧民,蹲在边上抽着烟。白滓看看手表,往远处走去。

城市的街道喧嚣嘈杂,一大清早车流不息,人声鼎沸,一辆出租车停在研究所门前,荀蒙拄着拐杖下车,保安室里小陈看见荀蒙,赶紧跑上前扶着:“荀蒙哥,你怎么不多休息几天,今天就来上班啊!”

荀蒙站好调整拐杖:“小陈,你可不知道,在医院躺得难受,还不如来上班,这样好得快一些。”小陈扶着荀蒙往前走:“也是,我小时候调皮爬树上房,受伤了也是躺不住。”荀蒙笑了笑,两人走到门口,小陈说:“荀蒙哥你等等我,我去拿点东西。”荀蒙点点头,不一会儿小陈出来,手里拿着一串钥匙:“荀蒙哥,这是老白给你的。”

荀蒙看着钥匙愣了愣,机械地接过小陈手里的钥匙:“老白呢?”

小陈:“老白退休回家了。”“这么快?”荀蒙惊叹。

小陈情绪低落:“是啊,我还以为老白会和我们吃一顿散伙饭再走,没想到这么快就走了。”荀蒙“哦”了一声后就再没说什么,小陈径直把荀蒙扶到了大楼里,来到白滓以前住的房间门前,荀蒙:“我自己进去,你去忙你的事情吧!”支走了小陈,荀蒙看着手里的钥匙出了一会儿神,整理好自己的思绪,打开门,早晨的阳光射进来,窗帘随着微风轻轻摆动,小黑蹲在书桌上看着荀蒙,房间整理得清爽整洁,似乎老白还没走,只是出去查楼了。小黑看见荀蒙后立即起身“喵喵”地叫了几声,直奔向荀蒙,仿佛小黑也知道他现在的猫奴换人了,小黑在荀蒙脚边磨蹭,荀蒙一瘸一拐走进房间，关好房门。

荀蒙看到书桌上有一个信封，封面写着“荀蒙老弟亲启”，他迫不及待地拆开信封，仔细阅读信的内容。

荀蒙老弟：

见字如面！

当你看见这封信的时候我已经离开研究所，在回家的路上了，我没想到在独自生活的无数岁月里，还能在快离开这里的时候遇见你。与你这位小友谈天说地很开心，也感谢你不嫌弃我这个看楼的老头子。我这一去也不知道我们还能不能再次见面，希望你要注意身体，外出游玩的时候不要太大意。我很感谢那天在小花园里你说以后会去看我，但估计我会到处看看，未必老实待着。不论怎样我都会祝福你，你是个聪明而有大智慧的年轻人，希望以后你遇到任何挫折都不要放弃自己，要相信自己。

我走后小黑就交给你照顾了，在这栋楼里，小黑最喜欢的就是你，我也没什么好送你的，这张书桌，还有已经收好放在床边的四箱书是我全部的家当了。有些书是我过去在各个地方淘来的，敝帚自珍，希望你好好保存。

最后，感谢真正认识你的这几年。你就像我的伙伴一样，假如，万一有一天我们还能见面，希望你能一眼就认出我。

白　滓

2018年8月

荀蒙觉得这封信隐约透着怪异。“在快离开这里的时候遇见你……”他和老白在研究所里也认识七八年了，怎么说得好像刚刚认识一样。撑着拐杖来到床边，弯腰随手打开一个箱子，里面满满都是线装书。荀蒙知道老白的书多，但没想到老白藏了这么多古文书。想起来研究所里的同事们还经常嘲笑老白，说一个看楼扫地的老头，弄来一大堆假书装文化人。荀蒙从来不会看不起人，再说老白的言谈举止也不像一个粗鄙的老头。现在看来，还是对老白不够了解。他一一打开仔细查看，又在上网比对一番，发现这几箱书大多都是宋代明代的孤本，有些书甚至在网上也查不到资料，荀蒙不敢相信自己的眼睛，他现在也糊涂了，白滓到底是什么人，这不是现代扫地僧么。

在他沉浸在惊讶和兴奋中时，响起一阵敲门声，荀蒙赶紧把书放回纸箱，用拐杖把纸箱戳到床底，敲门的声音越来越大：“荀蒙，快给我开门！”沈晓晓在门外喊着。

荀蒙:“姑奶奶你等等!”荀蒙一瘸一拐地给沈晓晓开了门,沈晓晓气急败坏地说:“你怎么就来了?”说着就进到屋里。

荀蒙顺手关上了房门:“反正也出院了,没什么事情我就来了。”

沈晓晓气呼呼地说:“就算出院了也应该在家静养,出院没几天你就跑出来,要是再弄伤了怎么办!”

荀蒙看着沈晓晓笑着打趣:“你才多大啊! 什么时候也变得这样婆婆妈妈的。”沈晓晓对荀蒙的玩笑不接招:“赶快的,我现在就送你回家!”荀蒙还想查看这些古书,而且他也不想让别人知道:“不用,反正现在老白也走了,我跟徐老师说一声,我暂时住在这个房间,这样离实验室也更近。”

沈晓晓:“你就别闹了,老白这里什么都没有,你怎么住啊!”

荀蒙一瘸一拐到床边坐下,小黑顺势跳到荀蒙怀里:“你看都有啊,有书、有床、有饮水机、有电,还有小黑,这就可以住了。”沈晓晓放松下来,逗着小黑:“吃饭怎么办?”荀蒙一脸坏笑,伸着打石膏的腿:“这不有你吗? 你帮我买一些就好了。”沈晓晓给了荀蒙一个白眼:“就知道你没安好心。把我当保姆使唤。”沈晓晓很少来老白这儿,好奇地打量着,荀蒙站起来,沈晓晓赶紧扶着他。荀蒙:“跟你开玩笑罢了,一起去实验室呗。”沈晓晓把荀蒙拉过来,靠在自己身上:“工作狂!”

“欢迎来到 2069 实验室。”

荀蒙和沈晓晓到了负一层的电梯口,桃桃突然现身。“你不吓人就难受!”沈晓晓拍拍心口。“荀蒙哥哥,你怎么就来上班了? 你好了吗?”桃桃像没有看见沈晓晓一样。

晓晓的手在桃桃面前晃了几下:“你怎么每次都看不见我?”

“我怎么每次都看见你和荀蒙在一起,你又不是他女朋友。”桃桃看着晓晓调皮地说。晓晓脸突然就红了:“好了好了,就你能说。”桃桃高兴地转了一个圈:“我也这么觉得!”

桃桃朝着晓晓做了个鬼脸。

电梯正要关门,远处一阵急切的脚步声,何阳在电梯门正要关上的时候冲了进来,差点碰到荀蒙。“何阳,你能不能别这么冒冒失失的! 撞到人怎么办?”晓晓责怪地看着何阳。何阳看见荀蒙:“你怎么今天就来了?”

荀蒙:“在医院待得太无聊了,想过来和大家一起工作。”何阳突然松了口气:“来得好,来得好。”荀蒙看出何阳话里有话:“怎么了?”

何阳:“哎,你不知道,自从上次出差回来,徐老师像吃了炸药一样,看谁都不顺眼，大师兄已经被骂了好几次了。”

荀蒙：“不是吧！徐老师遇到什么事了吗？”

何阳摇摇头：“谁知道呢！师妹你也要小心，不要冲上去当炮灰。”他看着荀蒙，担心地说道：“虽然徐老师最喜欢你，我就怕你平时大大咧咧的，惹徐老师不开心。”晓晓嫌他啰唆：“好了，好了，我们知道了，今天绝对多做事少说话。”何阳给晓晓竖了竖大拇指：“师妹聪明，一点就透。”

快到实验室门口，徐磊匆匆忙忙走出来，荀蒙没有来得及避让，被撞得一屁股坐在地上：“荀蒙?！没伤着吧?”徐磊说着赶紧上前拉起坐在地上的荀蒙，脸色都吓得变青了。好像摔倒在地的不是荀蒙，而是徐磊自己。

“没事没事。”荀蒙说着起身整理好衣服，重新拄好拐杖。

徐庆之闻声急忙走出来，看见徐磊扶起荀蒙，但是脸上的神情更加严肃：“你怎么做事情这么毛躁?”徐磊：“我一定注意。”

荀蒙心想，果然和何阳说的一样。忙打圆场：“是我没发现师兄走出来，师兄，对不起啊。”徐庆之看见荀蒙神情略微缓和：“你怎么来了，不是已经在电话里跟你说好好休息几天了吗?”荀蒙不好意思地抓着头：“我……待不住。”

徐庆之：“不要以为年轻就无所谓，有些伤要好好养。”荀蒙点着头：“嗯嗯!”

徐庆之看着徐磊：“你站着干在这里干吗，不用去拿资料了?”

徐磊：“……我这就去!”

何阳把手里的资料递给徐庆之，徐庆之看后点点头，转身往里走，何阳一边呼了口气，一边偷偷擦了把汗。

白滓一个人行走到沙漠深处，周围一片荒蛮。只有风吹动沙粒发出的微小奏鸣，每走一步，脚都深深地陷到沙子里，步伐越来越沉重。算起来，他从最近的地方下车，已经走了两天。但是满头白发的白滓既不困又不饿。他黑色的瞳孔里闪烁着光芒，如同夜空中的繁星。手表上的定位显示，他的位置离飞船已经越来越近了。快到了，他心里想，一千多年的地球生活真要结束了。现在想起来，给他第一个留下深刻印象的就是李成玉。

虽然只见了一次，但他想赶赴李成玉和他的十年之约。他想看看这个人类十年之后变成什么样了，是不是还是一如既往地高风亮节。到了深秋，黄叶纷飞，白滓来到淮河边的小村庄，找到了李成玉的草棚。原先外面收拾得干干净净的院子早已荒草丛生。草棚已经倒塌，更为残破。他想，也许这李成玉早就离开了吧。仅仅是一粥一饭之恩，何以能让一个人类记住十年？他不禁为自己的想法感到好笑。

走进草棚,他看到了一具披着破衣的骸骨,跪坐在地上。白骨的怀里,抱着一个已经发霉、部分腐烂的画卷。

白滓心中一紧,知道这应该就是李成玉的骸骨无疑了。把残破的画小心地打开,上面画着一幅山水景致。中间一条巨大的江水,用墨色晕染,以表银色江水绵延至远方。江边立着一个巨大的黑色方块建筑,高耸入云。江边有几棵古树,树叶呈三角形,姿态挺拔,树枝遒劲。上方有个类似轿子之物飞行在天上,从轿帘中伸出一个头来,这个人物的形象正似白滓。整个画作采用深远法布局。边上题写俊秀草书"墨碑图",落款写着:"敬白兄。陋室草绿花成行,犹以翠竹最可赏。十年之约未可期,唯兄之恩自难忘。成玉书于庚辰春。"

他知道,这是李成玉留给他做纪念的。当时他酒醉之后说了有家难回之类的话,这幅画应该是供自己缅怀家乡的回赠之物。让他惊讶的是,这里面的白江和树木竟有几分相似,墨碑不过是草棚两倍大小,对于人类来说,这些技术尚是不可想象的。最有意思的是这天上的飞船,被李成玉想象成一个飞行的轿子。遇见李成玉的时候是甲戌年,这幅画用了他六年的功夫。也许,他经历了母亲病故和贫困潦倒的生活。十年之约想必对他来说是君子之约,直到死去化成白骨也在等待着这一天。

这幅画已经残破了。白滓想,自己要重新作这幅《墨碑图》,不枉李成玉的一番心意。他捧着残画,按照人类表达敬意的方式郑重地叩拜那副骸骨。

远处站立了两个人影,在黑暗的沙海中依稀可辨。一千多年,对于人类来说过于漫长,对于这个星球,也是沧海一粟……他蹲下来,拍了拍腿上的沙粒。好像这些沙粒一样,每一颗都不相同,可是从人类的角度看,这些细小的沙粒不过是构成庞大沙漠的一个不足道的部分。就像古博星的我们看这些人类一样。不知道他们有没有经历过和这样的人类打交道的时刻。李成玉的事让白滓对人类的看法彻底地转变了。

远处的人也看到了白滓,转过身跑过来。

走到近前,白滓确认了两人的身份,他们正是林德哈特和麦迪逊。那是地球上人类的名字,真实身份是和他一样,从古博星来地球执行任务的同族。和白滓的平静不同,这两个人看到白滓很是兴奋。林德哈特向着白滓跑过来,抱着他发出奇怪的笑声。白滓也以微笑回应。"我的这些反应好像和人类已经差不多了。时间,真能改变一切。"这个奇怪的念头再次出现的时候,白滓对任务原本坚定的决心有点犹豫了。

在经历李成玉的事以后，白滓着手开始重新作一幅画，画用可以改变形态的模拟空间材料制成，他要做成一个真正可以怀念家乡的空间。当他回到自己的住处时，便会进入到那幅画里，享受片刻的宁静。从此，这些低等文明的人类不再是陌路人。在接下来的一百多年的地球时间里，他到处流浪，除了寻找那些能帮助人类科技进步的"天选之子"外，偶尔会帮助那些不幸的人。其中最主要的，就是帮人看病。对古博星的科技来说，这些人类的病症都太简单了。

人类总是不安分，天下大势有规律地经历战乱和和平。1127年靖康之变，金国与宋交兵，皇帝被掳，宋南撤，中原战火之下民不聊生。白滓已经换了二十个身份。北方游牧民族勇猛彪悍，能驰骋沙场，但不是将来技术的引领者。他随着难民到了南方。相比于北方的苦寒之地，南方的气候温暖而湿润。南方向来经济发达，物质丰富，贸易往来活络顺畅，更好孵育。在促进火器进化的同时，他接着以游历江湖的书生的身份，广交朋友。有个读书人叫闫守诚，乃江州本地人，和白滓结识。闫守诚屡考不中，托同乡关系到蓟州县求个差事，县里的主簿蔡大人嫌弃闫守诚没有家底，无油水可捞，随意两句话就把闫守诚打发走了。闫守诚十分失落，和白滓饮酒唱诗。而白滓偶尔给那些没钱的老百姓治病，得到拥戴。自此，他在这个美如桃花源的乡村一待数年，几乎已经忘了要换身份的事。有一天，村里的保正得了急病，溘然长逝。保正为人忠厚，平时对白滓多有照顾，白滓得知消息，叫人把尸体抬入屋里，请闫守诚看着门，以防被人看到。他用戒指里的粒子能量束将保正的胸膛打开，发现保正是因心管堵塞、血液不通暴毙。这对白滓来说，根本不是什么难事。疏通好保正的血管之后，将保正唤醒。没想到被门口偷看的闫守诚发现。闫守诚表面上云淡风轻，但内心里打起了算盘。这个白滓，肯定不是什么普通人，这么多年不老不病，能让保正起死回生，想来不是神仙就是妖怪。为什么不用他来给自己铺个路呢？尤其是他手上的戒指，闫守诚从来没有见过这等奇怪的样式，说不定魔力就是来源于此。于是，有一天，他劝白滓饮酒，把他灌醉。偷了白滓手上的戒指，连夜赶到蓟州，将戒指献给了蔡大人。蔡大人听闻闫守诚的描述，也动起了用宝物换官的念头。但当蔡大人把戒指戴到自己的手指上时，什么事也没发生。他大为震怒，命人把闫守诚拿下，准备以戏弄官员之名拷打。闫守诚弄巧成拙，懊悔不已。他灵机一动，说这戒指是宝物不假，但需要白滓的符咒才能打开。蔡大人转念一想，谅这穷书生也不敢戏耍他，便带了众多差役，押着闫守诚往江州赶去。

第二日下午白滓醒来，发现自己手上的戒指不见了，到处寻找也不见踪影。偶遇村民，问起闫守诚，村民告诉白滓，看见闫守诚昨日夜里急匆匆往城里去了，心知不好,连连叹气。这时,村口大哗,蔡大人带人已经赶到村中。

闫守诚不顾众人眼光,带着蔡大人来到白滓所居的茅屋。白滓已经发现,便躲了起来。蔡大人看人不在,又要上来教训闫守诚。闫守诚急于自证,拉住村民说白滓曾经居住在此的事。白滓平日对村民比较和善,又治好了不少人的病,看此情形,大家都以为白滓之前定是犯了事才来避难,如今被官府发觉了,要来拿他,便不肯说,以保护白滓。蔡大人乃是察言观色之徒,村民们哪能骗得了他,便让差役们殴打村民。保正见状,下跪求情。蔡大人看着匍匐在地、簌簌发抖的保正,上前说道:“你就是那个被妖人治好的保正?”保正回应:“大人若是请他去治病,不妨让老朽去劝劝。白公子为人仗义,遇到难处他不会不管。”蔡大人:“你去请他来,本官确实有求于他。”

白滓正是被保正藏在了家中。保正见到白滓,赶紧劝他逃走。“虽然那位大人说是请公子去治病,但老朽看着不像。万一公子真去了,前途难料。不如一走了之。”白滓没有戒指,当然不能走。“老丈安心,如果他有求于我,谅不能奈我何。”保正忧心忡忡:“不如待老朽再去应付一番。公子千万不要轻易出来。”保正看白滓的反应,知道他并不是有官司缠身,心里便踏实了很多。

回到蔡大人处,回禀道:“大人,实在不巧,白公子已经离开了。不如待他回来,我立刻来禀告。”蔡大人冷笑,觉得这村里人刁钻,心下恶计:“听说这白公子能让人起死回生,本官倒是想开开眼。”说完,便抽刀将边上村民砍死。蔡大人命令道:“一炷香时间杀一人,直到白公子出来为止!”闫守诚本想贪图点好处,没想到会到杀人的地步,当下瘫软在地。保正也是吓得哆哆嗦嗦,面色如土。村民想跑,却被差役砍杀,一时间腥风血雨。蔡大人走到保正面前:“说实话,本官来不是为了什么找他治病,这人原是江湖术士,杀人越货,无所不为。仗着他会点幻术,总能屡屡逃脱。大家若是合力把他交出来,便是大功一件!”保正看着恶人笑面,心里也明白了八九分。什么杀人越货,不过是谎言罢了。不仅他能明白,所有在场的人想必都明白这位蔡大人是信口雌黄。但是如果不把白滓交出来,村里还会有人被杀死。

闫守诚跑过来,跪在保正面前:“老丈,赶紧把白公子藏身之所告诉大人,否则大家都会死!”周围的村民恐惧至极,也大声斥责保正,让他把白滓交出来,保正看着闫守诚,心中又气又恨。闫守诚小声地说:“大人不会杀了他,因为他身上有大人要的东西。可是你我就不同了,大人杀了我们如同踩死一只蚂蚁。”保正叹了口气:“白公子在我家中……”闫守诚赶紧起身、兴高采烈地说:“大人,那白滓就藏在老头的家中!”蔡大人吩咐手下差役随着闫守诚去拿人,正在此时,白滓从后面走了过来。

闫守诚脸色一变，嬉皮笑脸："白兄啊，我到处找你。这是主簿蔡大人，向来慕才求贤。听说白兄好医术，特地过来请白兄回城一叙。"白滓看着地上跪着的保正，老头低头哭泣。他再看看周围恐惧并面露愧色的村民，心里全明白了。对人类而言，往往对高级情感的追求并不能抵抗对死亡的恐惧。但是，他内心突然充满了失落感，看来，不能把人类想得太好啊。这颗星球上的低等生物，更多的是闫守诚之类，李成玉还是太少了。

蔡大人仰着头："来得好啊！听这厮说你有起死回生的能耐，本大人想开开眼。"说着，从袖中掏出那枚戒指。白滓接过戒指，缓缓地套在手上。

他没有留恋，变成一道白光，消失了。

差役们回头一看大惊失色，蔡大人的无头尸体倒在地上，血液突然喷薄而出。同样死去的，还有闫守诚。这时，大家突然听到了蔡大人的声音，循声望去，原来蔡大人和闫守诚的头颅被一起接在了马脖子上。两人骂骂咧咧，想把对方从马脖子上咬下去。

从那以后，白滓再也不敢和人类走得太近。这是一种愚蠢的低等级生物，他们往往还有一种属性——为了达到欲望和目的可以无所顾忌。白滓换上了老头的外皮，低调地在这人世间游荡，就好像一个隐形人一般，直到他遇到了荀蒙。对，荀蒙！这孩子，总让他想起了那个遥远年代的李成玉。

第8章 回到古博星

麦迪逊已经迫不及待地“脱”下人类的外皮，从脚底，仿生皮肤开始回缩，直到缩进他的嘴巴里。一个通体蓝色、高达两米多的古博星人出现在他们面前。他惊讶地看着两个人，用古博星语说道：“你们不脱下这身皮吗？困了这么久，终于放松了！”

林德哈特和白滓褪下外皮，三个外星人面对面站立。

荒无人烟的大漠，满天星斗显得非常耀眼。天空的某个角落，也有戈兰克斯恒星四万年前发出的光，终于在这一天到达了地球。白滓完全没有空闲欣赏这遥远奔赴的风景，他感觉疲惫极了。三人很默契，他们走成等边三角形站立，各自伸出自己的右手，斜斜地对着天空，好像进行着什么神秘的仪式。三人手上的戒指发出光束，绘制着三角形和方形构成的几何图案，一道银蓝的光线从戒指中间射出，在三人的中间汇聚，集中成一个光点。光越来越亮，很快分解成无数细小方块，小方块聚拢旋转形成螺旋形发光粒子流，带动起了四周的沙粒，脚下震动，下面的沙砾往边上流动，黑色的长方形飞行器开始浮出沙漠，旋转停止的时候，光线褪去，一个巨大的长方形飞行器完整地呈现出来，从外形上看，它就是一块非常规整的纯黑色立方体，材质如同打磨极为细致的大理石一般，特别像一块黑色的墓碑。飞行器飘浮在沙漠上方，站在飞行器上的三个人慢慢降入其中。下面的气体带着沙子旋转，渐渐地速度超过了人类能够理解的速度极限。浮在空中的沙粒相互撞击，产生瞬间的高温，将整个包围的气体染成了一道紫色的光。

“快走吧！别耽误了通道的时间！”飞船里，林德哈特用古博星语催促道。

飞船外的光线像水波纹一圈圈散开，越来越亮，散开的速度也在加快。

林德哈特启动了发动装置。飞船外的一切能量突然定格，周围原地升起一个半圆形光柱包住了飞船，发光的沙砾开始旋转，形成一个大的漩涡。紫色的光线在飞船和漩涡中快速形成通道，飞行器好像分解成无数小方块似的飞入漩涡中，当最后一个小方块飞入后，漩涡快速关闭，沙漠深处只留下还在风中飞舞的细沙和满天星斗。

白滓和其他两人一样，想着快些和家人见面，这个愿望从当初接受任务的时候就开始了。白滓想，在这种原始的情感上，我们和地球人一样啊。不过回到古博星后，他们还必须先向总部做好交接。林德哈特迫不及待地打开手边的开关，休息舱瞬间转变成了古博星的景象：旷阔无垠的大江，在戈兰克斯恒星强烈光线的照耀下闪着白光，江面上时不时有银色的鱼飞出江面；两旁是长着三角形树叶的成片森林，每棵树雄壮挺拔，傲立千年，树林中，盘旋着大型龙鳞鸟；云状的树冠顶上，偶有飞行器从空中飞过；天空上同时挂着有光环的行星金环星，光环发出金色的微光，这也是它名字的由来；一条银色的光带连接着空中的行星和古博星，光带中无数个飞行器往来穿梭。这是他们古博星时间十年前离开时候的景象，不知道现在有没有变化。

飞行器终于穿出了折叠宇宙通道，出现在古博星的上方。他们很快收到了来自古博星的信号：欢迎你们回到母星，你们为母星作出了巨大的贡献，是我们的无名英雄。请将制导信号切换到引导模式，我们将会接你们回家……飞船中的三人兴奋地用蓝色的胳膊交织在了一起。在古博星信号的引导下，飞船到了江边的这栋墨色大楼的上方，从中间类似天井的、巨大的四方形空洞中降落下来。

飞船进入了大楼地下的空间。船舱打开，大太司亲自带着两排队列迎接他们。白滓三人缓缓走出飞行器，大太司走上前分别和三人碰指、碰额、碰肘，两列人一起拿出专门用来庆祝的粒子枪，举过头顶开枪庆祝，从枪管里飞出银色的粒子飞瀑，晶晶闪闪变成一片，这可是古博星最隆重和尊贵的仪式。大太司转身，他们相视点头，忍住激动的心情，一起经过飞瀑，身上随即变成了银色。不一会儿全身的银色褪去，白滓睁开眼睛，大太司："TJ600，RK706，IV812，欢迎你们回归。"

白滓和其余两人已经满眼泪光。大太司说的，是他们三人的古博星姓名。前面的字母是他们家族的代号。白滓是地球上的名字，他便是TJ600，TJ家族是河滓家族，是古博星上的贵族阶层孟泰罗斯大家族之一。河滓家族的历史悠久，为古博星的和平繁荣做出过巨大的贡献。在家族内部，白滓还有一个属于自己的名字——河滓伊德。在正式场合，一般都用TJ600来称呼他。而河滓伊德，则是非常亲近的称呼了。

大太司对着其余两人："你们俩先去休息吧！河滓伊德，还要辛苦你，你在地球的见闻告诉新人们。"

河滓伊德:“遵命,大太司阁下!”他看着两人离开的背影,只能忍耐立刻回到家族的渴望。

大太司能看穿他的想法:“放心。工作完成后就可以回去好好休息一段时间了,在那颗星球上生活这么久,想必更难熬吧?”大太司说起“那颗星球上”时,语气强调而缓慢,好像想到了什么。

河滓伊德:“我所在的地区信息比较多,可能需要多做点时间准备。”河滓伊德对地球的感情比较复杂,他已经习惯于从地球人的角度思考问题了。隔了一会儿,他意识到不妥,赶紧补充:“哦,那儿是地球上的一个族群划分,是我主要负责区域。”

大太司点头:“我知道。关于传达,没什么特别要准备的,重要的、不重要的都要给他们。”大太司一边说一边往边上的悬浮平台走去。平台带着他们弧线升上去,在中间的某个房间前停下。

河滓伊德跟着大太司进入房间,里面已经坐着三个人。看到大太司,三人都连忙站起来。大太司向河滓伊德介绍:“这就是接替你们去地球的三人,奥亚特林、冥斯伯、尼尔普。”

河滓伊德看着奥亚特林,露出惊喜的表情。这可是他从小的好朋友和玩伴啊。没想到回家之前能先见到自己的朋友。但奥亚特林却带着有距离感的尊敬、冷冰冰地回应河滓伊德的目光,这让他感觉到奇怪。也许这是因为有大太司在吧,庄严的时刻,不能表现得过于亲近,毕竟这种场合不能太随意……又或许是很长时间没有见了,大家还有些不适应?河滓伊德心里想。说不定一切结束之后到了外面,大家又可以肆无忌惮地在夜空中飙飞船。朋友和家人,是他怀念古博星的重要原因。友情,尤其是这么长时间的友情,足以和家族的血脉之情相比拟了。

外面的戈兰克斯恒星已经升起来了,巨大如火盆。瞬间整个星球就被热气笼罩,大楼内的反射光线的装置自动启动,黑色的外墙变成银色,将大楼保持在一个合理的温度。

大太司:“再有二十年,最多三十年,等人类科技到了第三阶[①],就是我们第四个计划完成的时候,让他们自相残杀。而且按照我们的计划,到时候科技的发展程度,足以让这些寄生虫全部自我毁灭。我们就可以光明正大地离开即将毁灭的家

① 按照星际联盟的定义,地球文明仍然处于未开化的第四阶。星际联盟的主理星球——拉克洛星球属于第一阶,而古博星的文明属于第二阶。

园，移居到那蓝色的星球了。你看看我们，”他看着自己蓝色的鸟爪一样的手，“是不是也是一种宿命？”

河滓伊德：“那星际联盟那边……”

大太司打断他：“这个事情不用担心，大家知道，我们已经解决了这个技术难题。再说，这项工程除了我们在座的几个人，其他人无从得知，每十个星球年有一段时间的磁扰，没有人能注意到我们这时进入到地球的折叠通道。毕竟，星球联盟不可能同时探测几万亿个折叠通道。”河滓伊德点点头，分别和三人握手。大太司继续说：“那就请河滓伊德开始。”

他们闭上眼睛，把胳膊放在河滓伊德身上，河滓伊德把自己的经历传输给三人。大太司走到房间尽头，坐在长椅上，一根透明的管道快速伸向河滓伊德，接驳到他的头上。在大太司的面前，出现了一个全息影像，一千多年的影像和人类的声音以极快的速度闪现。当巨大的恒星从天边落下，花了大概地球近九天的时间，也是古博星不到一天的时间，河滓伊德的“讲述”到了近代。地球上两次世界大战的枪林弹雨引起了大太司的兴趣。技术的进步和发展，会让人类的贪欲带来越来越大的灾难。很快，他们的技术就会让整个行星的人类都联系到一起了，这给人类这种低等生物的全部灭绝创造了一个绝佳的基础。当荀蒙的影像出现时，大太司觉得河滓伊德的情感出现了明显的波动。这个人类有什么特别吗？大太司把荀蒙的照片放大，仔细盯着这张丑陋的人类的脸。突然大楼发生了短暂的剧烈摇晃，又是金环星伯恩莱顿岩熔口剧烈活动引起了相互引力的异常。

很快恢复了正常。大太司和其余三人显然已经适应了，都没有大的反应。河滓伊德终于说完了所有的内容。河滓伊德脑袋上的透明管道缩回。

大太司：“现在大家都知道了地球的情况，都休息一下，过几天就安排大家启程。”

三人齐声：“好的！”

三人一一过去和河滓伊德碰头碰肘，到了奥亚特林的时候，碰头的时间明显比别人长了一点点，河滓伊德抬头看着奥亚特林，他的表情还是一如往常，脸色如同飞行器的材质一样，光滑得没有一丝笑容。河滓伊德的脸上露出了一丝不易觉察的慌张。

大太司：“怎么了？”

河滓伊德：“没什么！”

大太司：“你辛苦了。明天你就回到家族中去吧。”

河滓伊德点点头。

三个人离开,河滓伊德也跟着大太司离开。

河滓伊德本来以为自己可以回到家族里,和大家好好聚聚。但大太司很明显没有让他回去的意思。难道他又有其他的任务安排?还有奥亚特林,临别的时候传输给他一组加密数字,这是什么意思?他刻意在大太司拔掉记忆管的时候才偷偷告诉他,难道这和他的家族有关?和大太司有什么关系?大家都还好吧?他的脑中乱成一团。不过,现在这个时刻,他要保持冷静,不能表现在脸上。

大太司在护卫的簇拥下,把河滓伊德带到一处房间,"你是古博星的英雄,但是你所做的事暂时不能为别人所知,回去以后不要告诉任何人。所有的古博星人都会因为你们而找到永久的家园。为了这崇高,你将获得想象不到的补偿。"

河滓伊德点头欠身:"这是我们的使命。大太司阁下!"

大太司离开后,身后的门缓缓关上,嘀的一声,门自动封锁。

河滓伊德把压缩过的行李放在床上,自己重重地坐了下去。"床"上的气垫自动包裹着他的身体,就如同母胎里的婴儿,让他彻底放松了下来。刚才只顾着讲地球的事情,没有觉察到有什么不对的地方。好朋友奥亚特林的表现非常奇怪,从头到尾他都没有表现过应有的热情,即便是因为场合原因,也显得过于沉稳了,古博星十年的时间,地球上的千年,对所有族人的改变是不是都一样的大?自己是不是也变了很多?他的头脑中,突然出现了荀蒙的样子。这个人类的小伙子,在河滓伊德看来,应该和其他的地球虫子们没有什么两样,可是,自从决定回到自己的母星那一刻起,却时不时地想起他来。如果荀蒙不是地球上的虫子,或许他能和奥亚特林一样,成为自己的朋友,可惜啊。他想到这儿,突然想起他和奥亚特林碰头礼时,留下的加密数字。他想告诉我什么呢?这时候突然传来咚咚咚的敲门声,河滓伊德起身,门自动打开。一个护卫捧着悬浮的深蓝色液体站在门口:"这是给您的食物。"

河滓伊德接过:"谢谢!"

护卫离开,门自动关闭。在空中飘浮的摄像头像秘密警察一样盯着他。

"十年前好像还不会这样。为什么呢?"在门关上的一刹那,河滓伊德看着摄像头想。

回到床边,河滓伊德开始解密奥亚特林给他的密码。封装数字的是一个立方体。他将之投射出来,立方体非常缓慢地转动,然后缓慢展开,变成六块正方形,每个正方形上都有 361 个交叉点组成的点阵,点阵呈现红、橙、黄、绿、青、蓝六种颜色，点阵立方体变幻无穷，是绝佳的密码保存库，每一个暗号都需要特有的方式解开。而这是河滓家族的独有加密系统。河滓伊德不祥的预感越来越强烈，说不定他要说的事非常严重。

奥亚特林和河滓伊德不仅仅是从小的玩伴。他还是河滓伊德的表弟，从小被寄放在河滓家族中长大，又得河滓族长也就是河滓伊德的爷爷喜爱，才被允许在河滓家族里学习秘术，包括这六点方阵密码。

六立方点阵需要先确定立方体的顺序，这个顺序由设定密码的人决定，解密人必须了解设密人的思想，才可以了解立方体的顺序。设密人会在立方体之外给出顺序密码，什么顺序呢？河滓伊德努力想着和奥亚特林见面的情形——刚见到奥亚特林的时候，他向右边移动了一小步，河滓伊德想起来他和奥亚特林相处的一些琐碎的记忆。那是无忧无虑的童年，贪玩的河滓伊德不顾族里长辈的警告，跑到了旷野上，戈兰克斯的热度让他的皮肤开始泛出红色。赶来的奥亚特林为了保护他，用自己的影子替他挡住了火辣的恒星辐射。最后当然他获救了，但是奥亚特林也差点被烫死。多年后，他还记着这挪动的一小步。原来，他错怪奥亚特林了。他所做的一切，都是在传递绝密信号，用只有他们俩知道的信息；第一位，便是红色。奥亚特林和他行碰头礼的时候，手指用力摁了摁河滓伊德的左手第三根手指，河滓伊德想起来，有一次他被一种凶猛的嵘毗虫攻击了手指。虽然嵘毗虫被打死，但是也差点要了河滓伊德的命。嵘毗虫的特点是初始是透明的，死了以后会变成黄色。对，黄色应该是第二种颜色……

随着顺序逐渐被解开，河滓伊德的预感越来越不好了。他很快排列出六个立方体的顺序，每个立方点阵中，都出现了数量不同的发光点，发光点变成某种古博星文字组合，当他终于读解出密码中隐藏的信息时，重重地坐在了地上，蓝色的皮肤因为恐惧而变淡，眼球周围的纹路变得粗糙起来，手指端变得肿胀，蓝色的泪水充满双眼。

“河滓家族已经覆灭，尽快逃出去！”

河滓伊德读出来的消息比他之前做的最坏的打算还要糟糕一万倍，这基本将他击垮了。但是河滓伊德毕竟是古博星的秘密使者，他能快速冷静下来，找到最合理的解决方案。不过，不管怎么样，他必须得先离开控制中心，想办法回去看看究竟是不是奥亚特林说的那样。

第9章 逃离控制中心

要想逃出层层封锁的控制中心，这个古博星球技术最发达的地方，看来只有一个方法——动用河滓族人一生中唯一一次能使用的超空间。河滓伊德默念着家族的密语，两个手指尖渗出蓝色的血液。他把两个手指对在一起，在他面前的空间变成了镜像。超空间出现在他面前。除了空间镜像，他还看到了另外一个空间里的自己。他走入超空间后，房间里的河滓伊德的肉身慢慢分解，就像沙砾一样瓦解、消失，就像从来没有存在过一样。超空间每个河滓直系家族成员一生只能使用一次，而且最多在超空间内存在六小时，如果超出六个小时，最后所有的通道都将会封闭，只能被埋葬在坍塌的时间里。河滓伊德处在超空间的房屋内，但他还不能离开，只有等相对空间的人打开房门后他才能自由移动。因为河滓伊德从监控中消失，很快房门被守卫打开，他们看到河滓伊德消失了，赶紧发出信号，一时间控制中心里警报声启动。超空间中所有的门都打开了，河滓伊德走出房间。

在超空间的大楼中心，出现一个闪烁的红色多面体。河滓伊德心里一紧，知道事态严重——这是河滓家族最隐秘存放密码的空间。他进入超空间且看到这个红色多面体密码，看来早已经被家族族长在多维空间中预见到。即便有超空间的保护，家族仍然面临巨大的危机，也证明了奥亚特林给他的密信千真万确……河滓伊德不敢设想下去了。

难怪回到古博星的时候，他有某种奇怪的、超自然的恐惧。他想起了自己在少年时期的一次家族仪式，那是一次神奇的经历。所有的河滓家族的年轻人都浸泡在绿色的黏液中，闭着眼睛，肢体连着肢体，无数的信息流在身体里穿过，瞬间身体内部像被无数个磁电同时冲击，他不自觉地扭动起来，家族里的秘密透过皮肤传导到自己的意识里。而最后一个信息就是超空间以及红色信号，那是家族最后的避难所和任务令牌。“如果你有一天要进入超空间，那一定有重要的事情发生。如果你看到红色，那说明家族遇到了大麻烦。所有的人，如果那一天真的到来，你就要准备接受家族赋予的大任。”

河滓伊德已经毫无退路了。他的手伸向红色的光中，一个悬浮着的三十二面体出现在他手中。曾经在成年仪式中脑海中浮现的这个神秘物体，如今真真切切地出现在河滓伊德眼前，却让河滓伊德陷入了一种虚无的悲痛中。说不定在他为古博星人执行艰巨而难熬的外星球任务时、河滓家族的概念已经从这颗星球上消失了。这个三十二面体代表的，一定是那颗球，一颗决定家族地位和命运的神秘武器。可是，这个神秘武器到底在哪里，他也没有头绪。如果家族在多维空间里留下的信息要等他一个从外星球回来的成员获取，家族覆灭已经是板上钉钉的事情了，他要去和谁商量呢？这个让他日思夜想的故乡，就用这样的仪式迎接他的回归。他心里想到这个，不觉得冷笑起来，多么荒谬！

大太司的脸浮现在他的脑海里，“如果时间够的话，真想去看看大太司，他是怎么看着从地球回来的我的？已经对我们曾经忠诚的河滓家族大加杀戮，说不定脑海中想的是，如何在杀死我免除后患之前，从我的手中找到无境之球的线索。”

无境之球，便是河滓家族的秘密武器，也是古博星最大的武器，就如同地球上的核弹，不对，它比核弹厉害多了，那顶多毁灭一个城市，无境之球的联合，可以随随便便毁掉一个三阶、四阶文明，甚至听说还曾经让一个二阶文明衰落覆灭。那些迎接我的笑脸，都是那么虚假，此时遥远得好像要超过我在地球上度过的一千年。看着手里的三十二面体，河滓伊德想。这些征伐对抗，这些所谓的文明，存在的意义到底是什么？

在星际一万年前，宇宙中爆发了数个星球之间的战争。那是古博星还刚刚进入到二阶。战争很惨烈，没有一个星球可以置身事外。为了争夺更好的恒星，或者恒星轨道，在万有引力之间争夺最好的位置，甚至为了一些可有可无的卫星，更甚者，有些时候星球之间没有任何意义冲突，却因为一些不知名的空间站碎屑发生一场战争。这些和地球上见到的动物之间的乱战没有区别，白滓这么想自己星球的历史。那时候地球上的文明还处在第四阶和第三阶之间。为了给后来者狂妄无知的文明一个教训，地球第四阶文明悄无声息地被摧毁。不过，对于星际战争中毁灭的高级文明，地球文明的消失犹如微尘，并没有引起任何反响。那是地球的五亿年前，星际时间六百多万年前。与边缘的地球不同，那时候的古博星是一个幸运儿，关键就是有了这个无境之球。它的威力并不来自其本身，而是它能够让对方的星球产生内战，消耗对手的实力。只不过，它没有办法动摇第一阶文明。具体怎么能做到，河滓伊德也一无所知，也许第一阶文明能够看到十一维世界中无数平行时空的所有可能性，用地球话来说，第一阶文明已经到了与天地同游的睿智之顶。毕竟，这已经是六百万年前的上古历史。一万年前星际联盟成立，一阶文明联合起来制止了无数的星际战争，起因就是这样的战争产生了无数的太空垃圾，无数星球的文明被尽数摧毁，宇宙系统被改变、打破。不能再这样下去了，几个一阶文明取得了共识。于是，战争停止了。为了保持平衡，星际联盟对各个星球的武器进行了限制。对于古博星，首当其冲的就是无境之球。八个无境之球被分给了八个大家族分别保存。而作为历史最为悠久的大家族河滓家族，也保存着一个最为重要的无境之球。多少年来，这已经变成一个家族的荣耀，和武器却没什么关系了。"家族的覆灭会不会和这颗球有关？"这个问题从河滓伊德的头脑中冒出来，"不管如何，我要找到这颗球，找到藏在其中的秘密。可是，这个三十二面体和无境之球有什么关系呢？那颗关系着家族荣誉的球到底在哪里？""不管你在何处，不管何时，如果看到了三十二面体，一定要回到你成为河滓家族一员的地方。"这是从上一辈传下来的文明密码，是属于河滓家族的咒语。它在召唤我，家族也许没有覆灭。不过，他一定要遵从这条唯一的线索，逃出去，回到铭刻在他身体每一个分子中的神庙中去。河滓伊德一无所知，他只能逃出重围，走一步看一步了。

当河滓伊德来到黑色建筑物的大门口时，他看到了镜像空间外一片混乱，红色的警灯在透明的对应空间中不停地闪烁。秘密警察在大楼里走来走去。"查到河滓伊德，不能让他逃出这栋大楼！""他到底是怎么消失的？"一个明显是防卫长官的面目阴沉地说。"万一他逃出去，发现他家族的事就糟了！"旁边的护卫在旁边嘀咕。"没关系，他逃不出这个星球。""可是，万一他发送信号到联盟……他可是催熟计划的一分子！""启动绝密最高级别的预警！别忘了，无境之球还没有找到。""是！"

河滓伊德凭空消失让所有人摸不着头脑，一个个下属在大太司面前吓得双腿发抖，他们都知道大太司如果生气后果会很严重，因为他们不仅在乎自己的命，甚至还牵涉到背后整个家族的命运。大太司似乎已经知道了河滓伊德是如何逃走的。"看来河滓家族掌握了一阶文明的一些秘密。你们看，为什么他们有这样的野心。对于古博星来说，毁掉这样的家族对所有人都有好处。"大太司出乎意料地冷静，"去吧，不惜一切代价，把河滓伊德，那个叛变家族的余孽，给我抓回来！"手下人赶紧散开。

相对空间里没有任何生物和声音，河滓伊德快速行走着，他要争取时间、尽快回到自己的家族。在远离黑色大楼的郊野，无形的微粒开始出现，组合成河滓伊德的形状。戈兰克斯星又落下了，他估算着时间，必须要从相对空间里出来了。河滓伊德消失在古博星深夜的繁星之下，金环星发出幽暗的暗黄色光芒。

在一片树林里，河滓伊德观察周围的情况，直到认为安全才慢慢地走出，快速地走到一栋石头房子前，把手掌放在石门台阶最外侧的一块石板上，石门缓缓打开，屋里一双大手迅速把河滓伊德拽了进去。

屋里屋外有天壤之别，里面整体银灰色半透明状，墙边有一个个发光的气泡垂直升起，在高高的房顶汇集后形成星星形状，缓慢飘散在整个房顶，照亮了整个房间。四周的墙角有很多大小不一、高高低低的发着白色微光的石头，石头上附着着苔藓一样、发着荧光绿的植物，苔藓旁边的几株花，花蕊呈六角形，从中间延伸出细长的卷丝，花瓣轻轻摇动，花瓣很长，时不时会飘到别处。河滓伊德被拖进来，花瓣一碰到他，立刻卷成一团。拖他进来的“巨人”，身形比河滓伊德大了一圈。他喘着粗气，将河滓伊德扔在角落边悬浮着的巨大的发着微光的黑色长方形物体上，河滓伊德无辜地看着这个满头都是银色爆炸辫子的人，银色辫子开口道：“你小子到底有没有良心，现在才想起来找我。”

黑色的椅子将河滓伊德包裹起来。“要是可以来，我早就来了。”银色爆炸辫子抬起身：“昧着良心说瞎话，怎么就不能来了？以往也没见你执行任务的时候音信全无。”说着拨了拨挡在眼前的辫子接着道：“怎么，被大太司洗脑洗彻底了？”

河滓伊德：“我有事情想问你……”话音未落就被银色爆炸辫子打断：“打住，你这个没良心的到底还记不记得我叫啥？”

河滓伊德：“快告诉我！”

银色辫子的表情凝重起来：“这么说，你什么都不知道？这么多年你到底躲到哪儿去了？河滓家族的事……是不是和你执行的任务有关？”

河滓伊德几乎要发怒了，他从“沙发”里弹出来，靠近银色辫子，眼睛发红。

银色辫子根本不理会河滓伊德的怒气，他露出一丝警惕的神色：“除非你告诉我，我是谁，否则后面我一句话也不会说。”

河滓伊德：“你叫勒伏泰，这里是墨石 1900 区 1876 号，你爱吃金环星源玺矿炖白滓六角蛙，喝二十枝古树浆，还喜欢和奥亚特林与我一起在金环星上的‘青夜星海’玩探险，还有一个爱好，就是教训我……”

勒伏泰制止他：“还好你小子没失忆，还记得我。我得确定你不是大太司派过来试探我的假冒者。”

河滓伊德：“快给我说说我的家族到底遇到什么事情？”

勒伏泰躲避地说："你到底躲哪儿去了！真是命大。先休息，明天再好好给你说。"

河滓伊德上去抓着勒伏泰："我没那么多时间，你现在就告诉我。"

河滓伊德看到勒伏泰哀伤的表情，基本确认了自己最坏的猜测，心情变得异常的沉重。

勒伏泰起身递给河滓伊德一杯红色发光的饮料，缓缓说道："在你离开的这九年多时间里，发生了很多事。当初你突然消失了，虽然我不知道你到底到了哪里，但是也能猜到你的行动和大太司的命令相关。当然，你也是这个家族的骄傲。大太司给了你们河滓家族无上的荣耀，光芒超过以往的任何时候。"

河滓伊德迟疑地问道："这和我去地球有关？"

勒伏泰："地球？什么地方？"

河滓伊德："一颗第四阶文明的星球。"

勒伏泰："原来如此啊！看来大太司早就有了详细的计划。"

河滓伊德："这是秘密的催熟计划。事已至此，我也没必要隐瞒什么了。"

勒伏泰点头："这里面一定还有什么隐情。总之，有一天，在大太司的授意下，美博斯①的贵族们一起向你的家族发难，大太司的秘密军队将河滓生活区团团围住。就连中间的保护碑都丧失了光芒。后面发生的事情就没有人知道了。总之，当我得到消息、赶过去的时候，整个河滓家族就已经从这个星球上消失了，就好像从来没有存在过一样。环形的大楼瞬间变得荒芜，倒流的瀑布变成了干涸的晶状体，而中间的碑竟然伤痕累累，好像经历了黑暗流星的千年打击。"

河滓伊德的眼睛被泪水充盈。

勒伏泰："你可能就是河滓家族的最后一个成员了。"

河滓伊德："为什么？难道我遵从大太司的命令，反而让我的家族覆灭了吗？我一定要回去看看！"

勒伏泰按住一个圆白的按钮，一道光从前面升起，在光柱的中间，出现了河滓伊德的样貌："果不其然，你的通缉令已经全球皆知了。如果你现在贸然出现，很快

① 古博星的阶层之一。最高层是美博斯阶层，是古博星的统领者阶层，权力的决策者；第二阶层叫蒙泰罗斯，负责古博星的具体事务，即八大家族的阶层。河滓家族是蒙泰罗斯八家家族之一；第三阶层叫灵斯，中间阶层，也是人数最多的阶层，每个灵斯家庭都有擅长的领域；第四阶层叫尤提斯，平民阶层，提供有机物的劳力者；第五层即是尼让姆斯阶层，是"不合格"的古博星人，贱民或者流浪的罪犯。逃难的外星人也被划入到这个范畴。

就会被抓住，关押甚至处决、化为灰烬。”

河洚伊德痛苦地问：“这到底是为了什么？”

河洚伊德的内心一团乱麻。他原来设想，等回到自己日思夜想的古博星、他的家乡，一定会受到大太司的热烈欢迎，自己的家族一定会因为自己的奉献而获得更高的荣誉。即便这是一个秘密的、不可告人的任务，违反了星际联盟的不消灭差别等级文明的规则，但是，这是所有热衷于古博星未来的蒙泰罗斯阶层年轻人都应该去做的，尽管有些人并不赞成催熟计划。有些人觉得，对处在第四阶层文明的地球进行科技发展轨道干预，再使用他们的秘密武器，能在古博星毁灭之前，让地球的这一轮文明加剧消失……虽说是一种极度自私的行为，可是为了古博星人能够获得更好的未来，这也是一个不得已的办法。虚伪的道德仅仅是让星际联盟的那些第一阶层的星球更好地维持星际之间表面的平衡而已。可是，这个催熟计划是大太司亲自组织的，对于古博星人来说，大太司具有至高无上的权威。自己遵循大太司的指示，不辞辛劳，为什么大太司反而这么对待自己的家族？这中间发生了什么事呢？

勒伏泰说：“我带你去找塔拉贝，我想现在只有他能帮你！”

河洚伊德：“青焰大城[①]的塔拉贝吗？”

勒伏泰点点头。

勒伏泰：“只能这样，不然你很快就会被大太司抓住。”

河洚伊德：“可是，我还是想回蓝星镇看看。”

勒伏泰：“你疯了吗？”

河洚伊德眼里闪着泪光：“我想去看看我出生的地方，我怕……以后就再也没有机会了。”

勒伏泰：“好吧，我带你去，不过你要做好心理准备。”

河洚伊德点点头。

勒伏泰按下一个六角柱的一个按钮，一圈圈向外扩散出淡蓝色的六角形圈纹。

河洚伊德：“这是什么？”

勒伏泰：“你准备就这么走吗？只要出了这个房子，那些人就会根据你的辐射常数[②]立刻跟踪到你。这是我从斯多利斯星球人手里淘换来的[③]，能掩盖你的身体

---

① 古博星的法外之地。

② 辐射常数，古博星人独一无二的身份标识，便于分清身份。

③ 斯多利斯星，星际联盟的主理星球之一。斯多利斯星球人处于第一阶文明。

辐射常数。除了我和你,谁也不知道。”

勒伏泰和河滓伊德来到一处硕大无比的室内,里面停着大大小小数十个飞行器,左边第一个是一架黑色的橄榄形飞行器。两人进入飞行器,飞行器中部的位置泛出一圈圈光束,在原地缓缓启动向前飞行很小一段后,光圈加速扩散,裹住了整个飞行器,突然加速,冲出地面,将石头房子远远甩在身后。在飞行过程中,周遭的光线越来越弱,最终带着旋风消失在树丛中。

古博星的夜晚与地球并不相同,河滓伊德这么想,他努力地让自己冷静下来。

飞行器来到一处开阔的平原地带,缓缓降落,四周寂静一片。远处天空,金环星散发出淡淡的金色,借着这份淡金色的光辉,可以隐约看见一片片残垣断壁,瓦砾沙石,伴着深夜的风扬起微微的尘土。勒伏泰和河滓伊德走出飞行器,河滓伊德站定,举目四望一片荒凉。他跌坐在地上,再也忍不住,趴在地上放声痛哭,勒伏泰只能在一边陪着他。不要说河滓伊德,就是自己当年看见这一片废墟也免不了痛哭流涕,所以他非常理解河滓伊德现在的心情。

第10章 陈年往事

蓝星镇曾经是何等恢宏壮丽！万年古树随处可见，墨辉古湖发着银蓝色的光辉，连环十七角晶格建筑群围绕着蓝星镇的墨碑而建，错落有致，多维度采光最大可能利用光线，可以让所有角度的住宅都采集到来自戈兰克斯恒星的热量，多层有机能源循环让生活在里面的所有人都得到足够能量的同时，不至于被多余的热量烧烤；它们围绕着墨碑修建，坚固程度足可以在受到外族攻击，甚至是外星球攻击的时候能得到最快的保护；这里曾是多少人向往的乐园，这是河滓家族十来万年不停修建的成就。可是，现在被完全摧毁了，可能就用不了一天的工夫。墨碑，那个河滓家族的象征，都消失在这场灭族屠杀之中，这怕是古博星几百万年间最残酷的一场灭族运动了吧。

勒伏泰扶起河滓伊德，河滓伊德艰难站好，深深吸了口气，挣脱勒伏泰，顺着一条已经长满针草的小路向着蓝星小镇最中心的地方走去，勒伏泰跟上他，在废墟间踉跄地往前跑。

曾经长满参天古树的地方，如今只剩下长长的针草。他的脑海中浮现出夏夜族人在蓝石河边乘凉、赏金环星的景象。紫心虫在河边飞舞，蓝金铃草的花散发出阵阵幽香，烈日带来的高温已经散去，小孩们无忧无虑，反复从湖里跳出来，钻下去。年长者鼓励他们这么做，因为这不仅是玩耍，也是为将来的成人礼做准备。曾经多少次，这样的景象出现在河滓伊德身处地球时的梦里，跟眼下残垣断壁比，当时的一切更像梦境，多希望这都是不真实的。

第11章 成人礼

童年时，他最喜欢的就是这大片的蓝金铃草铺就的巨型花毯。在古博星夏季漫长、炎热的时光，倒流瀑布会被蒸发，水汽在空中形成一个雾状带，在蓝金铃草的上空飘浮。花芯被几近烤熟的蓝色叶子包裹，像一个个沉睡的婴儿。可怕的正午，反而是河滓伊德和小伙伴们从环状的房子里偷偷逃出来，享受欢愉的时候。蓝金玲草巨大的叶子是他们捉迷藏的理想场所。只要不暴露在强烈的光线下，身上的蓝色皮肤就会和蓝金铃花叶子融为一体。

“如果你们被戈兰克斯星的光烤伤了皮肤，就会变成红色，你们会死去的！”大人们总是善意地警告这些调皮的孩子。

这些恐怖的言论不会让孩子们却步。他们探索出了一个属于自己的方法。那就是穿过茂密的蓝金铃草的草原，到达老实孩子们晚上才敢去的地方——墨辉古湖。

在这群调皮的孩子中，河滓伊德始终是个领头羊。他熟练地用古博星语召唤着早已经蠢蠢欲动的孩子们，大家纷纷跳入到草原中，瞬间钻入到叶子下，群流汇聚。在叶子的上方，根本看不到他们的踪迹，只有被吵醒的蓝心虫无奈地在草丛中被惊吓得飞来飞去。在草丛的缝隙处，戈兰克斯恒星炙烤着一切有机物，河滓伊德试探着把脚踩上去，皮肤迅速冒出了一阵烟。对付这种情况，古博星的小孩们自有办法。他把蓝金铃草的头折弯，蓝金铃草的叶子便会张开，中间露出金色的花蕾，他将蓝色的脚伸到花蕾中，蓝色的叶子嗖的一声将他的脚紧紧地裹住，这样，一只特别的“鞋”就做好了。河滓族里的大人们总是反对这样做。“蓝金铃草是我们家族的幸运草，你不能这么对它们。”管他呢，少年河滓伊德已经做好了“鞋”，穿着它、带着小伙伴们往墨辉古湖滑翔而去。每次大家都要争一个你先我后。

大人们这时都会在防辐射、可以调节温度的晶格房子里休息，外面的广阔空间便成为孩子们的天堂。

当少年河滓伊德从蓝金铃草丛中飞出来，飞向墨辉古湖的时候，在空中的他总会感觉到一种胜利的喜悦。因为他知道，这时的小伙伴们都在后面看着他高高跃起的身影，古湖冰凉的水也正准备接受他，将他包裹其中。在他跳入湖水之后，族里的小伙伴们也纷纷跃入。

河滓伊德从湖里伸出头来，看着墨辉古湖的远处。

“你不会想去白江吧？那可是禁止的。”族弟河滓伊迪劝阻他。

远处是墨辉古湖流向白江的交界口。白江的表面泛着银色的光辉，和墨辉古湖有着不一样的色彩。所以，在湖水、江水交汇的地方，形成一条明确的分界线。

他特别想游到那一片江水中。可是作为河滓家族的一分子，知道白江对于他们来说意味着什么。

河滓伊德永远记得那一年。古博星人十五岁的时候要分别在各自家族的神庙举行成年礼。成年礼由家族里最有权威的九人执礼，是每个家族中最重要的活动。河滓家族的成人礼由紫犀星在东边升起为信号，到神庙开启后历时三天才算礼成。

河滓家族的成人典礼非常特别，因为他们的神庙在白江之底的深处。要想完成仪式，受礼人必须不使用任何工具潜入江中神庙。如果失败便要再等一年，甚至还有发生意外死去的。当然，成人礼完成之后他们就会被当作家族的正式成员，能一起分享河滓家族的核心机密。

河滓伊德记得，在成人礼的前几天，自己兴奋得怎么也睡不着。于是大半夜约上河滓伊迪和奥亚特林去墨辉古湖游泳，算是给即将到来的典礼做准备。河滓伊德跳入湖中，在湖面深吸一口气，随即潜入湖底。湖底的墨晶湖花闪着点点星光，五颜六色的湖底生物在他身边遨游，有的还调皮地包裹着他，直到被河滓伊德推开。河滓伊迪不服气，企图追上奥亚特林和他，却没掌握好水底换气的方法，呛了一口水，手忙脚乱地浮了上去。他和奥亚特林忍不住笑了起来，吐出一串泡泡。那情形，真是美丽得让人难忘。

终于到了成人礼那天。天色昏沉，戈兰克斯恒星尚未出现。蓝星镇的人站在白江边，等待着仪式开始的时刻。河滓家族所有即将成年的少年都来了。他们跪在江边，虔诚地将江水捧起来，从头上淋下。白江对于他们来说，是神灵，是不可触怒的存在。即将进入神秘未知的白江深处，所有人都很紧张，河滓伊德也不例外。在戈兰克斯恒星从地平线升起的时候，岸上所有河滓家族的成人们都发出了低声的轻鸣，类似于人声奏鸣曲。这是仪式开始的信号，河滓伊德第一个扎进江中，随后所有的少年纷纷跳入江中。

在进入这个神圣之地前,河滓伊德就听说过很多遍关于成人礼的故事。河滓家族的神庙在白江漩涡区底部,想要到达神庙必须经过湍急的漩涡区,每年成人礼都有一些族人会因此受伤甚至死去,一旦受伤,只能等第二年才能再次参加。

河滓伊德勇敢地冲在了第一个。他的身体好像知道神殿所在的位置一般,径直向江底深处游去,河滓伊迪向他用手示意,让他小心点。河滓伊德很兴奋,放任自己快速行进,慢慢将小伙伴们抛在身后。随着越来越深,周遭的环境从银白色的、温暖的变成了墨绿色的、冰冷的;小伙伴们的声音也慢慢地消失了,偶尔会传来不知名巨型动物的嘶吼声。得有勇气,河滓伊德自己给自己打气。为什么要将神殿设在白江的深处?那一定是对族人的考验。没有这个考验,永远不能成为一个合格的河滓家族的成年人。

考验远远没有结束。果然,在河滓伊德的面前出现了一丝横向的水流。凭借多年水下的经验,河滓伊德知道这就是小时候经常听说过的江底漩涡。他鼓足勇气,蓄力向前冲去。他的身体开始不听使唤,开始偏离方向。与此同时,一个身长一百多米的五角尖头兽出现在远处。河滓伊德心里恐慌起来。尖头兽凶猛残忍,但凡遇到五角尖头兽的攻击,很少有能逃脱的。慌乱之下,河滓伊德的动作越来越不协调起来。五角尖头兽仿佛发现了他,冲着他慢慢游过来。河滓伊德想挣脱,反向逃离,但是江水的力量由不得他,将他的力量全部化解掉。实在不行就和它拼了。河滓伊德心想。五角尖头兽往往有超过古博星人三百倍的体重,漩涡区的表层根本影响不了它们。五角尖头兽慢慢地靠近,河滓伊德闻到了死亡的气息。他的脑海里闪过父亲对他说的话:要学会思考,紧急的时候,理智能让你逃离危险。江水的力量为什么不能改变五角尖头兽的身体呢?是不是它们的力量要强过这条被自己家族视为神的白江呢?如果不是,这种考验又在告诉自己什么呢?

思考的瞬间,河滓伊德慢慢放松了下来,他的身体开始顺着漩涡的力量移动。瞬间,灵感出现。他仿佛明白了什么,开始顺着漩涡漂流起来,当五角尖头兽靠近的时候,他用力游动,身体擦着尖头兽划过。尖头兽的目标落空了,发出了愤怒的吼声。巨大的吼声传遍了江底,惊动了所有人。看到几乎到手的猎物逃脱,五角尖头兽慢慢转身,但是这个过程却没那么容易。这一次的过程让河滓伊德找到了规律。他开始静下来,顺着涡流和五角尖头兽斡旋。第二次,第三次,每一次他都能化险为夷,从五角尖头兽的身边划过。而且他明显地感觉到,涡流的速度越来越快。河滓伊德的头脑中出现了一个漩涡的模型——一个倒斗形的结构。如果漩涡越来越快,正说明自己正在接近漩涡的底部。根据速度的变化,他甚至算出大概需要多久就可以从漩涡区游出去。可是，他不能就这样出去。如果五角尖头兽还在漩涡区，那么后面的小伙伴们就可能没有这样的运气。一定是家族的神灵在护佑着他，河滓伊德心里感觉到一阵暖意。我得回去带着大家一起穿过漩涡。想到这儿，他奋力往上游去，身边的水流速度从快到慢，慢慢地又看到了正在等待猎物的五角尖头兽。而他的族弟们，正在冲着下面游过来。在前面的河滓伊迪发现了五角尖头兽，开始在水中挣扎，和河滓伊德一样，他开始不由自主地摇摆。五角尖头兽见状，慢慢游了过去。河滓伊德焦急万分，他没有办法通过语言告诉自己的伙伴如何逃离危险。如果再这么下去，河滓伊迪一定会筋疲力尽，落入五角尖头兽的口中。即便伊迪侥幸找到了方法，后面跟随而来的族人们一定会有被吃掉的危险。情急之下，他突然想到了方法——用自己的行动来做示范。跟着河滓伊迪而来的，是十几个族人。果不其然，他们看到五角尖头兽，本能开始驱使他们费尽力气挣脱。河滓伊德不能再等了，他猛地冲了上去，对着五角尖头兽的身体撞了上去。五角尖头兽受到河滓伊德的挑衅，变得狂躁起来，它掉头向河滓伊德冲去，河滓伊迪惊恐地看着河滓伊德。河滓伊德知道大家都在看着他，突然一松劲，身体顺着漩涡开始旋转起来，每当五角尖头兽快靠近的时候，他便用力挣脱，让身体和漩涡的力量合二为一，就像在水中跳着旋转的舞蹈一般。五角尖头兽反而变得越来越迟缓了。大家都明白了通过这层考验的方法，纷纷放松身体，顺着漩涡旋转而下。

他们终于穿过了漩涡区，看到了远处的光芒。那一定是神殿！胜利在望，大家的内心开始雀跃起来，快速往前冲去。果然，穿入光芒，中心的神殿慢慢出现，那是河滓家族最为核心的所在。到达神殿前，还要穿过四层让神殿在白江底不受任何侵害的保护罩，只要进入保护罩，人们可以自由地呼吸和走动。在进入之前，他们已经被交代过无数次。河滓伊德和族弟们收缩身体，不停加速，像箭一样穿过屏障。进入保护罩之后缓慢降落到温暖柔和的江底。终于来到神殿前，看到了这座传说中的家族圣地。

河滓家族的神殿有一百个古博星成年人那么高，由墨石修葺而成，底部宽上部窄，站在底下仰望，是一座反射江底景物的、漂亮的多角尖塔。看到了心心念念的神殿，小伙伴们激动地欢呼起来。九位执礼人一同站在神殿门前，微笑看着他们。一个执礼人上前："小伙子们，你们克服了恐惧、未知和巨大的危险，可是，你们没有躲避，你们具备河滓家族流淌的勇敢者的蓝色之血！来到这儿，说明你们全部通过了考验，家族的神殿在欢迎你们，请进来吧！"

神殿底部开始泛起光芒，越来越亮。同时，神殿的门缓慢打开。岸上，头顶举着蓝金铃草叶子的人们看到中心的墨碑也变成了一个巨大的光柱、白江的江面越来越亮,得知少年已经如愿到达了神殿,不禁欢呼起来,他们向空中抛撒花瓣,庆祝着重要的时刻。

神殿中,河滓伊德等人盘腿坐在神殿十七边形空间中央,九位执礼人分别从九张墨晶石椅上取下蓝晶权杖,指向前方,九根蓝晶权杖发出淡金色光芒,汇聚、折射、像一支箭射到神殿高高的尖顶。在权杖光束的召唤下,一个巨大的半透明的立方体出现在神殿中,少年们发出了一声惊呼。执礼人纷纷用右手扶地,面向立方体弯下腰,这是河滓家族内部最高的礼节。河滓伊德知道,立方体中间便是传说中的河滓家族复兴的神。正是因为复兴之神当年在宇宙战争中立下了赫赫战功,才使得河滓家族能够成为掌管无境之球的八大家族之一。他忍不住偷偷端详这半透明的立方体。在这立方体中,隐约藏有一个巨大的人形,这个人形身高远远超过了普通的古博星人,干涸而充满褶皱的皮肤呈深蓝色,因为失去养分的原因,已经变成一个骨骼状的瘦长的条。他的面目随着光芒不停地变幻,好像还活着一般。见到了家族的神,崇敬、肃穆的气氛笼罩着所有在场的人,他们的身体不停地抖动,发出细碎而稠密的声音。难怪要在江底举行成年仪式,河滓伊德想,正是因为这儿有家族的远祖。河滓家族未来的勇士贵族们,都要在远祖的庇护下成长蜕变。光线折射到立方体里,照射到巨人远祖的额头上。他惊讶地发现,在先祖额头上居然有一个黑色的锐角菱形的物体。

“那是远祖的象征,据说在星际战争中,因为被星际的暴动者击伤而天然形成,就像战场上勇士的伤疤一样,是荣耀的证明。”他突然想起父亲和他说过的故事。权杖发出的光芒被额头的菱形物体反射,形成星星点点的光斑,落在这群少年身上,潜入到他们的身体里,最终消失不见。九位执礼人收了蓝星权杖,整个神殿的光线慢慢消失,执礼人们纷纷回坐到了墨晶石椅上。不一会儿,地上重新有光斑升起,汇聚并升到神殿上空。所有人都仰头看着神殿尖顶,光越来越强,最终将整个神殿照亮,并突破神殿的顶部,冲破江面,和岸上墨碑发出的光线会合,强度甚至超过了戈兰克斯恒星耀眼的光!

不一会儿,少年们身上的光慢慢散去,河滓伊德清晰地记得,他的身体结构好像瞬间发生了变化,肩膀变得更宽阔了,身上皮肤变成了更深的蓝色,残留的光顺着皮肤游走闪现,这代表着他们获得了先祖的认可,变成了河滓家族的正式成员。九位执礼人告诉他们,从此以后,他们的喜怒哀乐都能被墨碑感知,他们的情感和所有族人的情感链接为一个系统。所有的族人都有一个特别重要的使命,宁可死去也要守护的东西——无境之球。在古博星一共有八颗,分别保存在古老的八个家族手中。如果所有的球都被集中到一个人手中,不管这个人是正义的还是邪恶的,都会造成不可估量的灾难。而拥有无境之球,是古博星不为外界所知的最大秘密。

河滓伊德和其他的新成员们在神殿中用三天的时间学会了河滓家族所有密码设计的规律以及墨碑重建的办法;在遇到重大的危机时,如何通过多维空间逃生,保持家族的火种。学习并不需要语言传递,而是通过相互的触碰、身体细微的共振。在他大脑里挥之不去的,那一个个瞬间,他的身体仿佛被细微的星际磁场冲击,懵懂的世界慢慢消散,取而代之的,是一个个清晰的知识结构;他也很难忘记,在短暂的三天中,他仿佛脱胎换骨,变成了另外一个人;当成年礼结束的时候,从白江深处的神殿漂浮到江面时,河滓伊德感觉身上多了一种不一样的东西,一种责任感,或者说是一种链接,一种和墨碑的深层联系。他曾经以为,在古博星被戈兰克斯恒星的巨大引力摧毁之前,这个美丽的家族栖息地将会承载自己五十多年的岁月。可是……

从记忆中回过神来,河滓伊德站在废墟上,看着这一片死寂。眼神里全是愤怒与绝望,可是墨碑已经被摧毁,族人都已经死去,再也没有任何共振发生。“我得去看看神殿!”他心里的这个念头越来越强烈,好像内心里还保留着一份希望,希望这一切都不是真的,只是一个误解,或者一个梦境。勒伏泰念叨着:“神殿啊,如果是这样,神殿应该也已经被毁灭了吧?”

不等他说完,河滓伊德已经往墨辉古湖跑去,勒伏泰只好跟着跑了过去。

河滓伊德跳入湖水中,一下子熟悉的感觉又回到了他的记忆里。身体和水流接触的感觉,是和地球上的感觉完全不一样的,古博星的湖水就像流动的颗粒,温柔地包裹着他的身体。顾不上享受童年时光的回味,河滓伊德奋力向前游去,他想确认一个结果。

再次来到江与湖的交界,进入白江,他的身体明显地感觉到戈兰克斯恒星递送过来的能量。从热的刺痛的江水中往下潜,进入曾经让他感觉到恐惧的漩涡区。现在,即便河滓伊德已经近十年没有回到古博星的家乡,这漩涡区对他的压力已经不复存在,被另外一种更为巨大的恐惧替代。就像微观世界中充满的各种未知可能性,在证实或者呈现之前都保持了不可定义的暧昧性。对于河滓伊德来说,虽然希望渺茫,但还有另外一种可能性在等着他。他心里的恐惧和希望并存着告诉他,只要神殿还在,一切都有可能往好的方向发展。

顺着漩涡旋转着往深处缓缓沉沦,他熟练地游出了漩涡区。成人礼的经历告诉他,想达到目的,一定要学会和身边的一切共处。神殿即将到达,河滓伊德的内心负面的预感开始变得越来越强烈。神殿中不会再有了,正如在岸上看到的废墟。如果神殿还在,族人还在,即便有再大的困难,怎么会放任自己的家园变成废墟而不理会呢?成人礼之后,河滓伊德曾经偷偷地来过神殿很多次,感觉都是熟悉的、信赖的。这种熟悉和安全让他和神殿、墨碑之间的联系越来越深厚:我就是河滓家族的一分子,我的存在就是家族的一部分……这种念头慢慢变成自己身体的一部分。可是现在,一种不安感完全攫住了他。

当他最终到达的时候,眼前的景象没有给他任何的希望和退路。河滓家族彻底地消失了,他从此以后要变成古博星的难民,一个流离失所、没有故乡没有归属的犯人,一个尼让姆斯。

保护神殿的保护层已经没有了,神殿完全被沉没在暗黑的白江水中。多角锥形的大楼楼顶被水流冲倒,脱离了原本的主体,斜靠在底座上。楼体上有均匀的被攻击的波纹状的伤痕,有的部分已经露出了银白色的里层。另外的墙面上,则有着一些多边形的孔,这些孔河滓伊德非常熟悉,那是家族为了自我防卫,多年未用的七棱弹微粒子枪。他能想象得出,这场让家族灭亡的战争是何等的惨烈。可能河滓家族在覆灭前都没有想到,会被自己的星球、自己的同胞毁灭。那些当作仪式存放的古董只不过是一个摆设,一个象征。在大太司下令攻击的时候,只能是被用来当作仪式性对抗的手段。一个断了的手杖残片露在江底的沙子中。江中的低等生物已经把破损的神殿当作新的家园,各种小型兽类在倒塌的神殿中来回穿梭。神殿的底部失去了光泽,布满了低等生物排泄物。河滓伊德的身体不由自主地抖动,他缓慢地往神殿的大门方向游去。所谓的大门,已经变成一个巨大的黑洞,几百条江蛇在塌了的石门板上游动,为了点食物的残渣相互攻击。河滓伊德游过去,愤怒地驱赶着江蛇,突然,江蛇开始躁动起来,纷纷逃离。河滓伊德回头看,一个巨大的五角尖头兽从神殿中游出来,冲着河滓伊德而来。河滓伊德愣住了,五角尖头兽巨大的刺对着河滓伊德,一动不动。时间仿佛静止了。过了一会儿,五角尖头兽缓缓地转身离开。河滓伊德跟着游了进去,里面断壁残垣,一片狼藉。河滓家族最为珍视的象征——盛放远祖的立方体已经破碎,成为江底的一片片碎片,远祖的躯体也摔碎了,成为残垣的一个部分。原本干涸的躯体并没有涨开变形,还是瘦骨嶙峋的样子。手臂的残肢插在河床上,高高地向上举起。巨大的头颅倒在泥沙里,而额头的锐角菱形体已经掉落,不知去向。那可是河滓家族曾经辉煌的象征。而现在,一切都覆灭了。河滓伊德跪倒在白江水中——一切的不幸都已经被证实。现在已经没有任何幻想了,最可怕的想法已经切实地固定成现实,没有第二种可能。剩下的只有一件事——找到真相。他要追问,到底是为了什么,这一切又是怎么发生的。

他真想回到那座黑色的大楼里亲自问问大太司,为什么要对他的家族——一向忠诚的河滓家族下这样的毒手。他还想不通的是,既然家族的每一个成年人都知道有一个多维空间逃生的本领,这也是自己实践过证明是可行的,为什么大家选择了死亡、而不是逃生呢?没错,这不是一次被动的杀戮,而是一次集体的寻死。这后面的秘密到底是什么?

河滓伊德看着远祖的头颅,开始在附近的江底寻找丢失的锐角菱形体,族人给他的信号,就是为河滓家族保存火种,而这个火种就是他自己。将来如果能够活下来,河滓家族一定会重新建立,而新的象征物就会是自己的尸体。他的头脑开始混乱起来,不顾一切地从江底的泥沙中寻找锐角菱形体。仿佛有股巨大的力量在驱使着他。戈兰克斯恒星变换着角度,突然,从江面上方射入的光线照耀在江底,江底的沙砾变成发光的颗粒。一束似曾熟悉的光线在他的眼前闪现。他一个激灵,顺着光看过去。插入江底的、远祖的手臂残肢上,隐约有一束光。他游过去,在远祖的手中,他看到了那颗菱形体。河滓伊德立刻就明白了,这也是族人的托付,或者这是先祖的嘱托。他不难想象,在战斗最激烈的时候,为了能够给他留下讯息,族人们经历了一个多么艰难的过程。他拿到菱形体,从江底猛地向漩涡区游去。

河滓伊德越游越快,寻找真相的念头在他头脑中爆炸着。在漩涡区,他听到了勒伏泰惨烈的呼救信号。原来那条巨大的五角尖头兽已经到了勒伏泰的身边。河滓伊德迅速游到了惊慌失措的勒伏泰身边,拉着他一起往白江飞快地游去。

重新站到满目荒凉的故土上,河滓伊德已经冷静了很多。父亲当年的话仍然在发挥着作用:“要学会思考,紧急的时候,理智能让你逃离危险。”他将锐角菱形体藏在身上,转身面向了勒伏泰。

河滓伊德知道从勒伏泰身上已经得不到更多有用的信息了。大太司下达的屠杀命令一定有秘而不宣的目的,而这个目的当然不是一般人可以知道的。另外一方面,古博星没有几个人能够逃脱大太司追捕,哪怕是到了外星,也会被抓到。所以知道秘密的人,恐怕都已经从这个世界上消失了。要想得到真相,只能再次和大太司碰面。

想到这儿,他的身上发着微光,这时候这片死寂的小镇中心那块断掉的墨碑底部也发出了微微的光芒,勒伏泰见状急忙抓住河滓伊德:“你不能这样,现在不是时候,你想让你们家族从宇宙中彻底消失吗?你再这样,大太司立刻就会发现你!”是的,现在可能还不是时候。他突然想起来,作为河滓家族唯一的幸存者,他还有一个比寻找真相更为重要的任务。该死的!他差点被复仇冲昏了头脑。想到这儿,河滓伊德才慢慢地平静下来,收住了光,墨碑的微光也渐渐消失。

没想到还是晚了。远处一束微暗的光线一晃而过,被勒伏泰发现。山谷的最远处,如同鸟群一般的飞行器正呼啸着向他们冲过来。他们两人赶紧登上自己的飞船,刚启动就被四面包围了。勒伏泰显然是个逃跑的好手,他操纵飞行器急速升空,围攻的飞行器们跟着飞上去,但是动力和操控的灵活度比勒伏泰的差了许多。勒伏泰一个虚晃,快速下降贴地,还没等后面的飞行器反应过来,借助开大的干扰器,一眨眼工夫消失在大太司手下的视野中。

第12章 逃往古墨大邦

河滓伊德稍微松了口气，他知道这样的追击后面会无穷无尽，说不定会连累到勒伏泰。但从勒伏泰的身上看不到任何不安和恐惧，反而有种兴奋和雀跃。他把飞船调整到自动飞行模式："哈哈，早就想跟他们玩一玩了！走，我们直接去银沙荒野[①]吧！"

河滓伊德："银沙荒野?！虽然从银沙荒野去青焰大城最方便，可防御屏障也不是那么容易穿过去的。"

勒伏泰坐到河滓伊德身边拍拍他："这就要靠你了。"

河滓伊德："靠我?"

勒伏泰不说话了，他在等河滓伊德自己分析为什么要去银沙荒野。河滓伊德知道他在卖关子。"等完成了这一切，你得跟我说说你去那个四阶文明执行什么任务，我也很好奇大太司想干什么。"

河滓伊德："我想不出来这两件事之间有什么关系。银沙荒野，我不知道会遇到什么……"

勒伏泰："我们要去找一个人。墨丽尔。"

河滓伊德："墨丽尔是谁?"

勒伏泰："啊，我差点忘了，你不知道这个事情，墨丽尔就是奥亚特云。"

听到奥亚特云的名字，河滓伊德有点惊讶。当年他拒绝奥亚特云的情意，有很多原因。奥亚特云是奥亚特家族的女孩，小时候和他一起长大。没想到在执行任务之前，奥亚特云向他提出共同生活的愿望。当时的河滓伊德只是把她当作妹妹看待，再说自己要去遥远的星球执行秘密任务，生死未卜，无论如何也不能答应。奥亚特云受到了挫败，突然消失无踪，因为这件事，他和奥亚特林之间差点闹翻了。

---

① 银沙荒野：古博星自治区古墨大邦的领域，与代替河滓家族成为蒙泰罗斯八大家族之一的冥斯家族接壤。

没想到今时今日还能听见这个名字,河滓伊德缓缓吐出几个字:“怎么是她?”

勒伏泰:“果然,都说故意撞上墨碑就会被困,你小子也这样。”

河滓伊德用中文说道:“出来混总是要还的。”

勒伏泰:“这句话什么意思?那个四阶文明的落后星球语?”

河滓伊德点点头:“就是自己做了什么事,总会有个循环作用到自己身上。”

勒伏泰:“不错,不错,没想到四阶星里也有这样的话,有意思。”

河滓伊德:“找奥亚特云?她在银沙荒野吗?”

勒伏泰:“你是不知道,现在这个大小姐可厉害了,她当年离开奥亚特家族后没多久就被家族除名了。后来她加入古墨大邦,没过两年成为二号人物,但凡经过银沙荒野和青焰大城这个屏障都要找她帮忙弄通行证,古墨大邦你是知道的,连大太司都不敢轻易动他们。”

河滓伊德沉默了一会儿:“你让我想想。”

勒伏泰:“你有什么好想的,当年怎么说也是你不对,你也应该向人家道歉,正好借这次机会多好,道个歉,拿到通行证,顺便迎娶奥亚特云,哦不对,是迎娶古墨大邦的二号人物墨丽尔,成就古博星一段超级佳话,多好!”

河滓伊德不理会勒伏泰的玩笑,现在家族覆灭,自己背负着巨大的责任。再见到她,不知道该如何自处。

“你要好好想想和人家怎么说,我还想留着我这条命呢。还有啊,墨丽尔如果要报复,你可你千万不要拉上我,老头我怕死。”说完勒伏泰回到控制座椅上躺着。

河滓伊德陷入了沉思,或许奥亚特云不会原谅他,甚至会杀了他。在地球上的时候,他观察到卑微的人类总会自相残杀,因为他们相信这一切矛盾的根源来自语言和语言的隔阂。就像一座巴别塔的倒塌,人类难以建造一座通往天堂的建筑。原以为在古博星,人和人之间早已经突破了这个死循环。至少,在这座还有五十年就会毁灭的星球上,人和人之间没有语言和文明的不同。不用担心语言的抽象带来的理解歧义,不管有什么复杂的、多维的信息,只要他们的肢体交织在一起,所有的信息都会得到传递。当然,那个更高级的“神”给他们也留下了陷阱。即便不需要通过空气振动来传达思想,也不意味着所有的生物之间就没有秘密。就像他不知道大太司到底在想什么,他也没有办法判定即将见面的奥亚特云,她究竟会有什么想法。现在古博星的巴别塔已经切切实实地倒塌在他的面前。

就在河滓伊德发呆的瞬间,飞行器已经来到银沙荒野的边缘,飞行器发出警报,缓缓地浮上来停滞不前。河滓伊德不知道发生了什么事,勒伏泰颓丧地说:“完了，我们等着死吧！”

河滓伊德：“什么意思？”

勒伏泰：“我忘了一个月前古墨大邦刚刚在银沙荒野这里建立了隔离区，所有经过这个区域的古博飞行器都要被排查。”

河滓伊德：“为什么？我记得以前古墨大邦虽然自行其是，但是也没有这么严苛。”

勒伏泰：“为了防止大太司的秘密特勤潜入古墨大邦和青焰大城。”

河滓伊德：“秘密特勤？难道大太司也要对古墨大邦动手？”

勒伏泰迟疑片刻说道：“这也是吸取了你们家族覆灭的经验。”

河滓伊德的脸更加冷若冰霜：“你的意思是大太司在我们河滓家族安排了卧底？”

勒伏泰点点头。

河滓伊德愤怒道：“你怎么不早说？”

勒伏泰：“你别生气啊，我要是说了，能改变现实吗？你现在最重要的是赶快改变你身体里的辐射常数，其他的，后面再说吧。”

河滓伊德痛苦地问：“还有什么事情瞒着我？”

勒伏泰：“没了，真没了，以我们家族墨碑发誓……”

勒伏泰还想说什么，突然愣住了。他们的飞行器外已经被一大群全副武装的古墨士兵团团围住了。古墨士兵比大太司的护卫们有经验多了。他们在上下都有飞船，而且飞船的粒子炮正对着他们，红色的能量舱告诉他们，一旦想跑，必死无疑。勒伏泰和河滓伊德双手背在身后从飞行器中走出，被这群古墨士兵迅速上前押住。自然他们身上并没有古墨大邦的通行证，领头的士兵下令，粒子炮向勒伏泰的飞行器发射分解光波，飞船瞬间灰飞烟灭，没留下半点踪迹。勒伏泰心疼自己的飞船，欲哭无泪。两人被戴上了干扰磁场头盔，一前一后走上了古墨士兵的飞行器。飞行器重新启动，卷着地下白色的沙砾腾空而起，向着银沙荒野的腹地前进。

不知道过了多久，飞船终于停了下来。因为被戴上干扰磁场的头盔，河滓伊德他们并不能分辨出是在地面还是地下，分辨不出方位。等到头盔被摘掉的时候，他们已经身处一个通体光亮的房间。房间里有好几个士兵，中间有一个身材高挑银色发辫齐腰的人，皮肤浅蓝发白，间或有银色的亮点，显得特别亮眼。这种皮肤在古博星很是罕见，也是最古老的分支血脉证明。在星际战争后，八大家族中就数河滓家族的肤色最浅，但与之相比，河滓伊德的肤色也深了好几个色号。这种肤色只存在于古墨大邦和青焰大城之中少数人的基因里，并曾经作为上古时代最高贵阶层的象征。浅蓝色皮肤的人走到河滓伊德面前，傲慢地说："你就是河滓伊德？"

河滓伊德："是的。"在他没有改变身体的辐射常数之前，但凡有能力的人，都会轻易地获取他的身份信息。河滓伊德知道，这个人绝非平庸之辈。"你又是哪位？"

浅蓝色皮肤不紧不慢地，似乎在判断着什么："哦，我是墨法耶。"

勒伏泰："哦个鬼，我们是被你们抓来的，赶紧给我放开！"

墨法耶："真是不好意思，用这种方式把你们请过来。"

勒伏泰："请过来？你们就是这样邀请客人的？连我的飞行器都被毁了。"

墨法耶："对不起，我们会赔一架更先进的飞行器给你的。"

勒伏泰有点兴奋："真的？"看来勒伏泰真的很容易被收买。

墨法耶点点头。

勒伏泰开心地看着河滓伊德小声耳语："古墨大邦的飞行器哎。"接着又对着墨法耶："你们还要不要销毁我其他的飞行器？"

墨法耶一本正经地说："我们古墨大邦也不是那么暴力的，销毁你的飞行器也是为了不让大太司他们能追踪到两位下飞船的位置。"

河滓伊德："尊敬的墨法耶阁下，古墨大邦的飞行器算是古博星上的王者了，我这位朋友仰慕已久。"

墨法耶："是勒伏家族的高看了，我们还需要请教勒伏家族很多问题，还希望以后我们能合作。"墨法耶显然也已经知道了勒伏泰的来历。

勒伏泰："谢谢你高看一眼，不过我的家族早就不是原来的勒伏家族了。"

墨法耶："那是大太司的问题。"

勒伏泰眼里闪着怒火："不要和我说这个肮脏的老家伙！"

墨法耶："好。我尊重你的要求。"

河滓伊德不可思议地看着勒伏泰，他没想到勒伏泰也对大太司恨得入骨，自己一直沉浸在家族被毁灭的悲痛中，没有注意到勒伏泰的情绪。看来自己不在家乡的十年，发生了太多的事情。面前的墨法耶沉稳儒雅，让河滓伊德另眼相看。而且他的一句话就戳中了勒伏泰的心思，又算是心思缜密的人。不知道这次会谈，墨法耶的目的是什么。

河滓伊德："墨法耶阁下，你带我们来这里不会只是想送架飞行器给我们这么简单吧！"

墨法耶示意身边人离开，透明的房间大门紧闭："我想知道，大太司想从你这里得到什么东西。”

河滓伊德:“真厉害!”

墨法耶:“为什么?”

河滓伊德:“我的意思是你总能一句话就能提到重点。”

墨法耶:“因为我们都是大太司的目标,我希望我们可以合作。”

河滓伊德笑了笑:“虽然目前看来你是我最好的合作对象,但是我不能说。”

墨法耶:“没有我们的帮助,你怎么去青焰大城?”

河滓伊德:“只能说我没那个运气!”

墨法耶:“这样我给你点时间你可以想想,这里目前还算安全。”说完墨法耶离开房间。

房间里只剩下河滓伊德和勒伏泰两人,河滓伊德很抱歉地看着勒伏泰。

勒伏泰:“你不用这个表情对着我,我不习惯。”

河滓伊德:“我没想到大太司连你的家族也没有放过。”

勒伏泰:“我的家族虽没有过去那么强大,但比起你的家族来说已经算幸运了。”

河滓伊德:“为什么会这样?”

勒伏泰:“具体我也不知道,只是你走后没有两年,大太司他们在秘密开发一种星际联盟禁止的保护装置,找到我们家族帮忙,被族长婉拒。但没想到就因为这次婉拒,大太司开始全面在古博星清理我家族的人员,最后这项目被冥斯家族弄到手,他们家族从那时候起就一跃成为古博星最受大太司器重的家族之一。”

河滓伊德:“难怪从地球回来的时候看见这一个冥斯家族的人我还奇怪,原来是大太司的新宠。”

勒伏泰:“你是不知道,这个家族有多无耻,为了可以升到蒙泰罗斯,他们无所不为。据我所知,他们为大太司培养了几乎所有的秘密人员,这些人员潜伏在古博星以及周边不少星球,为大太司收集情报,所以你能从大太司的基地里跑出来,真要感谢你家族的未雨绸缪。”

河滓伊德:“新的催熟计划就有冥斯家族的人。大太司的野心也许不只是地球,应该还有别的。”

勒伏泰:“不过,一个四级星需要这么麻烦吗?”

他们都知道,星际联盟是通过辐射量的变化来判断是不是有星际攻伐发生,但是保护盾成功就可以躲避星际联盟的监控,这同时也说明古博星的科技已经上升到一个全新阶段,按星际条约规定,如果一个星球科技上升,星际联盟就会派军队驻守,直至升星完成,加上现在古博星在星际联盟是换星的关键期,星际联盟自然会有更多的关注投在古博星,如果让星际联盟知道大太司有这样一个催熟计划会有什么样的后果。

河滓伊德:"地球文明是四阶,虽然说比较适合生物生存,但有类似条件的星球宇宙中并不少见。大太司如此大费周章,躲避星际联盟的监控、冒着被惩罚的危险做这个计划,所以才更奇怪。说不定,他的目的是一次战争。现在不过是序曲罢了。"

勒伏泰非常惊讶:"你的意思大太司不是为了给古博星人寻找合适的新居所?"

河滓伊德:"在十二年前星际联盟给古博星分配迁居星球的时候,大太司的不满有多少是真实的?从现在看来,他的野心恐怕在其他地方。"

勒伏泰:"他想再来一次星际战争?"

河滓伊德:"希望不是这样,再发生战争,会比上次的星际战争更加可怕。"

勒伏泰:"哎……他怎么会这么狂妄!和星际盟军比起来,古博星还差得远呐。不管这个了,墨法耶脑袋里到底想什么?"

河滓伊德知道,墨法耶要的是那件东西——他们家族视为最重要的宝物,一个不能让其他家族得到的宝物。即便是大太司,也不能得到它。这是在上次宇宙战争后联盟约定的结果,一个可以避免战争,也可以引发战争的东西。"放心吧,勒伏叔,短时间里我们还算安全。毕竟他想得到的东西,只有我有可能知道在哪里。"勒伏泰反应过来:"他想得到的,不会是传说中的那个东西吧……它难道真的存在?"

第13章 无境之球

河滓伊德想到所有可能性只有一个，也是家族覆灭之后他被其他人惦记的唯一理由，甚至是他从控制中心逃出来，想必也是大太司故意所为，很明显，大太司还没有得到河滓家族保存的那件东西。勒伏泰问河滓伊德的时候，他好像知晓了大太司要对付河滓家族的原因了。说不定最重要的原因，就是它！

“无境之球……如果没有这个，估计我现在就不会逃难到这儿了。其实以现在的情况来分析，其他家族守护的无境之球已经落在了大太司手里，我这里的一颗，如果只是用来谈判，真的太冒险了。”

勒伏泰：“这个无境之球是用来干什么的？当真是一种厉害的武器？”

河滓伊德：“不算是武器，但也是武器。”

勒伏泰一头雾水：“你说得什得么乱七八糟的，什么叫是和不是的，把我都搞晕了。”

河滓伊德：“我只是知道它很危险。把八个无境之球分别交给八个家族保管，或许大太司没有找到的，就只剩下我们河滓家族的这一颗了。是吧，墨法耶首领？”

墨法耶的影像出现在房间里：“河滓家族的人真是名不虚传。”

勒伏泰吓了一跳：“你这只虫子！还要躲着听。”

河滓伊德：“也不能怪墨法耶首领，他必须离开才能听到这些。”

勒伏泰：“神神秘秘的……”

河滓伊德：“墨法耶首领不把监视房间的人都清走，又有谁能保证监视房间的人里面没有大太司的秘密人员？”墨法耶：“哦，瞒不过你。我是不是可以理解为，你答应和我们古墨大邦合作了？”

河滓伊德：“我觉得现在还不是时候。”

墨法耶：“看来河滓伊德要和我谈条件了。”

河滓伊德：“没错，既然你已经很坦白，我就没有必要隐藏，就算我现在有无境之球,也只能算是一个保命的东西,刚刚我也说了,毕竟其他无境之球已经落在了大太司手里,如果我找到我们家族的球并交给你,古墨大邦就会非常危险。”

墨法耶笑道:“我没想你担心我的生死呢!还是因为她?”

勒伏泰:“你胡说八道什么呢!”

墨法耶:“你是担心墨丽尔的生死,我说得对吗?”

河滓伊德:“不管我为谁,你不担心大太司针对你吗?”

墨法耶:“你想太多了,我对这些不感兴趣。”

墨法耶话音刚落,整个房间就变成了红色,墨法耶突然变了一副表情。全息影像消失,声音还回荡着:“他们还是追来了,走吧,带你们看看我们古墨大邦的飞船。”房间很快出现一道门,通过这个门,是另一个白色的房间。里面有一架飞行器。墨法耶站在旁边向他们招手,勒伏泰急切地走了上去,墨法耶按下按钮,飞行器快速穿出房间。外面竟然就是银沙荒野,原来他们来这里只是在原地打转而已。没等勒伏泰反应过来,无数道射线向他们射来,紧接着十几架飞行器向古墨大邦里这座小型基地围过来。基地被袭击,很快崩塌。里面有飞船刚刚露头,被射线击中,就发生了爆炸。一块船体碎片崩开,弹到了他们的飞行器上,让勒伏泰没有想到的是,飞行器的隐形保护和辐射保护装置轻易被破坏了,飞船里闪着红光,摇摇欲坠。十几架飞行器杀了过来,墨法耶加速驾驶着飞船,向银沙荒野的深处飞去,后面的飞行器穷追不舍,墨法耶想潜进银沙,后面几架飞行器不停发射射线攻击,飞船激烈闪躲无法摆脱。

飞行器里面勒伏泰被甩来甩去:“这是什么飞行器,还不如我的破烂呢。”

墨法耶好像没有听见似的,神态自若地驾驶着摇摇欲坠的飞船。

几个来回后,飞船来不及躲避,被后面的飞行器击中,飞船冒着黑烟斜插在银沙中。追踪的飞行器纷纷降落,将他们包围在中间。从飞行器上下来几十个端着粒子枪的士兵。

墨法耶:“看来我们得下去了。”

河滓伊德:“你这是要准备投降吗?”

墨法耶:“要不等我出去看看他们人多不多,多的话再想办法。”

勒伏泰:“你真害人不浅,早知道古墨大邦这么不堪一击,打死我也不来啊。”

墨法耶:“放心吧,有他在暂时不会死。”墨法耶指着河滓伊德。

河滓伊德:“虽然不会一出去就死,但也未必能活多久。”

三人走出飞船,勒伏泰被损毁飞船发出的烟熏得泪流满面。在戴着面具士兵的簇拥下，走出来一个人："今天真是荣幸啊，墨法耶首领。"

墨法耶："冥斯逊，为什么来我古墨大邦的银沙荒野，还击毁我的飞船？"

冥斯逊："你不知道为什么吗？本来我还没有理由对付你，可是恰好你的身边站着河滓伊德——全古博星都在抓捕的囚犯。"墨法耶镇定地说："哦，看来你是为大太司执行任务来的。"冥斯逊指着河滓伊德："大太司要的是他，不包括你们俩。"毫无疑问，他说的是勒伏泰和墨法耶。"把他们带回去！墨法耶阁下，我会好好对你的。"

冥斯逊的手下走上来，墨法耶也没有反抗，河滓伊德饶有趣味地看着他。

墨法耶："一百年前，你们冥斯家族是什么阶层？我记得好像是尤提斯？对，说起来，你们家族从金环星采集的源玺矿，味道还真是不错呢。现在变成蒙泰罗斯，怎么样，还用采矿吗？"

听到墨法耶用家族不堪的历史讥讽他，冥斯逊的皮肤立起来了，蓝色的血液上涌："我希望你一会儿还能这么跟我说话！"

冥斯逊的话音未落，这时候冥斯逊后上方传来一个女人的声音："为什么不可以？"他转过头，发现说话的女人用武器指着他。

墨法耶、河滓伊德、勒伏泰三人抬头看过去，勒伏泰小声说："你完蛋了。"河滓伊德看到曾经相识，又害怕见面的女人，百感交集。在他印象中，她虽然活泼好动，但是总体上给人一种柔和甜美的感觉，可是，现在的她，就像一个没有感情的机器，或者说是冷酷的战士。她的眼睛扫了几人，最后落到墨法耶处。墨法耶笑着："墨丽尔，你再来晚一点，我们估计就灰飞烟灭了。"

墨丽尔："我也只是听命行动，墨法耶，还能开玩笑，说明不晚！"

冥斯逊："你来得正好，就你一个，你以为会能救走他们？"

墨丽尔："杀你一个人足够了。"

冥斯逊："我们冥斯家族是为大太司效力的，如果你敢杀我，整个古墨大邦将会万劫不复。"

墨丽尔："不愧是冥斯家族的人，说出来的话真是听得我难受。"

冥斯逊抬手就想击毙墨法耶，但是他的枪好像被控制住了，无法发出射线，这时他感觉不太妙了。"你们古墨大邦私自研发了什么武器？"

墨丽尔："现在知道我为什么能一个人就能来了吧？"

冥斯逊："这次我输了，下次我绝对不会放过你。"

墨丽尔："有点意思，你觉得你还有下次？"说完墨丽尔比了个手势，这时候天上到周围里里外外、层层叠叠都是古墨大邦的飞行器,把冥斯逊这十几个飞行器包围得严严实实,冥斯逊的手下吓坏了,纷纷放下武器。

冥斯逊知道自己中了圈套:“你们不敢杀我,古墨大邦和大太司有协议。”

墨法耶:“是有协议,但是协议是在银沙荒野外围,你看看这是哪里?”

冥斯逊看了看远方,不远处有丝丝青焰冒出地面,他发现自己所在的位置在银沙荒野腹地,已经接近青焰大城了。看来情形不妙。“墨法耶阁下,如果你能放过我,我将成为古墨大邦和冥斯家族的使者。”

墨法耶:“可以考虑。”墨法耶给了墨丽尔一个眼神。

墨丽尔用手里的武器毫不犹豫地灭了冥斯逊,同时示意手下,不一会儿被围住的几十个人和十几架大太司的飞船就灰飞烟灭了。

河滓伊德:“原来我是诱饵。”

墨法耶笑着说:“我都说了是合作,我们是盟友,你说是不是,河滓伊德?”

勒伏泰:“你真是深藏不露啊!奥亚特云,你也跟着胡闹。”

墨丽尔:“我不叫什么奥亚特云,我叫墨丽尔。不要随便教训人。”说完墨丽尔用手里的武器指着勒伏泰。

河滓伊德站到了勒伏泰的前面,他看着墨丽尔,情绪复杂。他知道奥亚特云对他有很深的怨恨。因为他,奥亚特云的家人被驱逐。在古博星,没有家族的庇护意味着什么,所有人都很清楚。如果奥亚特云冲动之下杀了他,河滓伊德也没有什么好抱怨的。

“奥亚特云,你的痛苦和我有关,应当由我来承担。”河滓伊德看着眼前这个有点陌生的女人。

“奥亚特云已经死了,我再说一次,我的名字叫墨丽尔。别把自己看得太重要,我现在的身份是我自己的选择。”墨丽尔的眼神还是一样的尖锐,看不出什么变化。

墨法耶:“既然河滓伊德是我们古墨大邦的朋友,自然也是墨丽尔的朋友。”

墨丽尔转头瞪着墨法耶。

墨法耶:“不用瞪我,过去的情人而已,至于这样一副要杀人的样子?”

墨丽尔收起粒子枪,“不敢,古墨大邦你说了算,既然河滓伊德是邦里的贵客,我自然不会有什么。”墨丽尔看着河滓伊德,缓缓单膝跪下伸出右手:“欢迎来到古墨大邦。”

河滓伊德也单膝跪下伸出右手与墨丽尔触碰,不过,两个人都避开了对方的眼神。

一行人都上了飞船，浩浩荡荡朝着青焰之地方向飞去。

白江边，黑色大楼。

大太司手下：“大太司阁下。”大太司坐在高处，俯瞰下面：“冥斯逊回来了？”手下战战兢兢：“不是……冥斯逊……他们在银沙荒野深处全军覆没。”大太司的身体没动，眼睛眯了起来：“全军覆没，你说什么？！”“……冥斯逊被墨法耶设计诱致银沙荒野深处，应该已经被杀了。”

大太司低下头，手下赶紧撤出来。当时放走河滓伊德，目的就是那颗无境之球。如果他跑到了青焰大城，和古墨大邦联合起来，事情就不好办了。河滓伊德拿到了无境之球，该怎么拿过来呢？还有勒伏家族的那颗，说不定也在青焰大城。也好，大太司盘算着。这样的话，可以一起解决。不过，还得忍耐一段时日。眼前还有一件重要的事情，不能让星际联盟的审查专员发现古博星和地球的联系。等虫洞的屏障设计完成，虽然不能直接派兵地球，但可以随时和那三个家伙通信，后面每一步的行动都会了然于胸。先应付完星际审查专员再说。大太司想着，突然头又开始疼痛起来。他痛苦地用双手抓着头，几乎要把那层面具撕扯下来。从河滓伊德头脑中看到的地球人类形象在他大脑里涌动，就像在石头里翻滚挣扎的带着黑色黏液的虫子。

河滓伊德与勒伏泰跟随墨法耶坐着飞船来到青焰之地的中心——古墨大邦总部。总部大楼建在青焰之上，也叫流瀑悬城。河滓伊德和勒伏泰看到流瀑悬城，惊呆了。这座城池在青焰之地以外没有半点记录，除了古墨大邦的人，没有人亲眼见过流瀑悬城是什么样子。现在整座神秘的城池就展现在他们的面前。流瀑悬城并非一座，而是由大大小小数十座建筑构成。所有的建筑都悬浮于青焰之上，四周被青焰包围，形成天然屏障，普通飞行器别说攻击流瀑悬城，只要靠近就会被烧为灰烬。建筑物群中心有一座最大的流瀑悬城浮着，比其他流瀑悬城更低一些，如同一个整体向下坍塌的漩涡，或者说像一个地球上超级天文望远镜。建筑物整个由银沙荒野里的银沙所造，在青焰的衬托下闪闪发光，兼具流动的美感。河滓伊德想，恐怕是流动的银沙在调节戈兰克斯恒星带来的高温。生活在炙热恒星照耀下的古博星人，在对抗高温的威胁上诞生了多少方法！

到了流瀑悬城上方，河滓伊德才发现，这些建筑物都是半透明状，若隐若现地矗立在青焰之中，真是美轮美奂。他终于知道为什么古墨大邦一直是大太司的心头大患了。不仅是青焰的威力和古墨大邦的武器，这种用银沙荒野里的沙来建流瀑悬城，解决流动态下沙石的成型，还要稳定调节控制青焰的温度，这样的技术水平已经明显超越了二阶文明。这样的城市在整个古博星也找不出第二个来。河滓伊德甚至觉得,古墨大邦已经到达了第一阶文明的水平。但他也更疑惑了,为什么这样一个拥有先进技术的古墨大邦非要和自己合作,难道真是为了他还没有拿到手的无境之球吗?家族的无境之球到底具备了什么样的力量,才让大家都锲而不舍地去追逐呢?墨法耶看上去貌不惊人,慢条斯理,但居然可以让狡诈的冥斯家族中了圈套。河滓伊德完全猜测不到墨法耶到底在想什么,也完全看不透他。

飞船在中心大楼缓缓降落,墨法耶边走边说:“已经经历了生死,我们应该不会有什么嫌隙了吧,你说是不是?”河滓伊德看着墨法耶:“你似乎能看到别人的内心。”墨法耶露出一丝微笑:“我想我们为同一先祖,难免心灵相通。”

勒伏泰:“你真能瞎说,什么同一先祖心灵相通,按你这种说法我们还和大太司同一先祖呢!”墨法耶并没有停下脚步:“你以为大太司很想要这种心灵相通吗?”“故弄玄虚。”“心灵相通在所有达到基础文明以上的星系中不是什么秘密。可是为什么会变成稀有了呢?”河滓伊德下意识地说了句地球语:“通天塔。”墨法耶好奇地看着他,河滓伊德正准备解释,墨法耶摇摇手,放在河滓伊德的肩上,不一会儿,他对河滓伊德说道:“我知道了。也许吧。也许到了第一阶文明,才能重新具备这样的能力。”勒伏泰反应过来:“你的意思是青焰之地里的青焰可以解除星际联盟的屏蔽?”

墨法耶点点头答道:“是。”走在最前面的墨丽尔推开了门,里面是个椭圆形大厅,中间立着一块巨型透明屏幕,两边有几排几十个只有上古家族才有的执行人石椅。河滓伊德心里暗自惊叹,这个古墨大邦果然是最神秘的存在之一。作为八大家族的河滓家族也只有九张这样的椅子,所有古博星最古老的美博斯家族加起来也没有这里的一半,同样被这个场面震撼住的还有勒伏泰。

墨法耶示意他们坐下。

河滓伊德:“我还是很好奇你们古墨大邦是怎样的存在。”

墨法耶:“不急,等我慢慢告诉你!”墨法耶坐下来后给墨丽尔一个示意,他们的周围改变了模样,变成几万年前的星际战争的场面。画面中古博星的战舰还是古董样式的,参加战争的人多数都是浅蓝色皮肤的古博星人,战争惨烈无比,看得人不禁鳞片舒张。这场战争让好几个星系永远消失了光芒。

勒伏泰有点不耐烦:“你千辛万苦把我们弄过来就是让我们看这些陈谷子烂芝麻的事情?”

墨法耶:“年纪大不是应该更有耐心才对吗?”勒伏泰不服气:“你这小子说谁老

啊?”“仔细看看改变星际联盟的这场战争,你会有发现的。”

勒伏泰:“你小子真是让人头疼”勒伏泰的话还没有说完就被河滓伊德打断:“这里停一下!”立体画面停住,河滓伊德走到场面中,对着勒伏泰:“你看这里。”勒伏泰顺着河滓伊德指的方向看,也瞪大了眼睛:“怎么可能这样?”他们两人看相墨法耶。

墨法耶:“你们也发现了?”

河滓伊德和勒伏泰一起开口:“这是哪儿来的?”

墨法耶:“这是唯一一个不被外界知道的历史,不然大太司早就坐不住了。”

勒伏泰惊讶地看着面前的一个虚拟人,形貌酷似大太司:“这画面中的人,是大太司? 不可能,怎么会是他,也许是他祖辈?”墨法耶:“有一架被击落在银沙荒野的皮威尔星老飞船,我们在里面找到了记忆盒。”

河滓伊德:“皮威尔星已经在八百年前被星际联盟灭掉了,普通人都被分流到了各个星球,但是整个统治阶层都被流放到了整个宇宙中最荒蛮的星系,基本就是让其自生自灭了。”勒伏泰:“我惊讶的是为什么会在那么遥远的战争中出现一个和大太司一模一样的人?”“只是一模一样吗?”墨法耶在肯定大家的猜想。勒伏泰:“你总不会认为是同一个人吧!”

墨法耶:“是的,我就认为是同一个人。”

河滓伊德:“你为什么这么肯定?”

墨法耶:“一万年前的星际战争,代表古博星参加战争的人都是我的先祖们,那个时候古墨星人的皮肤都是浅蓝色,这是前古博星的一个重要标志,我想你们都是知道的。”河滓伊德和勒伏泰都点点头。墨法耶继续:“但是这次星际战争后由于皮威尔星的攻击,离我们古博星最近的恒星辐射值被改变,后面除了古墨大邦外就再也没有出现过浅蓝色的皮肤。”

沉默片刻后,河滓伊德:“你的意思是从肤色上判断这个人应该不是大太司的先祖而是大太司本人。”

墨法耶:“是的。”

勒伏泰:“我想不通他为什么会出现在那个一万年前的战场,我们古博星人的极限寿命也就七百来岁,他怎么可能活这么久?”

墨法耶:“我可没说他能活这么久。”

河滓伊德:“你认为他具备了第一阶文明穿越时间的能力?”

墨法耶:“我是这么想的,但是我不明白他是什么时候,以及怎么过去的。”

河滓伊德:“你找我来就是为这个?”

墨法耶:“是的,我想知道他当年是怎么进到你们河滓家族,又怎么得到你爷爷的信任。”

河滓伊德:“你总不能只凭这个就肯定这个人是大太司吧!”

墨法耶:“那好,我们继续看。”墨法耶轻轻一点,立体影像跟着像大太司的古博星人前行。他在金环星的抗争基地走下飞船,对着同伴开口说了句:“对不起,没有完成任务。”

河滓伊德真的被震撼了。从说话的语气和神态来看,这人是大太司无疑。可是,别说过去,就是现在,古博星的文明也远远到不了穿越时间的水平。如果真是大太司,不管是从过去穿越到现在,还在从现在穿越到过去,都是出乎人想象的。难道,他对于古博星人来说,就像自己之于地球人?再深一步想,如果大太司具备这样的能力,他为什么还要做这些事呢?甚至于,他根本不是古博星人?他的目的到底是什么?古博星文明的催熟计划吗?

勒伏泰对着墨法耶:“你就不能早点说啊,非要把我们弄到这里才说。”

墨法耶:“你认为光凭我说,你们就会信吗?”

勒伏泰:“也是……”转头对着河滓伊德:“你认为大太司在想什么?”

河滓伊德:“我也不清楚,他到底是谁,他到底要干什么。”

墨法耶:“所以,他之前的经历对我们来说非常重要。”

河滓伊德开始回忆起来:“我小时候听说,他是族里的老人带回家的,当时他好像忘了他是谁。后来被河滓家族正式接纳,成为河滓家族的一员。我只知道我父亲曾经和我说过,族里人总是夸大太司,说他见识一流心态沉稳,一般人没办法和他比较。后来有一段时间,大太司又突然消失了。等过了很多年,他回来的时候,已经变成美博斯的成员。但我父亲一直都觉得大太司这个人深不可测。”

墨法耶:“这么说,大太司应该经历了什么。在我们古博星,恢复记忆是轻而易举的,但作为大太司的他都一直都找不到办法,这难免说不过去。你说的催熟计划,是不是他想在那个遥远的星球寻找什么。如果是真的失去了记忆,他是不是要恢复记忆呢?”

河滓伊德:“你的意思他想拿到无境之球,是想用无境之球恢复记忆?”

墨法耶点点头:“也许吧。一万年前的这场星际战争的起点,在今天看来都是不可思议的,一直都没有一个人能说清楚原因,如果他能具备我们想象不到的能量,那么这场战争或许和他就有直接的关系。”

河滓伊德："如果这一万年来的历史，都是由大太司一手造成……他要的就不是简单的一个目标了。抢夺一个第四阶文明的小行星？就像吸干白江的水，就是为了杀死一只五角兽一样。"

勒伏泰："你们的推论有点大胆，我得仔细想想。"

墨法耶："你们接着看完，也许会理解我为什么这样猜测。"说完继续放战争的影像。

河滓伊德和勒伏泰终于看完了这段历史。河滓伊德得出了和墨法耶同样的猜想。在这场战争的最后，人们发现了分开的八个无境之球，大太司也突然消失不见了。八个无境之球被分开，交给了古博星的祖先们保管。

勒伏泰："这真太奇怪了，无境之球还有封印记忆功效？"

河滓伊德："或许，无境之球对战争起了作用。我对无境之球知之甚少。我只知道，所有无境之球聚集在一起才可以启动。"

勒伏泰："也是因为你们家族的无境之球，才让你捡回一条命。"

河滓伊德："也因为无境之球，大太司毁灭了我们家族。"

墨法耶："目前看来，大太司的来历的确是个谜，也许他是未来人。河滓伊德，拿到你们家族的无境之球，你最重要的事就是赶快离开古博星。"

河滓伊德："我也知道，但我需要你们的帮助。"

墨法耶："我们能帮你拿到进入青焰大城的通行证，但我们不能保证你可以见到塔拉贝。即便见到了他，你有什么东西和他交换呢？"

河滓伊德："交换？"勒伏泰突然不好意思起来。

墨法耶："塔拉贝行事古怪，做事不按常理出牌。不过，有一点是永远不会变的：每个找他换身体辐射常数的人，都需要拿出贵重的东西交换，交换的东西由塔拉贝凭心情规定，有时候甚至是亲人的生命。"

勒伏泰咬牙切齿："这老东西！"

河滓伊德接着说："虽然我现在身无长物，那也要去试试。"

墨法耶："那好，让墨丽尔直接送你们过去吧，有她在也许塔拉贝没有这么难说话。"

勒伏泰："为什么？"

墨法耶："墨丽尔曾经救过塔拉贝，塔拉贝欠着墨丽尔的人情。"

勒伏泰："这事我怎么不知道？"

墨法耶："青焰大城里的事难道要告知整个古博星？"

墨丽尔没有任何表示。她从始至终都冷冷的。河滓伊德觉得有点过意不去:"我们还是自己去吧!""在古墨大邦,没人能违背我。要么让墨丽尔带你们去,不然就把你们丢出银沙荒野。"

勒伏泰:"你还真会威胁人,我们不同意呢?"

墨法耶:"那就把你这个老东西丢出去。"

勒伏泰气得跳脚:"你说什么?"

墨法耶:"对我来说,你没有任何价值。要么和墨丽尔立即动身,要么就把你丢出银沙荒野,我可不是开玩笑。"

河滓伊德也看出来墨法耶貌似软绵绵的话中有种难以让人拒绝的力量,不知道出于什么考虑,他为什么执意要帮助自己。不过,他的直截了当有时候也是一种恐吓,因为这些举动背后所含的心思没有人真的知道。"我们去。"河滓伊德只能无奈答应,哪怕他心里不愿又一次欠着墨丽尔。勒伏泰非常生气地看了墨法耶一眼,就跟着他们两个怨男恨女一起离开了。

第14章 塔拉贝的条件

墨丽尔驾驶飞船穿过青焰，开往青焰大城的路上，偶尔能看到从地下冒出来的青焰高高地涌上天空，墨丽尔丝毫不受影响，淡定地在冲天的青焰之间来回穿插。流瀑悬城到青焰大城的路程并不是很远，但青焰大城在青焰之地的最深处，环境相较而言更为险恶。接近青焰大城时，突然出现隔绝屏障，飞船突然减速，一道金黄色的光线包围着飞船，好像在确认飞船的身份一般。很快，飞船穿过屏障，重新加速。

古墨大邦和青焰大城的关系很微妙。如果说古墨大邦是自治区的话，青焰大城就是叛军占领区。两个大邦都在青焰之地上建立，在人员和武器上经常会有一些秘而不宣的往来。所以，只有乘坐古墨大邦的飞船才可以进入。飞入屏障以后，飞船下方看到一个巨大的鸿沟，这是中转站，也是进入青焰大城的关口。由于地理位置的特殊，中转站也是各个星球逃犯和难民的聚居地。据说这个地方由一位神秘的流浪的尼让姆斯人管理，几年前病逝后，位置传给了他的义子。但目前为止，没有任何外人见过他。据说这位神秘人这几年正在积极扩充军队，却不知道神秘军队藏在什么地方。

勒伏泰好奇地看着下面的鸿沟里细密频繁爆发的青焰流。墨丽尔突然说话了：“有什么好奇的？难不成你还能看见下面的人？”勒伏泰被晚辈说教，嘴上不让：“我知道那家伙让你来干吗，肯定是来打探情报的吧？难不成，墨法耶也害怕青焰大城的雇佣军？”

河滓伊德：“你的意思是墨法耶怀疑这支神秘军队在青焰大城里？”

勒伏泰：“墨法耶这小子可是个凶残的家伙，你们看着吧。”

墨丽尔：“我愿意来，你们别猜了。”

勒伏泰：“你愿意帮河滓伊德这个家伙？你不恨他吗？”

墨丽尔：“你这老东西这么久了还是这样，我想做什么会因为一个不相干的人受影响吗?”

勒伏泰:“就算你像墨法耶说的,你对那个塔拉贝有救命之恩,你以为你就可以随便能探到你想要得到的情报?这个塔拉贝可是有名的心狠手辣的角色。”

墨丽尔:“你以为光凭一个我就可以拿到这个情报吗?”

勒伏泰:“那还有什么。”

墨丽尔:“还有你。”

“我?你把我放下去,我不去了!”勒伏泰被墨丽尔说中了痛处,真的有点生气了。勒伏泰的反应让河滓伊德有点奇怪。

墨丽尔:“我们听说塔拉贝和勒伏家族有些渊源。”

河滓伊德:“原来是这样。”

墨丽尔非常冷酷:“多年前,勒伏家族出走过一个人。同时,勒伏家族的无境之球也消失不见了。就在那个时候,青焰大城出现了一个叫塔拉贝的头领。而且,青焰大城对我们古墨大邦的飞船来去不拒,转折就是河滓家族被毁灭。”她提到河滓家族的覆灭时没有任何语气的波澜。

河滓伊德压住自己颓丧的情绪:“也许是你的家族和塔拉贝有什么特别的情谊。”

墨丽尔笑道:“你是忘了我的家族和塔拉贝的世仇了,五千年前,我祖上曾经在银沙荒野的边缘杀死过青焰大城的前首领,所以就算是我救过塔拉贝也顶多算互不相欠,所以从塔拉贝的态度判断,他可能是担心大太司来攻打青焰大城。”

勒伏泰:“墨法耶这个小子真是机关算尽啊!难怪一定要你带着我们去。”

墨丽尔:“勒伏大叔,你想到带他去青焰大城,不也是赌上了这层关系吗?”

勒伏泰:“你们这些小屁孩真是一个比一个厉害,我这老东西迟早死在你们手里。”

墨丽尔:“我只是给你们提个醒,我们知道的事情塔拉贝肯定也知道。”

勒伏泰:“不知道你在这里胡说八道什么。”

墨丽尔突然不说话了,调整姿势在座椅上坐好。河滓伊德知道墨丽尔在提醒自己。

飞行器失去了动力,缓缓降落在一个悬浮在青焰之中的平台上。三个人下了飞行器后,只能在原地等待。不多时,另一架飞行器停在他们面前,但并没有人下来。墨丽尔拿出一个透明的半圆球放在飞船的门上,门上发出的黄色光线扫描了他们后,门舱自动打开,墨丽尔带着他们走了进去。飞船不用掌控,自己向着青焰大城飞去。

勒伏泰得意地笑:“不是说去青焰大城很麻烦吗?这不是挺顺利的吗。”

墨丽尔:“今天比平时更快,可能是因为河滓伊德在这里的缘故。”

河滓伊德看着外面,这里似乎景色不错。下面凡是没有建筑物的地方,都长满了美丽而妖艳的花。远处,一座高耸入云的高塔出现他的视野中。飞船驶进,缓缓降落到地上。他们走出飞船,前面已经有一行人在等候。看来这座高塔一样的建筑就是青焰大城的总部了。河滓伊德看着四周,空旷,顶部是六角镂空形状,五个线条从顶部一直延续到下面。除了顶部,周围也有很多六角形花的图案,看来这是青焰大城的象征。其中一个护卫从队伍中走到他们面前:“欢迎你们。欢迎,墨丽尔。”墨丽尔和他轻触肘部。“好久不见,希波梅诺。”原来是墨丽尔认识的人。“城主正在等候各位,请跟我来。”希波梅诺用奇怪的眼神看了看河滓伊德,转身在前面领路,前面的随从跨步排成两列,举起了手中的“武器”,发射出一条弯曲的光束,光束弥漫相接,变成一个发光的通道。河滓伊德、勒伏泰和墨丽尔停下脚步,希波梅诺解释道:“不用紧张,这是减低辐射常数用的。”

墨丽尔:“这和我平时见到的有很大的不同。”

希波梅诺:“墨丽尔,你也知道,青焰的干扰能力很强,但是如果有人想追踪,还是会有蛛丝马迹。尤其是第一次来这儿的人。”说完带着三人穿过通道,朝着里面走去。

越过一道青焰火光构成的大门,后面是一处大殿,青焰飘浮在顶部,整个大殿发出淡青色光线,最深处有一把通体发着银色光线的椅子,椅子四周被暗红色的晶状体石包围,有个浅蓝色爆炸辫子的老古博星人坐在椅子中间,很是威严。

希波梅诺:“城主,人我已经带到了。”显然,坐在椅子上的老头就是传说中的塔拉贝了。他挥了挥手,希波梅诺就离开了大殿。墨丽尔:“塔拉贝,很久不见了。”

塔拉贝从椅子上起身,走下台阶,直接朝着河滓伊德走过来:“你就是河滓伊德?”河滓伊德:“是的,塔拉贝阁下。我来是请求您改变我的辐射常数的。”

“哦……”塔拉贝的声音缓慢而悠长,“你用什么和我交换?”

河滓伊德:“我只身一人逃出来,想必您也知道。我什么都没有。”

塔拉贝:“无境之球。”

河滓伊德已经料到塔拉贝要什么,只不过他现在根本不知道自己家族的无境之球在哪儿。即便他知道,他也不能交给塔拉贝。墨丽尔表面上不动声色,却开始担心起河滓伊德来。塔拉贝的性情她比较了解,任何人得罪他一点,都走不出这青焰大城。之前大家还存有一丝侥幸,现在已经没有一点转圜的余地了,况且河涬伊德刚刚经历了家族覆灭之痛,万一被激怒了,事情就麻烦了。“不能给你。”河涬伊德思索了片刻。他没有表明自己根本不知道家族的那件宝物现在在哪儿。

塔拉贝:“好……你怎么来的就怎么回去。”

河涬伊德:“麻烦了,塔拉贝阁下。”说完转身就走,勒伏泰拦住河涬伊德:“你为什么要为难他?”

“勒伏家族的人开口了,我要好好考虑一下。”塔拉贝,“我没有为难谁,毕竟这是一门生意。”河涬伊德转身对着勒伏泰:“勒伏大叔,我不能连累你,这是我自己的事情。”

塔拉贝:“年轻人不要太天真。”

河涬伊德看着塔拉贝:“为什么这么说?”

塔拉贝:“你以为你们三个人都是因为巧合才站在我的青焰大城里的吗?”

河涬伊德:“前辈的意思是……”

塔拉贝:“你!河涬家族整个都可以被消灭掉,为什么还杀不了你一个?你不给我,也有人等着你……”

河涬伊德听到塔拉贝这么说,对他毒辣的眼光感到吃惊。看来,大太司真的是故意放他离开的,原因就是当他还在地球的时候,大太司并没有能得到那颗关键的无境之球。所以,现在他来到青焰大城,也在大太司的监控范围内。

塔拉贝接着冷冷地说:“你不给我也可以,只要你们走出这银沙荒野,等待你们的是什么,你应该很清楚。如果你同意,不仅能让你们脱胎换骨,还能待在青焰大城。你们应该都知道,能抗拒大太司的,整个古博星除了我还有谁呢?”

塔拉贝的建议确实有诱惑力。河涬伊德也不敢想象自己千辛万苦才象征性地逃脱了大太司的追捕。又如何能找到那颗用全族人性命保护的无境之球呢?即便能拿到,后面又该怎么办呢?

塔拉贝笑道:“我要无境之球而已,又不是要你的命。”

河涬伊德:“这是我家族留给我最重要的东西,怎么能够将它随意送人?”

塔拉贝:“那拿我的无境之球和你交换怎么样?”

勒伏泰惊呼:“你怎么会有无境之球?”

塔拉贝伸出手臂,大殿的中央出现了一道红色的光芒,一颗黑色的、没有任何反光的球体从中心浮现。因为它的出现,整个大殿突然暗了下来。似乎它在贪婪地吸取周围的能量。勒伏泰被吸引,慢慢向前走去,被河涬伊德拉住。这也是在场所有人第一次见到传说中的无境之球，出乎意料地简单纯粹，但有种摄人心魄的力量。不过所有人确定的是，这是真的无境之球。黑色的球体像被召唤一般，来到塔拉贝的手上悬浮着。

河滓伊德：“无境之球？”

勒伏泰嘴硬：“肯定是假的，拿个假的来骗我们！好歹你也是一个城主，也不嫌丢人？”

塔拉贝瞪了勒伏泰一眼：“睁大你的老眼，好好看清楚。”

勒伏泰最讨厌别人说他年纪大：“你说谁老，这里你最老。”

塔拉贝带着无境之球靠近勒伏泰，勒伏泰向后退，塔拉贝抓起勒伏泰的手快速划出一道血痕，蓝色的血液滴在无境之球，在球形的表面散开。勒伏泰用力甩掉塔拉贝，刚想说什么，突然停住了。

无境之球慢慢升起，在勒伏泰前方悬浮转动，并越转越快，球体的表面从黑色变为金色，光线越来越强，包围着勒伏泰。被金色光芒笼罩着的勒伏泰情不自禁地抓住无境之球，无境之球停止转动，金光也慢慢往回收，恢复成原本的黑色。勒伏泰的心情难以平复，塔拉贝实际上是告诉了他一个重要的信息：“这个无境之球是我们勒伏家族的？”

塔拉贝：“对。”

勒伏泰：“我家族的无境之球怎么在你这里，你是从哪里偷来的？”

塔拉贝：“偷？这颗无境之球现在属于我。”

勒伏泰抓着塔拉贝：“你最好给我说清楚，不然我杀了你。”

塔拉贝：“一把年纪还这么冲动，难怪怪老头没有把无境之球给你。”

勒伏泰：“你竟敢提我爷爷！你个叛徒，你配吗？”

塔拉贝发出一声低吼，勒伏泰手里的无境之球突然飞到了塔拉贝手里。塔拉贝面对河滓伊德：“你要是不把你的无境之球给我，我就把这个老东西丢出银沙荒野。”

勒伏泰：“丢出去就丢出去，你以为我会怕大太司？”

塔拉贝冷笑一声：“你可以不怕死，你怕不怕你的整个家族会像河滓家族一样从古博星消失？”

勒伏泰虽然是老顽童，但是塔拉贝的这个威胁实在有效：“你说什么？你别在这里吓人！”

河滓伊德气愤地看着塔拉贝：“他没有吓你。大太司为了无境之球灭了我们家族,自然也会为了无境之球灭了勒伏家族。刚才勒伏大叔的血液已经让无境之球再次苏醒。也就意味着勒伏大叔你不能再回到家族中,因为无境之球已经在你的身上传递了信号。大太司发现了,不会再相信你们家族手上没有无境之球!"

勒伏泰:"我们家族的无境之球被偷走,谁不知道!"他没想到塔拉贝不仅狠毒,还特别狡猾,气得身体都变得透明了些:"怎么会有你这么无耻的勒伏家族的后代!"

塔拉贝不再理会勒伏泰,对着河滓伊德:"河滓伊德我再问你最后一次,你想清楚了吗?"

河滓伊德:"那你能答应我一件事情吗?"

塔拉贝:"你没有资格和我谈条件,要么交出无境之球,要么就看着我把勒伏泰丢出银沙荒野。"

河滓伊德:"其实,我并没有无境之球。"

塔拉贝的脸色变得冷峻起来:"好,我不会强求你。"从塔拉贝的身后,希波梅诺带着几个拿着武器的士兵,向几个人走来。

河滓伊德:"我说得是真的! 自从我逃出大太司的看管,我也一直在找无境之球的下落。"

塔拉贝:"我知道你去过河滓家族的神殿……难道你就没有发现吗?"

河滓伊德:"塔拉贝,你想想,如果我拿到了,我还能安全到这儿、等待你来惩罚我吗?"

塔拉贝:"也对,无境之球在直系身边是会有不同寻常的辐射系数值,如果不在你身上,那到底在哪里?"

河滓伊德:"我现在身上有一个三十二面体,这个三十二面体里应该藏着无境之球的下落。"河滓伊德拿出藏着的三十二面体圆球。

塔拉贝狐疑地看着河滓伊德,很明显他不相信河滓伊德的话。

需要用血液来证明,河滓伊德咬破自己的手指,滴血在这三十二面体上,这三十二面体发出银蓝色的光线,上方出现了一个发光的球体,一个发着幽微光线的半透明黑色圆球,只不过,这只圆球并不是实物,而是虚拟的影像。

勒伏泰、墨丽尔惊讶地看着他。

塔拉贝:"这是怎么回事?"

河滓伊德:"这表明这颗三十二面体中藏有无境之球的下落,但是我现在还不知道怎么解开里面的谜。"

塔拉贝冷笑道:“你是河滓家族的后裔、成年的一员。你会不知道办法吗?”

河滓伊德:“谁想得到我们家族会被一夜之间摧毁?我虽完成了河滓家族的成人礼,但是我还没有到继承家族最核心秘密的地步。在我的家族里,只有达到一定的家族声望,才会在众执礼人的见证下成为家族的继承者,由家族最德高望重的老人秘密告知全部高阶密码破译办法。我想我现在知道的,不比你多多少。”

塔拉贝回到座椅上:“蒙泰罗斯八大家族?哼,破烂规矩真叫人心烦。”

勒伏泰:“别说得你不是这八大家族里的人一样。”

塔拉贝:“你这嘴一刻不说话就难受。”

勒伏泰:“你别岔开话题,说!我家族的无境之球怎么在你手里?”

塔拉贝:“到时候你会知道的。”

听到这句话,勒伏泰感觉到有点疑惑。勒伏家族的无境之球无故消失是个谜团。除了主动交出去,一般情况下没人能偷得了,塔拉贝如何能拿到家族的球呢。不过从回答的语气来看,塔拉贝确实应该还有其他隐情。看来,这次他非得留下来不可了,一定要把家族的这段缺失的故事打听清楚,否则,他死也不会安心的。

塔拉贝指了指河滓伊德手上的三十二面立方体:“既然你说目前没有无境之球,可以用它来抵押。不过,哪天你要是拿到了,得送给我。能答应吗?”

河滓伊德:“三十二面立方体我可以交给你。但是无境之球我不能保证。”听到这个,勒伏泰有点着急,装疯卖傻归装疯卖傻,他知道能这么和塔拉贝说话的,整个星球找不出几个人来。“放心吧,只要知道球的下落,河滓伊德不会反悔的,是吧?”

河滓伊德内心非常的不甘。他是一个正派的河滓家族的人,现在为了活命,竟然与一个处在边陲、自立为王的恶人做交易,让他很是别扭。他不知道勒伏泰说这话究竟什么意思,但是到目前为止,他好像也没有特别好的解决方案。只有活下来,才能知道这一切降临在他家族上不幸的秘密。

塔拉贝:“为了怕你反悔,我还要这个女人留在青焰大城。”塔拉贝指的是墨丽尔。

河滓伊德:“不行。”

塔拉贝:“为什么不行?”

河滓伊德:“墨丽尔不是我的物品,她是她自己,我不能决定她是不是能够留在你的青焰大城。”

塔拉贝:“那是你的事情,你去想办法说服墨丽尔,我只要结果,这个你总不能说你也办不到吧!”

河滓伊德:“我办不到,既然前辈不肯帮我,我只能离开。”说完转身就准备离开。

墨丽尔:“我答应。”

塔拉贝:“记住,对于我塔拉贝来说,说出口的话就是契约,毁约就意味着死亡。”

墨丽尔:“我说我愿意留在青焰大城。”

河滓伊德转身:“你疯了吗?”

墨丽尔:“我没疯。”

塔拉贝:“很好,老东西,你还要去做一件事。”

勒伏泰:“你怎么要求这么多?”

塔拉贝:“换辐射常数需要一千只活着的大紫闪文,请你去抓来。”塔拉贝指着勒伏泰。

勒伏泰:“一千只活着的大紫闪文？你怎么不叫我去死?”

塔拉贝:“这个比要你死简单多了,你放心,我会遣人和你同行,不过抓就要你自己动手了,我可不愿意我的手下被毒死。”

勒伏泰:“你怕你的手下被毒死,你就不怕我被毒死?”

塔拉贝:“是你的朋友要换辐射常数,又不是我的手下。大不了我再让一步,把墨丽尔暂时借给你。”

勒伏泰:“还真是要感谢你的慷慨。”

希波梅诺带着三个人从青焰大门离开。塔拉贝拿着手里的三十二面体端详着。

希波梅诺领着几人来到另一处塔楼。这座塔楼是中心大楼的副塔,中间由银沙浮晶石链接,浮晶石上覆盖着银沙紫晶草。而银沙紫晶草早在几万年前在古博星就似乎销声匿迹了,没想到在青焰大城里还有这么多。勒伏泰:“这是银沙紫晶草?”

希波梅诺:“是的,您说得没错。”希波梅诺很有礼貌,但也是一副没有表情的样子。有问必答,看不到一丝情绪。

勒伏泰瞪大了眼睛:“没想到还能活着见到银沙紫晶草！你们快看呐!”

希波梅诺依旧语气平缓:“青焰大城里,只要有银沙浮晶石的地方都生长着这种草。”勒伏泰像一个从来没有见过世面的尼让姆斯一样:“真是奇怪。”

墨丽尔:“怎么奇怪了?”

希波梅诺:“我也不是很清楚,只知道历代城主都非常喜欢银沙紫晶草。”

墨丽尔:“以前还真不知道城主们有这样的喜好。”

希波梅诺带着几人来到一处房间,空间开阔,地上全长着银沙紫晶草,淡淡的香味充满整个房间。一会儿工夫,几人的身体里都散发出浅蓝色光线,他们惊讶地看着自己的身体。

希波梅诺:“它会让各位休息得更好。”说完退出了房间。

河滓伊德看着自己身体:“为什么会这样?”

勒伏泰:“真是没想到,青焰大城还有不少好东西。”

墨丽尔感觉自己的身体变得轻盈起来,有种莫名的畅快:“银沙紫晶草果然会让身体变得舒服。”

勒伏泰:“它能净化青焰的毒气,还能去除戈兰克斯恒星的过量辐射。可是几万年前这种草不知道什么原因在古博星消失了踪迹。我们勒伏家族曾经尝试重新培育过,但是都失败了,有时候特别接近,但就是没能成活。父亲曾说过,能成功栽培银沙紫晶草的,一定得是勒夫家族的人。这里这么多银沙紫晶草,即便在一级星系中也是极少有的。”

墨丽尔:“塔拉贝故意让我们在这里休养?”

勒伏泰:“除了这个没有别的解释,我现在有点看不透这个人了。勒伏家族怎么会出了这么个逆子……”墨丽尔和河滓伊德看了看这里的银沙紫晶草,勒伏泰似乎是自己给大家带来了困扰一般,语气低落。

河滓伊德陷入沉思,墨丽尔:“算了不想这些了,我还挺喜欢这些银沙紫晶草的,它们让我的皮肤都变成了浅蓝色。”

勒伏泰:“你也是够了,是哪根筋不正常,居然答应了塔拉贝的要求。”

墨丽尔:“我这是救你啊,你这个老家伙怎么这样不领情。我有我的理由,总不能什么都给你交代得清清楚楚吧! 你就少为我操心吧,你应该先操心操心你的事。”

勒伏泰:“我的事情有什么好操心的。”

墨丽尔:“老人家你真是容易健忘,刚刚还叫着不想去抓大紫闪文,怕被毒死,怎么现在又不怕了?”

勒伏泰:“大紫闪文虽然有毒也不是没有办法对付,我不叫惨一点塔拉贝怎么会把你也派来帮我。”

墨丽尔:“你这个老家伙没安好心啊,我可不是你们勒伏家族的人,没有对付大紫闪文的经验。”

勒伏泰:“你跟着我就好了。”

河滓伊德:“干脆我也去!”

勒伏泰和墨丽尔同时:“不要。”

河滓伊德不想勒伏泰和墨丽尔为自己冒险。塔拉贝不会让他们轻易成功的。尤其是墨丽尔,现在看起来,墨丽尔,不,奥亚特云不仅不恨自己,还要为自己冒生命危险去捉大紫闪文。是自己想得太狭隘了。勒伏泰看了看转过身去的墨丽尔:“你就乖乖留在这里吧!这里的银沙紫晶草对你非常有帮助,后面还要换辐射常数,这也是九死一生的麻烦事,相当于重新换一个你,这可不是换皮那么简单,也需要你的身体受得了。放心吧,抓大紫闪文,我在行。别忘了我是勒伏家族的人。”

河滓伊德拗不过勒伏泰,只能同意:“那你们一定要注意安全。”

勒伏泰恢复了老顽童的神态:“不要小瞧我。”

希波梅诺给他们送来食物,没说一句话又退了出去。三人吃完东西,躺在银沙紫晶草上,柔软的叶子感受到重量,伸开触手,慢慢地覆盖住了他们。

白江边上的控制大楼里,大太司抱着头蹲在房间的一角,大太司脑海中全是飞船相撞、炮火连天的画面的碎片,每一幅画面都是模糊的血腥景象,这些片段不停地刺激着他的大脑,让他头疼欲裂。大太司紧紧攥着拳头,似乎在和这些残存的意念斗争。不知道过了多久,这股疼痛终于过去,难熬的时光又过去了。这个念头出乎意料地在他的意识里出现。什么难熬的时光?头脑中的疼痛吗?还是其他未曾回忆起来的什么事。就像用力去抓在手里的东西,却发现是幻想,这种失落感让他感觉非常的不爽,他摁下桌上的按钮,外面进来一个手下:“大太司阁下。”

大太司:“吩咐冥斯家族抓紧时间,马上星际调查专员就要来了,记得提醒冥斯家族,星际调查专员来的这段时间,不要有任何动作。”

手下:“知道了,大太司,我这就去办。”

大太司:“他们去四阶星的任务也要推后一段时间。”

手下:“好的。”

大太司示意手下离开,手下快速退出了大太司的办公室。

第15章 大紫闪文

接近傍晚，戈兰克斯恒星的光芒慢慢收敛，巨大的红色夕阳在苍茫的黑色大地上空挣扎。天空的上方，是越来越清晰的金环星，这个时刻，伯恩莱顿熔岩口清晰无比。希波梅诺来到房间，在银沙紫晶草丛中找了墨丽尔和勒伏泰，轻轻拍了拍银沙紫晶草，草触手散开，两人也从睡梦中苏醒。“两位该准备出发了。”

墨丽尔和勒伏泰轻手轻脚起身，跟着希波梅诺离开了房间，到了塔楼里的飞船库。有两架飞行器，一架是青焰大城的飞船，四周布满了尖锐的角，中间有一个六角形状；另一架则和勒伏泰最早驾驶的飞船差不多，显得圆润厚实。这是事先勒伏泰让希波梅诺弄来的，勒伏泰知道，青焰大城里什么样的飞船都有，别说勒伏家族的飞船，就是一阶文明的飞行器，说不定这儿都有。勒伏泰完全不见外，把希波梅诺当手下使唤：“哎！有工具吗？”

希波梅诺也不问什么，给勒伏泰找来了拆卸包后就离开了。勒伏泰看着希波梅诺离开：“天天冷着个脸，和塔拉贝还真是绝配，他们是父子？”

墨丽尔：“不是。塔拉贝没有后代，希波梅诺的身份也非常神秘，也是这几年突然就出现在了塔拉贝身边，说不定也是换过身份的人。生活在这儿的人，很多只有塔拉贝才知道他们原来的身份。”

勒伏泰：“难怪奇奇怪怪的，完全不知道他们在想什么，都不是正常人。”

墨丽尔：“老家伙，你就不要忙着抱怨了，你好好弄你的飞行器好吧！你也是奇怪，用青焰大城的飞行器就好了，你为啥还要自己家族的飞行器？”

勒伏泰：“你个臭丫头，你以为我没事要来干吗？勒伏家族的飞行器可以防止大紫闪文的毒液侵蚀。”

墨丽尔：“难道只有勒伏家族的才有这个功能？”

勒伏泰：“你还别不服气，对抗毒液侵蚀这一块，勒伏家族称第二，还没有哪个家族可以称第一！我现在需要把青焰大城飞行器上对抗青焰的保护盾装到我们的飞行器上,这样才能去青焰山谷抓大紫闪文。话说回来,哪个倒霉蛋把飞行器落到了塔拉贝手里……”

墨丽尔:“你怎么知道大紫闪文在青焰山谷?”

勒伏泰:“古博星其他地方还有大紫闪文吗?来的路上,你没看到青焰山谷有古代植被吗?该聪明的时候又糊涂了。”

说完勒伏泰就开始拆长满尖刺的飞行器,墨丽尔在一旁帮忙。换表壳并不复杂,不一会儿勒伏泰就弄好了。和墨丽尔收好一地的零件,勒伏泰又试了试飞行器,心情变得特别愉快。两人戴着防大紫闪文毒素的头盔,驾驶飞行器离开。

飞船经过高塔周围奇奇怪怪的各式建筑,冲到了不停爆发的青焰岩流中。带着巨大能量的岩流并没有固定的喷发高度,有时有,有时没有,有时高,有时低。岩流夹杂着强烈的热量,把周围的空气迅速加热,沸腾的气体像一把利刃一样,和冷气流相撞,发出恐怖的隆隆声。而在这荒野之地,有成千上万个青焰岩流喷发口。有了青焰大城飞行器外壳的保护,他们安然地飞过了危险区。

从密集的岩流中穿出来,眼前瞬间被一片花海布满。好像从地狱一下子到了天堂。“这个地方多漂亮,塔拉贝为什么不把城堡建在这儿?”勒伏泰感叹道,“这可比岩流危险多了。这叫六角花,除了生长的矿石,其他一切都是它们的食物。”墨丽尔得提前告诉勒伏泰,以防他不注意钻进花丛里被消化成基础营养液。六角花中也并非没有岩流,只不过比起刚才,岩流的密度少了很多。穿过花海,飞船就到了青焰山谷的谷口。谷口有荧光绿色的烟雾,勒伏泰摁下了飞行器上绿色的开关,飞行器的机身随之变成了淡淡的荧光绿色,飞行器飞进了那团荧光绿色的烟雾中。

烟雾中一切不可见,只能听见哗啦啦的声音,像密密麻麻的小冰雹拍打着飞行器,勒伏泰小心驾驶着飞行器,在这片荧光绿色的迷雾中穿行。

戈兰克斯恒星已经到了古博星球的另外一面,金环星反射出温柔的光芒,对于古博星人来说,现在才是好时候。强烈的温度散去,稀薄的大气快速地向着太空释放能量。温度比白天的时候低了许多。这时候,类似小冰雹的声音更响了。飞行器终于穿过了这片雾区,呈现在他们两人眼里一个全新的世界——目光所及都是上古时代的、发着幽幽银色光线的巨大树木,每片树叶都很大,并且有二十三个边角。树叶上,有很多不知名的小动物在爬行。在巨树中间,还有很多连勒伏泰都叫不出名字的植物,不时有银蓝色大鸟飞过。这种鸟叫角灵,也已经几乎在古博星绝迹了。数百万年前,银蓝色角灵是古博星先祖的坐骑,后来科技发展、飞船取代了角灵后,它们就回归了山林。又过了很久,古博星人开始兴起一种对角灵极为不利的风潮——用银蓝色角灵头上的角，磨碎后涂在浅蓝色皮肤上，可以形成一种带着动感的银色光晕。这种风潮几乎让角灵被捕杀殆尽。直到一万年前，银蓝色角灵在古博星上似乎彻底消失了，这股风潮也随之消散。不过，现在居然能在这里看见，真是太不可思议了。角灵也已经忘了它们的祖先曾经遭受的厄运，有的还围绕着飞行器，用一双有神的眼睛和里面的勒伏泰对望，一时间勒伏泰有点看呆了。墨丽尔拍了拍勒伏泰："老家伙你怎么了，安全驾驶，我还不想死。"

勒伏泰才回过神来，喉咙里挤出几个字："好的，你别吵。"在角灵美丽的身影伴随下，飞行器向山谷最深处飞去。

山谷深处，闪着非常淡的金光。应该就是那儿了。勒伏泰的推断果然没有错。大紫闪文是远古物种，它的毒性让古博星人深深地恐惧，以至于深入到了古博星人的基因里。但是此时勒伏泰也顾不上恐惧了，他必须要想办法抓到足够的大紫闪文。飞近后可以看见山谷的石壁上密密麻麻的大紫闪文的卵，一个个散发着淡金色的光芒，虫卵上有浮雕状的卷羽纹，勒伏泰看到这种形状，就像恐惧基因被打开了一样："我的天呐！"卷羽纹对古博星人来说，就像毒蛇之于地球人。

墨丽尔反而冷静得多，她看到虫卵，开始观察四周，准备随时到来的战斗和逃亡。

勒伏泰鼓起勇气，假装无所谓的样子："没想到啊，我能看见这么多大紫闪文的淡金卷羽纹卵。"

墨丽尔："为什么是金色的？不应该是紫色的吗？"

勒伏泰："这你就不知道了，大紫闪文在未破壳时是淡金色的，只有在真正破壳后金色才褪去，先是白色羽身，成年后才退变成紫色，我只见过成年的大紫闪文标本，其余两种我也从来没有见过，只是从文献里知晓。"

墨丽尔："为什么换辐射常数需要大紫闪文？"

勒伏泰："大紫闪文身体里有一种特有的菌丝，这种菌丝可以分解我们身上的神经线，对古博星人来说，这种菌丝就是毒素。身体会产生对抗这种毒素的东西，我们叫它替换元。替换元会形成新的脉络，这样辐射常数就不同了。控制中心的追踪器无法找到原来的人，从群体意义上说，原来的人就已经不存在了。不过，这个过程十分痛苦和危险，如果发生任何一点微小的错误，毒素不仅会摧毁神经脉络，还会将所有的组织融化，那只有一个结果——死亡。"

墨丽尔："原来是这样。成功率高吗？"

勒伏泰不愿意把内心的担忧说出来："除了角灵以外，大紫闪文几乎没有天敌，一会儿得小心点。”

墨丽尔:“那我们怎么抓?”

勒伏泰:“既然山壁上有这么多卷羽纹卵,那再往里去就能找到大紫闪文的聚居地。”

墨丽尔:“看来又是一场硬仗。”

勒伏泰点点头。勒伏泰关了加速器缓慢地向前飞去,尽可能地减小动静。进入周围都是巨大树木的丛林,他们看到树木下方盛开着粉蓝羽铃花,勒伏泰的判断是对的,有这种花盛开的地方就有大紫闪文。

飞行器慢慢地下降,在半空悄悄地滑行。墨丽尔也看到了,远处若隐若现的紫色云团。在树木间翻飞的一大群大紫闪文,看上去温顺无比,它们围绕着粉蓝羽铃花的花朵翩翩飞舞,在金环星温和的光线照耀下,大紫闪文经过的空中,散发着无数晶莹的粉末。这种神奇的动物长有八翅,一对主翅,一对小翅,两对副翅,有六条羽尾,两对触须,四只眼睛长在两对触须上。

勒伏泰把飞行器悬停在远处,拿上抓捕工具和防毒服给墨丽尔。“一定不能激怒它们,如果它们感觉到威胁,就会发射副翅,没有银沙紫晶草,那可是九死一生。”两人碰了碰肘部,相互鼓劲后离开飞行器。他们慢慢靠近大紫闪文,边上的大紫闪文感觉到了威胁很快飞离,向远处飞去。顺着这片粉蓝羽铃花继续前行,豁然开朗,眼前有成千上万只大紫闪文,在一片羽铃花组成的蓝色海洋中。墨丽尔大喜,没等勒伏泰示意就向面前的一群大紫闪文发射膜网,她显然是低估了大紫闪文的反应能力,它们倏忽一下逃出了膜网。墨丽尔不罢休,准备再次发射。大紫闪文被激怒了,它们朝着墨丽尔快速飞过来,勒伏泰大惊,拉着墨丽尔飞快地逃跑,大紫闪文穷追不舍,离他们越来越近。勒伏泰在后面保护墨丽尔,拿出身上的明烟点燃,大紫闪文遇见明烟,暂时后退。勒伏泰往飞船方向跑去。大批的大紫闪文一起扇动翅膀,明烟散开,更多的大紫闪文向他们二人扑过来,勒伏泰和墨丽尔只能玩命地向前跑,大紫闪文的触须直立,纷纷发射自己的副翅。无数的副翅像子弹一样,带着毒液飞向他们。千钧一发之际,勒伏泰把墨丽尔推进飞行器,副翅打在飞船外壳上,变成紫色的液体。勒伏泰刚准备上去,却已经被包围,他摁了开关键,飞船门闭合,几只飞入飞船的大紫闪文被墨丽尔杀死。等她走到门边,发现外面已经被大紫闪文包围。无数的大紫闪文副翅射向勒伏泰。勒伏泰滚向覆盖着粉蓝羽铃花的深坑,虽然粉蓝羽铃花挡住了大多数大紫闪文,但还是有几只副翅射中了勒伏泰。勒伏泰中了剧毒,躺在深坑中意识渐渐模糊。而发射完副翅的大紫闪文纷纷飘落在蓝粉羽铃花上，迅速死亡。

墨丽尔在船舱里心急如焚，不一会儿，像乌云一般的大紫闪文离开，外面一片祥和，好像什么都没发生过。墨丽尔担心勒伏泰的安全，赶紧走出飞船，在离飞船不远处的深坑中，找到了意识模糊的勒伏泰。他身上的防护衣被大紫闪文击穿了几个小口，上面有紫色的液体。“不要碰到它们！”勒伏泰浑身无力，他挣扎着说道。

墨丽尔把勒伏泰扶上飞行器，找到了事先准备好的解毒针剂，给勒伏泰注射。等了好一阵勒伏泰才勉强睁开眼睛，勒伏泰：“赶紧带我出去。”

墨丽尔：“这个药没有用吗？”

勒伏泰吃力地说：“这个药只能缓解，不能解毒，快……带我出去。”

墨丽尔：“好的，好的，你先撑着，我带你马上离开这里。”说完就驾着飞行器暂时退出这片森林。

墨丽尔等到退出森林后：“勒伏叔，现在要干什么！”

勒伏泰艰难地说道：“……找到一个角灵地巢。”

墨丽尔：“银蓝色角灵？”

勒伏泰点点头。墨丽尔为难地说道：“我要上哪里去找它们的巢穴？”

勒伏泰吞了吞唾液：“要……要……要顺着迷雾的边界，找到道矮尾草台……草台上有银蓝色角灵的寄生羽虫……找到后……和解毒剂……”还没说完勒伏泰又昏了过去。

墨丽尔：“然后怎么样？勒伏叔你醒醒！”墨丽尔怎么也叫不醒勒伏泰，而且他的身体竟然变得透明起来。这让墨丽尔大吃一惊，她从来没见过这种情况，看来如果不快一点，勒伏泰的命就难保了。

墨丽尔遵照勒伏泰的指引，顺着迷雾边界飞行，果然找到了矮尾草台。青焰大城墨丽尔来过几次，尚不知道这些细节，让她感觉奇怪的是，初次来到的勒伏大叔是怎么知道这些细节的呢？矮尾草台上栖息着不少银蓝色角灵，它们长着巨大的尾翼，小而亮的眼睛让人望而生畏。墨丽尔拉近飞船内影像进行观察，在银蓝色角灵的巢穴中的确有寄生羽虫的身影。不过现在也是银蓝色角灵的孵化季，每个巢穴中都能看到巨大的卵，卵中能看到幼兽在翻动。墨丽尔鼓起勇气，悬停好飞行器后，戴上防毒头盔来到矮尾草台上。

她刚刚站到矮尾草台上，所有的银蓝色角灵都提高了警惕，对陌生的生物怒目而视。墨丽尔赶紧示弱，慢慢地趴在矮尾草台上，一边判断一边缓缓爬向一个没有成年角灵守护的巢穴。用手示意她想要的不是角灵的幼兽，而是旁边的寄生羽虫。

好不容易到了巢穴边，角灵们背部的羽毛都竖立了起来，它们的眼睛也变红了。墨丽尔知道，这是触犯到了角灵，但为了救勒伏泰的命，她也没有回头路了。为了不激怒这些庞然大物，墨丽尔一动不动趴在原地等待时机。终于，银蓝色角灵慢慢蹲下，墨丽尔刚想伸手去抓寄生羽虫，谁知道一只硕大的银蓝色角灵突然从天空俯冲而下，扑向墨丽尔，看来是巢穴的主人回来了，以为墨丽尔要去抢幼兽。一颗角灵的卵被甩出巢外，而墨丽尔则被一股巨大的力量扇到了矮尾草台的边缘，半个身子挂在外面，下面就是深不见底的深渊。墨丽尔拼命抓住矮尾草台的藤蔓，以免自己摔下去。银蓝色角灵并没有打算放过她，扑过来用力啄着墨丽尔的手背，墨丽尔忍着痛，用力翻上来，给了银蓝色角灵两脚。银蓝色角灵飞起来用尖锐而又粗壮的脚爪踩墨丽尔，巨大的抓力将墨丽尔的防护衣撕开，蓝色的血液不停地跌落。墨丽尔向上一跃抓住了银蓝色角灵的脚爪，并躲避着角灵的喙部攻击。角灵无计可施，发狂一样甩着墨丽尔，墨丽尔咬牙牢牢抓着，银蓝色角灵拖着墨丽尔俯冲进悬崖下面，一直到紫水河中。它想把墨丽尔摔到水里。墨丽尔往上爬，一不小心被银蓝色角灵抛向空中，却被墨丽尔一个翻身，坐到了身上。角灵转身想咬墨丽尔，却怎么也够不到。角灵彻底被激怒了，一次又一次地冲进紫水河，甚至想和墨丽尔同归于尽。墨丽尔死死抓住银蓝色角灵的羽毛不放，直到最后银蓝色角灵累得浮在紫水河上，墨丽尔慢慢爬起来抓住了银蓝色角灵眼尾处的犄角，银蓝色角灵转头看着墨丽尔，虽然角灵听不懂墨丽尔说什么，墨丽尔还是向它解释自己的目的。角灵仰着脖子长啸一声，飞上空中盘旋。矮尾草台上的银蓝色角灵也发出高亢的长鸣，似乎在呼应它。最后银蓝色角灵载着墨丽尔稳稳地停在了矮尾草台巢穴的边上，墨丽尔知道角灵不会再攻击她了，从银蓝色角灵身上跳下来，走过去，把它的卵放回了巢穴。角灵低下头，双翅张开，墨丽尔抓着几个寄生羽虫，走向角灵。角灵知道了墨丽尔的用意，用头蹭了蹭墨丽尔的下巴。墨丽尔点头，转身上了飞行器。远处的银蓝色角灵群再次长鸣，似乎要向她告别。

墨丽尔走进飞行器，发现勒伏泰并没有苏醒过来，只不过身体透明的程度好了点。她不敢耽误，只能自己摸索，好在小时候河滓伊德的爷爷教过她一些解毒剂的常识。墨丽尔记得勒伏泰昏倒前提过解毒剂，墨丽尔先抽出寄生羽虫的血液，加入解毒剂中，把混合过后的液体分解过滤后，放入真空箱，整个过程墨丽尔聚精会神，生怕出现差错。终于弄完了，墨丽尔不敢确认是不是勒伏泰说的方法。墨丽尔走过去看了看，勒伏泰的脸色转向深蓝色，只能赌一把了，墨丽尔心想。她拿出稳定过后的药剂，小心地用针管抽出，来到勒伏泰身边，一咬牙就把刚刚合成好的针剂注射进了勒伏泰身体里，墨丽尔跪在地上，目不转睛地看着勒伏泰，过了一会儿，勒伏泰还是没什么变化，墨丽尔抓着针管有气无力地翻身坐在旁边，心想如果勒伏泰死在这儿，又没能抓到大紫闪文，她怎么回去见河滓伊德。恐怕河滓伊德会被困在青焰大城里，而她只能回到古墨大邦，一辈子不敢再来。

“你这个死丫头，很希望我死吗？”墨丽尔身后传来勒伏泰无力的声音。

墨丽尔眼里闪着泪光，脸上挂着笑容：“勒伏大叔，你醒了?！真是太棒了！”

勒伏泰：“你不叫我老东西了？”

墨丽尔不好意思地笑着说：“我不是故意的。”

勒伏泰：“饶了你，你就别光顾着说了，给我点喝的！”

墨丽尔赶紧给勒伏泰拿来一罐营养液，勒伏泰抓过去喝了个底朝天。

墨丽尔：“你慢点喝，你刚刚才醒。”

勒伏泰：“还不够，多给我拿几个。”他看着墨丽尔没动弹，“中了大紫闪文的毒，解毒后也需要喝大量的营养液才能把毒素清除，快点，没时间了死丫头。”

勒伏泰的语气并不严肃，有点开玩笑的意思，这让墨丽尔的心暂时放了下来。墨丽尔一边忙活一边问：“我们赶紧回青焰大城，用银沙紫晶草才能彻底治好。”勒伏泰：“回去？今天必须抓到大紫闪文，不然就来不及了。”

墨丽尔走到勒伏泰对面，把他扶起来：“为什么？”

勒伏泰：“刚才我们去抓大紫闪文的时候，发现已经有很多卵在石壁上，就意味着马上有新的大紫闪文孵化出来。”

墨丽尔：“这不是很好吗！大不了我们抓新的回去。”

勒伏泰：“想得简单，我们要的是成年后的大紫闪文，年限越长越好，大紫闪文孵化出来后需要十年才能成年，而且只要大紫闪文孵化出新的，那老的一批就会死去，所以我们要抢在新的大紫闪文孵化出来时抓住最老的大紫闪文。要是大紫闪文死了，就没有效用了。”

墨丽尔的好奇心更重了，她没有想到勒伏泰知道得这么多，包括角灵的事，包括大紫闪文，勒伏泰是第一次来啊。“勒伏大叔，你是怎么知道这些事的？”

勒伏泰：“出发前，有个人把这些信息都告诉我了。”

墨丽尔：“谁？塔拉贝吗？”

勒伏泰：“那个老东西，正等着看我的笑话呢，他会告诉我？是希波梅诺。”墨丽尔也被弄得迷糊了。希波梅诺这个人很神秘，他似乎和塔拉贝完全不同，但是塔拉贝似乎又很信任他。即便他和自己见过几次，但是交流寥寥无几。他到底是谁呢？

也许真如之前预想的那样,希波梅诺也是某个大家族的人,因为某种原因,用自己的忠诚作为代价换取了塔拉贝给他更换辐射常数,加之换完以后的相貌变化,只要他不说,没人知道他原本是谁。

墨丽尔凑到勒伏泰的面前仔细看勒伏泰:“勒伏叔,这药起作用了,你的脸不像之前那么蓝了。还有一件事很奇怪,刚刚昏倒的时候,我看你的皮肤变得透明了,那是什么原因?”

勒伏泰挠挠头,他似乎也想不明白:“管他呢,死不掉就好。我们准备一下再去那边抓大紫闪文。要趁着戈兰克斯还没从天空出现,否则我们白来了。”

勒伏泰似乎又生龙活虎起来,他走到副驾驶上坐好,正好抬眼看见前面的银蓝色角灵,勒伏泰:“怎么回事?”

墨丽尔一脸骄傲:“没关系,不会有事的。”

说着发动飞行器,没想到飞行器远处的银蓝色角灵从巢穴里起身仰头长鸣。勒伏泰惊讶地看着墨丽尔:“它们看上去太奇怪了。”

墨丽尔:“我和它刚才打了一架。”墨丽尔指着最前面的银蓝色角灵。说着飞船加速升空,没想到银蓝色角灵跟着腾空而起,带着一大批角灵也跟着飞起来,围着飞行器盘旋。墨丽尔把之前发生的事情原原本本地告诉了勒伏泰。

勒伏泰:“好家伙,你这个小丫头真厉害啊!”

墨丽尔:“什么意思?”

勒伏泰:“恭喜你收服了这里的银蓝色角灵。”

墨丽尔有些喜出望外,开心地说:“真的吗?”

勒伏泰:“当然是真的。”勒伏泰转念一想接着说:“我们运气真好,这下很快就能抓到大紫闪文了。”

墨丽尔:“勒伏叔你说什么?”

勒伏泰:“我们不坐飞船去了!”墨丽尔看着勒伏泰说:“你有什么好办法?”

勒伏泰指着前方的银蓝色角灵说:“我们骑着它们去。”

墨丽尔:“可是那个深谷里有毒雾。”

勒伏泰:“在古博星只有银蓝色角灵不怕那里的毒雾,也只有它们才能靠近大紫闪文,因为大紫闪文喜欢银蓝色角灵身上的寄生羽虫,所以有银蓝色角灵在,大紫闪文就不会对我们发起攻击。”

墨丽尔:“真是没想到啊!”

勒伏泰:“带上膜网枪、穿好防毒服我们就走。”墨丽尔拿了件新的防毒服给勒伏泰，两人穿戴完毕就走出飞行器。

几只银蓝色角灵卧在矮尾草台上等着墨丽尔，墨丽尔小心翼翼骑在刚才和她缠斗的角灵脖子上，手抓住它眼睛两旁的长犄角，银蓝色角灵站了起来，勒伏泰也骑上了卧在旁边的角灵，抓好犄角后两只银蓝色角灵腾空而起，留在矮尾草台上的同类们一起仰头展翅、放声长鸣。

墨丽尔和勒伏泰在空中盘旋几圈后，就朝着大紫闪文栖息的山谷飞去。

银蓝色角灵飞到深谷的入口处时，突然减慢了速度，慢慢滑翔，进入大紫闪文的领地，银蓝色角灵身上的羽毛就慢慢褪去了蓝色，变成了略泛着光芒的浅银白色。似乎要和下面的粉蓝羽铃花区分开。从巨树上空，两只银蓝色角灵缓缓降落在一处空地后，轻轻地伏在地面，墨丽尔和勒伏泰从银蓝色角灵身上翻下，走到不远处的地方掩藏起来。变成银白色的角灵一动不动，身上的银白色光线却慢慢变强。墨丽尔非常惊讶，它们好像能明白自己想要什么。勒伏泰感叹："这角灵真是奇妙啊，有它们在，抓大紫闪文就不是什么大问题了。"不一会儿一只大紫闪文从树林深处飞过来，落在角灵的身上。然后是两只、三只、一群，越来越多，片刻之间两只角灵身上停满了大紫闪文。趁这个时候，墨丽尔和勒伏泰站起身，用膜网枪分别对准两只角灵开枪，两张巨大的膜网喷射而出，包裹住角灵。而角灵身上的大紫闪文没有任何异动，墨丽尔和勒伏泰上前收窄膜网，把角灵从膜网里小心分离出来，最终剩下的大紫闪文有一千多只，这下肯定够了。墨丽尔摸了摸角灵，感谢它们的帮助，然后带着抓住的大紫闪文，骑着角灵离开了这座山谷。

墨丽尔和勒伏泰回到了矮尾草台，勒伏泰把抓住的大紫闪文放到飞行器里。墨丽尔抱着银蓝色角灵的头和它惜别。勒伏泰打开飞行器的灯，催促墨丽尔抓紧时间，墨丽尔看着角灵，眼中湿润。她不仅仅是感激这些充满灵性的生物，重新遇到河滓伊德让她想起了之前的遭遇、多舛的命运。她放开这个刚刚结成同盟的伙伴，登上飞行器。飞行器启动，离开矮尾草台，银蓝色角灵们尾随着飞行器飞行，直至把他们送到青焰山谷口、盘旋数圈后才依依不舍地离开，墨丽尔看着这一切止不住地掉眼泪。

勒伏泰："你这丫头，还这样感性。"

墨丽尔转头抹了抹眼泪，嘴硬地说："谁感性了，谁掉眼泪了！"

勒伏泰看着前面："放心，既然银蓝色角灵认定你是主人，这辈子你就是它们的主人了。反正塔拉贝也把你留在青焰大城了，你要是喜欢可以经常过来看看他们。"

墨丽尔好像轻松了些:“下次我来它们还会记得我?”

勒伏泰:“记得,只要这群银蓝色角灵还活着就一定记得。”

墨丽尔:“勒伏叔,银蓝色角灵可以活多久?”

勒伏泰:“银蓝色角灵可比你我活得久,一般能活上千年。”

墨丽尔:“那要是我死了它们该多孤单啊!”

勒伏泰:“你想得真多,也许等到新的星球,你也许就把人家忘了。”

墨丽尔:“不可能,我想办法把它们都带走。反正我要一辈子都照顾它们。”

勒伏泰笑着说:“打架这么厉害的人,还有这样的想法。多亏有这些银蓝色角灵,要不然真能要了我的老命。”

墨丽尔:“好奇怪!”

勒伏泰:“奇怪什么?”

墨丽尔:“青焰大城给流亡的人换辐射常数也不是稀罕事,但塔拉贝叫你自己来抓大紫闪文,要不是我们运气好,肯定会被毒死。他到底在想什么呢?”

勒伏泰:“他想合理地让我们去死。”

墨丽尔:“也许吧。那希波梅诺呢?”

勒伏泰:“都是神经病,随便他吧!反正我们抓住了大紫闪文,看他还有没有理由不帮河滓伊德。”

墨丽尔点点头。

第16章 重　生

飞行器停进了青焰大城，希波梅诺带着数个手下已经在停机坪等待，墨丽尔和勒伏泰一人提着一袋大紫闪文走下飞行器。希波梅诺和手下接过这些大紫闪文，脸上依旧没有一丝表情："我们这就去实验室，河滓伊德已经过去了。"说完就领着他们朝实验室走去。

他们跟着希波梅诺，走过一个长长的除菌通道到达了实验室。这是一个银白色的房间，四周有不少细密的、发着微光的气泡，几个穿着银白色衣服的人站成一排，房间里有两个圆形的舱，旁边配备了各种装备，想来应该是替换辐射常数用的仪器。

塔拉贝和河滓伊德从另一个门进入。希波梅诺的手下把大紫闪文小心放好，塔拉贝看了看大紫闪文，脸上露出微笑说道："勒伏家族的人果然不会让人失望。"

勒伏泰："现在我的任务完成了，你总该帮他换了吧？"

塔拉贝走到一面墙边，墙上一道光线扫描了塔拉贝后，这面墙就慢慢分解、消失，另一面是一个个透明的太空舱，每个太空舱里都是一具完整的神经组织，而舱门上显示着每个神经网络的介绍。

河滓伊德："这是神经库？"

塔拉贝："是的！"

勒伏泰："你哪儿弄来这么多活着的神经组织？"

塔拉贝："有人捐献。"

勒伏泰完全不相信塔拉贝这个魔头说的话："捐献？说不定就是死在这儿的。"

塔拉贝："比无耻我比不过大太司，不然你们早就死了。"

勒伏泰："我听说过你的故事，可不是这样！"

塔拉贝："如果你们觉得内心有愧，可以取消。我不反对。"

河滓伊德顾不上其他的了。他必须要换一个身份，找到家族的无境之球，能不能报仇,是他现在完全不敢想的事。

塔拉贝指着另外一个圆形舱:“你也准备准备。”

勒伏泰摸不透塔拉贝的想法:“不是吧!谁没事换辐射常数?”

塔拉贝:“你确定不用?你以为你来到这儿大太司不知道吗?或许,你的家族因为你也会被灭掉。不换也好,省却了很多麻烦。”

勒伏泰泄气地说:“……嗯……既然和伊德老弟一起,我也没什么好怕的。”

塔拉贝:“那就好。”

穿着银白色衣服的人把河涬伊德和勒伏泰分别安排到舱中,舱门关闭,里面开始释放粉色的雾。原来是催眠用的,很快两人就进入了休眠状态,接着被推进有太空舱的房间,圆形舱上升起保护罩,河涬伊德和勒伏泰被包裹在其中,形成两个密闭的空间。此时,房间里所有的太空舱瞬间都亮起来,圆形舱上显示着两人的神经图谱,从模糊到清晰,从粗到细。数量众多的太空舱越来越亮,同时,不停有图谱在圆形舱上方切换显示,直到最终有两个图谱分别在圆形舱上停了下来。此时房间里除了配对成功的太空舱亮着,其余的亮度慢慢降了下去。

塔拉贝示意希波梅诺按下按钮,那两个选定的太空舱缓慢地飘浮着,移入银白色房间。河涬伊德和勒伏泰的圆形舱外壳也被打开。配对成功,意味着他们醒来后会变成另外一个人,也意味着他们永远没有办法在这个星球按照既定的轨迹生活了。他们不再有高贵的血统、属于蒙泰罗斯的过往,而是一个查不到来历的流民,整个星球最底层的尼让姆斯。

几个穿银白色服装的人正在查看圆形舱和太空舱,有人小心地拿起两只装有大紫闪文的膜网,另外又有几个人推着两个一人多高的透明容器进到房间里,在距离圆形舱不远的地方放置好透明的容器后就离开了房间。那几个拿着大紫闪文的人就小心地把它们分别放进这两个容器里。等一切完成后,希波梅诺启动了这两个透明的容器,昏迷的大紫闪文瞬间均匀地悬浮在透明容器中。容器散发出浅金色的光线,大紫闪文的紫色在光线中慢慢脱落,最终都变成了白色。容器的底部则聚集着发光的紫色粉末。这些聚集在底部的紫色粉末通过透明容器和太空舱链接的通道被注入神经组织,神经组织先是变成白色,继而变成荧光紫色,当图谱里显示出神经组织变色完成,穿银白色服装的人分别打开了圆形舱还有太空舱,神经组织分别悬浮移动到河涬伊德和勒伏泰的上方,透明容器里最后一部分荧光紫色尘埃通过另一个通道,缓缓流动到河涬伊德和勒伏泰的神经组织中。四个神经图谱都变成荧光紫色,且数值都非常稳定。塔拉贝走到图谱前,和手下们再次确认了各类数值，直到没有问题，塔拉贝示意手下，悬浮在河滓伊德和勒伏泰上方的神经组织降了下来，紧贴着河滓伊德和勒伏泰的皮肤，然后圆形舱再次封闭。透过透明的材质，能看到里面瞬间充满了银色的悬浮颗粒，而上方的图谱开始一点一点地、慢慢地链接融合。

塔拉贝走到墨丽尔面前：“还需要不少时间才能完成，你就在这里站着等他们吗？”

墨丽尔：“我想在这里等。”

塔拉贝转身离开。

墨丽尔转向希波梅诺：“他们到底有没有危险！”

希波梅诺：“据我所知，在完全融合之前都非常危险。”

墨丽尔紧张地抬头看着前面两个圆形舱和太空舱上的图谱。

希波梅诺：“也不用太担心，这里换辐射常数很少有失败的例子。”

墨丽尔点点头，但还是很紧张地盯着图谱上不断变化的数值曲线。

希波梅诺：“你还是休息一下吧，你们刚刚才从青焰山谷回来，这里有我，放心。”

墨丽尔看希波梅诺很认真的样子，想到他悄悄告诉勒伏泰关于角灵和大紫闪文的事，放下心来。她陷入休息椅，很快眼皮就重重地耷拉下来，不一会儿就睡着了。

墨丽尔进入了自己的梦境。

她睁开眼，发现处在一片雾气迷蒙之中。远处传来大翅挥舞的声音，突然从迷雾中，出现了一只白色的角灵。它呼扇着巨翅，围绕着墨丽尔飞翔。她的前面出现了一处亮光，墨丽尔循着光走过去，突然脚踩空，急速下坠，仿佛刚刚处在半空中。墨丽尔因恐惧无助而尖叫，此时白色角灵从空中飞下接住了她。墨丽尔如释重负、紧紧搂住角灵，角灵载着她在古博星的蓝天下翱翔。飞了不知道多久，角灵停在了一处圆台之上。墨丽尔从白色角灵身上下来，放眼望去，好像回到了奥亚特家族。墨丽尔的心情变得复杂起来。没错，坐落在黑晶高原之上的奥亚特家族，用黑晶石修建黑晶大厦，矩形分区的方式修建的建筑群，还有家族的墨碑，正矗立在核心区的底部奥亚特家族神殿之上，墨碑高高耸立，直上云霄。

墨丽尔犹豫着走进城池，街道楼宇间布置着鲜花彩条，四处洋溢着喜庆的气氛，从里面涌现出很多面熟的族人们，每个人脸上都洋溢着微笑，有大人，也有小孩，他们走上大街互相道贺，令墨丽尔惊讶的是，还有不少外族的人。他们汇聚成一股人流,簇拥着,推着墨丽尔一起涌到奥亚特家族的神庙广场前。看来这里正在进行家族重要的仪式,所有的长老都站在神殿前,似乎在等着一个重要时刻的来临。更让墨丽尔惊讶的是,她看见了站在长老身后的另外一个自己,那个自己脸上看不见任何笑容。在长老的另外一边,站着几个罗里蒙家族的人。

神庙广场上的人越来越多,金环星也逼近了正顶,在奥亚特家族,这个时刻是颁布法令和宣布家族重大事件的时间,因为这时地下神殿、墨碑和金环星可以形成一条直线,墨碑会被神殿中的九块墨晶发出的光线点亮,让广场上的墨碑发出不一样的光芒。

有个族人拿着一个卷轴慢慢走上前,呈给最中间的长老。时间到了,金环星到了顶点。九道光束从神殿中射出,打在墨碑上。在金环星柔和光线笼罩下,墨碑显得特别耀眼。长老展开卷轴,向所有人宣布,孙女奥亚特云将和罗里蒙家族的长孙订婚,一年后嫁给罗里蒙素。下面的人群一片欢呼。站在人群中的墨丽尔,看着那个不知所措的自己——奥亚特云,切实感受到全身心的痛苦。

在人群的欢呼声中,奥亚特云被父母带到长老面前,准备与罗里蒙素交换家族信物,人群欢呼,奥亚特云被催促着往前走。在人群中的墨丽尔再次感觉到痛苦,闭上了眼睛。在陌生的罗里蒙素面前,奥亚特云突然回头,钻入人群中逃走,所有的族人都不敢相信眼前看到的事情。罗里蒙家族拂袖而去,神庙上乌云密布,奥亚特家族的所有人脸上都没了笑容,在场的人们悄无声息地默默散去。

墨丽尔不忍看到当年的自己,她转身想走,没想到竟又来到家族神殿。她看到奥亚特云正跪在神殿中央,一群奥亚特的族人寂静肃立,手持古老的石剑。母亲泪流满面也不敢说上一句话,手持石剑的几个人同时在奥亚特云背上刺了一刀,这标志着奥亚特家族的驱逐令,也意味着在往后的岁月里,奥亚特云不能再踏入奥亚特家族一步。

墨丽尔为自己感觉到心疼,被驱逐之后的经历经常在脑中闪现:血流不止、孤独无依的奥亚特云被赶出奥亚特家族的领土范围,刚出了奥亚特家族的领土立即被罗里蒙家族的杀手追杀,她知道自己也有不对,不应该在这样的盛典上做出这么激进的事情,同时非常难过,她的家族非常狠心地抛弃了自己。在荒无人烟的平原上,奥亚特云狼狈奔跑,背上的伤虽然不致命,却让她疲惫不堪。最终还是被罗里蒙家族的人追上,当杀手用粒子枪准备射杀她的千钧一发之际,一架飞行器停在奥亚特云身后,罗里蒙家族的杀手不知道发生了什么,还以为是奥亚特家族反悔准备来接她回去,但是舱门打开,里面走出来的并不是奥亚特家族的士兵们。等他们反应过来的时候，已经被飞船上的武器化为了一堆原子，像空气一样消散了。奥亚特云昏迷了过去。

奥亚特云醒来时，已经身处古墨大邦，是墨法耶救了她。墨法耶与奥亚特云在多年前的一次庆典上见过面，当她发现自己被救很是惊讶。等奥亚特云养好了伤，想去看看家人，但是她已经被驱逐，永远不能靠近奥亚特家族，墨法耶告诉奥亚特云，根据他打探的消息，自从她被逐出奥亚特家族后，她的父亲、弟弟和妈妈就被发配到奥亚特北方的墨晶石矿守矿去了，因为自己的叛逆，让家人变成了尤提斯劳苦阶层，奥亚特云懊恼又自责，从此以后她改名墨丽尔，开始接受古墨大邦的训练，希望有一天可以接自己的家人离开墨晶石矿。没想到她的弟弟接受了大太司的神秘任务，才让她的父母回到奥亚特城，但是没有人知道她弟弟因此去了哪儿。即便父母回到了奥亚特城也只能勉强维持生计，墨丽尔无计可施，身陷巨大的绝望之中。每当梦中这种情绪出现，总会出现一双大手，牢牢抓住墨丽尔，让墨丽尔感觉到了温暖。

墨丽尔流着泪醒来，看见希波梅诺还在，他递给墨丽尔手帕。这几年的梦，除了角灵，都是这样重复。她也明白了，为什么对角灵抱有那么大的情感依赖，它们不会欺骗，不会背叛。等到下次去的时候，她一定要好好和这些圣灵相处。梦的最后出现的那双大手到底是谁？河滓伊德吗？还是寡言少语的墨法耶？不管是谁，让墨丽尔感受到坚持下去的温暖。

墨丽尔也希望墨法耶能遵循他的诺言，只要她能完成这次任务，把她的父母也接到古墨大邦一起生活，否则她很难想象父母在奥亚特家族中遭遇什么样的冷眼！至于选中她弟弟去遥远的地球执行神秘任务，让墨丽尔也很费解。不知道这里面有什么蹊跷，毕竟大太司的新宠冥斯家族的冥斯伯也会去地球，大太司心里究竟在想什么。河滓伊德回来就遇见这么多事情，还有为什么大太司会失忆，塔拉贝手里为什么会有勒伏家族消失数万年的无境之球，以及所谓的催熟计划究竟怎样实施，弟弟去了会遇到什么……谜团一个接一个，也许慢慢才能有机会了解全貌吧，现在一定不要想太多，墨丽尔这样安慰自己。

突然圆形舱报警，不停地闪烁着红光，所有人都紧张起来，忙碌地检查各种仪器，但是报警声越来越大，这时候塔拉贝从外面走进来，示意希波梅诺按下开关，墨丽尔前面出现一堵透明的墙，墨丽尔只能在墙这边干着急。她好奇地看着有条不紊检查仪器的塔拉贝，与外面盛传塔拉贝是个出色的军事人才不同，这一刻墨丽尔觉得塔拉贝更像一个出色的辐射常数更换的医学专家。这个塔拉贝真是够神秘啊,古博星最出色的医者基本都出自勒伏家族,与古博星的历史相比,青焰大城的历史并不长,却能完全掌握替换辐射常数的方法,这真是让人不得不产生一些联想,塔拉贝和勒伏家族之间到底发生了什么,不然怎么也说不通塔拉贝手里那颗无境之球的来历。

塔拉贝命令希波梅诺离开房间,希波梅诺神情严肃,走得匆忙。塔拉贝从透明墙的暗门走过来,看着墨丽尔:“你们去抓大紫闪文的时候勒伏泰是不是受了伤?”

墨丽尔:“是的!”

塔拉贝:“之前怎么不说?”

墨丽尔:“毒已经解了,现在怎么了?”

塔拉贝:“辐射常数替换了一半现在没办法继续,需要更多的大紫闪文。”

墨丽尔:“我再去抓些大紫闪文过回来!”说完墨丽尔就想往外走。

塔拉贝:“你去哪里?”

墨丽尔:“去青焰山谷!”

塔拉贝:“晚了,现在戈兰克斯已经升起来了,马上虫卵就会孵化,抓回来也没法用,再说……等你回来,这两个都会死。”

墨丽尔慌张起来,河滓伊德可能会死让她手足无措:“那怎么办? 啊……你说该怎么办……你快说啊……”

塔拉贝看着墨丽尔:“你冷静点,大紫闪文我来解决,我想知道当时你们是不是用了银蓝色角灵的寄生羽虫来解毒。”

墨丽尔深深吸了口气:“是的。”

塔拉贝:“当时勒伏泰有多少伤口? 受伤后清醒多久? 配解毒剂时用了几只寄生羽虫?”

墨丽尔努力地回想:“应该有六处伤口,受伤后勒伏叔大约保持了二十分钟的清醒,用了三只寄生羽虫配的解毒剂。”

塔拉贝:“知道了!”说完转身要走,被墨丽尔叫住:“既然是勒伏叔中毒为什么河滓伊德也会中毒?”

塔拉贝:“在两个人同时替换辐射常数的时候,由于被替换的神经组织有一部分在体外,又有大紫闪文的荧光紫色粉尘作为催化剂,这时候如果其中一个人重伤或者中毒,都会同时影响在替换中的另一个人。”说完又回到两人的圆形舱旁边,这时候希波梅诺带着两个手下分别拿着两袋大紫闪文过来,他自己则拿着一个小巧的医疗箱。塔拉贝吩咐手下把大紫闪文放入刚才的透明容器中,希波梅诺打开医疗箱，拿出几十支散发蓝紫色微光的试剂，用两支针管分别抽好递给塔拉贝，塔拉贝接过针管给两人分别注射。和之前一样，两个管道把从大紫闪文身上提取出的荧光紫色粉尘再一次输入舱中。片刻后，报警声停止，危机总算过去了。透明墙打开，墨丽尔走到塔拉贝身边。

墨丽尔："他们没事了吗？"

塔拉贝："放心吧，已经没事了。"

墨丽尔："能问你一个事情吗？"

塔拉贝："你说。"

墨丽尔："为什么你这么短时间能找到这么多大紫闪文？"

塔拉贝："又没说不能养。"

墨丽尔有些生气："那你还叫我和勒伏叔去青焰山谷抓？"

塔拉贝："想得到，必须要付出代价。"

墨丽尔被塔拉贝说得一时不知道怎么接话。塔拉贝起身走到希波梅诺面前："他们醒来后来叫我。"希波梅诺点点头，塔拉贝离开房间。

墨丽尔走到圆形舱前默默地看着河滓伊德，脑海里回想起两人小时候在河滓家族一起玩耍、学习的情景，没想到再次见到河滓伊德，河滓家族已经彻底从古博星消失，这短短几年的时间真的恍如隔世。自从河滓伊德拒绝自己后就失去了踪迹，直到墨丽尔进入古墨大邦才知道，河滓伊德拒绝自己是去遥远的星球执行秘密任务了，河滓伊德也没有想到，他的一腔热血竟然换来整个家族的覆灭，以及整个蒙泰罗斯阶层的集体出卖。要不是河滓家族的无境之球还没有到大太司手里，她可能永远见不到河滓伊德了。

等他恢复以后，还有更麻烦的事情等着他。那三十二面体现在在塔拉贝手里，塔拉贝这个人有太多秘密，虽然目前看来他不是大太司那边的人，但塔拉贝的用意是好是坏完全无法判断。墨丽尔想，等河滓伊德过了这一关，一定要想办法让塔拉贝收留河滓伊德，在这里或许是最安全的。而且从刚才的情况判断，塔拉贝至少不讨厌河滓伊德，这从长远看也是个好兆头吧！

希波梅诺拍拍墨丽尔，她回过神来，看到河滓伊德和勒伏泰的神经线在图谱上显示已经融合完毕，但是医疗舱里的银色悬浮颗粒并没有散去，希波梅诺："看来这次没什么问题了！"

墨丽尔点点头："希波梅诺大哥，你是什么时候来青焰大城的？"

希波梅诺惊讶地看着墨丽尔，他没想到墨丽尔会询问他的来历，这在青焰大城几乎是个禁忌:“几年前吧,具体时间我记不清了。”

墨丽尔知道问不出什么话来:“以后我们就要留在青焰大城,还请你多照顾。”

希波梅诺:“客气了,应该的。”

墨丽尔仔细盯着希波梅诺:“为什么我觉得你给我一种很熟悉的感觉!”

希波梅诺一惊,但转瞬即逝。“碰巧吧,要不是塔拉贝收留我,我还是一个到处流浪的尼让姆斯呢。”“我只是某一个瞬间,感觉希波梅诺大哥像我小时候认识的一个人。”墨丽尔盯着希波梅诺,希望能找到点线索。很明显,自己和勒伏泰能抓到大紫闪文,他提供的信息必不可少。是不是塔拉贝授意的不得而知,更大的可能是他自己的主意。所以,他肯定和河滓家族或者勒伏家族有瓜葛。

希波梅诺:“听你这么说,有点受宠若惊。”

墨丽尔:“你客气了。”墨丽尔在头脑中反复搜索,找到一个人来。虽然希波梅诺极力否认,她还是觉得很像河滓伊德的族弟河滓伊迪,墨丽尔都觉得自己太敏感了,为什么会有这么疯狂的想法。河滓家族被大太司以雷霆手段摧毁,基本都来留给所有人反应的时间。河滓伊迪怎么能逃出大太司当时的包围圈?即便真逃出来,怎么会不着痕迹地来到青焰大城,还能不被古墨大邦发现?她想起墨法耶总是要自己更理智一些,不要总是感情用事。可能女人都是这样,某些时候总会有些莫名其妙的感觉。自从离开了奥亚特家族来到古墨大邦,跟着墨法耶这个近乎变态、严苛又自律的人好几年的时间,墨丽尔一度认为自己已经不再那么感情用事,但是河滓伊德回来后,自己的内心好像又平静不下来了,有时候会思绪太多。

希波梅诺又一次拍了拍墨丽尔:“舱门打开了。”

墨丽尔回过神,和希波梅诺来到打开的舱门前面。河滓伊德和勒伏泰的面容已经变化成另外的样子。让她感觉有点奇怪。这是她第一次完整看到有人更换辐射常数。此时,数个银色服装的人已经开始查看仪器,把提取大紫闪文荧光紫粉尘的仪器推出了房间,希波梅诺摁下手环上一个按钮。没多久塔拉贝走了进来。

塔拉贝走到河滓伊德和勒伏泰的床前,接过身边手下的透明显示板,逐项检查里面的数据,检查完毕走到墨丽尔跟前:“我答应他们的事情做完了,你呢?”

墨丽尔:“我会兑现承诺的。”

塔拉贝:“很好。”

墨丽尔:“你到底需要我干什么?”

塔拉贝:“等我想清楚以后,自然会告诉你。”

墨丽尔不知道塔拉贝的心里在想什么。或许是担心她的来意。正如之前所说，青焰大城和古墨大邦的关系很微妙，相互之间既有合作又有竞争。古墨大邦担心青焰大城做什么出格的事，引火烧身。青焰大城这边呢，对古墨大邦的态度模棱两可，一方面地缘上这么接近，不能翻脸，但是也不是常常互相往来的关系。墨丽尔这次来，是不是以古墨大邦的身份，还是一个未知数。

塔拉贝似乎能察觉到墨丽尔的内心："有什么意见直说。"

墨丽尔："没有。"墨丽尔绕过塔拉贝，走到河滓伊德与勒伏泰两人床边："他们要什么时候才能醒过来？"

塔拉贝："一会儿要把他们移到银沙紫晶草的房间，让他们得到更好的休养，休息三天就应该没事了。"

墨丽尔："会出现其他问题吗？"

塔拉贝转身对着希波梅诺："你送他们过去，记得仔细看护。"

希波梅诺："好的。"

墨丽尔："那我呢？"

塔拉贝："这三天你跟着我。"

墨丽尔："什么？"

塔拉贝："我说话这么难懂吗？这三天你跟着我。"

墨丽尔只能答应："好的。"

"很好，走吧！"塔拉贝说完示意墨丽尔跟上，墨丽尔跟着塔拉贝离开了房间。

希波梅诺看着塔拉贝带走墨丽尔后，露出一丝担忧的表情。和往常一样，这种表情很快便消失了。他和手下一起推着河滓伊德和勒伏泰离开。

第17章 河滓伊德的梦

希波梅诺和手下将河滓伊德和勒伏泰放到银沙紫晶草上，让草慢慢地将他们包裹。从这一刻起，他们应该脱离危险了。没有意外的话，他们将会以另外一个身份活在古博星上，不过，他们再也不会和以前的身份有任何关系。希波梅诺想。他让手下先出去，自己却停留在房间里。希波梅诺靠近河滓伊德，死死地盯着他，好像能加快河滓伊德的面容改变一样。你到底为了什么出去，又为什么回来？希波梅诺自言自语地说道。处在昏迷中的河滓伊德，意识却进入了另外一个世界。

在河滓伊德的梦境中，他被关在了一个深不见底的深渊，那是一个比白江深处的未知还要黑暗的所在。看不到任何的光亮，没有温度，没有感觉，好像周围有无数个尖利的锋刃在刺激他的鳞片。真是痛苦啊，他想呼吸，却好像无处张口。要从这痛苦的黑暗中挣脱出来，他这个念头不停地在脑海中盘旋。想象一下你遇到的苦难时刻！父亲的声音在黑暗中出现。他向前挣扎着跑去，突然，父亲的脸出现在他面前，那张脸带着愤怒和失落，又有点悲伤地看着他。河滓伊德痛苦万分，他跪了下来。“都是因为我，”他哭了，“我并不年轻了，却一样的无知。我以为能为家族带来荣耀，可现在呢？我为大太司去做并不光彩的事，以为这会给族人带来新的庇护所，结果呢？现在只有我活着，是神殿中的祖先让我为了自己的鲁莽而经历煎熬，这是一种永存于世的惩罚，直到我死去的那天。”昏迷中的河滓伊德，眼角流出了蓝色的泪水。

在父亲的脸出现以后，另外一个面庞慢慢地向他走来，越来越清晰。一个地球人类，准确地说，是一个人类的幼崽。在河滓伊德内心深处的另外一种自责开始升腾。如果站在古博星的角度，让区区一个低等文明的星球重新洗牌，并没有什么值得说道的，就像人类对待他们认为没有智慧的其他生物一样，都是很随意地处置、吃掉或者赶走杀死，人类不会因此内疚。只有人类之间发生的战争、冲突，无论是宗教的，还是利益的，才会让另外一部分人类产生悲悯、恐惧、自怜的心理，甚至开始上升到所谓哲学的范畴。河滓伊德开始到地球的时候，对人类这种自私的虚伪很看不惯，不过越是这样，越让河滓伊德觉得低等文明存在的微弱价值。可是，现在，一个小孩的面孔却出现在他的梦中。这是什么意思？在梦里，河滓伊德发出了一声疑问。

没错，那个人类的幼崽就是他一直扶植的科学家——荀蒙。选择什么样的人类进行灌输超出他们本身能力的科技，需要做出很多工作。荀蒙第一次出现在河滓伊德面前的时候，距离上一次他选择人类的行为已经过去了一百多年。在拔高人类科技能力的方式上，他们也会有意识地运用动态平衡的原理。当西方的文明在突飞猛进的时候，河滓伊德被告知要沉寂下去。即便如此，他的工作也并没有完全停止。地球的文明进入到一个新的阶段——大陆块之间的影响越来越快，文明势能越来越小了。若是放在刚到地球的一千年前，一种新的科技被发明，能影响到另外一块不相连的大陆，时间可能是几百年甚至更多。就像人类观察植物的生长一般。刚来的时候，他曾经为自己的任务感到着急。照这么下去，等到星球九年之后，人类的文明能前进多少呢？但是地球上这些年的发展一下子加速到让他自己感觉到不可思议的程度。就好像植物的种子进入土壤，经过漫长的冬季，从地表上你看不到一点点成长的痕迹。等到春天到来，新芽破土，一切都变了。

所以当时间到了人类纪元 20 世纪 90 年代的时候，互联网技术、机器人技术开始发展，人类找到了通往未来的快速通道。宏观的世界开始数字化，不仅会让他们对科技的依赖感更强，在人和人之间的关系上也会滑向不可逆的深渊。旧有的文明开始遭到全盘的抛弃，生命本身不像古老的人类文明一样，将其看成一个独立的有灵性的个体。数字化慢慢让人自我相信，人群只有两种，一种是不可违背的领袖和资本大鳄、数据大鳄，剩下的芸芸众生都像 0 和 1 一样，形同电路板上肉眼不可见的开关。照这么下去，将来让人类自相残杀，会变得特别容易。根据规律，该到河滓伊德发挥重要作用的时候了。虽然在西方，科技就像巨大的怪兽，依靠着自我惯性在不停地往前冲，庞大的不可计的质量在自我牵扯着、散发着野蛮的不可一世的气息。可是河滓伊德他们知道，对于地球上那些所谓的发达国家来说，这种发展很快就会进入一个瓶颈期，只是他们还沉浸于此，并不知情罢了。所以，在这种混沌的态势下，从东方的大国植入种子，等待下一个科技怪兽的觉醒，就变得不是那么醒目了。河滓伊德对人类的看法非常准确。人类那么善变，不像在古博星球，自己种族的文明不允许随意地变化。这种变化对于星球的整体来说，并不代表着任何好的影响。重要的是稳定，需要警惕的是，科技的发展影响到族群的生活方式，进而改变他们之间的关系。人类并没有这种自觉,也许是文明的形态并不高级的原因。“低贱的虫子,”每当河滓伊德看到地球上人和人之间相互算计、倾轧的时候,这个念头便会从大脑里蹦出来。

“你需要选择一个人类的小孩,他的大脑能够承受定期给予的刺激,他对现有的所有概念都持有怀疑的态度,并不服从于权威。而且,他要有超过常人的耐力,要知道,智力的本质就是耐力。”河滓伊德对于找到这样一个小孩花费了不少力气。找一个优秀的虫子,但也只是一个虫子而已。河滓伊德的经历并没有让他改变自己固执的观念。现在想来,也许是多次的人类所谓人性的考验,已经让他得出了一个固定的结论。一旦他给予了某个人类新的灵感,这个具体的人就会得到周围无数人的崇拜,而这个具体的人并没有因此自我反省,而是坦然接受这一切,把这当作自己神秘的能力。最后的结果总是一样,河滓伊德想,没有一个能像当初选中他们时候的状态一样。最后那些油腻的人类虫子总是把自己看成人类自己的造物主。可笑!所以,在走遍了几千公里,查阅了无数个符合条件的人类小孩的作业、数学竞赛试卷、上课时的状态等等,最终他找到了一个差不多的对象。

荀蒙出生在一个厂区大院里的普通家庭。在人类看来,这个小孩没有什么过人之处,甚至有点呆滞。河滓伊德却敏锐地察觉,这种呆滞其实是他在思考。思考周围的一切,这个过程从小荀蒙还不会说话的时候就已经开始了。星星为什么会闪烁?死亡之后的猫发生了什么?这种自由思考以及沉默寡言让他的老师们感觉到不愉快。他们曾经找到荀蒙的父母,告诉他们这孩子成绩很差,没有办法正常上学,建议考虑特殊学校。荀蒙的父亲是工厂的会计,他相信自己的儿子,所以将那个大言不惭的老师赶了出去。荀蒙父亲的做法并没有让学校偃旗息鼓,作为回应,他们将荀蒙的学籍取消了。荀蒙的父亲不依不饶,闹到领导那儿,结果是连工作也丢了。一家子只靠荀蒙母亲的工资活着,而父亲则负责辅导荀蒙的学习。老荀虽然是大专毕业,但并不是教育家。为了证明自己的儿子是天才,他采用了简单粗暴的方法——参加各种奥林匹克数学竞赛和物理竞赛,目的很短视——与厂区老师们相遇,然后用儿子优异的成绩打他们的脸、让他们无地自容。结果可想而知,老荀和小荀没能翻身,却收获了太多的白眼。但就是这些看上去没有任何作用的单科竞赛,让河滓伊德注意到了荀蒙。

有一次,从少年宫出来,荀蒙被自己的父亲狠狠地打了一耳光。荀蒙不明白这意味着什么。在他看来,刚刚面对了一堆无聊的问题,况且他也并不理解这些无聊的问题有什么价值,他能理解的是,这些所谓的竞赛题就是一堆原始的结绳和解绳游戏,本质上和原始地球人用石子计数、自娱自乐没什么区别。他不理解,也没动笔,没得到好名次,自然在比赛结束后看到了厂区老师们的鄙夷的眼光,他更理解不了自己的父亲为什么把自己的心情建立在别人的目光之上。耳光结结实实地和他的脸部肌肉发生了作用,让他的脸瞬间变得火辣起来。老荀自己先遭受了委屈,打完儿子以后,急匆匆地离开了,把儿子一个人丢在台阶上。荀蒙手捂着脸,看着父亲,没有愤怒和悲伤,只有好奇。长长的台阶,小荀蒙显得特别的弱小,一个大脑袋顶在脖子上,更显得弱不禁风。河滓伊德在车站牌子后面,观察着荀蒙。荀蒙好像也看到了他,眼睛睁大了,看着河滓伊德。河滓伊德感觉自己出现了错觉,因为两人相隔至少有二十米远,并且在街道上,还有来来往往的行人车辆。"他为什么会注意到我?"河滓伊德想到,这对于他来说,是一个谜团。对于生活在地球上的外星人来说,河滓伊德无论是样貌还是行动上的伪装,都保持特别的低调,不被人类注意到才意味着安全地完成任务。可是,这个小孩第一次就注意到了他,这让河滓伊德感觉到不一样,也许就是他了,河滓伊德想,选定了他,意味着会将他放到人类自己历史的突显的篇章里,在他们的文明中留下痕迹。不过,对于这个小孩来说,成名之后的人生也会发生巨大的改变。他也预计到了,自己会和眼前这个貌不惊人的小孩之间建立起不一样的联系,只不过他没想到后面的联系会这么深刻。

老荀冷静了片刻,恢复了理智,他为自己鲁莽的行为感到惭愧。小荀蒙不比别的小朋友智力差,从某种意义上来说,他有这个自信,比院里其他小朋友甚至要更聪明一些。如果在这种比赛上拿不到名次,那一定是自己的教育能力不够,教育方式出了问题,把失败的怒火发泄到孩子身上,显得自己更加无能了。他走到台阶上端,看着小荀蒙,把他捂着脸的手拿下来,小声地问:"还疼不疼?"小荀蒙摇摇头,他回应自己的父亲:"爸爸,你的手呢? 是不是也很疼?"老荀看着自己的手,"除了神经分布的密度,痛觉和压强有很大的关系。"小荀蒙点头。老荀:"回家吧,我们准备好,下次再来!"

河滓伊德从车站后面走出来,看着父子俩推着自行车,往回慢慢走去。老荀的背影都能看出来,满都是落寞。

河滓伊德在后面远远跟着他们,一直到他们走到厂区宿舍的院子里。院子里的小朋友看见老荀领着荀蒙走了进来。小朋友对老荀一点都不客气,当着他的面开始叫荀蒙的绰号"小笨蛋"。"小笨蛋,又和你爹参加比赛去了? 你肯定赢不了,你爹赢了吗?"老荀受不了,停下自行车,大声叫道:"你们叫谁呢? 没有教养!"小朋友回应道:"你有教养? 你有教养怎么还跟我们小孩一般见识?"老荀无言以对,"再这么说话,我就替你们老子教训你们!”小孩们一哄而散,边跑边喊:“小笨蛋,老笨蛋!”老荀气得不行,荀蒙反而很冷静:“他们只有这样,老师对他们才好些。”老荀抬头看向宿舍楼上某个房间,反着太阳光的某个厨房窗户动了下,老荀知道,这是厂区的某位老师正在看笑话,每次被羞辱,对于这些老师来说,就是精神食粮,够他们活好久了。老荀从牙根里冒出几个字:“等着瞧!”

等老荀领着荀蒙进了住宅楼后,河滓伊德从拐角处走了出来。他小心翼翼地打量着周围,准备晚上的活动。挑好合适的人选之后,按照既定的规则,他们不能和人类直接接触,而是在夜深人静的时候,潜入他们的家中,在梦境中对选择的“未来之子”进行引导。河滓伊德知道,荀蒙并不是笨,反而是因为他太聪明了,超越了一般的小孩。现在最重要的,是让他理解目前人类社会中的规则。掌握了规则,就能在他们的世界中获得认可。即便是简单的数学能力,就人类目前的文明程度来说,仍旧停留在创造困境和解决困境的层次上。不过说到底,这只是一个简单的工具运用罢了,和古博星球上的复杂运算来说,这些所谓顶尖的人类科学家,所掌握的能力,还不及一个他们家族刚刚出生的婴儿。

河滓伊德一直等到夜里两点多,终于等到荀蒙房间的灯熄灭了。河滓伊德瞬间移动,到了荀蒙的房间里。

这个房间和别的十岁小孩的房间有很大的不同,除了小学的课本,还林林总总放了很多初中甚至是高中的书籍。荀蒙的书桌上,还放着微积分的书。从这能看出来,作为父亲的老荀对于儿子的成长抱着怎样的期望。书桌上,还放着一个倒着的沙漏,沙漏的中端被支在一个圆规顶上,保持着微妙的平衡。河滓伊德看着这个,心想着自己没有找错人。以荀蒙的头脑,考虑的已经不仅仅是一个数学问题,他甚至在考虑时间和空间的相对性这种亘古以来的困惑。河滓伊德从古博星的科技历史课程中,也知道这是古博星文明进阶时一个关键的突破点。关于时间空间的转换、光的速度,这是人类科学的一个误区,根源还在对科学的限制利用了想象,并没有从他们的直觉出发。河滓伊德想到,可是如果像荀蒙这样的人类能够被重视,说不定有一天地球上的文明也能顺利进阶到更高的层面。可是越是这样思考问题的人类的佼佼者,越容易被这个环境所不容,到底是文明本身限制了文明的发展,还是其他原因呢?

河滓伊德看着床上熟睡的荀蒙,从身上掏出了类似于圆盘一样的东西,从圆盘的中间,伸出发着光的线条,从自己的身体链接到荀蒙的脑袋上。圆盘的中间,出现了荀蒙的梦境——他的身体从空中跌落,掉落到湖里。周围着很多不知名的水怪,正潜入水中,向他包围过来。荀蒙惊恐不安,他看到上方,有一棵巨大的树,树叶已经掉完了,仅有一些光秃秃的树枝垂下来,在荀蒙触手可及的地方。荀蒙跳起来,用手抓住了空中飘来荡去的树枝,让自己的身体尽量远离下面的水怪。

可是树枝看起来弱不禁风,他在空中上下颠簸着,眼看着自己的身体要重新跌落,落入怪物的口中,荀蒙大叫一声,从梦中醒来。周围一片寂静,书桌上的沙漏从圆规顶上掉落,吧嗒一声摔碎了,玻璃破裂,里面的沙粒散开来,形成规则的形状。荀蒙好奇地品味着自己的梦境,他仿佛悟到了什么。

屋里细微的声响让老荀惊醒,他披着衣服从卧室外面直接闯了进来。老荀:“怎么了儿子?”荀蒙摇摇头。“我做了一个奇怪的梦,惊醒了。”荀蒙老实交代。老荀放下心:“你一定是比赛没发挥好,所以才胡思乱想,赶紧睡吧,过几天还有比赛,这次一定要给他们好看!”荀蒙点头,老荀打着哈欠,重新回去睡了。荀蒙却睡不着了,他的大脑被某种东西打开了,充满了奇怪的新鲜感,就好像被长久地关在一个封闭的房间里,突然窗户打开,从外面涌进来新鲜的空气一样。地上摔碎的沙漏还在,沙粒在重力的作用下形成了一个有规则的形状。他走到沙漏前,蹲下仔细地看着。“多美丽的图案啊,”荀蒙想,“每一个沙粒都有无差别的,还是每一个自己的使命?如果每一个都不一样,是谁来决定它们的归属呢?如果都一样,随机和有规则不是会冲突吗?”荀蒙被自己头脑里的问题吓了一跳,他之前也会想各种各样的问题,但是明显,这个晚上发生了不可名状的变化。

过了几天,老荀照例带着小荀蒙去参加省里组织的数学单科比赛。老荀和以往不同,这次他把荀蒙送进比赛的学校以后并没有在门口等着,悄悄地离开了。经过这么多次的捶打,他似乎慢慢接受了自己的儿子真的不是天才的事实。为了不和那些厂区趾高气扬的老师碰面,让自己尴尬,他选择了避让,让小荀蒙自己去面对。

在考场里的荀蒙,这次却充满了信心。卷子发了下来,一共只有十五题。如果在这次奥林匹克竞赛中取得好名次,就会直接被选拔到省里参加新一轮的竞赛,如果再取得好名次,则参加全国比赛。当题目出现在自己面前时,他瞬间理解了所有这一切,甚至是出卷的老师在考验这些考生什么样的思维方式。这种理解能力让他自己感觉到惊讶,身上的毛孔都竖立起来了。很快,他就写好了答案,将试卷交了上去。

监考的老师看着试卷,皱着眉头:“你确定要交卷了吗?现在离考试开始不过一刻钟而已。”荀蒙结结巴巴:“不好意思老师,我以为过了很长时间,现在可以交卷吗?”监考老师:“当然可以。”

荀蒙从考场里出来,后面传来了同考场考生的窃笑声。他走到走廊的时候,心里空落落的,一切显得那么不真实。在空荡荡的校园门口,他看到了躲在角落的父亲。他走了出去,拍了拍父亲的肩膀,父亲看着荀蒙,愣了愣:“早点出来也好,免得人多,回家吧!”荀蒙点头,父亲推着自行车,带着荀蒙往回走去。

院子里的气氛有点奇怪。那些原本以取笑荀蒙为乐的小孩看见荀蒙,脸色都怪怪的。荀蒙知道,其中有一个是老师的孩子,他一定知道了什么消息。荀蒙走过去,那个老师的孩子憋了半天,突然喊出一句:“你肯定作弊了!”这句没头没脑的话,让荀蒙有点蒙圈:“什么作弊?”孩子们没有接话,一哄而散。等老荀带着荀蒙走到家属楼下的时候,那个经常偷窥的窗户下的影子不见了,窗户关得死死的。老荀好奇地看着荀蒙。

很快消息传遍了厂区,老荀的儿子荀蒙在市里组织的奥林匹克数学竞赛中拔得头筹,不仅如此,全市第二名才 60 分,而荀蒙是 100 分。不仅如此,荀蒙还是第一个交卷的,比其他人早了一个半小时还多。这个天才的出现,让厂区里轰动了。老荀却忐忑不安,他把门关上,严肃地问小荀蒙,为什么能考得这么好? 是不是恰巧猜对了题目? 荀蒙不知道怎么解释,他只是告诉父亲,自己好像瞬间都懂了,至于是不是巧合,自己也不知道,毕竟他在父亲的逼迫之下,做了很多奥数题。老荀担心,这种突然的神话会在省里的奥数比赛中破灭。不过,这种担心并没有出现,荀蒙以破竹之势拿下了省里的冠军,这下他真的成了厂区里的神话,当第一名的奖杯到手以后,老荀抱着它,大张旗鼓地走回了厂区,就像一个英雄举着矛。荀蒙不理解的是,如此高兴的时候,为什么父亲会哭。

当荀蒙赢得全国奥数大赛的时候,厂区里关于荀蒙的都是传奇了。说什么的都有,有人说荀蒙小时候就天赋异禀,他的头上有三个漩涡,这都是极度聪明的证明。有人说这是发育晚的好处,发育晚的孩子一旦发力,就会比一般的孩子强太多。还有人说厂区学校的老师是被冤枉了,他之所以有今天的成绩,都是之前老师们给铺了底子。还有人向老荀夫妻打听平时怎么培养他的,甚至每天吃什么,以便回去有样学样,争取让自己的孩子也早日出人头地。从此以后,老荀就变得扬眉吐气起来,再也没有唉声叹气过。

但小荀蒙对自己的变化十分敏感。他在梦中经常会见到一个模模糊糊的影子,这个影子长得非常高大,他甚至能在梦中感受到那个高大的神秘的影子用冰冷、有点黏腻的手触摸他的额头。每次他想把这个奇怪的梦告诉老荀时,不知怎么的就忍住了。他自己把这种不知来由的变化解释为神秘的天意，就好像量变引起的质变，或者佛教所说的醍醐灌顶，瞬间自己的智力被打开了，仅此而已。现在的他也没觉得自己有多聪明，只是觉得如此简单的事之前自己为什么想不明白，或者说没有进入的方法。现在好像一下子有无数条路摆在自己面前，清清楚楚，明明白白。

荀蒙一战成名后，很快就有学校找上门来，包括厂区的学校，也在舆论的压力下，来到荀蒙家做工作。提出的条件一家高过一家。免除学杂费就不用说了，还有讨论给奖学金的，有的学校更为赤裸裸，明确和老荀同志谈钱。这些钱放在老荀一生中，都是一笔大钱，更别说对一个十岁的小孩了。老荀毕竟有点文化，所以难免有点矫情，不好直接谈钱，好像自己卖孩子一样。所以在实际的利益和虚荣之间挣扎。问问荀蒙的意见吧，老荀在谈得差不多以后，象征性地把这个问题抛给荀蒙。荀蒙当然没什么意见。他知道，进入学校以后，他的“工作”可能就是代表学校出去参加各种比赛，获得各种奖项。他的身份和那些特招的体育生没什么区别。不过他也很释然。能够摆脱无聊的课堂学习生活，在各种大赛中磨炼自己，接触到各种稀奇古怪的难题，对他来说也是一种新鲜的刺激。

当老荀夫妻把荀蒙送上对方学校开来的轿车时，荀蒙对于告别没有什么概念。荀蒙的母亲却哭得一塌糊涂。因为长这么大，荀蒙第一次要离开家，独立开始生活。这是生活的一种惯性，就像一颗在超时空中运动的铁球，不依赖任何外力都可以继续往前一样。荀蒙想，亲情也不过如此。如果她习惯了我不在身边，后面就会慢慢释然了。现在的痛苦更多的是一种关系的变化、环境的变化而已。荀蒙的离开，影响的不仅是他和他的父母，也吸引来一批厂区宿舍里的同龄人，大家的脸上一点没有高兴的神色，反而像发丧似的，可以理解，荀蒙的成功让这些同龄人的父母心中充满了复杂的情绪，已经超越了嫉妒的范畴，因为荀蒙的成功已经不是考个厂区附属学校第一名这么简单，他们心里明白，荀蒙的成功已经是他们孩子一辈子不可能企及的高度了，所以，他们对于身边出现的这个意外只剩下羡慕和不甘。把他们的孩子从家里薅出来，就是希望自己的孩子哪怕不能成龙成凤，至少也要受点刺激，努力读书，将来读个大学，至少别跟他们一样，高中毕业进入厂子里，做个普通的工人。小孩们也不笨，大都能体会到父母亲别别扭扭、难以言表的心思。有那个别顽皮的，会被自己的父亲一顿耳光，打得不知东南西北。“看看人家荀蒙，一个耳光能让他变成全国冠军，再看看你，赏你一个耳光，能让你多考 2 分吗？”听到这样的话，荀蒙一点都高兴不起来。这是高处不胜寒吗？他内心里充满了疑惑。至少他的人生,会和这些曾经取笑他的小伙伴完全不一样了。

在上车之前,荀蒙的目光突然扫到一个特别的人,一个老头。老头有着灰白的头发,相貌平凡,但是他好像在哪里见到过一样。没错,那个老头就是河滓伊德。河滓伊德本来不应该在这种场合出现。可是他心里也有一种好奇在。他总是觉得这个叫荀蒙的孩子与众不同,与他之前点化的其他人也不同。往往那些被选中的人类一旦获得了一点超乎常人的智力,就会举止轻浮起来,开始自命不凡,在几百年前,那些天选之子甚至开始不务正业,开始琢磨着怎么官升一品,怎么日进斗金。可是这个孩子,眼睛里比较透明,比较淡然,没有那些狡黠的部分。对于这些低等文明生物,河滓伊德往往容易看错。但是,在他看来,这种偶然性也是必然的。若是得到他的帮助,在人群中脱颖而出,还能够保持平常心,那倒是例外了。荀蒙的头脑中突然想起,那天下午,自己被父亲打了一巴掌,独自一人站在少年宫外的台阶上,偶然间看到的那个老头。是不是他呢?等他定睛一看,那个老头好像又消失了。他的举动有点奇怪,老荀赶紧上来,"你怎么了?"荀蒙:"没什么。"老荀顺着荀蒙的目光看过去,角落处根本没有人影:"你没事吧?"荀蒙纳闷地答:"没事。"说完,头也不回地钻进汽车的后座。学校的负责人笑着和周围的人挥手告别,钻进副驾驶座,汽车一溜烟从厂区的小路上离开。荀蒙不知道的是,从现在开始,他的人生就和这个他成长的小区永远告别了。

荀蒙一路跳级,参加了各种各样的比赛。果然不负众望,给学校赢得了很多荣誉。在这几年间,河滓伊德只是悄悄跟着,并没有再去找荀蒙。他们做事有自己的规则,只要给人类一丁点的帮助,他们就能被认作是天才。如果给予太多,他们就会被庸常的人群排斥,被当作疯子。四年后,他以少年天才的身份考上了某所大学的少年班,学习物理。这个专业也是荀蒙自己的选择,他希望自己能够沉浸在基础物理纯粹的世界里。可是,年龄小,心智也不是太成熟,进入大学的荀蒙虽然顶着众多国际国内竞赛奖项,但是大学生活让他重新遇到了挫折。大学课程的体系与他一直放羊的状态完全不同,他独来独往的性格让他和同学们难以正常相处。荀蒙的父母过度保护也让他和其他人之间无法建立关系。以至于严重到荀蒙做实验的时候,都找不到一个合作对象,一个搭档。学校的领导介入,找荀蒙的父亲谈话,让他离开荀蒙,尝试让荀蒙独自一个人生活,或许会让他回归到正常的人际关系中。父母离开以后,荀蒙正式住到了学校中,与他小时候被小朋友欺负不一样,这里多的是年龄比他大三四岁的哥哥。但这些哥哥都不屑于和他一起,尤其是沉默寡言的荀蒙。在这样的环境下,他只能埋头于实验中。物理领域对于荀蒙来说浩瀚无比，选择哪个方向往前走，对他来说是特别困难的。当他听到宿舍中的同学聊天，说到各自将来的方向时，他突然觉得自己好像一无所知，更为悲哀的是，他觉得自己一直在被牵着鼻子走。什么时候干什么，自己的兴趣在哪儿，他从来都没有明确的意识。是到了考虑这个问题的时候了，仅仅靠自己的直觉或者说虚荣心，很难再继续下去。他鼓起勇气，去找看上去很和蔼的老教授霍秋林解答困惑。在教室回廊外面的小花园里，头发灰白的老教授叼着烟，看着旁边衣服明显大过身体、更显得单薄瘦小的荀蒙。“物理的世界很大，很多人选择其中的一个方向是出于自己的爱好。”荀蒙：“这我知道。”教授：“那你还有什么不明白的呢？”荀蒙：“我不知道自己的兴趣在哪儿。”教授灭了烟：“这不是我能解决的。这比物理的问题难多了。你知道吗，人的内心有一个庞大的宇宙。”荀蒙看着远去的霍秋林教授，内心一片茫然：“为什么是生活上的难题？会比庞大的、充满未知的物理世界更为复杂吗？”“我为什么会出现在这个校园里，带着这样一个身份？”荀蒙苦苦思索着这个问题，在这种类似于魔怔之下，他居然出现了精神分裂的症状。他总是觉得有人在跟他说话。在窗户外面，突然会出现那个灰白头发的老头，好像在盯着他，一眨眼，忽然又没有了。物理的世界暂时离荀蒙而去。人是由什么构成的？如果是细胞，再是分子、原子、再质子电子中子，再夸克、标量玻色子、轻子……无穷无尽，就好像浩瀚的宇宙一样。这些幻觉、这些生活的难题到底又是由什么元素构成的，就像动，无穷动。能量构成了一切，就好像幻觉，如果这些能量消失了，运动不在，是不是所有的物质都会消散于无形呢？即便好像想清楚了肉体的问题，精神的问题是不是就可以解决呢？这些问题时刻缠绕着他。如果他就此消沉，对于整个世界来说，并没有一分一毫的损失。他想到厂区里那些患得患失的家长，甚至觉得有些好笑，这个世界就是荒诞的，不是吗？

当发现失魂落魄的荀蒙在学校对面的街道上行走，丝毫没有意识到旁边的运货厢车疾驰而来，河滓伊德觉得自己有必要再次“施以援手”了。开车的司机突然定住了，下意识地踩住了刹车，荀蒙差点被车撞到，他站定，用手扶住了汽车的大灯。司机清醒过来，吓得浑身颤抖，他从驾驶室伸出头，看着荀蒙，荀蒙也看着他。司机反应过来，愤怒地跳下车，大骂过马路不看红绿灯的荀蒙，说万一他被轧死了，自己要遭受无妄之灾等等。荀蒙看着司机愤怒而扭曲的脸，丝毫没有觉得这次和死神擦肩而过有多么幸运。他抬头看着远处，发现了河滓伊德的背影。又是你？你到底是谁？荀蒙想到。司机看着微笑的荀蒙，从心底里升起一股寒意，骂骂咧咧地跳上车开走了。荀蒙赶紧往对面路边跑过去，可是河滓伊德早已经不见了踪影。

当夜深人静的时候,荀蒙在实验室睡着了。河滓伊德来到他的身边,悄无声息。可怜的人类,在无知和有限的知识之间矛盾着,找不到出路。他的困惑,和一个人的成长何其相似!这是一个新的世界刚刚被打开时,内心遭受的痛苦。在少年时,所谓的知识不过被局限在狭小的范围里,就像一个儿童游乐场,或者说是一个虚拟战场。等人成年时,所面对的世界一下子喷涌而来,真刀实枪,找不到标准答案,一个人穷其一生,都未必能找到正确的道路,这种迷茫感将会伴随人类的一生。即便在文明程度更高的古博星,这种痛苦也会始终伴随着生活在其中的生灵们。

在这个超长的梦境中,河滓伊德进入了荀蒙的内心世界,或者说,是关于荀蒙梦境的回忆。

荀蒙在睡梦中,仿佛进入了另外一个空间——一个长长的、看不到尽头的走廊。远处,有一个身影在等待着他。他想跑却跑不动,低头看到自己的腿就好像在波动。远处的身影慢慢远离,他越来越焦急,想快速奔跑,慢慢地他开始移动起来。那个身影停住了,越来越清晰,他鼓足勇气,拍了拍那个身影,原来是成年的自己。成年的荀蒙个子高大,嘴边留着一圈短而密的胡须,毫无表情地看着他。

成年荀蒙:“如果你觉得痛苦,不妨把这个世界看作一个游戏。”

少年荀蒙:“游戏?”

成年荀蒙:“一个看似固定的时空,其实有很多可能性。游戏失败了,你可以再来。但是成功的可能性一直都在。”

少年荀蒙:“万一我找不到出口呢?”

成年荀蒙:“找到桂冠,戴上它!”

说完这句话以后,成年的荀蒙慢慢消失在远处。

荀蒙自言自语地重复着“找到桂冠,戴上它”,这是什么意思呢?他想告诉我什么?如果真的有时空穿梭,是不是以后的我来告诉我现在该做什么?如果失败的话,我的一生将会一无是处,要是能得到所谓的成功,那是无数个失败之中的某一个极限的可能性。既然失败的概率更高、成功的概率非常微弱,那就不应该害怕失败。

梦境中,那个逃走的老教授在课堂上对着荀蒙认真地、一字一句地说:“决定将来科技发展限度的,是量子物理学。在微观层面的探索,才能重新审视宏观世界的所有规律。”

人在世界上的价值是建立在相互之间的关系上的,真正对于世界的探索,也是在人为建立的概念之上。就好像规定 1 加 1 等于 2 一样，现实的宇宙哪里来的纯粹的无相差的绝对单元呢？一个苹果和另外一个苹果一定是有差别的，一片树叶也绝对不等同于世界上的任何一片其他的树叶；哪怕一滴水、一粒沙。那些弯曲的规律，都不是真理，但都包含着真理。

等荀蒙从乱糟糟的梦境中清醒的时候，他却感觉到一丝轻松，好像之前那个奥数少年又回到了他的身上。具体的过程他好像全忘掉了，只有一个念头占据着他——量子物理学。也许从这条路上，能找到让科学进步的通道。找到桂冠，戴上它！

太阳照常升起，此时荀蒙已经完全不像一个十五六岁的少年。他身上的生机又回来了。像刚刚从泥土里钻出来的嫩绿色的肥壮的芽。一个年龄稍大的同学走进实验室，看到头发像鸟巢一样的荀蒙兴冲冲地往外面走去，他轻车熟路地向同学打了个招呼，拎着衣服往外跑去。同学惊讶地看着他。

经过这个关隘，荀蒙开始放开自我。身体的成长也在瞬间苏醒了。个头越来越高，开始变得孔武有力。原来少年的印记在一点点被成熟的轮廓代替。图书馆、实验室、篮球场，这个少年的身影像旋风一样出现在每个角落。突然，有一天，大家发现，他的论文开始在著名杂志上出现，一时间，他的天才身份又回来了。这种好处是显而易见的，不仅有奖学金上的好处，老师也开始对他另眼相待，一切的过程都那么熟悉。还有一些成熟的大姐姐，也开始对他产生了好奇，继而是好感。这让荀蒙感觉非常困惑。“我能理解她们喜欢我，可是，她们了解我这个人吗？我的论文一定和我的人品成正比吗？”在宿舍的夜谈中，荀蒙用这样的思索让周围的大哥哥们哑口无言。一个睡在上铺的同学语重心长地说道：“我的小兄弟，你的艳遇让哥们我十分羡慕。有句老话怎么说的，没有核心论文，谁来关注你的内心？”顿时，宿舍里充满了欢快的气氛。

和同学关系的融洽，让荀蒙开始对大学充满了好感。这种同学之间的情谊，是他从小就缺失的。原来人和人之间是这么回事，朋友是这样的感觉，荀蒙好像发现了新大陆一样。与此同时，微观粒子的运动理论进入了他的视野。和宏观世界的既定理论不同，量子物理学中很多的现象无法解释。他越来越觉得自己选择量子物理的研究方向是明智的。假设有一天人类对宇宙有了新的认知，量子物理一定是那把钥匙。可是从河滓伊德的角度看来，这些所谓的研究就像小学生做的错题一样,逻辑漏洞百出,在无法理解的情况下,出现了迷信的思想。这种神秘的猫[①]代表的不合科学逻辑性的理论大行其道,也是荀蒙不能接受的。在告别大学生活之前,霍秋林老教授听到荀蒙的想法,微微一笑,语重心长地说:“批评一种理论很简单,但要建立一个却很难。希望你能做到。”当荀蒙十八岁成年的时候,在老教授的推荐下,他进了徐庆之的研究所,成为徐教授的学生,徐磊的师弟。徐庆之第一眼看到荀蒙,就觉得这小伙子将来一定能有所作为,眼神清澈没有杂念,年纪轻轻就能耐得住性子。再加上老教授的极力推荐和业内已经有的名声,都让徐庆之感觉到安慰。但是这种欣赏并没有呈现在表面。荀蒙第一次见到徐教授,却没留下什么好印象。给他的感觉,这个教授为人严厉,不苟言笑。要是自己达不到要求,可能随时被开除出实验室。不过此时的荀蒙,心智上已经成熟了,他的烂漫的气质让他很快在实验室得到了接纳,徐庆之的研究生们都很欢迎这个初来乍到的小伙子,当然也有一些嫉恨他的人。

荀蒙的个性在无数种可能性的变化下,固定为一种最理想的样子。他的气质不仅让周围的人喜欢上了他,连河滓伊德也开始对他选定的这个小伙子有了别样的情感。不过,河滓伊德也知道,按照之前的安排,他离开地球的日子越来越近了。按照大太司的部署,他在地球的目的就是悄悄拔高地球的科技水平,提升人类科技文明的程度,方便他们在自我厮杀时造成文明灭绝的结果,而这种结果是前几次地球文明反复的过程中已经验证多次的。按照大太司的说法,只不过让这个毁灭的过程提前了而已。河滓伊德对荀蒙产生了一种类似于善解人意的宠物般的情感,虽然荀蒙也许并不知道他的存在。可是如果让荀蒙往前走得太远,对地球上的人类来说岂不是个不好的苗头么?可是,如果荀蒙止步于此,从此籍籍无名,和那些东奔西跑在量子物理学上找不到突破的人一样,一辈子消耗在错误的路上,他在短暂的人类生命结束前,会不会对自己的选择产生懊悔的情绪呢?权衡之下,河滓伊德决定冒险,潜伏到研究所,在自己回到古博星之前,让荀蒙获得更快的提升。当时有一个潜在的意识是河滓伊德自己都没有意识到的——他想,或许人类的科技发展改变了人类文明发展的怪圈呢?他们这一次能不能躲避文明覆灭的结果?更深一层,则是自己的忏悔。在地球一千年的生活,让他目睹了人类之间的战争和残

① 指薛定谔的猫。奥地利物理学者埃尔温·薛定谔于1935年提出的思想实验。通过此思想实验,薛定谔指出应用量子力学哥本哈根诠释于宏观物体会产生的问题,以及其与物理常识间的矛盾。在此思想实验里,由于先前发生事件的随机性质,被测试的猫会处于生存与死亡的叠加态。

酷，但他也看到了人和人之间难以言说的美德。这种美德现在看起来，放在古博星球的族群之间，也是一种向上的力量。不过，在地球上的岁月，并没有让河洚伊德明确地改变对大太司交代任务的态度。

想到这儿，还在昏迷中的河洚伊德露出痛苦的表情。他之前做了什么事情啊。对于人类来说，他有着更高文明形态，这种文明的势差不亚于上帝。他凭什么要干预地球上的那些生物呢？宇宙联盟的条款约定并不是为了保护，也是一种高级别的自律。他曾经那么热衷于信奉大太司，对他唯命是从。现在却落得这样的结果，更高的科技文明带来更高级别的文化生态了吗？自己的家族的灭亡让他对这个族群彻底地失望了，原来的高文明生态的骄傲感现在早已经荡然无存。

河洚伊德还记得在研究所和荀蒙正式见面时的情形。一个阳光的、大个子少年在阳光下快步走过来，河洚伊德早已经在研究所扎下根来，以保洁员的身份潜伏在研究所里。当荀蒙与他擦肩而过时，他担心荀蒙把他认出来，那就糟糕了。但内心里又有另外一个隐隐的期望，希望荀蒙能够对他有记忆。果然荀蒙并没有特别注意到这个扫地的老头，他只是礼貌地冲河洚伊德点点头。河洚伊德想，以前的那些注视和对视是不是就是巧合而已？也许当时的荀蒙只是在走神思考着什么，河洚伊德之所以那么想，是角度不同而已。但是当荀蒙走过去以后，又突然转过身来，走到河洚伊德前面，这差点让河洚伊德慌乱起来。河洚伊德："有什么事吗？"荀蒙看着河洚伊德："没有，我只是跟您打个招呼。我叫荀蒙，是徐教授的研究生，以后会经常麻烦您。"河洚伊德笑了笑："我就是个打扫卫生的老头子，有什么麻烦不麻烦的，倒是有什么要老头帮忙的，你尽管说。你们都是天之骄子，都指望你们能够成大事呢！"荀蒙不好意思起来："那还远得很！"河洚伊德："那倒不一定，听说有个年轻的科学家解决了超导材料的难题，也和你差不多大呢！"荀蒙："那是我努力的目标。不过大爷，您知道得可真不少！"河洚伊德："老头我只不过是沾了这儿的光，听得多了，多少也能瞎说几句。别叫我大爷了，叫我老白好了。"荀蒙："好的，老白……"河洚伊德转身离开，荀蒙又追了上去："老白，咱俩是不是之前见过？"河洚伊德的眼皮跳动："应该没有吧，我家在大西北，刚来到这儿工作不久，你怎么能见过我呢？"荀蒙："那应该是认错人了吧。"河洚伊德点头离开。

荀蒙的个性加上河洚伊德的帮助，他所展露出来的能力让周围的人无不钦佩，但是对于那些科研上依靠自己的苦思冥想，关系上小心翼翼、逢迎拍马的研究生来说，荀蒙的存在显得特别刺目。所以当他们破坏荀蒙实验的设备、更改数据时，内心希望荀蒙的实验遇到阻力。但这些小的阴谋诡计第二天都自动地回到了原点，荀蒙的实验也进行得非常顺利，让这些动手脚的人感觉到不解。河滓伊德知道，这些人和人之间的斗争，虽然低级，却充满了不确定性，这种不确定性远远超过了他知道的量子世界里的门道。虽然在院子里扫地，他看到那些针对荀蒙的人和荀蒙走得很近，甚至经常在一起玩闹，他为荀蒙感到恐惧。在帮助荀蒙上，河滓伊德无非只有两种方式，一个是关于实验的想象。没错，实验的路径往往决定了能否取得关键性的突破。第二个是使用的材料。从不同材料的实验中，找到微观世界的规律，往往能破除已有的错误观念。但第三种——人际关系上，河滓伊德只能听之任之了。在实验上动的手脚，已经是河滓伊德的极限了，按说他不能过多地插手，一旦被人发现，他们在地球上的任务有可能就会被发现，那一切努力都会化为泡影。但是河滓伊德越了界。

荀蒙并不是完全意识不到，这么多年的经历让他在面对人与人之间的纷争时，都能保持置身事外的态度。有一次，荀蒙拿了啤酒来找老白，说要和老白聊聊。当荀蒙说起了那些明争暗斗的事情，老白这才明白自己低估了面前这个小伙子。荀蒙并非不知道这些在背后使坏的人，也明白他们的处境。他只是痛苦于为什么给他们带来这种痛苦。老白安慰他，以他的经验，人和人之间永远会有这样的纷争。除非，荀蒙能甘心做一个庸碌之辈。荀蒙说自己一定会找到解决问题的方法，并且也不会因为这些事阻碍自己追求远大目标的脚步。

第二天，老白看到荀蒙贴了一份告示在研究所里。上面写着世界上在量子物理学上的大实验室已经取得的成就，以及荀蒙目前的研究状态。老白不禁哑然失笑，他知道荀蒙在用这种貌似前言不搭后语的方法告诉那些嫉妒他才能的师兄，世界很大，仅仅对付一个荀蒙并不能让他们走到世界的前端去，况且荀蒙还需要走很远才能够站在世界的前面，放眼看，很容易把这种嫉妒心消解掉。而且，这份声明也让那些人明白，荀蒙什么都明白，只是不愿意撕破脸而已。一举多得，老白对荀蒙的欣赏更深了一层。

“现在的荀蒙变成什么样了呢？还有我的小黑，现在还好吗？”在银沙紫晶草的包围下，昏迷的河滓伊德脑里出现的却是这个。他在从研究所回西北大漠时，也经常会反思自己参与的催熟计划。作为河滓伊德来说，行动和目的之间有了巨大的隔阂。他忽然想起来，他回到古博星已经十天了，意味着地球已经过去了三年多。小黑还活着吗？人类的时间过得算快的了，对于地球上的宠物来说，时间更快。这时，房间的门被打开了，一个身影走进了房间。河滓伊德缓缓地醒来，看着进来的身影，突然他大吃一惊。进来的人居然是荀蒙！他一脸悲伤，默默地看着河滓伊德！

河滓伊德反应片刻之后，终于明白，自己还没有醒来，尚在梦中。但是荀蒙出现他的梦境中，这还是第一次。河滓伊德想，这可不是什么好兆头。作为高等文明的生物，他可以回忆，但他的虚幻梦境中是不会出现地球人的，在梦中出现的同族，往往是一种信息传递。是不是荀蒙出什么事了？这种所谓的心灵感应，高级文明认为它是一种时空共振现象。不过不同等级的文明系统之间，时空共振很难产生。

第18章 追杀索布隆

“一个偶然。有人知道了我拿到无境之球的事。”塔拉贝说道。

墨丽尔答应自己待在青焰大城，几天过去了，河滓伊德和勒伏泰还没有醒，塔拉贝也没有安排她做什么。所以突然让希波梅诺召唤她，她很好奇到底是什么样的任务要交给她。

但是在见到塔拉贝之前，希波梅诺接受命令，要墨丽尔喝掉一种看上去很奇怪的墨绿色药剂。墨丽尔不知道情况，不肯喝。塔拉贝倒也爽快，他直接和墨丽尔说了无境之球的秘密可能会泄露的事。

塔拉贝从空空荡荡的大厅阴影处慢慢走了出来：“等我说完，喝不喝你自己做决定。”

墨丽尔：“你说有人泄密无境之球的事，这个人是谁？”“一个居住在你们古墨大邦的皮威尔星的流民，叫什么索布隆，要去报信。”塔拉贝不紧不慢地说道。墨丽尔很惊讶，她没想到城邦之间有这么多间谍在暗通情报：“古墨大邦？”

塔拉贝：“对。”

墨丽尔：“这个索布隆是要跑去给大太司报信吗？”

塔拉贝：“一个尼让姆斯能见到大太司吗？他要去的地方是冥斯家族。”

墨丽尔：“你的意思是，让我去冥斯家族拦住他？”

塔拉贝：“把他杀了。”

墨丽尔：“这还不简单！我回去，派出巡逻飞船，把他抓回来就好了。”“不可以。”塔拉贝没有给墨丽尔提出疑问的机会，“除了你们几个，我不能让别人知道这件事，也包括墨法耶。”看来塔拉贝对古墨大邦充满了不信任。

“单凭我一个人，万一他跑到冥斯家族界内，会很麻烦。冥斯家族和我们向来针锋相对，只要我出现在他们的地盘，一定会死无全尸。”这是墨丽尔担心的原因。如果她不动用古墨大邦的力量，一个人去追踪，还是有些难度的，主要是时间太长。

塔拉贝："这就是为什么让你喝下这个药剂的原因。"

墨丽尔看着发着光的瓶子，猛地拿过来，直接咕咚咕咚喝下。不一会儿，自己身上的鳞片全部像刺一样张开，色彩不停地变化。她痛苦地倒在了地上。

古墨大邦的街道上，一个来自皮威尔星的偷渡者索布隆·安普正急匆匆地往前走，他不小心撞到了一个正准备上升的飞船，急急忙忙地道了个歉，不顾别人的责怪，接着往前跑去。这时，他嘴上的伪装隐形布掉落，露出褐色的、受伤的皮肤，伤口是深黑色的，还不停地往外冒泡沫。他害怕地戴上隐形布，左右看看无人注意，拐过一个弯，接着往前走去，边走边念叨："飞船，我得找到个飞船！"

古墨大邦的废弃飞船坟场。废弃的飞船沿着中心向四周辐射，废旧的飞船层层叠叠地在空中分布。因为没有用流沙调节气温的原因，这片垃圾场暴露在戈兰克斯恒星的烈日之下。索布隆出现，他的腿碰到所谓的地面，立刻升起一阵水汽。整个皮肤被烤成金黄色，身上的黏液分泌出来，将周围的隐形布全部弄湿，他不得已脱下隐形布，露出了和古博星人完全不一样的身躯。他冒着炎热，艰难地往前走去。数十个巨大的机械手臂正在不停地从外面吸收废旧的飞船或者被撞坏的飞船，将它们变成一片只有原子厚度的材料片，无限叠加。索布隆观察着忙碌的机械手，看看有哪个损坏不算严重的飞船，打算偷一个还能用的。

墨丽尔从痛苦中醒来，她看着面前的流光镜的倒影，发现自己已经变成了另外一个人。完全不像一个古博星人，倒是像一个不知名星系的移民。墨丽尔明白，塔拉贝的考虑是，如果被人发现她准备杀掉那个皮威尔星人，顶多以为是一场外星难民之间的争斗而已。只不过，这样的形象不太好看，墨丽尔看着自己长满刺的手臂，充满了嫌弃。

墨丽尔："还能变回来吗？还是永远这样了？"

塔拉贝："药效只能维持三天的时间。但是你要记住，如果你睡着或者失去意识容貌就会恢复。"

墨丽尔冷笑："我知道了，也就是说，要是三天内不能完成任务，我就会死在冥斯家族的领地。"塔拉贝对墨丽尔的语气并不在意："对。"

墨丽尔转身离开。

希波梅诺对着塔拉贝点头，也准备离开，被塔拉贝叫住。塔拉贝盯着希波梅诺："我知道你想干什么，但是，你千万要记住对我的承诺。"

希波梅诺抬起头来，或者说他准备抬起头来，结果到一半他就放弃了，头又垂了下去，他点点头。

塔拉贝对希波梅诺还是不放心:“没有我的允许,你不能插手。”

希波梅诺好像明白塔拉贝的意思了。之前勒伏泰被安排去抓大紫闪文,为了能帮他们完成任务,他私自把有关大紫闪文、角灵等知识传输给了勒伏泰。他的所作所为都在塔拉贝的眼里。不能再这么鲁莽了,他心里明白塔拉贝的意思。他来到河滓伊德疗养的房间前,隔着透明的舱窗看到了正在沉睡中的河滓伊德。一个守卫过来。

希波梅诺:“他们还好吗?”

守卫:“目前看,一切顺利。甚至比你当时的情况还要好。”

希波梅诺:“那就好。”说完,转身冷冰冰地离开。

很快,一架外表还算完整的飞船被机械手吸过来,准备作为废物处理掉。索布隆身上的黏液突然增加了,眼睛张得大大的,他似乎在决定着什么。突然,他往前冲过去,双脚从地面跳到了其他废弃的飞船上,因为过高的温度,一些皮肤的组织被粘连在飞船表面,索布隆好像完全不顾了,从一架飞船跳到另外一架飞船。在机械手将飞船吸入能量场中心准备压成原子厚度的一瞬间,索布隆居然跳了上去。他趴在飞船上,双手紧紧抓住飞船后视镜,双眼紧闭,嘴角不停地哆嗦。身上的皮肤已经烧伤到没有完整的一块了,他孤注一掷,等待一个结果。正在这时,机械手臂停止了运动,垃圾场上空响起了警报声:“检测到活体生物,操作紧急停止!注意,检测到活体生物,操作紧急停止……”机械手臂把那架趴着索布隆的飞船轻轻地放回地面,索布隆赌对了,他终于松了口气,翻身进入飞船。飞船内动力完好,仪表舱也比较齐全。避免了戈兰克斯恒星灼人的射线,索布隆损坏的皮肤慢慢开始自我修复。索布隆喃喃自语:“皮威尔星的索布隆·安普,好样的!”他发动飞船,疾驰而去。

“据我现在知道的,他驾驶着一架TN599号淘汰飞船,正在往边界飞过去。”塔拉贝的话在墨丽尔耳边回响。她驾驶着飞船,朝着古墨大邦和冥斯家族边界的浮幽禁林飞去。浮幽禁林是两块领地的分界线,是天然屏障,也是一条必经之路。按照古博星的律法,浮幽禁林还不属于冥斯家族的地盘,但是冥斯家族的野心显然超过了他们的能力。从被大太司提拔,成为蒙泰罗斯大家族新进一员后,他们的行为越来越出格,现在浮幽禁林边缘地带,已经有一些冥斯家族的巡逻队分批巡逻。鉴于律法约束,他们还不能在这里使用卫队布置火力。一般人也认为没有必要为一个危险的森林挑起战乱。因为但凡进入了浮幽禁林内部,基本没有生还的可能。墨丽尔只能在这里设法拦截索布隆,才能避免进入浮幽禁林。她太清楚,浮幽禁林是比青焰山谷还危险几百倍的地方。

索布隆驾驶着飞船，眼前出现了浮幽禁林。他开始兴奋起来，手臂上还有部分被戈兰克斯恒星灼伤的地方没有修复好，动作大一点水疱就会破裂，组织液顺着手臂滴下，他现在完全不在意，嘴里嘀嘀咕咕不知道唱些什么。只要飞船飞跃了浮幽禁林，就是冥斯家族所在地。这是一次机会，一次翻身的机会！外星移民索布隆为了即将实现的伟大举动感动到战栗。废旧的飞船似乎出了点问题，发出了异常的警报。"再等等就好了！"索布隆和飞船用皮威尔星语说话，好像飞船是他的同类，能听得懂似的。他尽量保持好姿势，希望这架飞船能再挺一挺，但是随之而来的一阵剧烈的颠簸让他放弃了幻想，飞船在空中起火冒烟，驾驶室里的仪表盘上一个接一个显示红光，索布隆只能硬着头皮用力抓着方向盘，几声闷响传来，驾驶舱迅速充满了浓烟，索布隆手忙脚乱，按钮都已经失灵，飞船摇摇晃晃地往下坠落，索布隆也被摔趴在地上，他爬向门边，艰难地打开舱门，弃船跳下，掉入浮幽禁林十几公里外的灵顿塞尼耶河，飞船则在不远处的甘巴桑鲁峡谷坠毁，冒出一阵浓烟。

索布隆浮出水面，看着不远处的滚滚浓烟，惊慌失措。这么大的浓烟，要是引来古墨大邦或者青焰大城的巡逻队就糟了。索布隆嘴里说着什么，向着灵顿塞尼耶河尽头的方向游去。

甘巴桑鲁峡谷的浓烟引起了墨丽尔的注意。她停好飞船，仔细查看坠毁现场的残骸，确认这应该就是那个皮威尔星人偷走的那架，但是并没有有机体的痕迹。看来他还没走远，一定在附近。但是不能让别人知道这件事，所以墨丽尔灭掉正在燃烧的残火，迅速驾驶飞船沿河寻找。

索布隆生性胆小，他在河里漂流，听到了远处飞船的动静，他知道大事不好，便取出脖子上项链里藏着的一粒药丸，赶紧吞下。不一会儿索布隆像变魔法一样，在河面上消失了踪迹。

墨丽尔已经看到了河里的人，但是等她下降飞行器的高度的时候，河面上的人已经不见了。飞船贴着河面飞行，到人消失的地方悬停下来，低飞数圈后追踪器还是没有任何发现。不管他用了什么手段，总归是要通过这片树林。墨丽尔拿定主意，驾驶飞船，沿着河道，一直飞到离浮幽禁林不远处停下来。她要等着这个皮威尔星人。

索布隆靠着隐身药丸顺流而下，快到浮幽禁林边际的时候，下面就是瀑布，落差巨大，没有办法再游过去了，唯一的通道就是浮幽禁林。索布隆四处查看，确定没有追踪的飞船才快速上岸。他的心里只有一个念头：尽快找到冥斯家族的巡逻队，把他打探来的惊天秘密通过冥斯家族传递给这个星球的最高统治者——大太司。只有这样，他才能提出自己的条件。

索布隆蹲在河岸边一棵千年古树下，戈兰克斯恒星还在天空挂着，地面上不停地有蒸汽上涌。另外一边的浮幽禁林，却异常的凉快。现在要做的，就是等待来此巡逻的冥斯家族的士兵们。只要看到他们，索布隆就能完成了百分之八十的任务了。为了能顺利见到冥斯家族的长老，索布隆还准备了礼物——灰羽原矿。他从破破烂烂的衣服里掏出一块原矿，确认安然无恙后松了口气。灰羽矿是皮威尔星独有的矿石，它可以用来生产一些独特的药物，或者用在武器研发上。别看只有一小块，价值却极大。上次发生的小规模星际战争中，皮威尔星因违背星际联盟法则，被星际联合舰队毁灭，很多在星球上居住的人带着他们最值钱的东西加入星际流民的阵营中。这块仅存的矿石是索布隆一直小心翼翼保存着的。将来一定要派上大用场。索布隆这次下定了决心。至于告诉大太司关于无境之球的事会造成什么后果，他不会再去考虑了。毕竟，对于一个家园已经毁灭的人来说，这些家族之间的矛盾有多大关系呢？等他们有一天也踏上流浪之旅的时候，才会发现这些你争我斗的把戏简直弱智极了。相对于皮威尔星而言，古博星上的文明并不算高。在科技方面，皮威尔星明显还要胜上一筹。

墨丽尔走在浮幽禁林的边缘配合追踪器寻找索布隆的下落，心中疑惑他们是怎么知道无境之球的秘密的。原来以为这个星球上的人之间没有尔虞我诈，没有欺骗，原来这都是维持在美博斯和蒙泰罗斯阶层的幻觉。在底层中，从来不缺少这些她之前认为第二阶文明已经摒弃掉的东西。

手腕上的追踪器还是一点动静也没有，墨丽尔知道这种隐形药维持的时间有限。但是事情紧迫，灵顿塞尼耶河与浮幽禁林的交接处恰巧是冥斯家族巡逻队的重点。当然最好在巡逻队到达之前找到他；如果等不到冥斯家族的巡逻队，隐形药的药效消失，他最后只能选择进入浮幽禁林。到时候就非常棘手了。虽然浮幽禁林安全通过的概率比较低，但也不是完全不可能。这种危机对于墨丽尔来说也是一样。她听说过太多进入浮幽禁林而死去的传说。

索布隆看到了远处走来的墨丽尔，心中一惊。但是现在药效还在，墨丽尔看不到他，追踪器也监测不到。于是他慢慢地绕到墨丽尔的后面，准备偷偷溜走。在经过墨丽尔身边不远处的时候，墨丽尔停了下来，她好像感觉到了什么。索布隆赶紧躲到另外一棵大树后面，发出了一丝丝响动。墨丽尔拿出粒子枪，慢慢向他走来。如果再过来，我只能拿出武器，然后把她杀掉，杀掉！索布隆的呼吸变得急促起来。

我不能杀人,我怎么能杀人呢？这个想法一出现,对于索布隆来说就已经让他受不了了。

正在犹豫时,墨丽尔往远处走去了。索布隆松弛下来。此时,他的身体四周开始散发着微弱的光线,索布隆心里暗叫完了,没想到隐形药的药效这么快就要失灵了。也许是放在身上时间太长了的原因。如果药效完全退了,不仅要露出原形,而且会引发能量变异,容易被追踪器发现。索布隆心里越来越慌,此时戈兰克斯已经快落山了。按时间推算还有约古博星一个小时冥斯家族的飞船巡逻队才能到这里。而目前的状况,他根本等不了一个小时。现在只有一条路—穿过浮幽禁林到达冥斯家族领地,即便听说过,只要进了浮幽禁林,基本上会死在里面,他也必须要闯一闯了。如果自己死了……那就死了吧,只要能活着走出去,那就是希望,一个让族人能够活下去的希望！索布隆拿出身上仅有的装备,一把微粒子枪、一把墨晶匕首、一颗微型发光球。他看着这三样东西有些丧气,唯一一把枪现在只能用一次,还是好不容易从地下黑市弄来的,早知道应该给这些贩子多当一阵子免费劳工,混把不限弹药的枪也是好的。不过重任在肩,必须要咬紧牙关了。索布隆双眼散发坚定的光芒,看着不远处的浮幽禁林,收好这三样东西,起身朝着浮幽禁林走去。

墨丽尔手上的追踪器若隐若现地出现一个模糊的信号,信号正在向浮幽禁林方向移动,最坏的事情还是发生了。来不及多想,她朝着信号提示的方向跑去,一旦进入禁林,强大的磁场能让所有的定位系统失灵,追踪器就用不上了。索布隆小心翼翼地向前走,警觉观察周围的环境,突然远处林子里一群赤腹鸟飞起,发出噗噗的声响,索布隆被吓了一跳,拔腿就跑,什么也顾不上了,直接往浮幽禁林跑去。

就在此时墨丽尔也朝着索布隆的方向奔过来,她看到了远处的索布隆。索布隆发现墨丽尔追来,跑得更快了。墨丽尔速度更快,差距在慢慢缩小。就在索布隆快进入禁林的时候,墨丽尔腾空而起扑向了索布隆,索布隆被压在身下,奋力挣扎,用力踢向墨丽尔,墨丽尔被踹出去。索布隆喘着粗气,回头看了一眼墨丽尔,满身是刺、血红的眼睛布满金丝,像一头发狂的怪兽,吓得连滚带爬地钻进了密林之中。

墨丽尔看着索布隆消失的身影和追踪器上消失的信号,懊恼不已。浮幽禁林的恐怖之处在于,虽然它就处在平原之上,左有甘巴桑鲁峡谷,右有灵顿塞尼耶河,但是关于它的记载基本没有,虽然坐着飞船从上面看上去一片安静祥和,但是数万年来,没有一个人曾经从这里穿出去过。所以,关于浮幽禁林的,都只是传说。这片禁林就是古博星最大的一片无人区。墨丽尔想,要赶紧抓住他,否则进入丛林深处恐怕自己也出不来了。墨丽尔快速查看了自己的装备,深深吸了口气,进入了禁林。

索布隆打起十二万分精神,仔细留意前方所有的动静,哪怕是一丝风拂过树叶发出沙沙声索布隆也要停下脚步,伏身草丛暗中观察,看看是否有什么危险潜伏在前方,直到确认没有危险才会起身继续前进。有时候意外总是在算计之外。索布隆进入浮幽禁林大约半小时后,天空已经变暗,金环星取代戈兰克斯恒星慢慢升起,但是在遮天蔽日的树林中,一切都显得隐约而朦胧。树下一些不知名的花草开始发出白天见不到的各种颜色的荧光。薄雾在它们下面的矿石和腐叶的混合物上升起,越来越浓。此时索布隆已经找不到方向,不管怎么跑,仿佛总在原地打转。他抬头看天空,此时金环星也已经被雾盖住,看不到了。索布隆想了一个办法,捡起身边的矿石和树枝在经过的地方画出标记,每前进一百步就做一个标记,大约又过了一会儿,索布隆果然又看到了自己做的标记,回到了最初的一棵大树那儿。索布隆立即明白过来,这里是浮幽禁林外围的移动森林。这里的树木都好像有脚一样,会随着星球的自转移动方向。如果想要走出去,必须要反方向偏移,根据刚才他经过的时间,大概算出移动树林的运动速度,再做角度差修正。只要按照刚才的速度,以目光所及的树木为标志,做反向切角移动,就能变成一条运动直线。只能如此了。浮幽禁林的雾气对有机生物来说具有毒性,如果在金环星升到顶部之前走出,不被这里夜游动物吃掉,也会被毒死。

索布隆按照刚才的思路,做了大约三十个标志物,看来是有效果了,因为现在他之前做的标志物一个都没有看到。正当索布隆志得意满、觉得成功在望的时候,身后传来一阵巨大的震动,伴随树枝折断的脆裂声,隔着浓雾传来,有种奇怪的闷响。索布隆赶紧趴在地上一动不动,身后的震动和声响越来越大,好像巨大的生物在向着他这边缓缓移动,索布隆连呼吸都停止了,似乎这样就可以躲过去。发出巨响的生物越来越近,好像来到了索布隆的身边。他把脸埋在落叶中,战栗着,等待着。长久的寂静,震动消失了。周围什么声音也没有,仿佛刚才那些震动都是幻觉。一片树叶从巨树上掉落,簌簌下落的声音都好像被放大了,索布隆微微抬起头,周围还是一片浓雾,他慢慢立起身子,突然一条飞速伸过来的触手用力拖住他的脚,索布隆立即反应过来,用另外一只脚奋力踹那条不知道哪里冒出来的、长满了密密麻麻活动倒刺的触手,好不容易挣脱,倒刺将他的皮肤再次划破,棕色的血液流了出来。触手好像受到了血液的刺激,还没等索布隆站稳又有一条触手向他扑过来,抓住他的脚拖往浓雾中,身体与矿石腐叶摩擦,发出簌簌的响声。索布隆艰难地掏出匕首，用力向着触手刺过去！触手接触到墨晶匕首后，冒起了一阵紫色的烟雾，流下一片深紫色泛着银光的液体。索布隆来不及看是什么怪物，赶紧跳起来向着前方跑去。索布隆拼命往前跑，直到跑不动了，倒在地上大口喘着粗气。

索布隆觉得自己又进入了死胡同。刚才一通翻滚打斗奔跑，早就远离了自己的计算方向，四周依然迷雾重重，又有不知名的怪兽在等着吃他的肉喝他的血，根本分不清楚东南西北，即便能走出一条直线，谁知道是往前还是往回，或者走向灵顿塞尼耶河？索布隆虽然胆小，但头脑非常聪明。刚才的慌张让自己乱了方寸，现在可以冷静分析一番。追自己的是一个人，但不是一队人，这意味着得知消息的人并不希望这事被人知道，而且发出命令的不可能是墨法耶，更有可能是青焰大城的人。如果不是很多人追，他就不用担心时间问题。哪怕回到原处，再等待冥斯家族的飞船巡逻队也同样可以。不管是哪个方向，只要能走出迷雾，活下来，就一定能成功。相反，追踪他的人也已经进了密林，他能逃出来的概率并不大，况且，只要经过浮幽禁林，两人再次相遇的概率已经是进入之前的百万分之一。她运气再好，也有可能进了冥斯家族的领域而不得返。想清楚这点，他心里坦然了。不用担心方向，不用担心被追踪，只要能躲避野兽，找准一条直线就可以。

索布隆快速地四下观察了一下，赶紧利用脚下的碎石和树枝重新垒了一个标志物，擦拭了一下满头的汗水，迅速向林子深处前进。

墨丽尔进入移动森林没多久，果然也迷失了方向。她能想到的方法也是在沿路上的每一个方位做了标记，但是很快她也发现这一片就是传说中的移动树林。正在摸索走出去的路时，她总感觉身后有什么东西正在靠近自己，但是当她用随身光源照射的时候，身后又空无一物，而且生物追踪器上并没有任何生物活动的迹象。

墨丽尔心想不能大意，她总是相信自己的直觉。这好像是从小就有的自信。她小心地向前移动，突然身后有隐约的空气被劈开的声音，墨丽尔赶紧转身，看到一条巨大的触须不知道从什么方向飞过来，墨丽尔一时没留意，被触须扫到，身子向后仰倒，重重地摔在地上，巨大的触须伸过来紧紧卷住墨丽尔的脚腕往回拖行，瞬间墨丽尔的脚腕处鲜血淋漓，她咬牙忍住痛，拔出腰间的粒子枪对着触须开了一枪，触须瞬间化为烟雾，墨丽尔脚腕处留下了数条深深的伤口。她顺着触须的方向往前走，除了一点血迹，怪物也不知所终。

此地不宜久留，墨丽尔赶紧朝着森林深处前进。她向前走了没多久，再次陷入原地打转的死循环。墨丽尔不想放弃，也不能放弃。如果树林是移动的，那么肯定有规律存在。唯一麻烦的在于,她必须要和时间赛跑,聪明的皮威尔星人说不定已经找到了走出移动树林的方法。她决定从头开始,用树枝和矿石做标记,看看顺着刚才的方向走,会不会再次回到原点。在捡拾树枝时发现一根树枝非常柔软,中间是空的,倒像某种生物蜕下的皮。仔细观察表皮还是树皮的样子,用追踪仪测试中空的地方却有生物反应。她突然意识到什么,认真观察浓雾中周围的每一棵树木。有些树上长着茂盛的叶子,有的树上虽然有叶子,但叶子的形状并不相同。而且当她发出声音时,这些奇怪的树叶就会不自然地摆动,用仪器观察发现,这些树叶上长着肉眼看不见的细丝,而这些细丝似乎在空气中捕捉着什么。只要墨丽尔小心地向反方向移动,与怪树保持一个安全距离,这些叶子上的细丝就会缩进树叶中。墨丽尔这才明白移动森林的真相——这些移动森林里,有些树应该是被某种生物寄居了,这些生物平时是休眠状态,只要有别的生物出现在树林中,这些生物就会醒来觅食。因为这些生物隐藏在树里,仪器都检测不出来,更别说人会注意到。这也是浮幽禁林特殊的磁场环境造就的现象。所以,刚刚袭击她的不是什么怪兽,而是寄居在树里的这些生物。弄明白了原因,墨丽尔却不知道怎么对付它们,所以只能尽快离开这里。

在墨丽尔准备转身离开的时候,脚下已经有几条触须悄无声息地朝着她伸过来,她没走几步,这些触须就突然发动攻击,朝着墨丽尔飞速扑过来,墨丽尔想用粒子枪,可是这次怪树居然学聪明了,其中一条触须绑住了她拿枪的手。墨丽尔无法还击,被这些触须死死围住向前拖行,到了树根下,有更多的触须扑过来,瞬间就把墨丽尔覆盖住。

墨丽尔被裹挟在触须中,周身像是被微小的刺刺入,短暂的疼痛之后,她竟然感觉到一丝愉悦,好像回到了自己的幼年时期,那些没有忧愁的岁月。有一种力量引导着她探寻内心的、隐秘的过去。那时她还是一个年少青春、有点顽劣的古博星奥亚特家族的女孩。自从河滓家族的一个叫河滓伊德的小伙子成人礼上的光辉事迹传播开来以后,她再次关注了他,成年的他更具有了难以抵抗的魅力:河滓伊德沉稳的气质让她陷入了情感的漩涡,甚至主动跑过去示好。可是在奥亚特云家族,这几乎是犯了大忌。想到了这儿,墨丽尔的身体开始挣扎,她的心好像被什么东西困住了,需要摆脱。也许这不算什么爱情。在古博星,爱情从来都不是什么必需品。家族的利益和阶层的分明,让爱情成为最为无用,甚至是危险的东西。很快,觉察到墨丽尔的不守规矩,家族的命令下来了,她必须要承担起家族联姻的责任,嫁给同样是神族的罗里蒙家族的某个重要人物,也许是为了家族的荣耀和未来的地位考虑，不过她才不在乎。对于从小喜欢在大片蓝金铃草中奔跑跳跃的女孩来说，喜欢河滓伊德，也许就是她反抗自己与生俱来的被确定好命运的一种手段。不过，河滓伊德似乎也不讨厌她，在她看来，甚至有点喜欢上了她。她明明知道，要是英俊的河滓能够向她表示那么一点，她一定会克服一切困难。她忘不了，当时河滓伊德用认真的眼眸看着她的时候，她的心都要融化了。为了能够和河滓伊德在一起，她作出了最为激烈的抗争，但也因此付出了极大的代价。不仅如此，她还成了所有奥亚特族人的敌人，因为她的出现，给家族带来的影响极为恶劣。也因为如此，一向不被人看得起的边缘家族古墨大邦向她伸出了橄榄枝。但是她并不气馁，她在等着河滓伊德。但是河滓伊德并没有兑现他的承诺，他消失了。她想起来在古墨大邦消沉的日子，让她周身感觉到了切实的疼痛。她大叫一声，却发现自己发不出声音。自己的肢体仿佛和头脑断绝了联系，不再受自己控制，一种巨大的无力感袭击了她。

此时索布隆跌跌撞撞向墨丽尔这边跑过来，有触须正在围攻索布隆，索布隆没站稳跌倒在地滚了几圈，触须越来越近，索布隆只能向前爬行，在爬行中摸到了地上的武器，索布隆想也没想拿起武器就朝着扑向自己的触须一通狂乱发射，一时间触须纷纷消失在土地中。索布隆看向前方不远处一堆正在蠕动的触须，索布隆拿着武器再次朝着堆触须开枪，触须灰飞烟灭，一个满身伤痕的女人从这堆触须滚出来，失去意识的墨丽尔失去了药效，变成了本来的样子。索布隆上前查看，大吃一惊，这不是古墨大邦的二号人物墨丽尔吗？索布隆的大脑在激烈地运转：难道他想错了，是古墨大邦不让他去通报消息？如果古墨大邦想抓他，为什么只派墨丽尔过来呢？墨丽尔改变自己的容貌可以理解，因为这里有可能碰到冥斯家族的人。不过不管她是代表谁来的，只要杀了她，就没人能阻拦他实现自己的愿望。

他用枪瞄准着昏迷的墨丽尔，心里不停地告诉自己——这简直就是天赐良机，这个时候干掉她什么都解决了，连灰羽矿都不用交给那些贪婪的家伙，这不就是最好的贿赂品吗？杀了她，杀了她……同时另外一种声音出现在他的脑海里——你不能这么卑鄙无耻，这么做和一个没有教养的浑蛋有什么区别？但是，如果不杀了墨丽尔，他永远不能回到古墨大邦，那里还有皮威尔星的其他难民。会不会因为自己再次被流放，或者干脆被墨法耶杀死。想到墨法耶冷漠严酷的表情，索布隆的头摇得跟拨浪鼓似的。强烈的内心冲突让他难以抉择，他放下枪，跪在地上，向自己的祖先们祈求，告诉他该怎么做。或者只是把她留在这里，想必只要他拿着粒子枪离开，这些触须一定会把墨丽尔吃掉，变成这怪树林的养分。天哪，这也太可怜了。

墨丽尔好像对外星流民们还不错。我怎么能有这样的歹念呢?

索布隆站了起来,他也不打算让任何人阻止自己的计划。所以,他决定把墨丽尔留在这儿自生自灭。他刚回头,又有几根更粗的触须再次扑过来,索布隆不假思索地消灭了触须,他看着墨丽尔,终于良知获胜,一咬牙干脆背上墨丽尔一起向密林深处跑去。

在索布隆背上的墨丽尔被这颠簸弄醒,她发现自己趴在索布隆背上,索布隆汗如雨下,背着自己穿梭在这危险重重的树林之中,她的脑海中响起塔拉贝的话:“失去意识就会恢复之前的容貌。”墨丽尔明白索布隆已经知道了自己的身份,此时要解决索布隆再简单不过了,但是墨丽尔也不是冷血无情之人,因为索布隆救了自己一命。如果索布隆放任不管,自己早就被那些触须消化了。她和索布隆并没有什么恩怨,只是塔拉贝手里有河滓伊德和勒伏泰作为人质,如果不杀掉索布隆,回去该怎么办呢?

“放我下来。”墨丽尔没有忘了自己的身份。

索布隆知道墨丽尔醒了,也不敢吱声,看见前方有一块巨石,走过去把墨丽尔放下。墨丽尔靠着石头,看着索布隆,索布隆说:“墨丽尔阁下,你还好吧?”“还好。”墨丽尔和索布隆两个人都陷入了道德的悖论。墨丽尔想,如何能让索布隆不再去报信,而索布隆想怎么能让自己脱身。墨丽尔观察着索布隆,很想知道他为什么要把无境之球的事情告发出去,也许他有自己的苦衷?

这时,索布隆开口了:“我知道你是来追杀我的,现在我随你处置。”

墨丽尔很惊讶这样的谈话方式:“你不怕死?” “怕!”“那你还求死?! 你是猜我不会杀了你?”墨丽尔对这个外星流民的说法变得有兴趣起来。索布隆想了想:“是的!”墨丽尔越来越想弄清楚这个家伙的目的是什么了:“你倒很坦白。你能告诉我两件事吗? 第一,你怎么知道的消息? 第二,你为什么要这么做?”索布隆被墨丽尔的问题难住了,他在判断,如果把这件事告诉古墨大邦的二号人物,将来怎么善后。“我现在还不能告诉你。”索布隆只能这么回答她。

墨丽尔:“你很聪明,虽然我不会杀你,但我会把你抓回去交给塔拉贝。你要知道,塔拉贝不会对你客气的。”“那等同于要了我的命,我救过你,你不会这么做。”索布隆的思维很清晰,“如果你想杀了我,刚才你就已经动手了。这里不像丛林里,这里视野开阔,用粒子枪,非常容易。”墨丽尔听到索布隆的话,终于知道他为什么能活到现在,为什么能拿到消息、偷到一架报废的飞船,能躲避追踪到浮幽禁林中来,一切都能说得通了。不愧是皮威尔星人。“我想,我们可以先合作,逃出浮幽禁林。

否则，我们的对话还有什么意义呢？”墨丽尔听到这些话，差点笑出来：“好！我会和你合作，不过等离开移动森林我希望你说出你的故事。”

索布隆还没来得及说话，四周又开始有了动静，墨丽尔从武器包里拿出另一把粒子枪丢给索布隆，索布隆接住枪和墨丽尔背靠背站在巨石上准备新一轮战斗。

这次应该是寄生怪树发起了总攻。从四面八方扑过来的巨大触须，似乎要把他们再次吞没。墨丽尔和索布隆奋力迎战，奈何这些触须越来越多，同时，一根粗壮的触须从地底伸出，擎天一般，卷起他们站的巨石，把两人以及巨石一起抛向高空。墨丽尔在空中抓住失去重心的索布隆，同时开枪，巨大的触须又消失在地下。两人落地后再次背靠着背，尽可能地放慢呼吸的节奏，仔细观察四周的动静。他们没有注意到以大树为遮挡，从后面升起的巨大触须，从顶部下降，盯着他们，并缓缓打开前端，就如同一张长满无数牙齿的血盆大口一样，里面又有无数触角在空中延伸，分化出来的触角上有一排排的会动的圆圈，就像无数个眼睛一样，同时，触角旁边伸出无数密密麻麻的尖刺，对着墨丽尔和索布隆快速下降，准备一口将他们吞下。墨丽尔和索布隆早已经知道了它的位置，两人躺倒，对着上面开枪。但是让两人没有想到的是，粒子枪的攻击在怪物面前形成一团光，就像打在了一个屏障上，这次攻击并没有让这条触须灰飞烟灭，而是让它更加巨大，仿佛这条触须可以吸收粒子枪的能量一样。

索布隆不知道古博星上还有这样的物种，他隐约想到了什么线索。巨大的触须再一次发起攻击，墨丽尔一把抓住索布隆跑开。索布隆边跑边说：“怪物的能量反应有点奇怪！”墨丽尔：“为什么它能吸收粒子枪的能量？”索布隆想起来在皮威尔星，似乎也有这样的东西，不过，那些不是生物或者怪物，而是当时研发的武器。因为与其他星球产生了采矿标的星的争夺，被星际联盟判为违规。因此产生冲突，被联盟惩罚。如果没有这些冲突，那些武器或许就被制造出来了。索布隆看着墨丽尔，慢慢停下说：“也许这个怪兽是人造的。”

“你说，这些怪物不是有机物？”墨丽尔觉得这个想法很奇怪，“你说说，为什么觉得这是种武器。”

“或许它的组织被做成了有机物的样子。但是这种吸收能量的方法让我想起来一种可以结合物质和反物质的武器。”索布隆还想说下去，墨丽尔示意他停住。她把手放在索布隆的胳膊上，开始接收索布隆的信息。

墨丽尔睁开眼睛：“我明白了。当有突然增加的能量时，反物质能量就会出现虹吸状态。如果武器能跨越物质界限，遇到越大的能量，它的吸收就越快。这么说,永远不会有人能消灭它们了。之前那些小点触须并不是因为我们的粒子枪消灭了它,而是因为它们难以承受突然增加的能量自爆了。”

索布隆:“可惜啊,要是我们的皮威尔星的长老们在,或许能想到解决问题的办法。”

墨丽尔:“现在说这个没有用。谁能造出这么厉害的武器呢?冥斯家族?不可能!”墨丽尔多少能知道冥斯家族的底细。一个灵斯阶层的投资者,靠着耻辱的献媚取得阶层提升,这样的家族怎么可能有超越蒙泰罗斯阶层的实力。

索布隆:“我觉得不像,可能是别的星球上遗留下来的。”

墨丽尔想了想:“说来说去,又回到了上次的星际战争。也许,熬到戈兰克斯恒星再次升起的时候就能逃脱危险了。”

索布隆:“要消灭这些巨型怪物也不是没有办法……”

墨丽尔对索布隆的智慧真是另眼相看了:“说说看。”

索布隆:“有急剧增加的巨大能量,就像那些小触须一样。如果一时间它难以承受,就会突破物质和反物质的屏障自爆。”

墨丽尔:“如果它们真是超智能武器[①],根据自我运转法则,我们可以集中一点攻击,让它知道我们有强大的火力。或许能吓跑它们。”

索布隆不知道什么样的力量才能让这么巨大的武器难以承受。墨丽尔的想法在他看来有点太大胆了。“可是就是一把粒子枪,怎么能把怪物吓跑呢?”他自己的那把已经废掉了。二手武器的威力果然只能和价值画等号。

墨丽尔从随身包里拿出一根手指长的深褐色金属管递给索布隆:“看看这个!”索布隆端详着金属管,激动地看着墨丽尔:“这是……这是……”

墨丽尔旋转金属管,金属管开始变形,最终变成一根粒子枪长度黄色的金属:“是的,这就是你们皮威尔星的武器金导微炮的一部分,不过经过了我们古墨大邦的改良,可以把它装载到粒子枪上,威力是不及金导微炮,但是更为方便了。不知道能不能到怪物的临界点。”

索布隆觉得不可思议。他看着墨丽尔用极快的速度把一支结构复杂的粒子枪进行拆解,把金导微炮的金属管装上去,再把枪装好。正在进行的时候,巨大的触手再次从地下出现,这次离他们特别近,巨大的触手带着无数个小触手张牙舞爪地

---

① 超智能武器:包含信息采集、环境数据、知识库、辅助决策系统、反馈系统、拟态系统等。高级外星智能武器还可以和有智慧的有机体一样,对行动进行自我决策。

冲他们而来。

墨丽尔以极快的速度装好枪，退后的同时转身，用改装武器对着巨大的触须发射，第一枪发射并不顺利，虽然有射线射出，但是强大的反向作用力却把墨丽尔甩了出去。墨丽尔一下子没抓牢武器，枪掉在地上。部分射线射中了触须上的突起，巨大的尖刺掉了下来，果然改装枪让这种超智能武器产生了自我保护，它并没有马上扑过来。在这个当口，索布隆跑过去捡起新武器，对着触须补了一枪，这时新武器中的射线发射非常顺利，正中巨型触须的中间部分，被击中的触须快速膨胀，瞬间爆炸成齑粉。索布隆又开心又害怕，手一直哆嗦，墨丽尔上去拿过枪，碰了碰索布隆的肘部。墨丽尔看着一地的触须碎片慢慢变成粉末，终于松了一口气。

以为危机已经解除的想法刚刚冒头，就被迎头痛击。脚下开始震动，四周喷涌出无数小触须，和之前的触须不太一样，一瞬间就从地面"生长"出来。这些密密麻麻、带着银色光芒的触须，移动的速度极慢，但生长速度很快，不一会儿，已经把他们包围。墨丽尔扫了一眼触须，看到它们的顶部还有触角，心里也生出很多疑惑，没时间多想，触须已经包围到了他们脚下！

墨丽尔赶紧开枪，强大的威力瞬间将一大片触须化为灰烬，但很快这片灰烬又被新的触须代替，无穷无尽，没完没了。"你在我后面跟着，我用枪开路！"墨丽尔只能这么做了。改装的金导微炮能量有限，不能无限制使用，现在开一枪需要能量复原的时间间隔越来越长了。再耗下去，两人最后只能眼看着自己被吞没，还是赶紧往前走。不停地用枪杀死前方道路上的触手，两人则快速沿着路线往前跑。

此时，从身后吹来一阵风。两人此时才发现，原本很浓的雾，现在居然开始散开。头顶上也隐约出现了金环星的样貌。但是，触须的灰烬没有随着深林中吹来的风散开，而是诡异地飘浮在深林里。不一会儿，那些原本悬浮在森林里的触须灰烬，正在和风反向移动，两人的身后传来窸窸窣窣的响声，好像被什么东西吸走了，墨丽尔心想不妙，赶紧拉着索布隆快速奔跑，也不管脚下企图牵绊他们的小触手。很快，森林里的这些灰烬就被吸收干净，恢复了安静。更准确地说是突然变得寂静无声，只能听见墨丽尔和索布隆的呼吸和奔跑的声音。"我们低估它了，它是想用这种方式耗费金导微炮的能量！"墨丽尔觉得这次麻烦大了。

果然来了。他们的脚下起伏震动，更胜之前。不知道怪物会从哪个方向出来，他们只能原地停下，索布隆害怕地趴在地上。眼前的好几棵大树突然被拖入地下，片刻后又被从地里顶出来。墨丽尔拿着观测仪，观察刚才冒出地面的树木，发现树梢上正浮动着细小的触角。地面还在持续震动，墨丽尔弯腰蹲下，手中金导微炮的能量显示还未达可发射状态。“只有一次机会,如果不行,你赶紧跑。”墨丽尔做好了最坏的打算。就在此时,一棵更大的树从地里冒出来,倒在他们面前,从树根断裂的坑中,一个比刚才更为巨大的、戴着紫色光罩的触须从地下升起来,顶部分裂开无数个细长的触手,墨丽尔和索布隆刚准备往后退,从他们的身后,又冒出一个同样大小的触须来。看来,这次触须已经把他们围在了中间。索布隆浑身发抖,站都站不稳。墨丽尔看着枪上的能量条还差一点,她判断如果来得及,只能用枪杀开一条路,剩下的,只有看命运了。四面的触须都快速地合拢,矿物粉尘和飞扬的落叶产生了小范围的旋风,墨丽尔基本看不见周围发生了什么,只是感觉震动越来越强,在危急关头,她听到金导微炮一声轻微的“嘀”,知道能量已满。她举起枪,对着前面就是一枪,强大的能量将一个合拢的触手打成齑粉、出现了一个口子,她赶紧冲了出来,回身看,紫色的触手高耸入云,除了刚才用枪打开的一道小口子外,其他的都已经围得死死的。

但是,索布隆没在。

墨丽尔心里一沉,知道索布隆被困在里面了。她扔下手里的枪,准备再找一件武器。可是没有能用的东西了。她很后悔把索布隆逼到浮幽禁林中。索布隆死了,她也逃不掉。对她来说,死亡并不可怕,她还有挂念的人。

合围的空间越来越小,索布隆匍匐在地上,四周都是伸过来的触手,触手上的倒刺不停地嵌入他的身体里,拉出一道道的伤口。他看到了那个由墨丽尔轰出来的缺口,等他想往那儿去的时候,缺口已经被封上了。一个巨大的触手把他缠住,卷入到张开的触须丛中。索布隆绝望了,他已经没有力气再反抗。触须的毒素进入他的身体,他感觉自己不是将死,而是轻飘飘的,仿佛漫步在云端。一时间,皮威尔星的阳光、温柔的草、带着笑脸的家人、威严而又可亲的长老们快速地在他意识中闪现。

“和这个世界告别了。”黑暗中,索布隆的眼角流下一滴眼泪。

墨丽尔看着卷曲翻腾的庞然大物,无助地跪在地上,她从来没觉得这么绝望过。甚至已经想不起来她的任务了。现在正在经历死亡的,更像是她的伙伴。

就在一切都好像丧失希望的时候,搅动的触手突然停住了。在巨大的、由触手组成的大山一般的怪物停了下来,从上部的中心,露出了一丝白光。墨丽尔看着,心里渐渐产生了一丝希望。这是为什么?

在触手的中心,被困住的索布隆,胸口的那块灰羽原矿发出强烈的、白色的光芒,在黑暗中兀自亮着。怪兽机器好像被施了魔法一般,停了下来。不一会儿,触手慢慢撤退，缩回到了地面。昏迷的索布隆渐渐出现，他的胸口，那束光慢慢暗淡下来。随着怪物全部钻入地下，索布隆才突然衰落下来。

疼痛让他苏醒了过来。墨丽尔赶紧上去。

“怎么样，皮威尔星人！”墨丽尔关切地问他。

索布隆看着胸口的灰羽原矿：“好在有它。我没事。”

他已经明白了怪物消失的原因，而且，直到走出浮幽禁林，这些怪物都不会再出现了。

墨丽尔看着他胸口的矿石，想拿起来看看，却被索布隆抓得死死的。“这是什么好东西，居然有这么大的威力？”墨丽尔从来没有见过皮威尔星的这种武器。

“这是我们皮威尔星的一种珍贵的矿石，叫灰羽原矿。它的特点是可以阻断任何物质之间的联系。我说的物质，不是你想象的。我说的，是任何。”索布隆强调了这个词。“所以呢？”“这正验证了我们之前的想法。这种怪物是超智能武器，它同时包含了物质和反物质。但是，如果物质和反物质相互触碰，就会发生湮灭反应。所以，这种武器最核心的材料就是它。”索布隆指的是他胸口这小块其貌不扬的石头。

“如果它刚才伤害了我，或许会破坏掉它原本的对反物质的包裹层，也就意味着会真正地被消灭掉。所以，应该是灰羽原矿，激发了怪物的自我保护机制。”经过索布隆的解释，墨丽尔算是明白了。而且，这种武器肯定来自皮威尔星，或者更高阶段文明的东西。到底是谁能够做到这个呢？她从来没有听说过，有这样一种恐怖的武器，要不是索布隆，恐怕让所有古博星的武器都集中过来，也未必能让这个庞然大物消失。

“我们回来的时候，可千万不能再走到这里面来了。”索布隆的话让墨丽尔不禁想笑。

经过这番折腾，他们早已经不知道自己在浮幽禁林的什么位置了。只能接着往前走。这次能够脱险，多少是因为侥幸，但是森林里是不是还藏有危险的生物或者其他东西，就不得而知了。所以两人还是快速地利用索布隆找直线的方法走出了森林。

运气非常不好的是，当他们出来的时候，眼前是一片开阔的紫蕨平原——这儿属于冥斯家族的地界。经过战斗，此时两人已经不敢想象，万一遇到冥斯家族的巡逻队，还有没有精力对付。或者说，墨丽尔还有没有这个精力。现在她已经露出了本来的样貌。况且前几天，她刚刚杀了冥斯家族的一个重要人物。“我们可以等等巡逻队。”墨丽尔说道。

“等巡逻队?”索布隆不敢相信自己的耳朵。

“我们需要飞船,不能再从浮幽禁林里穿过去了。除非你活腻了。杀几个冥斯家族的士兵总简单过对付森林里的怪物。”墨丽尔的想法让索布隆赞叹。她好像永远都充满了勇气,气场非常强大,平时的她又平易近人、见不到来自高等级阶层的傲气,但是在战斗的时候她又和男人一样勇猛无比,在她眼中看不见任何惧怕,难怪年纪轻轻就成为古墨大邦的二号人物。

他们向着紫蕨石原深处走去。“先缓缓。”墨丽尔说。最后两人靠在一块紫晶大石上休息。“我其实很欣赏你。”墨丽尔要解开心中的疑惑,再决定下一步怎么做。

索布隆非常吃惊地回头看着墨丽尔。

墨丽尔:“你不用这样看着我,我说真的。”

索布隆一直觉得自己非常懦弱,不用说和墨丽尔比,就是和他的同伴们相比,他都是以胆小闻名的。“非常感谢你救了我,我也非常欣赏你,我不想杀了你。”墨丽尔的意思是让索布隆说出他的目的,为什么要向大太司告密,他到底要得到什么。

索布隆还在犹豫。

墨丽尔:“不管你想要什么,如果我说古墨大邦可以帮你呢?”

索布隆:“要是你们古墨大邦可以帮我,我怎么会冒着生命危险去找大太司!”

墨丽尔:“因为你救了我,而且,看来你对皮威尔星的科技很了解,你要知道,古墨大邦正需要你这样的人。”

“我这么做有我的原因,希望我说出来,你能原谅我。”索布隆打算和盘托出,“你也知道,我们皮威尔星遭遇的变故。丢失家园以后,大家四处逃难,有的在黑暗无边的星际中流浪,至死都没能找到落脚的地方。你能了解那种痛苦和恐惧吗?不知道未来,不知道是否还能活到明天。因为我们被判定为违反星际联盟条约的星球人,所以星际联盟放弃了我们。有些人运气不错,比如我,来到古博星,还有地方可以收留我们。后来我听说,我们的星球很多长老被联盟赶到了五阶文明星球。他们在那儿饱受痛苦,环境恶劣,只有一些低等的有机物存活。这是我们心中的痛,所以,无论是藏在古墨大邦的,还是在青焰大城的同类,都有一个决心,把他们接到这儿来生活。”

索布隆的眼中已经充满了褐色的眼泪。现在墨丽尔终于知道为什么青焰大城的事能够这么快被他们知道。在无数个角落，都藏着改头换面的皮威尔星人，他们有一个共同的目标，拯救那些流浪在外、受尽苦难的长者。

“可是，古博星只有五十年的时间了。”

“哪怕只有五十年，或者二十年，十年，我们也不能任由他们在煎熬中死去。有我们照顾，他们或许能安然度过晚年，哪怕是以尼让姆斯的卑贱身份小心翼翼地活着。”

“所以说，你们告密，是打算以这个条件和大太司交换吗？”

索布隆点点头。

“如果是这样，我不建议你这么做。无境之球在塔拉贝手上，即便被大太司抢走，与我也没有干系。但是以我对大太司的了解，他不会破坏星际联盟的规矩，去营救你的族人们的。如果你能相信我，我会想办法。”

墨丽尔的承诺让索布隆非常感动。可是他内心里仍然十分犹豫，把十几万同类从遥远的星球接过来，以古墨大邦的地位和实力，恐怕是不可能完成的任务。如果是大太司，或许能有办法。但是，正如墨丽尔说的，即便他把这个情报给了大太司，他会不会同意这个请求呢？在古博星这么多年，他们的同类一直被驱逐，在青焰之地外，命运都很惨淡。被那些家族当作奴隶使唤。从这个角度看来，大太司未必肯帮他们。

墨丽尔不想这个时候说太多承诺的话，她知道这不是件容易的事。要对抗的，不仅是大太司，而且有可能会激怒星际联盟的人。

紫蕨石原也算是墨丽尔没有见过的景象。这里紫晶石大小几乎一样，整整齐齐地排列着，非常壮阔。在紫晶石的间隙，开着古博星特有的淡金蕨絮花。它们的根茎细长，到顶部又柔软地弯曲下来。叶子却很坚硬，呈淡金色。茎的顶端，也就是接近根部的地方，开着硕大的蓝色花朵。由于从来没有踏入过冥斯家族的领地，之前没有听说这里盛产淡金蕨絮花。关于这种花，墨丽尔之前也只是听说而已。由于它长在矿物质丰富的地方、能提炼出一种用于制造星际战争武器必需的稀有金属，所以一直被当作禁止私人种植的禁品。十几万年前因为这种花还发生过两个星球之间的战争。墨丽尔没想到仅仅隔了一个浮幽禁林，这里有这么多淡金蕨絮花。这难道是野生的吗？她心中升起不少疑惑。

索布隆：“你怎么了？”

墨丽尔：“没什么！我们走吧！”说完墨丽尔抬头仔细看了看天空。金环星已经斜到另外一边，意味着再过不久，戈兰克斯的炎热又要到来了。金环星对面的空中,满天星辰。现在已经很容易找到前进的方向了。当然,不是往回,而是往灵顿塞尼耶河的方向。因为在那儿,一定会有冥斯家族的巡逻飞船。

墨丽尔向前走了一段,发现索布隆并没有跟上。她回头看向索布隆,发现他还抬着头聚精会神地看着天空。墨丽尔问道:“你在看什么?”

索布隆依旧抬着头:“你有没有发现这片天空有些奇怪?”

墨丽尔听罢再次望向天空,片刻后说:“我没发现有什么问题。”

索布隆抬起手指向天空:“你看,最远处的天空好像动了一下。”

墨丽尔又看了看:“这里的天空颜色倒有些奇怪,好像是淡粉色。”

索布隆好像发现了新大陆:“你不觉得奇怪吗?”“也有可能是这里的紫晶石和淡金蕨絮花造成的。”也许这里一望无际,墨丽尔觉得不会像浮幽禁林里那样危险。“我刚刚看见的是天空动了一下。”索布隆一定是吓怕了。

墨丽尔:“也许是你太累了,抓紧时间走吧。”

索布隆点点头,跟着墨丽尔向前走去。

他们身后的那片天空突然像波浪一样起伏了几下。索布隆又感觉到了,迅速回头看。一如既往,没有半点异常。墨丽尔刚准备说话就突然停住了。因为她感觉到了空气中的一丝丝动静。她转过身来,顺着索布隆的视线看过去,她确认索布隆的感觉是对的——有什么不知名的危险在附近。

第19章 嵘眦虫与千目螯兽

可是偶然涌动的天空又是什么怪物呢？索布隆一个没站稳，摔了一跤，手上流出血，碰到了淡金蕨絮花上，花受到血液的刺激，瞬间凋零了一大片。此时，空气中开始涌动频繁，原本难以分辨的粉色红变成明显的荧光粉色彩。

墨丽尔将粒子枪抓在手里，她现在还没有恢复过来，万一再有触须怪物这样的庞然大物，她不能肯定还可以活着冲过去。而且现在已经切切实实到了冥斯家族的领地，要是被巡查的冥斯士兵发现，只能做好同归于尽的准备。空中异常的色彩在不停地扩散，从一小片到一大片，直到他们头顶的整个天空。细小而尖锐的声音从上方传来，像紫晶石相互摩擦的吱呀声。不过，这声音相对小得多，不仔细听根本觉察不到。索布隆吓得四处张望，但不是来自头顶的一处，而是来自四面八方。墨丽尔感觉到了一丝寒意。

索布隆的眼睛睁得大大的："有成千上万的东西在靠近我们，不，不，可能还不止这么多！"

墨丽尔启动粒子枪，并将攻击能量调到最大，准备殊死一搏。很快，细小的声音变得越来越大，就像轰鸣的飞船一般，将他们包围。

本来明亮的天空变得支离破碎，光线似乎被割裂了一般。

墨丽尔看到这景象，知道半空中浮动的肯定是某种生物，它们的数量庞大到让自己无法抗拒的程度，如果这是针对他们的，恐怕等不到冥斯家族的士兵来，已经被撕成碎片了。一种不祥的预感笼罩着她。墨丽尔不想束手待毙，她启动粒子枪，索布隆害怕地想拦住墨丽尔，但还没来得及，墨丽尔便对着远处涌动的天空开了一枪。在粒子枪的轰击之下，远处的一角燃起了一团火焰。瞬间，那些透明的、扭曲的物体不见了。空气就像捅开了一个大窟窿。在烈焰之下，周围掉落长着黄白条纹的尸体，残肢断臂就像下雨一样。

索布隆回头看着，松了一口气。

墨丽尔知道他的反应,因为这不像林中的怪物,既然粒子枪可以轻易地打死它们,意味着这并不危险。可以墨丽尔的脸色却阴沉了下来,她回头看着索布隆:“快跑!”索布隆不知道为什么墨丽尔会有这样的反应。看到墨丽尔飞快地往反方向跑去,索布隆也跟着飞快地跑。“这是嵘毗虫!它们是这个星球上最危险的生物之一!”墨丽尔警告索布隆。索布隆回头看着上空,原本透明的天空变得黏稠起来,那是嵘毗虫在聚集,并且正准备反击。不一会儿的工夫,声音轰鸣如同放大万倍的沸腾的水。“它们准备要进攻我们了!”墨丽尔边跑边告诉索布隆,让他做好准备。

霎时间,飓风一般的嵘毗虫风暴向他们袭来。从天空扭曲成一条细长的、喇叭状的通道。领先的嵘毗虫以极快的速度冲向墨丽尔和索布隆,墨丽尔了解嵘毗虫的特性:如果它们决定攻击,速度很快,但是不会在空中变方向。所以她边跑边变线,身边的岩石上不停地有嵘毗虫撞击而死,溅出黏稠的黄色的汁液。墨丽尔:“千万别被它们撞上,否则谁也救不了你!它们的毒性远远超过大紫闪文!”索布隆惊恐地看着身边不停死去的嵘毗虫。这种叫嵘毗虫的动物,每个有半个古博星人的胳膊那么长,正常的情况下,出于自我保护,身体是透明的。只是在死亡的瞬间,从透明慢慢变成原本的色彩。“别东张西望,它们会越来越多的!”墨丽尔好像背后长了眼睛似的,警告索布隆。

果不其然,越来越多的嵘毗虫带着黑烟俯冲下来,在他们逃跑的路线上留下无数的尸体,状况惨烈。

索布隆在后面大叫:“怎么办?”

墨丽尔看到前方的路径已经有嵘毗虫出现,她知道这是迟早的事。群体行动的嵘毗虫就像一个具备高智商的生物,会自觉地按照一个命令行动。它们腹部的钩刺是古博星最毒的利器,能够融化除了穿越虫洞的金属保护罩以外的一切物体,包括无机物和有机物。袭击落下的尸体甚至将岩石融化了一些,发出紫色的烟。前面的嵘毗虫也开始下降、攻击,她知道躲不过,便再次开动粒子枪,将前面的嵘毗虫团打掉。危机还是出现了,墨丽尔脚上好像沾了嵘毗虫的液体,她感觉到不妙。

它们为什么会出现在这儿呢?是不是冥斯家族的阴谋?或许,这移动森林、嵘毗虫的安排都是刻意用来保护着什么?她的大脑已经快转不过来了,因为面前的嵘毗虫团越来越多,而且只要她开抢,就会激怒更多的嵘毗虫聚拢而来。它们会一直攻击,直到将它们认为的威胁消灭才会恢复到平和的状态。她边跑边回头看索布隆,看着他像跳舞一样躲避嵘毗虫的尸体,看来他暂时还没事。

像乌云一样的嵘毗虫团围绕在他们的上空,颜色越来越深,范围越来越大。墨丽尔已经顾不上激怒不激怒了，她看到有嵘眦虫在袭击索布隆，只要枪的能量恢复，她就开枪。粒子枪的能量聚集时间已经跟不上了，枪上的能量条变红，墨丽尔用粒子枪挡住一只飞来的虫，飞溅出紫色的液体。她的手也被灼伤了。墨丽尔和索布隆狼狈不堪，他们跌跌撞撞、疯狂地画弧线一样奔跑。突然，墨丽尔的脚崴了一下，摔倒在紫晶石上，周围的淡金蕨絮花碰到墨丽尔，迅速衰败。原来是她的脚被嵘眦虫的毒液烧掉一大块肉，蓝色的血液正在通过黑色的伤口往外流。“快跑啊！”索布隆大声喊着。他准备过来拉墨丽尔。“你别管我！”墨丽尔喊道，“如果能到灵顿塞尼耶河，跳下去！”索布隆想把墨丽尔扶起来但是失败了，于是，他护着墨丽尔，等待死亡的到来。

可是，并没有等来嵘眦虫密集的攻击。嵘眦虫袭击的密度下降了，大量的嵘眦虫重新飞了起来，虫团往后方转移。惊慌失措的索布隆站起来，不解地看着四周。

索布隆：“怎么回事？”

墨丽尔看着前方。

远处，隐隐地出现了一片绿色，像雾霭一样，从大地上缓缓地、不停地升起。

索布隆：“怎么办？”

墨丽尔：“没有办法，只能往前走。如果现在回去，我们没有那么好的运气了。”索布隆看见墨丽尔克服疼痛，努力地站起来往前走，也只好跟了过去。

“说不定前面还有惊喜等着我们。而且好消息是，我们连唯一的武器能量都不够了。”明明是开玩笑，但从墨丽尔的嘴里说出来，气氛变得特别怪异。“墨丽尔阁下，你的腿没事吧。”索布隆尽管害怕这些不要命的虫子，还是上来扶住墨丽尔，小心翼翼地避开地上嵘眦虫的尸体。“我们会没事的，是吗？”索布隆好像已经忘了千辛万苦来冥斯家族领地的目的。

看着地上的石头，索布隆再次停下脚步。墨丽尔往前走，索布隆却一动不动，眼眶里有泪水在打转，缓缓蹲下，一把抓住脚边的几块石头，仔细看着。他手里的石头外面有一层墨绿色的绒毛，其中有一块裂开的石头里，流动着暗红色的光芒。墨丽尔从没见过这种石头。流动的红芯石头在她的印象中古博星是没有的。天上又有了异动，墨丽尔回身看去，远处的嵘眦虫团好像并不甘心放弃，但是到了绿色雾霭的边缘就会折回，好像在害怕着什么。前面到底有什么能让嵘眦虫恐惧的东西呢？墨丽尔看向被绿雾笼罩的前方，突然感觉脚下的石原发生了剧烈的波动，出乎意料地，索布隆并不像往常那样恐惧，反而露出期待的眼神。“会不会是它们……会不会……”索布隆念叨着。离他们俩不远的石原上出现一个陷坑，地下又一波起伏翻腾,好像有什么东西在活动。陷坑的地方爬出了一只巨大的生物,有他们四倍那么高。头上长着八根触须,触须上有复眼,头如盔甲,身上分数节,尾部卷翘,带六根银色大刺,十二只脚,每只脚分三节。墨丽尔看见这只生物,脑袋嗡的一声巨响——又是一只庞然大物,她心里在打鼓,也不知道这只生物是不是也是冥斯家族的武器,这样的外形同样不像古博星上的生物,也不知道手里这把粒子枪还能不能吓住这只怪物。墨丽尔别无选择,她举起枪对准怪物,谁知索布隆冲过来摁下墨丽尔手里的枪,继而跑过去,抱着眼前这只怪物放声大哭,怪物也慢慢趴下,头上的触须包围着索布隆,六根银色的大刺上伸出银色柔软的触角轻轻蹭着他,像只对主人撒娇的宠物。怪物对着索布隆又亲又黏,让墨丽尔目瞪口呆。这时,从绿色的雾中,又陆续走出十几只同样形状的生物,正好奇地看着他们。

索布隆和这个庞然大物亲昵片刻后,对着墨丽尔说:"我答应你,跟你回古墨大邦。"

墨丽尔吃惊地说:"为什么?""你不是一直想让我跟你回去吗?"索布隆咬牙切齿:"我要报仇!""你之前要去见大太司,还历经千辛万苦来到这里,为什么看见怪物你就改变主意了?这是为什么?"墨丽尔问道。

索布隆眼神黯然:"这不是怪物,是千目螯兽,我们皮威尔星的特有物种。它叫皮威,是我的好伙伴。千目螯兽的食物是绿麟石,就是我刚才看到的石头。我以为我看错了。因为绿麟石也是皮威尔星独有的啊。没想到在这里看到皮威了,它得受多少罪啊……"索布隆想到皮威的星际历程,不由得潸然泪下,"我知道为什么有人会盯上它们。在皮威尔星,千目螯兽只能由长老分配家族驯养,而皮威一直跟着我。我把它当家人一样。它们成年后脱落的鳞片可以提取一种珍贵而稀有的金属,连星际联盟也需要重金购买。我所知道的是,这种金属可以用来生产一种非常稳定的辐射信号屏蔽器。刚到古墨大邦的时候,我们还怀疑我们星球的战争是被人挑拨,或许是有人觊觎千目螯兽。我只是个小人物,不能确切知道原因。但是我现在在这儿看见皮威,多少相信之前听到的流言了。如果大太司的目的是千目螯兽,他怎么可能会发善心,把我们的长老们救回来呢?"索布隆心疼曾经与自己朝夕相处的千目螯兽,又抱在了一起。

如此一来,墨丽尔总算把整个事实弄清楚了。浮幽禁林中的反物质怪兽也好,嵘眦虫也罢,都是用来防止有人进入这片牧场的,都是为了保护这些从皮威尔星偷偷运过来的千目螯兽。如果千目螯兽是大太司的目的,一切都可以得到解释了。也正如索布隆他们猜测的一样,皮威尔星在星际联盟中一向中规中矩,怎么会随便挑起战争呢？墨丽尔没想到大太司的心思如此缜密又恐怖。

墨丽尔："你的意思是你们的星球覆灭是大太司的杰作，为的就是得到千目螯兽？这个猜测是不是太疯狂了？"

索布隆："千目螯兽鳞片提取的金属元素不可取代，我不知道大太司要这种元素干什么，但是肯定干的不是好事。"

墨丽尔联想到了河滓伊德以及河滓家族的遭遇，是不是也和大太司神秘计划有关系？集齐能量未知的无境之球，从皮威尔星偷来千目螯兽，造出可以不让任何人知道行踪的飞行器？她无法再深入地想下去了。自己现在还不知道整个计划的细节，怪不得冥斯家族能这么短时间崛起，原来大太司看上的不仅是他们的所谓忠诚，更重要的是帮他饲养这些珍贵的动物。等回到古墨大邦，再好好查证吧。

索布隆："我要带走它。索布隆不能没有皮威，皮威不能没有索布隆。"

墨丽尔："我理解你的感受。但这里是冥斯家族的地盘，带着它怎么走？"

索布隆转向墨丽尔，郑重地弯腰伸出手："看在我，皮威尔星的流民索布隆保护过你的分上，请求你，墨丽尔阁下。"

墨丽尔说不出话来。原本她想杀了索布隆。但是这一路的经历，让她和索布隆建立了超乎寻常的友情。现在还要带着这个庞然大物走，让墨丽尔不知道该怎么处理。

索布隆回头看着千目螯兽皮威，皮威还是像只跟屁虫一样黏在他身边，索布隆恋恋不舍。"一点办法也没有吗？"

墨丽尔："它这个头我的飞行器也塞不下啊，何况这还是大太司的宝贝疙瘩，大太司费尽心思把千目螯兽圈养在这里，你认为大太司会让它在古墨大邦的地盘上出现吗？"

这时，围观的其他千目螯兽纷纷躲回了绿色的雾中。远处出现了一队冥斯家族的巡逻队，他们的身体被防护衣紧紧包裹着，乘坐微型飞船，正向这边飞来。索布隆下意识地往后躲，千目螯兽皮威好像理解了主人的恐惧，站起身把索布隆和墨丽尔踢进了自己爬出来的洞，用身体堵住洞口。冥斯家族的巡逻队在千目螯兽前停下，似乎在说什么。墨丽尔和索布隆在洞里，隐约听见外面传来机器切割的声音以及千目螯兽的哀嚎，一会儿从洞口喷进来很多蓝绿色的血液，索布隆没想到他们这么急功近利，用杀死千目螯兽的方式来取得鳞片。他想冲出去，被墨丽尔死死拉住。索布隆只能在洞里默默流泪。等到外面彻底安静了好一会儿，索布隆和墨丽尔扒开洞口的碎石爬出来。看见千目螯兽奄奄一息地躺在石原上，它身上的鳞片已经全部被剥去,露出被撕扯坏的蓝绿色、伤痕累累的皮肤,有的地方甚至露出了骨骼,颤抖的爪子还抓着几块绿麟石。索布隆死命搂着皮威,皮威蜷成一个圈把索布隆围在身体中间,用力伸出触须,轻轻地拍打索布隆的身体,似乎生命的最后时刻还在想着安慰主人。也许,皮威没想到在临死之前还能见到曾经的主人,除了不舍,还有一丝满足吧。墨丽尔在一旁,看着这悲伤的场面,也不禁泪如雨下。

剧烈的疼痛让皮威不停地发出断断续续的哀嚎,它用哀求的眼神看着自己的主人。索布隆颤抖着,掏出匕首用力刺进了皮威的心脏,它细细的哀嚎终于停止。可是,即便皮威没了气息,它的触须也一直围绕着索布隆。索布隆的眼神呆滞,好像整个人都被抽空了。失而复得的结果竟然是生死别离!墨丽尔捡了很多绿麟石把皮威的尸体围住,算是给有情有义的千目螯兽送别。他们两人都泪眼婆娑,因为他们知道不是为了救他们两人,这只千目螯兽或许还能躲避这些凶残的冥斯家族士兵,存活很多年。

索布隆一言不发、回到了刚才的洞中,为自己不能保护皮威而自责。悲伤过度的他竟然昏了过去,墨丽尔赶紧上前查看,发现索布隆并没有生命危险才放心,只能安静地坐在索布隆身边守着他。

他需要一点时间平复,暂时让受伤的心得到休息。墨丽尔想,她很能理解他。

昏迷中的索布隆好像又回到了皮威尔星。他穿过一片在夜空下发出黄绿色光芒的长须晶草,躺下来,看着天空中悬着的紫瀑星云。那是一个多美的季节!盛夏的深夜,皮威尔星成了观赏紫瀑星云的最佳星球。远处,有他照料的十几只大大小小的千目螯兽,它们正趴在巨大的矿石上打盹。其中最胖的那只千目螯兽就是皮威,它看见索布隆就朝着他欢快地爬过来,索布隆从怀里拿出一块上好的绿麟石朝着皮威丢过去,皮威腾空而起,一口就吞了下去。

梦中,畏畏缩缩的索布隆又变回了少年。他开心地跑到蜜檬河洗脸,倒影中出现了只有十几岁、稚气未脱的脸,看着清澈的河水,他把头全部埋了进去,享受河水的清凉。突然清澈透亮的水变得越来越绿,越来越浑浊,他抹了一把湿漉漉的脸,发现水中的波纹模糊了自己的脸。远处传来阵阵哀嚎,他抬头望去,蜜檬河的上游浮来大大小小无数千目螯兽的尸体,它们最外层的铠甲都已经被剥去,露出蓝绿色皮肤和雪白的骨骼,他不敢相信自己的眼睛,跑到河岸上往远处看,嘴里喊着“皮威——皮威——”,没有任何声音回应他,他看着远处,千目螯兽的尸体铺满了河面,索布隆发出尖叫……

昏厥的索布隆猛然惊醒坐起,头上汗水淋淋,脸色灰绿。墨丽尔拍了拍索布隆的肩膀,索布隆慢慢地缓过神来。

“你再好好休息休息。”索布隆颤颤巍巍爬起来:“我想早点走,我真是个笨蛋!早知道要害死皮威,我为什么要来?”

墨丽尔担心索布隆的状态,但是索布隆已经下定了决心。现在已经不是告不告密的问题了,他和河滓伊德一样,把大太司当作自己的仇人。墨丽尔告诉索布隆,打算自己出去,抢一架飞船来。但是索布隆告诉她有办法可以出去。

“千目鳌兽是穴居生物,临水而居,有打洞的习惯,这片石原,我们一路过来都没看见水源。所以水源应该在地下,并且和灵顿塞尼耶河相通,我们顺着这条洞穴走肯定可以。”

墨丽尔:“你的意思是通过地下河离开?但是别忘了,如果顺着地下河走,说不准还会经过移动森林。”

索布隆:“总比从地面离开安全。如果抢飞船被发现,冥斯家族不会轻易放我们走的。”

墨丽尔觉得也只能这么办了。两人向洞穴深处走去。因为绿麟石发出的光,让整个前进的方向上充满了朦胧的绿色雾气。墨丽尔跟着索布隆慢慢往前走,而索布隆手脚敏捷,他的表情肃穆,沉浸在巨大的复仇的煎熬中。他想不明白,曾经更高级的文明形态不仅没有能让皮威尔星的难民们得到优待,还在各个星球上被当作不入流的生物驱来赶去。索布隆仿佛探知了墨丽尔内心的想法,突然开口说:“在我们故乡,皮威尔星,所有的生灵都是平等的,但是故乡失去了,一切都变成了深渊。没有故乡的生灵,只能在流浪的炼狱中煎熬。如果不阻止你们的大太司,会让另外的一些生命遭到和我们同样的命运。也许,也包括你们。”墨丽尔为他的话而感动,索布隆并不希望有其他星球遭遇到皮威尔星的命运。索布隆跳上一块阻挡去路的黑色大矿石,把脚上有伤的墨丽尔拉上来。“大太司深不可测,他费尽心思收集千目鳌兽的鳞片,也许就是为战争做准备。”墨丽尔几乎肯定了这种预想。索布隆:“这些鳞片,让它们变得很珍贵,也同时变成了它们的噩梦。在我们皮威尔星,只有等鳞片自然脱落,或者老死以后才会将它们的鳞片取下来。如果它们死了,会为它们举办盛大的欢送仪式。即便如此,大家都会很悲痛。当然,我们从来都没想过用这些鳞片,而是担心被那些有野心的星球盗贼偷走,破坏星际联盟的平衡。”墨丽尔:“有没有可能是准备……侵略其他星球?”索布隆的眼中露出一丝悲伤:“真是这样的话,如果侵略的是低等文明星球,那些可怜的家伙别说失去家园了,可能连活下来的机会都没有。”随着洞穴越来越深入,绿麟石开始变少,反而是黑色的、包裹着黏腻物质的大石头越来越多。

墨丽尔把这些线索的更深层次联系起来了。大太司盯上的是那个叫地球的地方吗？索布隆还在自责:“我真是笨蛋,还想求他给我们一个生存之地。差点连累了青焰之地的人们。”索布隆现在能够考虑到进一步的后果了。如果他告诉大太司关于无境之球的事,战争之火首先会在青焰之地燃烧。

索布隆的表情凝重起来。

墨丽尔:“怎么了?”

索布隆抬起自己的脚,往上伸,看到了一种黑色、里面还有小片闪光的物质。看来前面不是地下河,而是某种液体。

“这是磁溴水?”墨丽尔点点头,索布隆继续说:“千目螯兽如果喝了这种液体,会慢慢死去,也许它们受到了太多伤害,想早日结束自己的生命。”索布隆悲伤地说着。

前方传来巨大的轰鸣声。墨丽尔走上前,看到了地下结构的悬崖。在悬崖边往下看,下面的暗河中闪着微弱的银粉色的光。“我们正在禁林的下方。”索布隆告诉墨丽尔。怪不得禁林上有这么强大的磁场,原来在通往冥斯家族的树林下方,并不是土地,而是这种流动的液体。说不定,这液体充满了古博星的地下层。在他们的身后,传来微型飞行器的轰鸣声,被洞穴的结构放大了。看来他们的行踪被冥斯家族的骑兵们发现了。“我们跳下去,顺着一边的磁溴水流动,说不定会被带出禁林的领域。”墨丽尔对索布隆说。索布隆点头,纵身一跃,消失在下面的银粉色河流中,墨丽尔不敢迟延,也纵身跳入。巨浪般的银粉色磁溴水瞬间包裹了她。和她想象得不一样,并没有溅起什么水花,而是被温柔地拖住,越来越缓慢地沉了下去。巨大的流力裹着她往前流动,她用力挣扎,但是越挣扎陷得越深,她只能尽量放松身体,直到完全放松后,她就慢慢地漂浮起来,利用它的浮力,向远处漂去。

顺着“河流”一路漂流,墨丽尔和索布隆被冲到了一处分岔的洞口,在这里银粉色的磁溴水和河水并不交融,形成一条泾渭分明的分界线。墨丽尔和索布隆从磁溴水中跳出来 ,钻入灵顿塞尼耶河的支流,顺便将身上的伤口洗了洗。顺着河水逆向游了半天,终于看到前方不远处就是浮幽禁林的边缘。他们终于逃出来了。

索布隆:“墨丽尔阁下,接下来怎么办?”索布隆的意思是墨丽尔会不会把他交给塔拉贝。如果被抓入青焰大城,那么他不仅可能要死,还会连累潜伏在青焰大城的同类们。

墨丽尔:“放心,我是不会把你交给塔拉贝的。”

沿着浮幽禁林的外围走，墨丽尔找到之前藏好的飞行器，两人登上飞行器后，墨丽尔关掉追踪器，索布隆将一切看在眼里。

索布隆："你不担心塔拉贝向你发难吗？"

墨丽尔："至少他不会杀了我。毕竟我曾经救过他。就像你救过我一样。只要你不在大太司手里，他应该不会把我怎么样。"

索布隆很感激墨丽尔的安排，回到古墨大邦，他们可以保守秘密，就像什么都没发生过一样："谢谢你，墨丽尔阁下。"

"说过的话，我一定会想办法实现。有空和我说说你们星球的长老们被流放到哪个星系了。"墨丽尔冷冷地说。

飞行器向着古墨大邦的方向飞去。

第20章 六角花城堡

飞行器在古墨大邦着陆，墨法耶已经在城邦的中央等候着他们。墨丽尔走了过去，向墨法耶行礼。索布隆弄不清楚为什么古墨大邦的首领会出现在这里。墨法耶看着索布隆："你就是皮威尔星人？"索布隆点头。墨丽尔："索布隆，这是古墨大邦的首领墨法耶。"墨法耶冷冰冰地看着索布隆："不瞒你说，我们收集了不少皮威尔星的武器，也许，你能帮帮我们。"索布隆看着墨法耶，知道这是一个没法讨价还价的交易。索布隆："首领大人，你难道不怕大太司知道吗？"墨法耶从鼻孔里喷出一阵微弱的气息："那又如何？在这个快灭绝的星球上，他和我作对，也不见得有什么好处。很快，我们就会变得和你们一样，成为这茫茫星际的难民。"墨法耶身边的两个人请索布隆跟着进入城堡。索布隆回身看着墨丽尔，一副担忧的神色。

墨法耶回头看着离开的索布隆："他是担心自己的命运吗？"

墨丽尔并不打算把无境之球的事情告诉墨法耶："不，他担心我。因为我答应塔拉贝，要杀了他，才能完成交易，让河滓伊德出来。"

墨法耶觉得事情蹊跷，但是又不明说："又是他！那个老东西为什么和他过不去……也是因为无境之球吗？"

墨丽尔回避道："没这么简单。"她和墨法耶点点头，准备离开，"我得去一趟青焰大城。"

墨法耶伸手扶在墨丽尔的肩膀上："塔拉贝不是那么好说话的，别回去。"墨法耶心里知道墨丽尔回去一定会有麻烦，塔拉贝的脾性捉摸不定，喜好折磨人，在青焰大城的内部还设立了一座关押无数星际难民和古博星人的六角花城堡。她如果真的惹怒了塔拉贝，被关了进去，他也许会举古墨大邦之力救墨丽尔出来。但这种想法不会从墨法耶的口中说出来。

墨丽尔却不领会这份情义："墨法耶阁下，请让我去吧。"

墨法耶的身份让他面对墨丽尔时，总是不能直接表明心意。看着墨丽尔离开，他的脸色一如既往地无动于衷。

在等待墨丽尔执行任务的时候，河滓伊德和勒伏泰已经恢复得差不多了。他们并不知道墨丽尔为了他们经历了多大的苦难。墨丽尔并不觉得这些接近死亡的经历算什么，在她成长的过程中，已经习以为常了。在高等级的生命中，个体似乎并没有被看得很重，不过是宇宙中的物质临时组成的形态，而个体的死亡，不过是物质、能量的重新组合而已。但是即便这么想，她仍然觉得情感的神秘性比宇宙的秘密更大。

墨丽尔出现在塔拉贝面前时，他已经坐在自己的宝座上，显得胸有成竹。

塔拉贝："看来任务进行得很顺利！"

墨丽尔："那个皮威尔星人被我追回来了。"

塔拉贝："什么意思？"

墨丽尔："但是我没杀他。他不会把秘密告诉大太司了。因为……"

塔拉贝突然暴怒："住口！这是我们之间的约定，不管他说还是不说。他现在哪儿？古墨大邦吗？"

"是的，发生了很多事。但我可以保证索布隆不会再对任何人说了，所以，我把他带回了古墨大邦。"墨丽尔争辩道。她知道塔拉贝能干出什么事来，如果把索布隆带回来，塔拉贝肯定会杀了他。万一无境之球的秘密被大太司知道了，一场战争是免不了的。八大家族的变化、千目鳌兽、河滓伊德不对人言的经历，都暗示了一项古博星灭亡之前的大计划，而这一切目前似乎都和无境之球联系在了一起。塔拉贝青筋暴出："来人，把我眼前这个人丢进六角花城堡！"大门外进来一队人带走了墨丽尔，墨丽尔没有再为自己分辩半个字，这时候希波梅诺从门外进来，看着墨丽尔被塔拉贝的卫队带走。

希波梅诺目送着墨丽尔离开，然后转身说道："他们两人已经可以下地走动了。"

塔拉贝："很好，把他们俩给我带过来，马上，立刻。"

塔拉贝双手用力抓着宝座的扶手，整个身体往前探出，好像要随时弹射出自己的身体。他愤怒的脸色消失不见了，取而代之的是非常平静的冷漠。在门口的希波梅诺看到了被押向六角花城堡的墨丽尔，身体停顿了一下，他感受到了后面塔拉贝射来的冷峻目光，他低下头，急匆匆地离开。

在一队戴着冷矿石面具的士兵押解之下，墨丽尔走上了一部长长的横向的石梯。石梯下面，长满了粉白色的六角形的花朵，花瓣的边沿有一圈发光的银色，中间包裹着红色渐变到紫的花蕊。这是有名的青焰大城六角花。而这花田的下方就是深不见底的六角花城堡——古博星最有名的监狱。石梯的尽头,露出了一个大大的洞口。洞口下方露出黑黝黝的一片空间。墨丽尔被一把推了下去。

墨丽尔在下坠的过程中,隐约听到下面的欢呼声,但是很快,这种欢呼声便消失了。她重重地摔在了地上。地上并不是硬的,好像被什么有弹性的东西护住了。她从地上爬起来,看到自己的脚下全部是死去的古博星人深蓝色的骨头。原来这个所谓的城堡,就是藏在六角花里面的巨大无比的盛放尸体的大篮子。她突然发现,自己的身上黏着一个死去星人的皮肤,她被吓了一跳,往后退去,碰到了一块绿幽幽、长着毛的石头。石头上包裹着一层油亮的液体。出乎意外的是,这块石头并不硬,非常柔软。被墨丽尔一碰,跳了起来,原来是一个身上长满绿苔毛的古博星人。他回身恐惧地看,发现是一个女孩,松了一口气。

他瓮声瓮气地说:“欢迎来到六角花城堡。”

墨丽尔:“这里怎么会有这么多的尸体?”

绿苔毛嘿嘿笑了起来:“他们是懒死的。”

墨丽尔:“懒死的?”

绿苔毛:“可不是嘛,你看到这周围的六角花了没有?”

墨丽尔定睛看向四周,慢慢适应了这幽暗的环境,原来巨大的牢笼四周,长满了六角花的枝丫,它们柔软的、黑色的藤茎弯弯曲曲、密密麻麻地包裹着牢笼。在藤茎上,长着耀眼的六角花。

绿苔毛:“你来的路上,看到的所有的花,都是一棵树上的。现在我们待的这个大笼子,就被裹在这棵树里。”

墨丽尔吃了一惊,她没想到,这一路上这么大面积的花朵,居然是一棵六角花的花树生长出来的。

绿苔毛接着说道:“你别看这花长得好看,可毒了……”

在绿苔毛的讲述中,墨丽尔得知了这六角花城堡的大致情况。原来这巨大的六角花树,从古博星下渗透的青焰中生长出来,巨大的藤蔓在空中缠绕,将这关押“犯人”的牢笼包裹,并蔓延到上空。那部长长的石梯,不过是通往巨型六角花树树冠的通道而已。这六角花的藤蔓上,长满了长绒毛,在空中舞动。每根绒毛上都有更为细长的细丝,在空中飘着,很是可爱。墨丽尔想去摸一摸。

绿苔毛:“小心那些东西。”

墨丽尔的手停在空中,这时听到远处传来一声撕裂的尖叫。

她顺声看去，一个囚犯被六角花的绒毛粘住，同时，六角花藤蔓就像活过来一般，向囚犯甩过去。已经粘到他身体的六角花，花瓣紧紧地扣在身上。其他的黑暗处，有几名囚犯，不仅没有帮忙，还一哄而散，恐惧地看着受难的伙伴，被困住的囚犯发出悲鸣，用手拉扯着伸过来的藤蔓。那些被扯开的绒毛，黏着囚犯蓝色的血液，而撕开的部分，表皮已经被消化掉，只剩下冒烟的蓝色的肌肉。忍痛拉下大部分藤蔓，只有一朵六角花还在咬着，他抓住花瓣，用力扯下，中间紫色的花蕊就像无数个小口，将囚犯胳膊的皮拉出数个细小的褶皱，每一个花蕊都死死地咬着囚犯的皮。

绿苔毛波澜不惊："那是六角花在吸血！"

囚犯用力从花瓣的口下挣脱。气喘吁吁地在监狱中间恢复着精力。墨丽尔看着，感觉到周围的寒气。

绿苔毛："都有死的那天，不要那么害怕。"

墨丽尔："我不怕死。"

绿苔毛接着把自己蜷成一团："那就好。只是，别轻易睡着。你不知道什么时候那些六角花会注意到你。"

墨丽尔看着头顶上远远的小口，就是自己掉落的地方，想着怎么才能从这六角花城堡中出去，因为她还记挂着河漧伊德。

河漧伊德和勒伏泰被带到塔拉贝面前的时候，他们觉得气氛异常的严肃。希波梅诺站在塔拉贝身边，仍然是一副事不关己的样子。勒伏泰深知塔拉贝的脾气，一定有什么事情要发生。塔拉贝开宗明义，告诉他们墨丽尔没有完成交易一事。"既然墨丽尔没有完成她的任务，我只好把她关进六角花城堡里了。"塔拉贝显得轻松异常。"什么？六角花城堡？她可是为了我们去和你达成什么交易！"勒伏泰沉不住气了。河漧伊德也吃了一惊，他已经听说，在青焰大城，没有人不知道六角花城堡意味着什么。如果墨丽尔为了救他而死，这对河漧伊德来说，是一个永远不能原谅自己的过错。"我们自己的事情自己解决，和墨丽尔没什么关系。"河漧伊德缓缓说道。

改变辐射常数和容貌，已经让他们变成了另外一副样子。这副新的样貌能让他们暂时逃脱大太司的追捕，但是如果不能和塔拉贝达成交易，即便逃出青焰大城，新的辐射常数被泄露出去，恐怕也难逃大太司的魔掌，更谈不上为家族复仇了。

塔拉贝听到河漧伊德的说法，微微一笑："要想我放过墨丽尔，也可以。你们必须要拿出相对应的交易物来。"

河滓伊德心中一惊,大约能知道这一切也许早已经在塔拉贝的算计之中。墨丽尔表面冷酷,其实内心善良,这点河滓伊德知道,想必也能被塔拉贝察觉到。否则,墨丽尔也不会自告奋勇,为一个曾经不知所踪的河滓伊德执行那么危险的任务。所以,墨丽尔被投入六角花城堡,也是塔拉贝处心积虑的处置。他想要的结果,可能就是后面的话。

河滓伊德:“只要我能拿得出来,都可以。”

塔拉贝沉默了片刻:“无境之球。你们家族藏起来的无境之球。”

希波梅诺的脸上露出了一丝不易察觉的惊讶,但是很快就恢复了平静。他抬起眼睛,盯着下面站着的河滓伊德。

勒伏泰跳了起来:“好你个塔拉贝,搞这么多事就是想拿到无境之球。你到底要干什么?有一颗还不够吗?再说了,河滓伊德不是说过他还没有找到吗?”

塔拉贝的脸色再度阴冷起来。

河滓伊德也觉得奇怪,因为他觉得塔拉贝是相信他之前说的话的。毕竟家族覆灭的时候他还在地球执行任务。“我想我之前已经说得很明白。现在无境之球不在我手里,而且,我并不知道它在哪里。”

塔拉贝意味深长地看了一眼希波梅诺。

勒伏泰:“塔拉贝,今天你必须把墨丽尔给我放了,否则我将永远和你青焰大城为敌!”

塔拉贝冷笑:“就凭你?!就是整个勒夫家族与我青焰大城为敌,也动不了我分毫。河滓伊德,找不找得到,不是我的问题。你知道,我从来不做没有好处的交易。”

河滓伊德和勒伏泰只能离开大厅,被“请”回到塔拉贝为他们准备好的房间。在古博星之前的历史中,杀戮是一个陌生的词语。尽管和低等的地球文明类似,古博星也有不同的阶层,但是不至于用杀戮完成统治,所有古博星人都知道,杀戮只会让文明停滞甚至倒退。所以,后来大太司的所作所为,让他感受到了在遥远的地球上同样的文明的另外一面。对于地球上的生命来说,他的行为是不是也是一种倒退的杀戮呢?想到这儿,他又想起荀蒙来。这个地球上的科学家,在河滓伊德回到古博星、完成他的任务之前,给予他一种莫名的安慰。哪怕现在自己深陷危机,他也时不时地会想到他、那个地球上的低等生物。河滓伊德知道,这不是对待宠物的感情,他也曾经认真地将荀蒙和小黑比较过,确认这不是一种情感。他已经下了决心,回到地球上去,破坏大太司的计划,虽然他曾经无数次说服自己让古博星上的同类移居到地球是一个无比正确的行动，但是经历过这一切，他已经完全改变了想法。这不仅是正义和非正义的界限，而且关乎古博星文明的延续，大太司是一个疯狂的人，他说不定会将古博星人带到非常危险的境地。可是，眼下最重要的是救出墨丽尔，他不能让她，一个自己在乎的女人为自己悲惨地死去。现在家族覆灭，无境之球不知所踪、藏在这个偌大星球的某个角落里，目前的线索也只有一个无法破解的三十二面体……这些想法在他头脑里激荡，让他难以平静下来。

勒伏泰一边走一边骂骂咧咧，为塔拉贝的阴谋感到愤怒。

"我得尽快找到无境之球，"河滓伊德淡淡地说，"可是我现在毫无头绪。"

勒伏泰瞪圆了眼睛："你要找到了无境之球，真的打算送给那个家伙？"

看来能不能解开密码，并不是勒伏泰感兴趣的，他关心的是河滓伊德的选择。

河滓伊德："只要不是落在大太司手里，交给塔拉贝也无所谓。"

勒伏泰："墨丽尔我们可以去救出来！"

"我有更重要的事情要去做。"河滓伊德考虑的是，如果得罪了塔拉贝，青焰大城释放出他和勒伏泰换身体的秘密，也许什么都不能做了。

勒伏泰："古博星到底是怎么了……怎么变成今天这个样子？"

回到银沙紫金草床上，河滓伊德现在只想解开三十二面体的密码球。为什么不直接把无境之球给他，反而给他留下一个密码球呢？这一切是什么用意？还是这密码球和无境之球根本没有什么关系？他的大脑在快速地运转。这时，疗养舱外有了动静。

第21章 原来是他

“塔拉贝阁下有话要我传达。”房间外面说话的人是希波梅诺。

守卫拦住希波梅诺:“我们也有塔拉贝阁下的命令,不允许靠近他们。”

希波梅诺:“也许你们没有得到最新的命令。”

守卫:“有什么命令,我们可以代为传达。”

希波梅诺叹了口气:“好吧。我告诉你。”

守卫正准备上前,希波梅诺从身后拿出一把粒子枪,给了手下一枪,这名守卫瞬间灰飞烟灭。

舱门被打开,河滓伊德站了起来。

希波梅诺走了进来,他冷冷地看着河滓伊德。

河滓伊德:“你到底是谁?”

希波梅诺顿了顿:“族兄,是我。”

河滓伊德惊讶不已,他从希波梅诺的样子中,已经根本无法判断这是谁,难道河滓家族的覆灭并不是真的?按照他的想象,如果大太司动手了,一般情况下,是不会有人能逃脱的。这位是谁呢?

希波梅诺的表情变得痛苦起来:“我是河滓伊迪啊,是你的族弟。”

河滓伊德伸出手,和希波梅诺胳膊相碰,两人的眼睛里含着泪水。墨丽尔之前的猜测是对的。希波梅诺果然是河滓伊迪。自从上次和墨丽尔说完,河滓伊迪就想着什么时候能和族兄坦白。

河滓伊德:“到底出了什么事?为什么家族会变成那个样子?”

河滓伊迪告诉了他们关于家族覆灭的情形。

事情发生得很突然。有一天,大太司突然带着他的手下来到了河滓家族的领地。开始,大家都以为这是一次不同寻常的荣耀加身,没想到等来的却是大太司屠杀的命令。

在河泽伊德去地球后第五年，大太司颁布了一条律令，星际移民将从美博斯、蒙泰罗斯家族的所有人开始，其他的阶层，从灵斯以下，会根据容纳人数分批进行。这条规定的推出，引起了底层的骚动和不安。如果不能移居，等金环星的伯恩莱顿岩熔口爆炸，会引起古博星从戈兰克斯恒星的轨道上逃离。用不了几天，古博星将会温度升高，将所有的物质压成高密度无生物状态，或者在太空中瓦解，而整个戈兰克斯星系将会被重塑。有实力的家族或许还能用私有的星际站生活在太空，并等待着再次找到宜居星球的可能性。而那些灵斯阶层、尤提斯阶层怎么办呢？更别说最底层的尼让姆斯了。恰恰是掌握科技和资源的美博斯以及蒙泰罗斯八大家族可以迁移。按照大太司的计划，金环星毁灭的那天，也是他们死亡的时刻。因此，底层不停地有反抗之声。河泽家族在不同场合曾经表达过对移民计划的不满，没想到大太司据此栽赃河泽家族要像青焰大城一样，和所有的古博星人对抗。后来听说大太司暗示美博斯的首领们为了防止河泽家族叛乱、影响古博星未来所有人的安全，只能痛下杀手、先发制人。美博斯的长老们表面上有发言权，但事实上已经没有人敢公然提出反对意见。

大太司指示冥斯家族暗中准备武器，等大太司坐着飞船到来，河泽家族所有人出现迎接时，等待他们的，是无数武器和弹火，强光不停闪烁，人们来不及逃跑就被杀死，有的则化为灰烬齑粉，还有反应过来准备反抗的，被早就埋伏好的冥斯家族的杀手们杀害，一时间尸横遍野，河泽家族的墨碑上全部染满了蓝色的血液。得知惨剧发生，负责照顾长老们生活的河泽伊迪护送他们逃离，进入白江下面的神庙中。河泽伊迪认为神庙不安全，要带长老们走，没想到他们没有想过要逃跑，来神庙的目的，是让河泽伊迪带走无境之球的信息。神庙自然也在大太司的目标内。在长老们的催促下，河泽伊迪刚走，后面大太司就带着人到了神庙。长老们在大殿坐着，等着死亡的到来。不过河泽伊迪并没有立刻离开，他躲在附近，亲眼看到长老们死在枪下，神庙被破坏倒塌……

他们已经猜到这一切的原因可能就是无境之球。因为在这之前，八大家族中，除了早已经丢失无境之球的勒伏家族，其他的都已经把自己保存的无境之球献给了大太司。唯独河泽家族遵循古制，而且保存的是八个无境之球中最重要的一个，不能迫于压力送出去。所以，灭族的理由与大太司口中说的没有任何关系。

“长老们都盼着你能从外星球早日回来，好把保护无境之球的任务交给你。”河泽伊迪终于讲完了，他已经泪流满面、泣不成声。这些憋在心里好几年，没人可以倾诉。自从河泽伊德到青焰大城，他就一直在找机会。今天终于可以全部说出来，河滓伊迪心里那块巨石终于放下了。河滓伊德一直搂着河滓伊迪的肩膀,同时气愤到全身颤抖。

勒伏泰听完嫉恶如仇地跳脚骂道:“这家伙怎么还有人选他出来当古博星的领袖?”

河滓伊迪:“勒伏叔,大太司真的非常厉害,就在你们休养的这几天,星际联盟下来视察的三个专员的飞船在回程的虫洞中爆炸了,星际联盟立即封闭了这条虫洞,到现在都查不出原因。”

与星际联盟对抗,超出了勒伏泰对大太司的理解范畴:“大太司有那么大胆子?”

河滓伊迪:“我不知道,听塔拉贝说的。专员不是从古博星启程,而是从隔壁星系的帕米琳星回程的时候出的意外。但是塔拉贝认为凶手是大太司。”“古博星现在有这样的技术吗? 可以控制星际联盟的虫洞?”勒伏泰还是不敢相信。如果他要占领一个遥远的小行星都要费这么大的劲,现在怎么敢在星际联盟的眼皮底下干这种事! 河滓伊迪的话让河滓伊德也感到颇为意外。

河滓伊德:“能不能控制星际联盟的虫洞我不知道,但是我们星球只可以屏蔽虫洞的辐射。虽然我不知道大太司怎么弄到这个准二级星技术的,但是可以确定的就是大太司的野心非常大。” 勒伏泰很赞同河滓伊德的话。

两个样貌都已经改变的落难兄弟,从无忧无虑的贵族阶层,变成了如今寄人篱下的流民,让河滓伊德感慨万千。怪不得塔拉贝要再次问他无境之球的问题,而且是当着弟弟的面,显然,他认为两人会见面,一定会有新的信息。“你知道密码球怎么解吗?”河滓伊德问弟弟。“我不知道。我只是把它放到了镜像空间里。”“长老们没有对你说解开密码的办法吗?”河滓伊迪摇了摇头。

河滓伊德不知道长老们为什么这么做,也许是害怕密码球到大太司的手中? 或者,如果族人们被抓住,受不了酷刑,会把无境之球交出去。所以才增加了找到无境之球的难度。

“虽然长老们没告诉我解开密码的办法,但是他们交给我一个东西,叫我随身带着,并要用生命保护。说不定……”

河滓伊德期待地看着族弟。河滓伊迪拿出来的,并不是无境之球,而是一个比手掌略小的黑色立方体,外表和墨碑一样的质地,漆黑无光。河滓伊德拿起来仔细查看,立方体上看不到有用的信息。

“我曾经听老人们说过,家族的无境之球平时被封存着,是因为它的力量异常强大。”“这个盒子，八成就是解开无境之球的钥匙！”勒伏泰开始发挥起他的想象力来。

“可是，现在三十二面密码球在塔拉贝手上，要不然，我可以试一试。”

“虽然无境之球是河滓家族最重要的东西之一，但是，如果为了救墨丽尔，把它送给塔拉贝，我不会反对。”河滓伊迪知道河滓伊德内心在挣扎什么。目前虽然不知道八颗无境之球放在一起会发生什么，只要不落入大太司手中，也算不辱使命。

“我要见一见塔拉贝。”河滓伊德做了决定。

青焰大城的控制中心大楼内。

塔拉贝看着下面的三个人一点都不意外。他安排墨丽尔去杀索布隆，把墨丽尔关进六角花城堡，让河滓伊迪知晓一切，就是为了这一天。

“我有一个请求，或者说是要求，”河滓伊德说，“如果找到了无境之球，一定不能落到大太司手上。”“当然。还有其他的吗？”“当然是放出墨丽尔。”“真是一个重情重义的家伙，不愧是河滓家族的人。不过，这个要求我还不能答应你。你别忘了，无境之球是你和勒伏泰换辐射常数的代价，对了，还有你，希波梅诺。”“卑鄙无耻！”勒伏泰气愤地骂道，“有什么必要交给你呢？”“很简单，交给我是最好的选择。你难道希望我把你们全部逐出青焰大城，然后被大太司满世界抓吗？你们确定，凭你们几个能对抗古博星庞大的军队？”

“不放出墨丽尔，我是不会把无境之球交给你的，请你原谅。你也可以把我驱逐出去，或者交给大太司。”这是河滓伊德的底线。

塔拉贝的脸色变得很难看：“我说过，我最讨厌别人跟我讲条件。我只能告诉你，如果我能拿到无境之球，我保证墨丽尔不会死，但你要是拒绝，我可以保证她马上死。”

河滓伊德已经没有退路了。他只能接受塔拉贝的要求。

河滓伊德拿过塔拉贝递来的三十二面立方体密码球，和立方体放在一起，却没有出现预想的变化。大家顿时变得气馁。此时，河滓伊德却感觉到一丝异样。他胸口的某处，一束微弱的光开始出现。他看着黑色的立方体，想到解开无境之球的关键，并不是在这三十二面体上，而是另外一件东西——锐角菱形体。他把怀中的菱形体取出来，菱形体发出越来越强的光亮。勒伏泰和河滓伊迪看着，都傻了眼。河滓伊迪认出了这个菱形体，他拦住河滓伊德。

河滓伊迪：“族兄，这不是……”

河滓伊德：“是的。这是我从白江中找到的。也许，这是逝去的族人们在引导我。”

河滓伊迪的眼睛湿润了,他弯腰,将右手臂伏在地上,这是对先祖的敬意。

河滓伊德将菱形体放在黑色立方体上方,光线越来越强,三十二面体开始反射出不同强度的光线,这些反射的光亮被再次反射,而黑色立方体竟然将这所有的光都吸了进去,还是沉默的黑色。

河滓伊德看着三十二面体反射出的光线,在其中看到了不同的光的符号。

勒伏泰:“这是上古文字!”

他惊讶地喊道。

河滓伊德念着上面的文字,开始旋转着锐角菱形体,随着它的转动,墙上的文字也在发生着变化。终于在某一个点,黑色立方体浮了起来,飘在了空中,四周开始出现细微的裂痕,慢慢地,裂痕越来越大,最终裂开,立方体的碎片以极快的速度弹射出去,吓得大家赶紧躲避。最终,黑色的、有暗纹的一颗球露了出来。

大家几乎异口同声:“无境之球!”

锐角菱形体的光芒消失了,河滓伊德将之收回怀中,无境之球也慢慢地落回地面。河滓伊迪眼疾手快,在落地前,抓住了无境之球。准确地说,是托住了悬空的球。因为它似乎有股强大的力量,手根本靠近不了它,只是悬浮在河滓伊迪的手上。

勒伏泰几乎也是同时上去,两人差点撞上。塔拉贝看到无境之球出现,露出了满意的表情。

河滓伊德却出奇地冷静:“看来冥冥之中,族人们也希望我用这颗无境之球去救人。”河滓伊迪悲伤地看着河滓伊德。河滓伊德知道他的意思,这颗牺牲了全族人性命换来的无境之球,现在要拱手让人,这让河滓伊迪很难接受,好像送出了无境之球,整个河滓家族算是真正的销声匿迹了。

河滓伊德:“无境之球没了,我们还在。只要我活着一天,就要为族人们报仇。我也想看看,大太司的真实目的是什么。如果是我们预想的那样,一定要阻止他。”

河滓伊迪的眼神变得坚定起来,他点点头。他郑重地把手上的球交给了河滓伊德。“如果塔拉贝阁下,你也打算用河滓家族的无境之球做不义之事,我也会奉陪到底。”河滓伊德看着手里悬浮着的无境之球。它似乎刚刚苏醒,外面还环绕着一层黑色的雾气。“我早跟你说了,我不是大太司!”塔拉贝从高高的椅子上走下,来拿这个朝思暮想的宝物。

无境之球在河滓伊德的手上悬浮着。他把手伸向前方。塔拉贝刚准备拿的时候，发生了一件怪事——在离开河滓伊德之手的一瞬间，无境之球开始有规律地上下震动。一下，两下……包裹球的黑色雾气散开了。黑色的球体里闪烁着微弱的金色的流体。同时，原本塔拉贝收藏的勒伏家族的无境之球，竟然自己从地下飘了上来，跟随河滓家族的无境之球以一样的频率震动。同时，在无境之球的周围，迅速闪过了一幅点状的全息图。除了这两颗，其他六个点在同一个位置。

这种景象让所有人目瞪口呆。原来说河滓家族的无境之球是最重要的那颗，是这个意思。怪不得大太司不惜消灭河滓家族也要抢到它。霎时间，异常消失，勒伏家族的无境之球又缓缓地回到了地下。塔拉贝看着自己手中的无境之球，面容扭曲。

塔拉贝瞪着河滓伊德："你刚才到底做了什么?"

勒伏泰不明所以："你要的东西我们拿出来了，你就要放人。"

塔拉贝声音高了八度指着在场诸人："放人？你们和墨丽尔等着陪葬吧！"

河滓伊德知道事情严重了。塔拉贝的反应事出有因。勒伏泰被塔拉贝的话气得身体发白："别不认账！河滓伊德不是把无境之球给你了吗，还要做什么?"

"大太司知道了有两个无境之球在青焰大城里。"河滓伊德告诉勒伏泰原因，"刚才无境之球被释放出来的时候，召唤了所有其他七颗球。不出意料，大太司手里的六颗应该也有同样的反应。也就是说，现在大太司已经知道，他没拿到的两颗，在青焰大城。"

"你难道不知道这颗球到了外族人手中，会发出警示吗?"塔拉贝怒不可遏。

河滓伊德真的不知道，否则他也不会把球直接交给塔拉贝。

勒伏泰："废什么话，把墨丽尔放了！"

塔拉贝示意手下："我塔拉贝不需要别人来命令我，谁也不行！"从塔拉贝的身后，走出来一帮手持武器的守卫，把河滓伊德、勒伏泰和河滓伊迪团团围住。塔拉贝愤怒地看着河滓伊迪："希波梅诺，你就是这么报答我的吗？等打赢了大太司我再和你算账。"他的手下押着弟弟离开，河滓伊德想去阻拦，被河滓伊迪用眼神制止。

勒伏泰和河滓伊德被押回房间。"看吧！我说什么来着，这个老东西根本不可信，还编什么大太司知道了就会打过来，不过就是想拿走无境之球，还不想放墨丽尔，你有什么办法?"勒伏泰不太能相信大太司会这么鲁莽。"等着大太司打过来！""你信他说的?""这件事情他没骗我们，不然他刚才不会那么气急败坏。我也相信大太司为了无境之球，什么都做得出来。"河滓伊德觉得塔拉贝性格未免过于偏执了些。这个结果并不是大家想看到的。当年祖先们给无境之球设置了这个机关，或许已经预料到，当无境之球再次易手时，必然要伴随一场腥风血雨。塔拉贝不会真的怪罪于河滓伊迪和墨丽尔，他发怒的原因在于他没想到这场古博星球上的内战这么快就要发生。而塔拉贝或许还没有准备好。

勒伏泰:“你打算趁乱救出墨丽尔和河滓伊迪？救出来之后呢，你怎么打算?”“还是把他们留在古墨大邦吧！我想我还是先想办法回到地球。不管大太司的目的是什么，我在古博星很难行动。他一定还会对地球有进一步的计划。”河滓伊德的目标已经慢慢清晰了。

“那我呢?”勒伏泰着急了，这个老头一向特立独行，但是有时候特别像一个老顽童，这么严肃、事关生死的事，他却害怕河滓伊德不带他玩了。“我要回地球，你想留在古墨大邦也可以。”“我还是和你去那个什么地球吧！那个古墨大邦我也不喜欢。”勒伏泰假装思考了一下。

外面响起了警报声。河滓伊德走到门边仔细听，慢慢地打开房门。屋外居然没有看守。河滓伊德退回去说:“看来塔拉贝准备应对大太司的进攻了，我们走。”他和勒伏泰逃离了房间。

第22章 战争开始

在古博星上鹤立鸡群的控制中心大楼中，大太司被无境之球的震动吸引了注意。全息地图上显示，除了在青焰大城的两个无境之球，其他的都已经在自己的手里。他看着青焰大城上方显示的两个黄色的点在闪动，特别高兴。这样一来，自己的大计划快要实现了。为了能实现自己的宏图伟业，即便再来一次星际大战，甚至推翻现有的星际联盟也无所谓，大不了自己再组织一个。重要的是得在有限的上万年生命中，得到无限量生命和无所不在的宇宙级文明态。谁不想永存呢？所有人都不知道，以为他的目的仅仅是占领一个叫地球的小行星而已。伟大的圣灵都是孤独的，他不免有些伤感。盛放无境之球的装置缓缓地落下，石片封上，地面上一片光洁，好像什么也没发生过。

大太司走到窗前自言自语地说："塔拉贝，我今天就灭了你的青焰大城，九年前我不想大动干戈，可是现在一切都不同了。"

一位身穿将军服的人走到大太司跟前："回大太司，舰队已经召集完毕，等候命令！"

"青焰大城私藏叛乱者河滓伊德，就是与全古博星为敌。通知八大家族，备好所有二等以上飞行器。一旦平叛开始，立即全星球封锁，不允许任何人有任何异动，启动网格控制。另外，冥斯家族距离青焰大城最近，让他们秘密布防。"

将军："是！"

不出十分钟的工夫，古博星球上的几大家族都已经到齐，连带着家族中的精兵强将、重型兵器、飞行器等，已经挤满了中心广场。大太司盛装出现，面色凝重，看到大太司，下面立刻响起了如雷鸣般的欢呼。

大太司："各位族长，各位兄弟，尊严和秩序不可违抗！河滓家族曾想颠覆秩序，陷古博星于危险之中，因此受到惩罚。可是，河滓家族还有余逆在四处活动。我刚刚得知，有人把他们藏了起来。"

下面窃窃私语起来。

大太司:“私藏逆贼的,是青焰大城。塔拉贝,这个人我想大家都知道,多年前,他从勒伏家族叛逃,在青焰大城藏匿。为了星球的和平,我没有征伐他,没想到成了祸患、星球的疮疤。虽然古博星只有五十年的寿命,我们古博星人要整体迁移,说不准还会在星际流浪,但即便如此,也不能让古博星的最后几十年陷入混乱和不安中。所以,我号令天下,征伐青焰大城!”

大面的人群沸腾起来,喊叫声此起彼伏:“活捉塔拉贝,铲平青焰大城!”

大太司走入一个巨大的飞行器,其他人也纷纷启动,不一会儿,密密麻麻、铺天盖地的飞船起飞向着青焰大城的方向冲过去。

古墨大邦的大楼内,墨法耶已经收到了冥斯家族正在调动兵力的报告。

“大太司已经向青焰大城发兵,我们要不要启动边境的秘密布防。”一个高级将领说道。“传达我的命令,全军黑色戒备,但不允许主动开一枪发一炮。”墨法耶冷静说道,果然不出所料,塔拉贝这个笨蛋,居然这么快就引起战争了。墨法耶对无境之球没那么感兴趣,他需要抓住这个千载难逢的机会,在古博星有限的生命里,争取最大的利益。如果错过这次机会,古墨大邦的文明将消散于无形。

将领:“那我们需要援助青焰大城吗……墨丽尔还在那里。”

墨法耶瞬间陷入了沉默,墨丽尔再次返回青焰大城的时候,他觉得不会有太好的结果,他知道塔拉贝的为人。原本他已经打定主意,等合适的机会找塔拉贝交易,把墨丽尔救出来。不过,塔拉贝一向消息灵通,他可能会提各种各样的条件,虽然古墨大邦没有无境之球,但要是他提出过分的要求,会让他很难堪。现在不同了,大太司这次看来是动真格的了。如果贸然布防,等于自己就站在了青焰大城的一边,公然向大太司宣战,这不是什么好的方案。相比于塔拉贝,他更担心的是大太司的势力。以往古墨大邦和其他大家族之间属于井水不犯河水的关系,但是他也得掂量掂量古墨大邦的未来。

冷静了一下,墨法耶说道:“不用,就按我说的办,实时监视,实时报告。”

将领:“知道了!”

将领离开后,墨法耶赶紧遣人找来了索布隆。

索布隆刚进屋墨法耶就着急问道:“现在我这里的皮威尔星武器有多少可以用?”

“墨法耶阁下,他们刚才说大太司要攻打青焰大城是真的吗?”多亏了皮威尔星人的消息网络,索布隆收到的信息很快。“是的,战争马上就开始!”

“那墨丽尔怎么办，她还在青焰大城。”索布隆最担心的还是墨丽尔。

墨法耶意味深长地看着索布隆：“你还没有回答我的问题。”

索布隆：“有 85%左右的武器可以用。”

墨法耶激动得双眼放光：“很好！”

“你不打算去救墨丽尔？”索布隆忍不住追问。“我现在没这么多人手去救她，大太司说不好会连古墨大邦一起打。”墨法耶露出很为难的表情，在他的计划中，就已经把索布隆以及青焰大城中的皮威尔星难民计算进去了。所以他根本不用担心。

索布隆：“阁下，请让我去！”“你行吗？”

“只要给我一架飞船和一只金导微炮。”索布隆祈求道。“可是防卫武器的事还需要你啊。”“你放心，我已经做完了，现在的安全等级是星系里最高的。”索布隆庆幸这几天一直努力工作。否则他真的没有办法去营救墨丽尔。

“那你去吧！”墨法耶说完拿出一个纽扣状的扁圆形光滑石头丢给索布隆，索布隆接住后墨法耶继续说道：“这是青焰大城更详细地图和防卫图，你拿去，用得着。”

“谢谢阁下！”索布隆向墨法耶道谢后匆匆离开。

此时青焰大城外不远处，空中突然裂开了一条缝隙，瞬间一大片飞行器出现在上方，大太司的舰队已经到来，上中下三层飞船一眼望不到边，遮天蔽日。飞行器的轰鸣声震得整个青焰大城好像都在晃动。

墨丽尔在六角花城堡中，听到了这巨大的轰鸣声，她踩着惊恐的人们的头和肩膀，跑到洞口的中央，看着上方。远远的洞口，除了戈兰克斯星耀目的光线，没有任何飞行器的痕迹。绿苔毛紧张起来，靠在笼子边上，这时六角花藤蔓张牙舞爪地蔓延过来，绿苔毛：“小姑娘，别看了，赶紧过来！”说完便蜷成一团，恢复成一个石头状。

周围的囚犯窃窃私语，“这是怎么了？”“是不是朵兰多斯地下火山又爆发了？”“要是这样的话，把六角花烧掉一部分，我们可能都能逃出去呢！”

墨丽尔的眉头紧皱，因为她能听得出来，这不是什么地下火山爆发的声音，而是飞行器的轰鸣声，而且，远远不止一架，而是无数架飞行器的轰鸣声。难道，发生了什么事情了吗？会不会是墨法耶带着古墨大邦的人过来营救自己了？虽然墨法耶对自己好像有一点感觉，但依她对墨法耶的了解，他不会为了救自己动这么大的干戈。他是多么冷静的一个人，墨丽尔想。在否定了墨法耶以后，另外一个不祥的念头在心中升起：会不会是……大太司的人来抓河滓伊德？她总觉得河滓伊德家族的毁灭这事没这么简单,尤其想到当年塔拉贝被勒伏家族驱逐的过程……

在青焰大城下方,塔拉贝迎战的飞船在灰尘中浮现,竟也是三层空中布防。大太司的飞船在最后一排舰队的中央,他冷冷地看着前面宽大的窗口。通过前排舰队后面的紫色火焰中,看到青焰大城的飞船慢慢升起来。大太司面无表情,领航的手下汇报:“根据自动监测显示,对方的飞船一共有157432艘,其中多数是三级文明水平的落后飞行器,击败它们没有任何失败的可能。”大太司:“这只是开始,他敢跟我作对,靠的不仅仅是鲁莽。”

塔拉贝的飞行器还没有排布好,大太司率领的联合部队就开始发动攻击。飞行器发出了没有形状和色彩的震荡波,在空气中剧烈震动,通过视觉,只能看到一些光学折射上的变化,并没有强大的有形的武器。在青焰大城的前方阵列,驾驶飞行器的飞行员看到后一阵惊恐,还没有喊叫出来,一阵粒子波就已经到达,在撞击飞行器的一瞬间,粒子撞击的气体形成一股细微的气浪,气浪很快消失,转而青焰大城前方的驾驶员已经身体变色,爆裂开来,残缺的肢块上冒着一股烟。从大太司的角度看,这些对方弱小的飞行器就是像苍蝇一样,嗖的一声就掉下去了。很快,一架接一架的飞行器掉落。

塔拉贝在指挥中心,看到大势不好,便下令后撤。

飞行器收到指令,在还击的同时纷纷后退。塔拉贝的飞船发射出的巨大的火花武器碰到联合舰队之前就已经被发射出的震荡波给阻拦了,根本无法伤到它们一丝一毫。看到青焰大城飞船的溃败,大太司的手下们迫不及待地要追上去立功。突然,前方追击的飞行器撞上了什么东西,竟然爆炸开来,发出惊人的紫色光线。

这突然的失败一下子制止住了所有追击的飞船,他们眼睁睁看着青焰大城的飞船躲了进去。

大太司:“这是怎么回事?”

手下打开远程联络器,另外一个巨大的窗口出现,一个冥斯家族飞行器的图景出现在飞行器里。上面看得清清楚楚,冥斯家族的飞行器同样没有逃脱被撞毁的命运。

整个青焰大城被一个奇怪的东西包裹,形成一个巨大的、没有任何反光的黑色的球,就像一个能吞噬一切的黑洞。

大太司陷入了思考:盖耶诺环!准一级文明的保护罩,塔拉贝怎么会有?能阻挡一切的能量波,所以一般的武器根本无法突破。包括被包裹的青焰大城,也没法接收到外界任何的光波和能量波。对于一般的城堡来说,这种自我封闭根本无法维持太久，因为盖耶诺环切断了一切能量传输，可是，青焰大城不一样，它像一个活着的怪物，能自我生存……

当巨大的盖耶诺环把青焰大城包围时，原本在戈兰多斯恒星强光照耀下无法被人注意的青焰突然显现，就像在城中点燃无数支火把，照亮了青焰大城。而六角花的魔力进一步显现，在微弱的光线下，开始发出暗红色的光。墨丽尔被困在六角花城堡中，突然的巨变让她确认了这次来的一定是联合家族舰队，否则塔拉贝不会用这招，将自己困在青焰大城中。城堡监牢下面的青焰之火开始发出更耀眼的光芒，犹如地域之火一般。六角花藤蔓没有了恒星光源的限制，开始疯长起来，更多的犯人被突然伸进来的藤蔓根须和花朵缠住，被吸取蓝色的血液，惨叫声不绝于耳。一根粗壮的六角花向墨丽尔伸过来，紫色的花蕊向她张开，墨丽尔腾挪转移，在藤蔓之间穿梭。在更大的战斗爆发之前，她得想办法出去，看看究竟。突然她的脚被一支细长的藤蔓缠住，上面的根须企图吸她的血。墨丽尔挣脱不开，眼看着更多的藤蔓和六角花向她袭来。

这边，河滓伊德正在青焰大城的街道上快速奔走。突然，勒伏泰开了一架破旧的飞行器过来，拦在了河滓伊德的面前，勒伏泰："快上来！"

勒伏泰大声喊道。河滓伊德跳上飞船，想关上船舱门，结果发现是徒劳的。舱门直接掉了下去，在岩石上撞击出一丝蓝色的火花。

勒伏泰："能用的都在头顶上呢！"

勒伏泰从破破烂烂的船舱里掏出一根已经长出菌种的如同烟卷一样的东西，把上面的菌种拔掉，套在自己的鼻子上，一会儿便冒出烟来。他本来想要显示下自己的英雄气概，却没想到身上的鳞片都呛得竖立起来。河滓伊德沉浸在自己的思考里，除了营救墨丽尔，他还担心这场战争，自己的生死都无所谓了，要是塔拉贝被打败或者打死，剩下的两颗无境之球，都会落到大太司的手里，到时候，大太司集全了所有八颗无境之球，他一定会干出什么破坏宇宙联盟的大事来，到时候这个星球上的同族，都会被卷入其中，可以想见的结果，更有可能是，所有人陪着大太司去死。想到这个结果，他就不寒而栗。

塔拉贝在中央大楼的顶层，他的四周显示着被盖耶诺环包围的青焰大城。

"放开他，你们都出去。"塔拉贝阴沉地说道。押着河滓伊迪的手下离开，整个房间里只剩下他和塔拉贝两人。河滓伊迪不知道这个阴晴不定的老家伙脑子里到底在盘算什么。塔拉贝缓缓说道："你看，这些高级文明和低级文明一样，总是为了各自所谓的目的大动干戈，这个宇宙里诞生的一切生灵，价值到底何在？"河滓伊迪不明白塔拉贝说这些话的目的,在他的理解中,塔拉贝是一个异类,一直游离在古博星这个统治秩序之外。虽然无境之球被他抢走了,但他也不得不佩服塔拉贝和大太司和整个古博星大家族对抗的勇气。

塔拉贝接着说道:“你知道我一直在找无境之球吧,或许你也知道我为什么要和大太司对抗,那个邪恶的、总是高高在上的家伙。”塔拉贝向着前方挥了一下他的手,一个六角花模样的金属装置中,出现了两颗无境之球,包括刚刚从河滓伊德、河滓伊迪那儿抢来的主球。

塔拉贝:“我的目的其实并不是得到它们,而是不能让大太司得到它们。”像绕口令一般的话让河滓伊迪迷惑起来。

六角花城堡,墨丽尔在五六根藤蔓一起抓住她之前,忍着痛,用力嘶吼着将缠绕她脚脖子的藤蔓扯断,上面的根须和六角花发出一阵细细的哀鸣后,瞬间变成了黑色,并且萎缩掉落,整个细长的藤蔓变成黑色的长鞭。周围的藤蔓像受了刺激一般,短暂的停顿之后,更快地冲向墨丽尔。墨丽尔向后跳去,同时挥动黑色的枯萎藤蔓,枯藤在空中滑动,将发着光的六角花纷纷打落,一时间落英缤纷,看得周围的囚犯们眼睛都直了。因为墨丽尔的身手,那些藤蔓好像有感知一样,从墨丽尔的身边撤走。绿苔毛发出了奇怪的叫声,将墨丽尔吓了一跳。绿苔毛不好意思地说:“多少年没有笑过了,有点不太习惯。”墨丽尔看着遥远的上方洞口,想着要赶紧出去帮忙,尤其是河滓伊德他们。她想要是塔拉贝失利——那也许是一定的,他为了自保,会把河滓伊德双手奉上,送给大太司。到时候一切都晚了。

索布隆驾着飞船在外层出现,他看着远处密密麻麻的大太司的舰队大吃一惊。看来这次塔拉贝的青焰大城难逃一劫。他后悔自己之前的举动,竟然想着向大太司告密,为族人争取一个古博星的流浪者身份,现在看来这个想法太过理想化了。要为那些可怜的千目螯兽报仇,这个念头攫住了他。但是在这之前,他要想办法把墨丽尔救出来,以报答她的不杀之恩。不过,第一步就是突破大太司的防线,进入到盖耶诺环中。这个面前的巨大的黑球保护罩,他并不陌生,那是他们自己星球——皮威尔星的武器。

身披金属盔甲的罗里蒙素走进大太司的飞行器,向大太司汇报:“大太司阁下,盖耶诺环来自皮威尔星。正常情况下,任何我们已知的飞船,都难以进入。”罗里蒙素是古博星大家族罗里蒙家族的族长继承人,自从奥亚特云,也就是墨丽尔拒绝罗里蒙家族的婚约后,两个家族变成了敌对关系。

大太司点头:“所以呢?”他的脸开始扭曲起来,“我就想知道怎么破解它,有办法吗?”

罗里蒙素:“盖耶诺环的结构是牵引式的,它的中心柱只要被破坏了,整个保护罩就会坍塌。”

在罗里蒙素汇报的当口,大太司的眼前出现了青焰大城的虚拟影像,其中塔拉贝所在的像石碑一样的大楼正在保护罩的中央。“就是它?”大太司问道。“是的,大太司阁下。我们已经通知冥斯家族,准备深潜舰,从地下进入,摧毁青焰大城的这座大楼。”大太司点头。“先别让塔拉贝起疑心,接着攻击!”

围着盖耶诺环的飞船对着黑色的保护罩发动攻击,光波粒子炮弹在黑色的保护罩上撞击着,发出红色的光。

塔拉贝看着盖耶诺环保护罩的影像:“九年前,你应该知道,发生了一件事。”河滓伊迪缓缓说道:“我记得。”河滓伊迪那时候还是河滓家族一个无忧无虑的小伙子,和河滓伊德一样,过着其乐融融的生活,对即将到来的危险一无所知。虽然古博星的轨道越来越偏离,逐渐被强大的戈兰克斯恒星捕获,但是以古博星的文明,对此毫无办法,毕竟他们的文明只属于恒星文明,还没有达到宇宙文明的层次,也就是说,他们没有能力改变星球滑向毁灭的结果。有一天,大太司召开八大家族会议,从那天开始,其乐融融的气氛就发生了变化。

塔拉贝的声音把河滓伊迪从回忆中拉了回来:“那次是大太司威逼所有家族把无境之球拿出来,交给他。”这么说,让河滓伊迪终于了解为什么会发生这种变化的原因了。河滓伊迪:“大太司当时就想得到所有的无境之球?”塔拉贝:“对。你知道,无境之球是我们星球最重要、最有力量的武器。只要聚集了无境之球,就足以毁坏另一个文明,它的力量比任何我们已知的武器力量都要强大。至于如何能够做到,没有任何一个人知道,因为这是上一次宇宙战争的结果。也许你们河滓家族也教导你们,千万不能把无境之球交给其他人,因为这样的后果很严重。”河滓伊迪不明白为什么在这个关键的时刻,塔拉贝要告诉他这些,也许,这和塔拉贝下一步的目的有关,或许他想让自己做点什么。可是自己就是河滓家族仅存的两个人之一,也没有什么特殊能力,为什么塔拉贝要和他说这些呢?

塔拉贝的思绪也回到了九年以前。当时河滓伊德等三人已经被派往地球秘密执行催熟计划,这个计划现在想起来,是大太司一个很小的步骤。他作为勒伏家族的族长继承人,代替族长去参加了那次会议。得知大太司违反宇宙联盟的无理要求后,他非常气愤,在族长面前抱怨不休。虽然他们家族的无境之球早已经在多年前消失不见了。

勒伏家族的领地中心墨碑下,老族长在自己的简陋的房屋前,塔拉贝向年迈的叔叔汇报了此事。听完塔拉贝的话,老族长一声不吭,塔拉贝却按捺不住,站了起来:“即便我们家族已经没有了无境之球,但其他家族也不能把无境之球交出来!各自保管无境之球,是大家默认的规矩。现在他说要就要,这说不定会扰乱整个古博星!”老族长终于开口了:“不,是整个宇宙联盟。”塔拉贝:“宇宙联盟?”老族长点头:“其他家族的意思呢?”塔拉贝明白老族长的意思,只要其他家族不交,他们也不交。这样不至于成为大太司针对的对象,至少能够拖延下去。

这些景象对于塔拉贝来说历历在目。河滓伊迪在等着他说下去。塔拉贝的眼神失去以往的傲气,变得落寞起来。“对大太司反对声最大的,你知道是哪个家族吗?”

河滓伊迪看着塔拉贝:“你是说我们河滓家族?”塔拉贝点头。“没错。河滓家族一直是我们的精神首领,你们家族拥有的也是所有无境之球的主球。而且,一旦河滓家族的无境之球到了大太司的手里,他可能会想办法触发无境之球的地图信息,而我们家族藏着无境之球的秘密会暴露。因为河滓家族的反抗,让大太司的计划受阻了。不过,这好像也在他的意料之中。我们同时也能想到,出于各种各样的目的,其他的家族纷纷把球交给了大太司。也许,他们的想法是,只要大太司没有得到所有的无境之球,他们的行为不会引起最坏的结果,而且,只要河滓家族的无境之球还在,大太司也不会怎么样。可是,这样一来,就把我们勒伏家族和河滓家族推到了大太司的对立面,他们的身份和地位得到了延续。”河滓伊迪知道了这些族里的老人们没有说出的秘密,原来早在九年前,家族灭亡就有了这样的前提。

河滓伊迪:“后来呢?”

塔拉贝:“大太司的要求被拒绝后,他一直在想办法找诬陷河滓家族的方法。直到七年前,有传言说星球的移民计划,大太司只打算带三大阶层撤离古博星,弃贱民阶层于不顾,这个传言引起了河滓家族的反抗。”

河滓伊迪:“这件事我知道。”

塔拉贝:“真真假假。不过这件事让大太司找到了对付你们家族的理由,他联合其他家族,对你们进行了围剿,毁坏了你们的家园……”

河滓伊迪:“所以,我带着无境之球逃出来了。不过,也是因为这件事,你被驱逐,来到了这儿。”

塔拉贝:“我公开了我的立场,所以被我们勒伏家族的老族长除名,被赶走了。”塔拉贝说完这话以后,陷入了痛苦之中,仿佛事情就发生在昨天。一众族人的唾骂，被驱逐的屈辱，一时间涌了上来。

塔拉贝："但是，这不是真相。"

河滓伊迪惊讶地看着塔拉贝。

塔拉贝："事实上，我是受了老族长的委托，才躲到这里来的。"

河滓伊德和勒伏泰驾着飞船来到了六角花城堡的上方。他们看着下面密密麻麻的六角花。

河滓伊德："放我下去！"

勒伏泰驾着飞船往洞口处飞去，可是刚到下面，六角花好像感应到了，开始收缩洞口。

勒伏泰："不能这么下去，否则我们也会被困住的！"

在洞内，拿着长条藤蔓的墨丽尔看到了头顶上方的飞船。下面的人开始欢呼起来，以为这是来救他们的。

河滓伊德："塔拉贝顶不了多久，救完墨丽尔以后，还要拿到无境之球。"照着这个阵势，他想塔拉贝说不定坚持不了多久，如果球都在他手上，或许会增加风险。

说完河滓伊德便从飞行器上跳了下去，落到涌动的"城堡"中。

墨丽尔看到河滓伊德，心里非常开心，但是表面上仍然不动声色。

墨丽尔："你怎么来了？"

河滓伊德看着周围："大太司包围了这儿，我们得赶紧离开。"

墨丽尔："我知道。"

河滓伊德上去抱住了墨丽尔，墨丽尔一瞬间不知所措起来。突然，两人向上移动起来，原来河滓伊德跳下来的时候，身上有极细的粒子绳。看到河滓伊德抱住了墨丽尔，勒伏泰便向上急速拉动飞行器手柄，以免被六角花监测到。

此时墨丽尔大叫道："等等，不要起飞！"

勒伏泰赶紧又把手柄放回原位，继而大喊："你疯了？你要干什么？"

墨丽尔大喊："老绿毛，你在哪里？"

绿苔毛滚到墨丽尔下方，伸出头："我在这儿！"

墨丽尔："我们一起走。"

绿苔毛赶紧站起来，用力一跳抓住了墨丽尔的脚，飞行器在空中旋转了好几圈，勒伏泰紧紧抓着手柄，所有的头发都竖立起来，河滓伊德咬牙死死地拽住向下滑落的墨丽尔，墨丽尔脚上的伤口重新裂开，蓝色的血顺着绿苔毛的身体滴落到地上，原本停下来的六角花聚拢在墨丽尔和绿苔毛身体的下方，六角花越来越多，突然朝着墨丽尔和绿苔毛的方向扑过去,有一只六角花藤蔓抓住了绿苔毛,绿苔毛死劲挣扎,四周传来欢呼号叫的声音,绿苔毛的脚也流了很多血,这时候更多的六角花涌过来,四周传来一片哀号,墨丽尔看着绿苔毛,绿苔毛这时候却没有叫过一声,“你放心,我一定带你一起离开。”墨丽尔坚定地保证,绿苔毛的眼神里全是信任,眼看新一波六角花又准备扑过来,墨丽尔和河滓伊德大喊:“勒伏泰你快点啊!”勒伏泰用力拉动手柄,飞行器终于快速爬升,飞行器上升的过程中,绿苔毛的脚被六角花的尖刺划出深深的伤口,血不停地流,勒伏泰驾驶着飞行器向青焰山谷飞去。

离开六角花城堡后,勒伏泰赶紧找到一处山谷平原停下,绿苔毛已经“奄奄一息”,墨丽尔不顾自己身上的伤就开始查看绿苔毛的伤势,勒伏泰看着这个奇怪的家伙说:“要不然把他留在这儿吧,我们走!”绿苔毛赶紧一骨碌起身说:“不用紧张,我还死不了。”勒伏泰跳到绿苔毛面前,像看怪物一样盯着他:“为什么要救你,你最好给我一个理由。”河滓伊德打趣:“勒伏大叔,别吓唬他了。”“我得问清楚,万一他是大太司的人怎么办?”“你放心,我不是坏人……”绿苔毛虽然身形高大,但是性格却很腼腆。“我们凭什么相信你?”勒伏泰不依不饶。“我相信他。”墨丽尔斩钉截铁地说道。“臭丫头!”被墨丽尔阻止了逗趣,勒伏泰很是受挫。他把手搭在绿苔毛的身上,“看在你和臭丫头一起待在六角花城堡的分上,带上你。别添乱啊!”“是,好的……”

墨丽尔看着黑色的天空,偶尔有联合舰队在外层的攻击,产生一串串的光和如闷雷般的声音:“我们要怎么出去呢?”“现在出不去喽,塔拉贝这个家伙还有点办法,大太司看来也对付不了这个东西!”勒伏泰现在对这个家族还有点欣赏之意,毕竟在古博星上,敢于和大太司对着干的,没有第二个人了。

“我们还得回去。我们家族的无境之球还在塔拉贝手里。”河滓伊德把之前发生的事情告诉了墨丽尔。因为自己,河滓伊德竟然舍弃了家族最重要的东西,让她内心一阵感激。“看来是得拿过来,如果被大太司抢去了……”墨丽尔说这话的时候,陷入了一种难以言表的矛盾中。她本来想说,自己会内疚,但是她也是为了救河滓伊德啊。现在两人虽然没有表明心意,但是她知道,不需要任何表示,她已经知道自己做的一切都是值得的。

绿苔毛知道大家还要去即将发生激烈战斗的地方,吓得不轻。“还是放我走吧……”他躲在墨丽尔后面,小心翼翼地提出这个要求。“这里遍地都是六角花和青焰岩流,你自己能走得了吗?”勒伏泰吓唬他,“或者把飞船给你,你自己走。”绿苔毛不知道勒伏泰在逗他,赶紧点头。“你小子够自私的啊?你开走飞船，我们怎么回去？早说了，这个怪物不能带着，又自私又胆小。”勒伏泰对着墨丽尔说。“大家一起走不行吗？”绿苔毛还是不放弃逃跑的想法。

“等到了控制中心，我们再给你找一个飞船。到时候，你可以自己走。”墨丽尔安抚绿苔毛。“这个当口，还多了个累赘。”勒伏泰嘟嘟哝哝的。“勒伏大叔，我怎么觉得你和塔拉贝有点像啊。”墨丽尔嘲笑起勒伏泰来。“谁像他啊？我都说了，他是被我们家族除了名的，不要跟我说他！”勒伏泰像个小孩一样，竟然生起气来，身体的颜色开始变淡甚至半透明。墨丽尔是见识过的，赶紧上来安慰这个老小孩。勒伏泰这才平复下来，身体又恢复成以前的颜色。

“你什么时候有这个症状的？”绿苔毛好像很紧张的样子。河滓伊德一时没有反应过来：“什么症状？”“我是说他，他是什么时候开始生气身体就会变透明？”勒伏泰想了想说道：“这个说来有二十几年了！”

河滓伊德吃惊地说：“我一直以为是你们家族的特点。”勒伏泰摇摇头：“不是，过去我们不是这样，是后面才有的。”绿苔毛眼睛惊恐地瞪着：“你们家族都有这个情况吗？”“也许是环境变了吧，谁知道呢。死不了不就行了？”勒伏泰大大咧咧地说。“你们被下毒了。”绿苔毛郑重其事地说。

除绿苔毛外的三人惊呼道：“下毒？”“什么毒我们都没听说过？”墨丽尔惊讶地问道。“这种毒不是古博星拥有的毒，是几十年前一个二级星多潘立可星研制的毒！”墨丽尔和河滓伊德看着震惊中的勒伏泰，河滓伊德问道：“这个毒有什么特点？！有没有解毒药？!!”

绿苔毛看着勒伏泰：“你们家族有没有人莫名其妙消失？”勒伏泰点点头，绿苔毛继续说：“那就是了，这些中毒的人其实最开始只是和隐形一样，别人看不见摸不着，生活并没有影响，可以吃东西、感受周围的所有事，但是后面这些中毒的人如果得不到解毒药，只能在这个透明的状态下饿死。啊，好可怕……”

墨丽尔：“你不是说可以吃东西吗？怎么会饿死？”“变透明后最开始是可以吃东西的，但是到了后期不仅吃不了东西还要被暗物界的电磁攻击，意识会一直保留到最后一刻。”勒伏泰这才感觉到恐惧。

墨丽尔惊讶地问：“你怎么知道这些？你是多潘立可星人？”

绿苔毛嗫嚅着：“不是，我来自亚维摩星，见过这种毒药，所以知道！”

河滓伊德：“那你知道怎么治疗吗？”

绿苔毛垂头丧气地说：“除了多潘立可星，只有皮威尔星才有解药，但是据我所知皮威尔星和多潘立可星应该都被灭了。”

墨丽尔眼睛里闪着光看着勒伏泰:“我想我有办法帮勒伏叔解毒了。不过,先要想办法从青焰大城里出去。”

“谁会对我们整个家族下毒呢?”勒伏泰想,“难道是塔拉贝那个家伙?”

飞行器起飞,向着青焰大城控制中心大楼飞去。

第23章 死亡山谷

除了六角花藤蔓上发出的光和从地下冒出的青焰之火，青焰大城的上方一片黑暗。破旧不堪的飞行器载着几人沿高高低低的山谷往前开，下面的推进器时有时无地发出蒸汽。

河滓伊德盘算着如何从塔拉贝那儿把丢失的无境之球抢回来。如果大太司集齐了无境之球，可能在没有达到地球之前，就要引起整个宇宙联盟的混乱。想到这儿，河滓伊德的心里慢慢升起一种不祥的念头。只要星际联盟监测到异动，这条秘密通道就会被封锁，所以在没有无境之球的状况下，大太司不会贸然对遥远的地球有什么举动。所以，只要把无境之球带走，这场危机就不会这么快到来。希望如此吧。河滓伊德不禁神色凝重。

突然，飞行器一阵异常的震动，很快下坠。勒伏泰手忙脚乱地摆弄仪器，还是没能阻止飞行器下坠。河滓伊德："启动急停装置！"他上去将急停按钮启动，飞行器下方涌出大量的蒸汽，反冲力使得飞行器下降速度变慢，缓缓降落。

勒伏泰："这是什么时候的飞行器，怕是史前的吧？"

飞行器终于落下，几个人走了出来。河滓伊德举目四望，周围都是六角花遍布的峻岭。头顶上方，大太司命人在不停地攻击盖耶诺环，偶尔能见到黑色的上方有隐现的火光。河滓伊德看着周围陨落的飞行器残骸："不对，这不是因为飞行器出了问题，而是因为死亡谷的磁场问题。任何飞行器到了这儿的上空都会失去控制而摔落。"

墨丽尔担忧地看着河滓伊德，绿苔毛则警惕地看着周围的六角花藤蔓。

绿苔毛恐惧地问："这儿难道就是死亡谷？"

墨丽尔点头："应该就是传说中的死亡谷。和这里相比，六角花城堡因为青焰的力量不会那么容易扩张，可是这儿，六角花是肆无忌惮的。只要进入这里，基本上没有生还的可能。”

在青焰大城的中心大楼中,塔拉贝神色担忧地看着周围的影像,他和河滓伊迪的面前,只能看到盖耶诺环遭到不同地方攻击的情形。河滓伊迪看着塔拉贝:“如果他们攻了进来,下面该怎么办?”

塔拉贝没有接过河滓伊迪的话,接着说自己的故事:“族长让我走的目的,是保护我们家族的无境之球。”

河滓伊迪惊讶地看着塔拉贝。

塔拉贝:“不管大太司得到无境之球的目的是什么,我们可以肯定的是,没有什么好事。所以,表面上,勒伏家族为了自我保护,和我划清了界限,把我从家族中除名,但是这只是我的秘密任务的一部分。”

河滓伊迪:“所以勒伏家族的无境之球消失,并不是在多年前随着死亡的其中一任族长消失了,而是一直被藏了起来,并交给了你。”

塔拉贝:“当然,很多人怀疑我们家族无境之球消失的真实性,我想大太司也是这么想的吧。但是,大太司并不会轻举妄动。如果贸然进攻勒伏家族和河滓家族,他未必能那么容易获胜。所以,在老族长的示意下,我假意怒而出走,弄得人尽皆知。并躲到这青焰大城里。大太司是个能沉得住气的人,他并没有因为无境之球的事直接对你们家族动手。直到找到一个合适的罪名。你知道我为什么要救你吗?”

河滓伊迪看着塔拉贝:“不是为了我手里的东西?”

塔拉贝:“因为大太司召集七大家族准备偷袭你们家族的时候,为了测试勒伏家族的忠诚,让勒伏家族的人打了头阵。”

河滓伊迪的脸上露出了愤怒的表情,身上的颜色发生了变化。

塔拉贝:“我为这一行为感到羞耻,但这也是你能够逃出来的原因,如果不是勒伏家族,无境之球早就到了大太司的手里。”

河滓伊迪:“原来你早就知道我带着无境之球了。”

塔拉贝点头。他的脑海中一直闪现着当时老族长对他的嘱托。这是一次没有语言的交流,老族长盯着他,用手搭在他的胳膊上,蓝色的信息顺着肢体的接触而流动。他感到了难以言说的激动,这次托付,不是简单的一次行动,他塔拉贝要用自己的信念来承受所有同族对他的误解,在古博星上留下骂名,而且,这个骂名会一直缠绕着他,如果大太司最后成功了,他就会永远成为一个耻辱的代表,被人唾弃。甚至于，为了这个目的，河滓家族几乎牺牲了全部族人的性命。也许，老族长在杀死河滓家族的人之前，也表明了自己的计划和态度。万一大太司真的打进了青焰大城——他最后的庇护地，他会放弃所有，带着无境之球逃离古博星，并在星际中流浪。这一切的目的，就是要保护正义和平衡。

河滓伊迪听完了这一切，对塔拉贝的看法发生了巨大的变化。这一切他看不透也是正常的，否则早就会被大太司发现了。不过，现在塔拉贝和他说这个，目的到底是什么呢？

塔拉贝把河滓家族的无境之球拿了出来，交给河滓伊迪。河滓伊迪非常错愕。塔拉贝把手放在了河滓伊迪的胳膊上，信息开始流动，他明白了塔拉贝的意图。他当众把无境之球抢过来，也是一种掩人耳目。现在，这个维护正义的任务交到了河滓伊迪的手上，也就是河滓伊德的手上。以大太司的性格，不攻下青焰大城是不会罢休的。河滓伊迪现在拿回了无境之球，塔拉贝一定会想办法让河滓伊迪他们逃走，也许等待他的命运，是这一生永远在漫漫星际里流浪，永远离开这个生养他的星球。

塔拉贝："去吧，将无境之球重新封印起来。最好，让它永远消失。古博星已经没有太多需要保护的价值，再过几十年，这颗星球即将从星际的版图上消失。"河滓伊迪明白，此时，与保护一个即将消失的星球相比，更重要的是，不让整个星际再次陷入危机之中。他心想，在自己的生命里，可能永远也没有办法告诉所有的古博星的人，塔拉贝是一个什么样的人，他承担了什么样的秘密。一股无力的苍凉感笼罩了他，与这种无力感相比，家族覆灭的痛楚都显得没那么重要了。塔拉贝看着自己家族的无境之球："这颗老族长交给我的无境之球，我会一直带着它，除非我死了。大太司攻破了屏障，我们就分头行动，这样他得到所有无境之球的概率就会变小。"河滓伊迪看着塔拉贝，知道这也许只是他的一厢情愿。对于能够逃脱这件事，他并没有太大的把握。

在死亡山谷，疯狂的六角花藤蔓已经像洪水一样逼近他们。河滓伊德、勒伏泰、墨丽尔和绿苔毛几个人被逼到中央。这里的藤蔓上生长的花朵都硕大无比，和城堡中的花朵不是一个量级。在空中摇摆的长须发出暗绿色的光。

绿苔毛恐惧地问："怎么办？我好不容易从城堡里逃出来了，没想到要死在这里。还不如待在六角花城堡里面好。"

河滓伊德："现在只能拼死一搏。"

勒伏泰已经消失不见了,河滓伊德转头一看,他已经回到了破烂的飞行器上。

勒伏泰:“大家赶紧上来,把舱门堵住!”不等大家回应,他又嘀嘀咕咕:“这个破飞船……”六角花藤蔓开始包裹飞行器,在表面蔓延着,勒伏泰回身从里面拿出两把粒子枪,对着伸过来的藤蔓抬手就是一枪。受伤的藤蔓慢慢蜷缩了回去。勒伏泰从飞船上跳了下来,跑到河滓伊德的身边,将粒子枪交给了他。

河滓伊德对准一个冲过来的六角花藤蔓开枪,却发现根本没有办法启动。

勒伏泰:“怎么还是个坏的! 破飞船!”

正在说话间,更大片的六角花袭来,勒伏泰举枪便射,果不其然,他手上的粒子枪发出警告的红色光芒。

勒伏泰:“能量不足?!”他气得把手里的粒子枪扔了出去。“快回到飞船上去!”回头一看,飞船已经被六角花包住。

墨丽尔从地上扯断一根六角花藤蔓,作为鞭子,打断袭击过来的藤蔓。可这里的六角花不像城堡里的那么柔和,显得更为生猛。速度和力量都远超城堡里的。绿苔毛早已经缩成一团,害怕得全身发抖:“我今天怕是要死在这里了,我为什么要逃出来,为什么?”

几根藤蔓蔓延过来,对着绿苔毛冲过去。墨丽尔冲过去,将绿苔毛拉过来,差点被缠住。她听到勒伏泰的叫声,发现河滓伊德在和藤蔓搏斗,而不远处,勒伏泰已被缠住,正在挣扎。河滓伊德赶紧冲过去帮忙,此时,四个人被分成两部分,中间已经被发光的六角花分开。

河滓伊德一边拉扯六角花藤蔓,一边大喊:“大家千万别分开!”

墨丽尔用手里的“鞭子”甩向中间的藤蔓,企图冲开一条路和河滓伊德会合,但越来越多的藤蔓扑过来,将墨丽尔等人慢慢淹没。

众人挣扎之际,突然听到上空传来的啸叫声。

墨丽尔:“角灵?”

黑色的天空出现了一片银蓝色的粉末,瞬间,缠在他们身上的藤蔓开始撤退。

下面露出四个人来。绿苔毛正抱着墨丽尔的腿,蜷缩成一团。他也听到了动静,抬起头来看。七八只角灵从空中降落,伏在墨丽尔旁边。

绿苔毛喜极而泣。

墨丽尔上去抚摸巨大的、温顺的角灵,角灵们伏在四人周围,形成一个圈。应该是角灵身上的某种物质能够拦住六角花的进攻。看到这种场面,河滓伊德对于这个星球的美好有了一丝留恋。如果古博星覆灭了，除了可以移居其他星球的族人们，这些角灵呢？还有那些属于古博星的其他动物植物呢？想到这儿，这些试图杀死他们的六角花也变得弥足珍贵起来。如果他能渡过这次难关，可以肯定的是，他不会再待在古博星上，或许，他会在星际上某个星球流浪，或许，去那个遥远的蔚蓝色星球——地球。

勒伏泰："我们现在离开死亡谷，去抢回无境之球。塔拉贝现在肯定六神无主呢。"

四个人分别上了不同的角灵，墨丽尔拉着那只曾经被她驯服的角灵的角，被带上了黑色的天空。

第24章 盖耶诺环

勒伏泰现在已经缓过神来了:"你说这黑色的保护罩能坚持多长时间?"

河滓伊德看着天空隐约闪现的冲击波:"不知道,少不了是一场大战。"他心里想起来,在自己从地球回来之前,自己的家族是不是也经历过如此黑暗的时刻。当然,河滓家族并没有从其他星球偷来什么保护罩,当这些密密麻麻的飞行器出现在上空的时候,大家一定是错愕的。只有少部分族长知道即将到来的,是一场没有事先申明的大屠杀。想到这儿,他的身体发生了变化,脸上的表情也开始狰狞起来。墨丽尔回头看到河滓伊德,知道他心里的想法。虽然自己被家族除名,赶了出来,但如果奥亚特家族被屠杀,自己也会和大太司血战到底。包括那些帮助围攻自己家族的敌人。

角灵们在空中飞翔,越过下面的六角花,来到青焰大城的建筑群。从上方可以见到,下面城中的人在奔跑,有的坐上家用的飞船,准备在盖耶诺环失效的时候,趁着混乱,赶紧逃离。而青焰大城的护卫飞船们,正在青焰大城最中心的建筑上空布防,准备随时迎接即将到来的战争。

四人趁着混乱,在城邦边缘降落。墨丽尔摸了摸救命的角灵,算是感谢和告别,接着往城堡中心走去。

绿苔毛:"你们真的要去找塔拉贝吗?"

墨丽尔转过身看着绿苔毛:"你还是跟青焰大城的人一起离开吧。做好准备,过不了多久,可能这个保护罩就会失效了。"

绿苔毛看着忙乱的人群,不禁犹豫起来。漆黑的天空偶尔传来的撞击声,在盖耶诺环的笼罩之下,不停地重复撞击回返,发出怪异的隆隆声。这种声音不会消失,余音还没有结束,新的撞击声便传递过来。

绿苔毛回过神,发现三人已经往大楼走去。他感觉到莫名的恐惧,心里一阵战栗。如果盖耶诺环真的被攻破,猛烈的炮火一定会将青焰大城淹没,他还有逃生的机会吗？想到这儿，他赶紧跟了上去。可能对于他来说，跟着这几个人或许还有生还的机会。“等等我！”绿苔毛拨开面前的人群，却发现都是阻碍。不得已，他把自己团成球，往前滚去，一时间，四周都是被他撞击摔倒的人群。

大楼顶层。塔拉贝看着拿着无境之球愣在那儿不动的河滓伊迪。“你怎么还不走？”塔拉贝不紧不慢地说道。河滓伊迪抬头看着塔拉贝：“现在大太司知道了无境之球的位置，我还不如在这儿等着我的族兄。我相信他一定会赶过来的。”塔拉贝转过身去，笑道：“你不会是在担心我吧？可是不久之前，你可是一直想着怎么杀了我。”河滓伊迪被他说中了，干脆直截了当地说：“我留在这儿，说不定可以帮上忙。再说，如果大太司攻了进来，我干脆直接毁掉它！”河滓伊迪看着无境之球，“所有的一切都是因为它而起！”塔拉贝上前拍了拍河滓伊迪：“你要知道，第一，这颗无境之球不是我们古博星的东西，具体是哪一级文明的武器，现在不得而知。也许，不仅仅是宇宙级的武器，以我们的力量根本没有办法消灭它。第二，你说错了，根本原因并不在这颗小小的无境之球，而是这个宇宙里的高级生物们。他们总是不安于现状，都有所谓的理想，都想让自己有限的生命和宇宙合一，得到永生。所有的能量都在被一个更大的力量控制着，这些超越我们认知的努力在这种力量面前都是徒劳的。所谓的永生也只是一个可见不可得的幻象罢了。但是，只要生灵们有这个企图，纷争永远不止。这就是无境之球告诉我们的。不过，你放心，我已经吩咐下去了，一旦河滓伊德过来，没有人会拦住他们，他会长驱直入，封印好你手里的这颗无境之球。然后你们一定要带着它离开古博星，到大太司永远不可能知道的宇宙空间里。”河滓伊迪点头。

索布隆将飞船停在一个隐蔽的山谷之后，从里面走出来，看着天空密密麻麻的大太司的联合舰队，满面愁容。在他面前，一个巨大的黑色盖耶诺环拒绝一切能量的进出。他知道这是他们星球的产物，也是最高级的防卫武器。看来塔拉贝早就料到有这一天了，索布隆想，不知道墨丽尔在里面有没有遇到危险。想到这儿，他不由得加快了脚步。他知道目前没有办法突破这个防护罩，除非控制中心坍塌。而且任何试图强力摧毁它的武器，都会被这密不透风的结构分解掉为齑粉。所以，他只能在原地等待机会。大太司会找到突破盖耶诺环的方法吗？这是一个基本不可能完成的任务。正在此时，他脚下的矿石开始震动起来，有规律地一下、两下、三下……地下的碎石微粒被震动得不停地跳动，越来越高。他回头一看，远处驶来了一排巨大的机械怪兽——冥斯家族的深潜舰。深潜舰庞大的身躯好像能通到云霄，六个巨大的机械臂支撑着主体部分，一步步地往前行进。在巨大的主体船中央,有一个螺旋形的钻头。钻头的尖端闪着寒光。这就是大太司对付盖耶诺环的方式吗?索布隆想着,他们马上就会发现这些武器根本无法对付屏障。他害怕被发现,赶紧往边上去,躲了起来。索布隆不关心塔拉贝的生死,他只想混进去救出墨丽尔——那个没有歧视他、放了他的古博星人。至于和大太司的过节,他不敢想能复仇。也许,这个他即将去营救的女人,能帮助他复仇也说不定呢,她和大太司在对抗,具体因为什么他也不太了解。同时,内心里总有一种悲观的情绪,这个暂时的流浪地——古博星也即将面临被恒星吞噬的命运,到时候自己说不定也会再次流浪宇宙,到哪儿去给自己的族人、自己曾经看作生命一部分的千目鳌兽报仇呢?但是,目前这个任务是一定要完成的,不管是出于报恩还是那个不敢想象的远大的计划。

很快,深潜舰已经到了黑色的盖耶诺环前,大太司从上空俯瞰着下面的黑色大球。多像一颗无境之球啊,大太司从虚拟的全息图上看着已经被围住的青焰大城。手下进来:"大太司阁下,深潜舰已经全部到位,要开始攻击盖耶诺环吗?"大太司点头:"不用碰到那个玩意儿,在地下二十公里给我打一个巨大的空洞。"他示意手下退出,随即打开了隐藏无境之球的机关,在六颗无境之球的上方,全息地图上还有两个点在闪烁。"我很快就能得到你们了,"大太司的内心不禁开始沸腾起来,"看来不久,我的计划就能真正实现了。忍耐是有好的结果,不是吗?"大太司大笑起来,笑声回荡在空旷的中央驾驶舱内。

庞大的深潜舰开始工作,中央的船体发出一阵紫色的巨大的烟柱。这种利用原始矿石作为能量来源的古董机器沉睡多年,现在正发挥着它巨大的破坏力。德的螺旋形的钻头与地面的岩石接触,岩石就像粉尘一样四散,在地面形成一阵石头的暴风雨。索布隆赶紧躲在一颗巨大的岩石后,无数石块从头顶上飞过,砸在石头上,就像高速飞行的宇宙残骸。痛苦的记忆再次袭来。"别让它们撞到飞船!"在当年即将到达古博星的时候,他听到同伴这么喊道。很不幸的是,飞船已经无法避让,在一阵残骸的撞击之后,飞船失去了动力,还好在千钧一发之际,进入了引力轨道,这才让他捡回了一条命。可是同伴们都失去了生命。

不一会儿,飞石雨消失了,这意味着钻头已经深入了地下。他起身,看着周围的状况。盖耶诺环边缘,六脚的深潜舰基本已经看不见了,只有紫色的烟柱从巨大的坑洞中冒出来。但是很明显的是,这些深潜舰并没有往盖耶诺环的方向掘进,而是直直地深入地下。"他准备干什么呢?难道大太司有其他的计划?"虽然没有见过大太司,但索布隆莫名地感觉到恐惧。他下了决心要去看看能不能找到进入青焰大城的机会。他快速跑到其中一个坑洞边，跳了进去。紫色的气体带着巨大的力量，几乎将他熏晕。他伏在新掘成的大洞中，循着紫色的浓雾往前爬去。一旦紫色的烟柱冲击过来，他就躲在石头缝隙中，委蛇前行。

外面的攻击暂时停止了，但是深潜舰的震动让青焰大城里的人更为恐慌了。他们就像待宰的羔羊一样，不知道什么时候死亡的灾难降临。这种恐慌甚至超过了古博星的灭亡。不确定的恐慌才是真正的恐慌。这次让青焰大城的人们真切地体会到了。

地面的震动让守边的士兵们感觉到了危机，他们联通了中心大楼里的信息网。很快，塔拉贝就收到了消息，他面前的全息图中，被盖耶诺环包围的城池发出了红色的警报。“卑鄙的家伙！不过，大太司应该不知道盖耶诺环是碰不得的，区区深潜舰能干什么呢?”塔拉贝对着全息图，脸色却慢慢变得凝重起来。河滓伊迪着急地问：“发生什么事了?”塔拉贝：“他说不定想到办法了，如果真的和我想的一样，一场真正的大战马上开始。”

河滓伊德、勒伏泰、墨丽尔和绿苔毛四人来到了中心大楼前，和其他地方的慌乱不一样，这边安静得出奇。飞船按照次序摆放，待命的战士们站立着，等待即将到来的战斗。勒伏泰：“看来我们得硬闯上去！”河滓伊德：“塔拉贝在等待着什么。先别急，看看情况再说。”突然，几个军官形象的人走出来，吩咐着什么，战士们发出了统一的吼声。接着，战士们进入飞船。飞船依次飞起来，升向空中，围着大楼一圈。

勒伏泰：“他们准备反击了！”

河滓伊德看着飞船，奇怪的是，这些飞船悬浮到大楼外并没有离开，而是静止不动。

在控制中心内，河滓伊迪着急地问：“难道没有对付深潜舰的武器吗?”塔拉贝沉思：“深潜舰不算什么，你也知道，这只是古董罢了。对付它们易如反掌，凭这些，也根本靠近不了盖耶诺环。而且，青焰大城的地下到处都是岩流，深潜舰遇到岩流，就会被熔解掉。”“那为什么大太司还要这么干?”河滓伊迪不解。塔拉贝冷笑：“大太司派出所有深潜舰，并不是冲着盖耶诺环去的，如果我猜得没错，他是想在盖耶诺环的附近地下挖一块空槽。一般情况下，没有武器可以破坏盖耶诺环，但是它有一个明确的缺点，就是中央控制器。只要中央控制器重心被破坏，盖耶诺环就会失效，变成一个巴掌这么大的圆球。”

河滓伊迪：“中央控制器?”

塔拉贝:“就是我们所在的大楼。”

河泽伊迪:“你是说,大太司想摧毁这座大楼?他们都没有办法靠近,能有什么办法毁灭这座大楼呢?”

塔拉贝:“有一种可能,就是发生地震。”

河泽伊迪惊讶不已:“地震?怎么能做到?”

塔拉贝:“我说过,盖耶诺环完全包围住了我们,就是一个密不透风的圆球,我们现在正处在这个圆球里。如果圆球所在的地方缺了一角,会怎么样呢?”

河泽伊迪想象着这一场景:“我明白了,如果深潜舰把地下打通了一个缺口,再将地下炸出一个孔来,整个青焰大城就会像球一样滚动,里面所有的建筑都会坍塌,因为失去了中央控制器,盖耶诺环就会收缩,青焰大城完全失去保护,到时候这里岂不是变成了最恐怖的炼狱?”

塔拉贝身上的颜色发生了变化,他对大太司的行为感到不齿。为了得到无境之球,看来要不计一切代价。更让他感到惊讶的是,身为古博星人的大太司,为什么会能迅速找到破坏盖耶诺环的方法呢?仿佛他的文明程度要高于自己理解的。想到这儿,他有一种不祥的预感:难道大太司根本不是这个星球的生物?如果他来自更高阶层的文明,那这一切就都能说得通了。

“可惜的是这些在深潜舰里的家伙,可能还不知道自己马上要成为大太司的炮灰呢!”河泽伊迪沉思道。

索布隆跟着深潜舰艰难地往前爬行。很快,前面的深潜舰发出了浓烈的紫色的烟,而他的面前,突然出现了一股青色的耀眼的光。他感觉到了危机,站到巨大的石头上,看着前面。前方的深潜舰停住了,一股青色的、发着光的熔岩包裹了深潜舰。船舱上方的舱门被打开,从里面冲出了几个联合家族的士兵,可是没等到他们逃出舱门,就被青色的熔浆包裹,化为了青烟。索布隆知道,这艘深潜舰碰到了青焰熔浆,便赶紧顺着洞往上爬。最好的地方就是洞顶,如果运气好的话,奔流的熔浆会从他的脚下经过。于是,索布隆赶紧顺着岩壁往上爬去。不一会儿,青色的熔浆便到了他刚才经过的地方,他死死地抓住边上突出的岩石,勉强躲开了岩流。这时,旁边传出了动静,一种尖锐的声音从石头深处传来。索布隆知道,这是旁边的深潜舰在打孔。他们到底想干什么呢?钻头对抗岩石的尖锐之声越来越大,声波的能量到达索布隆所在的岩洞,被放大、来回碰撞,差点将索布隆震倒。别被它们发现了,索布隆想着,快速往盖耶诺环方向跑动,找到一个隐蔽处躲了起来,他要看看究竟他们的目的是什么。

中心大楼外面，墨丽尔问河滓伊德："怎么办？"河滓伊德："不能再等了，现在形势很明显对塔拉贝不利。我们先想办法进入大楼，万一真的打起来，塔拉贝带着无境之球逃走，要想抓他拿回无境之球就更难了。"勒伏泰："说的是！现在反正也没人看守大楼了，我们得抢在大太司前面！"

说着，还没等河滓伊德反应过来，他便大摇大摆地往中心大楼走去。

河滓伊德等人只好跟上。他一边走一边想，一会儿怎么才能对抗守护大楼的士兵？大楼内不少石块挡在路中，应该是深潜舰造成的震动掉落下来的，刚进来这一路几乎没看见什么士兵。估计大多数士兵被塔拉贝调去布防了，河滓伊德想这也好，免得还没见到塔拉贝又被抓住。

墨丽尔："你想什么呢？"

河滓伊德："没什么。"

勒伏泰："我就说了没士兵你还不信，你怎么搞的，判断力什么时候这么低下了？有个美女在身边什么都能丢了。"

河滓伊德："你胡说八道什么，你好好往前走吧！"

勒伏泰笑了笑没说话，绿苔毛小跑到墨丽尔身边，紧紧地跟着。突然又是一阵剧烈的晃动，他们几人只能趴在地上，数块大石掉落，绿苔毛在墨丽尔身边蜷成一个球。整栋楼随着震动摇晃，片刻后晃动终于停下，几人才起身离开，绿苔毛却没有起身，还是蜷成一个球状跟在墨丽尔身边滚。

勒伏泰看见后笑出了声："不会胆小成这样吧！"

绿苔毛边滚边说："谁怕了！"

勒伏泰："不怕你怎么还滚着呢？走路不会吗？"

绿苔毛停下起身："透明人！"

勒伏泰："小朋友！"

绿苔毛："不是我这个小孩，大叔你还不知道自己中毒的事情吧！"

勒伏泰气愤地说："谁问你了？是你多管闲事自己愿意说的！"

绿苔毛："真是好心没好报，除了嘴巴厉害一无是处。"

勒伏泰冲到绿苔毛面前："你说谁一无是处？"

绿苔毛："说的就是你！"

河滓伊德看着快爆发的勒伏泰很是无奈："你们能不能不要吵了？"

勒伏泰和绿苔毛同时说："和我无关，是他！"两人互相指着对方。

墨丽尔："你们俩都挺好，还是赶快走吧！"勒伏泰和绿苔毛互相瞪了一眼，然后鼻子里都“哼”了一声后，头扭向两个方向。

又是一阵震动，大伙蹲下，勒伏泰差点摔倒，绿苔毛发出恐怖的笑声，大家看着他，他立刻止住笑。墨丽尔担心地说：“震动感觉越来越靠近。”“可能大太司快要攻破塔拉贝的保护罩了。”河滓伊德说。绿苔毛咬牙切齿地说：“我的星球也是因为这个人毁灭的，哼，真让人生气！”

“你们的星球？”“亚维摩星……是的。也是他，我就想哪天见到他，问问他，为什么要把我们这么好的星球毁掉？”绿苔毛抽泣起来，墨丽尔拍了拍绿苔毛的肩膀。

他们几人说话的瞬间，震动又来了。河滓伊德格外担心河滓伊迪的安危，不知道他现在是不是还被塔拉贝关着，他得想办法把族弟带走。毕竟这个世上，他们家族只剩下他和河滓伊迪两人了。

在空旷的大楼内部，能见到一个巨大的空洞，这个空洞直接通向大楼的顶部。与其说是大楼，不如说是一个圆筒状的结构。可以说是古博星中心控制大楼的缩小版。河滓伊德等人直接跑到上升区的座椅上。上升区肉眼看不到任何机械部分，依靠的是磁场的力量，控制器就在座椅的扶手上。在即将到达上升区的时候，对面突然出现了几个荷枪实弹的士兵。河滓伊德他们赶紧躲了起来。墨丽尔用手搭着河滓伊德，通过意识进行交流。

墨丽尔：“我们从后面偷袭他们，还可以抢到武器。”

河滓伊德：“你保护他们，我去就可以。”

不等墨丽尔反对，河滓伊德就挣脱开，从后面绕过去，准备偷袭最后的士兵。还没等他赶到，士兵们好像预先知道似的，转身面对他。看到河滓伊德被包围，勒伏泰和墨丽尔也跟着冲了出去。两拨人突然相遇，气氛骤然紧张起来。

河滓伊德护住了大家，他们身上空无一物，什么武器也没有。没想到的是，这些士兵看了他们一眼，径直走开了。勒伏泰惊呆了，墨丽尔看着河滓伊德。河滓伊德喊住了他们：“等等！”绿苔毛吓坏了，他准备拉住河滓伊德的触手停在了半空中。

一个戴着面具的士兵停了下来，转身看着他们。

河滓伊德：“塔拉贝还没有离开？”

士兵：“你就是河滓伊德？”

河滓伊德：“对。”

士兵们并没有任何异常的反应，反而离开了。大家都松了一口气。

勒伏泰：“你疯了？”

河滓伊德：“看来塔拉贝在等着我们过去找他。”

这些士兵的举动完全在河滓伊德的意料之外。从刚才的一瞬间，他好像通晓了很多事。为什么塔拉贝让他们能够长驱直入，他一定是希望他们赶快见到自己。也许墨丽尔的获救也在他的算计范围内？那他为什么不加以阻拦呢？按照正常的逻辑，他已经拿到无境之球，不是应该把他们驱逐出青焰大城吗？难不成他还有其他的目的？

在地下的青焰燃烧的洞内，索布隆小心地攀爬着。已经消失部分能量的青焰岩流开始变得透明。两边传来的震动声音更大了。看来过不了多久，两侧的深潜舰就会将地下打通。大太司的目的肯定要破坏盖耶诺环，但是这个步骤对后面的任务有什么作用呢？一声巨大的破碎声传来，另外一边的深潜舰钻头出现了，强大的破坏力将岩石像齑粉一样打碎，八爪的深潜舰出现在索布隆的面前，很快，另外一面的深潜舰也出现了。紫色的烟雾弥漫开来，充满了洞口。等烟雾散去，深潜舰中出现了各大家族派出的士兵们，他们看到被青焰岩流淹没的深潜舰，自动站成一排，相互用胳膊相连，似乎在哀悼这些死去的同类。简单的仪式后，士兵们回到深潜舰上，不一会儿，轰鸣的机器中伸出一支细长的机械触手，机械触手上，有一个扁圆形的上下两部分组成的黑色物体，被准确地安置在洞口的下方。

看到这一切，索布隆睁大了眼睛。他知道这个扁圆形的物体代表着什么。这是古博星上威力最大的旋转爆破装置——旋力弹。只要引爆它，就能形成一大片的塌陷。所有的物体不管是无机物还是有机物，都会被它强大的力量改变分子结构，变成扁平的分子饼。虽然旋力弹的级别比盖耶诺环低了一个层次，但是爆炸产生的空洞……想到这儿，索布隆终于知道了大太司使用冥斯家族深潜舰的目的——就是让这些族人用死亡作为代价，使得在盖耶诺环包裹下的青焰大城产生位移，而位移对于里面的人来说，就是一场巨型的地震。如果控制中心因此倒塌，盖耶诺环就会恢复原状，青焰大城就会恢复到毫无防备的状态。这种计策，基本不会给生活在青焰大城里的族人们任何生还的可能。他不禁开始担心起墨丽尔的安危来，如果青焰大城发生了震动，墨丽尔会不会因此受到伤害？

大太司在飞船舱中等待着决战时刻的到来。他已经记不清上一次有这种莫名的兴奋感是什么时候的事了。他仿佛看到了青焰大城被青焰反吞噬，化为灰烬。而灰烬之中，有两个黑色的无境之球在等着他。如果他真的凑齐了八颗——而且这是一定的、不容怀疑的，会发生什么样的动荡？真的就像星际中的传说一样，这是古博星上最为厉害的武器？深潜舰应该已经到了该到的地方吧？只要计划顺利，随着塔拉贝那个脆弱的大楼倒塌，一切都会结束的。他的面前，放着一个虚拟的红点。他只需要按动那个红点,这场僵持或许就会结束。

看着深潜舰准备撤退,索布隆的心提到了嗓子眼。看来这就是大太司的目的了。他一定要阻止这个计划,不是因为他要站在塔拉贝一边,而是担心墨丽尔的安危,另外一方面,他又希望盖耶诺环因此消失,他能早点进入青焰大城。不过,现在旋力弹已经被放置,他一定要保证自己身边的这两个不能运转,否则他自己也会被拍扁,变成一堆没有意识的分子链。趁着深潜舰离开,他快速地将还没有启动的旋力弹抱在怀里,往青焰岩流的地方跑去,只要将旋力弹浸入岩流中,那些控制系统就会对它失去效应。很快,深潜舰的声音消失了。索布隆着急地顺着凝固的岩流上方跑去。

大太司看着往后撤退的深潜舰,准备按下红色的点。

青焰大城中心控制大楼的顶部,塔拉贝也在观察着慢慢消失的深潜舰。

塔拉贝:"时间差不多了,你得离开这座大楼。"

河滓伊迪:"难道他们真的按照这种方法做了?"

塔拉贝:"如果见到你的族兄,让他来找我!你走吧!"

河滓伊迪看着塔拉贝严肃的样子,知道这是不容反驳的命令,只好离开控制室,转身往外走去。

顶楼的下面,河滓伊德等人已经接近了顶层。河滓伊德急于见到塔拉贝,他想问清楚很多他想不明白的问题。也许错过这一次,他再也不会有这个机会了。他隐约感觉到,这些问题也关乎河滓家族覆灭的真正原因。

河滓伊迪走出顶楼的控制中心时,突然听到了后面的轰鸣声。伴随着轰鸣声的,是他身后突然出现的黑色天空。

原来塔拉贝竟然开着顶楼的控制中心房间离开了大楼,塔拉贝所在的控制中心房间居然就是一架飞船。希波梅诺想,不愧是臭名昭著的塔拉贝啊,遇到危险之前毫不犹豫地逃跑。

也许是为了抓紧时间,在深潜舰还没有撤到安全位置之前,大太司终于按下红色的点。

就在一瞬间,索布隆将怀里抱着的旋力弹扔到了青色的岩浆中。大太司发出的命令激活了在盖耶诺环下方的所有武器,威力强大的旋力弹开始旋转,发出强大的磁场,旋力弹周围的岩石就像泡沫遇到水一样,变得越来越松软,并纷纷尘化,速度越来越快,每个洞口坍塌之后,就像水波纹一样,开始传递开。有的深潜舰直接被拉成一个分子平面。在里面驾驶的冥斯家族的士兵们来不及恐惧就已经丢了性命。索布隆因为撤走了离他最近的旋力弹，所以暂时没有危险，但是，如果这些不同位置的爆炸点都产生了作用，盖耶诺环在古博星球的引力之下，也会滚动，到时候，他也难逃一死。对于盖耶诺环来说，滚动和位移也会将索布隆碾成齑粉。

数个爆炸同时进行，坍塌在地下依次进行。可是，因为索布隆的“破坏”，盖耶诺环只是晃悠了一下，被中间凸起的地下结构阻拦了一些能量。索布隆睁开双眼，他知道自己已经过了这一关。下一关即将开始。

在中心控制的大楼里，河滓伊德、勒伏泰等四人终于到了顶层，此时，因为地下爆炸的原因，整个大楼发出了巨大的晃动。河滓伊德站在楼层中央，看着大楼的下面正在发生着有规则的晃动。墨丽尔：“怎么会这样？”

河滓伊德摇头：“肯定是大太司搞的鬼。”他抬头看着黑色的天空，盖耶诺环还在。这时，塔拉贝乘坐的飞船发出强烈的火光，往上空飞去。

河滓伊迪跑了过来，河滓伊德看见他，赶紧迎了上去。

河滓伊德：“塔拉贝跑了？”

河滓伊迪点头。

河滓伊德：“他躲不到盖耶诺环外去，一定要拿回无境之球！”

河滓伊德刚转身，河滓伊迪便拦在了他面前，河滓伊迪拿出了无境之球，无境之球在河滓伊迪的手上发出忽明忽暗的光芒，好像里面藏着一个小小的宇宙。勒伏泰吃惊地看着无境之球。

勒伏泰用力拍着河滓伊迪：“你小子竟然抢回了无境之球！够厉害的！”

绿苔毛也睁大了眼睛。

河滓伊迪：“无境之球不是我抢的，是塔拉贝让我交给大哥的。”

勒伏泰满脸狐疑：“居然是塔拉贝主动给你的？怕不是一个假球吧？”

河滓伊迪一脸无奈：“是真的！”

在盖耶诺环包裹下的青焰大城发生了强烈的震动，但是并没有如同大太司期望的那样发生滚动和坍塌。盖耶诺环在轻微的震动之后停了下来，整个保护罩完好无损。“究竟怎么回事？”大太司的表情变得恐怖起来。

手下：“大太司阁下，有两个旋力弹没有被引爆。”“那就再去！”

能够工作的深潜舰不多了。刚刚的破坏让一些青焰岩浆已经蹿进了青焰大城的地表，岩浆流出、蔓延，一点一点侵蚀着青焰大城的建筑。这次的震动让准备逃难的人群变得更加惊恐,民用的飞行器在天空中穿插,密密麻麻的就像混乱的蝇群。有来不及避让的古老飞行器,相撞之后从空中掉落下来,损伤惨重。也有升高的飞行器,碰到了盖耶诺环,来不及反应,便化成了齑粉,从黑色的天空中飘落,剩不下一点残渣。

塔拉贝在飞行器中看着这一切,打开面前的通信器:"青焰大城的人们,不要慌张,如果你们停留在上方,一旦盖耶诺环被攻破,你们就会被大太司的飞船攻击。让我们战斗飞船飞到上空,你们藏在下面,一旦战争真正开始,我们会迎接第一轮炮火,你们再趁机离开!"听到这样的话,混乱的天空慢慢变得有序起来,那些民用的飞船纷纷下沉,让出一个区域来。塔拉贝的飞船缓缓上升,并给其他的战斗飞船下命令:"青焰大城的勇士们,接受你们的使命吧。"原本围绕着中心大楼的飞船跟随塔拉贝的飞船,也缓缓地向黑暗的穹顶飞去。

在大楼里听到塔拉贝的宣言,河滓伊迪感觉到莫名的悲伤。墨丽尔看到河滓伊迪的表情,感觉有些奇怪:"你为什么会这样?"

河滓伊迪看着河滓伊德:"其实塔拉贝并不是大家想象的那样,他的身上有使命。"河滓伊德好像明白了什么:"那关于我们家族的事呢?塔拉贝到底有没有说什么?""他告诉了我他知道的一切。"河滓伊迪喃喃说道。

很快,那些侥幸逃脱旋力弹的深潜舰惊魂未定,这边又收到了大太司的命令。"重新回到地下,再放置两颗旋力弹?"在深潜舰中的冥斯家族的士兵们踌躇不决。看来大太司根本没有把他们低微而弱小的生命放在眼里。可是他们作为冥斯家族的一员,又不得不为家族的荣誉而战。好不容易从平民阶层晋升,成为新的大家族的一员,他们不能因为自己的命就违抗大太司的命令。可是,这些无辜被旋力弹化为分子链的同族,就这样不明不白地死去,让他们对这场战争有了疑惑。为什么大太司决意要做这件事呢?

在指挥飞船上的大太司看到深潜舰并没有动静,不禁雷霆大怒。他一分钟也不想等。现在两颗无境之球明明白白的放在他的面前,却拿不到,这种宏大目标前碍眼的石头让他愤怒不已。"请罗里蒙素迅速到我这里来!"大太司发号施令。

很快,罗里蒙素阴沉着脸登上了大太司的指挥飞船。

罗里蒙素:"大太司,有什么吩咐?"

大太司:"冥斯家族的胆小鬼,死几个人而已,现在竟然不敢再进去了。你到那儿去,如果他们不肯遵从我的命令,就直接连人和古董一起摧毁。我想这样能帮他们恢复斗志和决心。”

罗里蒙素哼了一声，从指挥船上离开。

听完河滓伊迪的讲述，墨丽尔有些不可思议。如果塔拉贝带着这么大的任务，那他也伪装得太好了，成功地骗过了所有人。就在六角花城堡里，她差点被六角花杀死，这又怎么解释呢？难道为了这个伪装，连杀人都不在乎吗？那他和发动战争的大太司又有什么区别呢？

河滓伊德：“他知道我们会来救你，而以你的身手，也绝不会轻易地死在六角花城堡里。”

墨丽尔：“也许吧。那他们又怎么解释？”

墨丽尔指着绿苔毛。

河滓伊德不再说话了，他自己也清楚，无论怎么说，塔拉贝都做了很多真假难辨的坏事，包括关押凌辱甚至杀害这些从外星球逃来的难民。他是为了给别人看他坏的秉性吗？还是让大太司放心呢？如果他不这么做，大太司会不会相信塔拉贝和勒伏家族分崩离析的假象？

勒伏泰：“这个假仁假义的塔拉贝，我才不相信他！”

但当河滓伊迪把无境之球轻轻一抛，无境之球悬浮在空中，黑暗的球体里散发着光芒、折射着无数炫彩光芒的时候，大家都愣住了。

勒伏泰嘴上不说，内心里已经认同了河滓伊迪的故事。他没有为自己的家族感到骄傲，而是一种无奈，一种软弱的无奈。让塔拉贝一个人承受所有的骂名，这是正义的吗？真不如河滓家族，至少人家是站在一起的。

河滓伊德看着悬浮在半空中的无境之球：“伟大的塔拉贝！他比我们想象的伟大得多。”

河滓伊迪：“赶紧把无境之球封上吧，如果有可能，永远不用再打开它。”

河滓伊德点头，郑重地从河滓伊迪手里接过无境之球。

勒伏泰：“既然他把无境之球还给我们，为什么他还要留着我们勒伏家族的？”

“只要大太司凑不够所有的无境之球，他就没有办法得逞。”河滓伊迪说。

“这个家伙！不愧是我们勒伏家的人！”勒伏泰眼中竟然有泪花闪动。

河滓伊德从胸口中掏出锐角菱形体，那是无境之球的钥匙，若是不出意外，这把钥匙能重新把无境之球锁上封存起来。河滓伊德一手拿着无境之球，一手将菱形体靠近无境之球，一股强大的力量从菱形体的尖部传来，那是一种强大的对抗性的力量。越靠近，力量越大。无境之球发出耀眼的强光。这时，河滓伊德不由自主地全身颤动起来。河滓伊迪见状，将手搭在河滓伊德的手上。各种河滓家族的古老文字开始浮现，像恒星之光一般，照亮了缺少戈兰克斯星照耀的青焰大城。这一束光，冲出了中心大楼，像一个光柱一样，冲向了盖耶诺环，即便能吞噬一切能量的盖耶诺环，也似乎被这强烈的能量影响，被照亮了一片。

正在空中布防等待战斗的飞船们看到了这束光，产生了奇怪的气氛。他们好像看到了一种启示——在这场纷争的背后，有一种力量在保护着他们。

当然，在指挥飞船上的塔拉贝也看到了，他知道这是河滓伊德他们在封存无境之球。只要让河滓伊德以及他的同伴们顺利离开古博星，躲到一个大太司永远也找不着的地方去，也许就能避免一场宇宙大战。即便自己在这次战争中被杀死，也能完成老族长的遗愿了。不过可惜的是，如果他早点知道河滓家族的无境之球能激发所有的无境之球，他也不会贸然行动，逼迫河滓伊迪他们。不过这也许是注定的事，有一种力量在引导着所有的生灵，这种力量远远超过他能理解到的，与宇宙同在，通晓一切的力量，这是不是也是大太司追求的目标呢？

在大太司这边，他藏着的六颗无境之球变得不安分起来。围绕着无境之球的一圈光线变得明亮起来，并且在不停有规律地上下震动。坏了！看来河滓家族的无境之球产生了某些变化。也许，这次他又会错过这千载难逢的机会。绝对不能失败，绝对不能让地球逃过一劫！他的表情变得狰狞起来。“我绝对不能再回到那儿去！”一个强烈的念头又突然出现他的意识里。

大太司再次催促的命令到达了在盖耶诺环边等待的深潜舰。罗里蒙素将飞船的粒子炮对准了其中一艘深潜舰，发出继续行动的命令。在强压之下，冥斯家族的深潜舰只能继续行进。庞大而笨重的深潜舰重新发出紫色的浓烟，在八爪的支撑下，钻头打入地下。

在中心大楼里，在河滓伊迪的帮助下，河滓伊德缓慢了转动手里的无境之球，在某个角度，无境之球的对抗力突然减少，并且从他的手里浮了起来。

河滓伊德大声喊道：“快让开！”

这一声把所有人都吓了一跳，因为他听到了一种强烈的、穿透的声音。

几十个碎片以光速行进，穿过坚硬无比的大楼和矿石，并没有减慢速度，河滓伊德手里的无境之球正在召唤着它们。

看到河滓伊迪没有反应，河滓伊德拉开他，碎片从河滓伊迪的旁边划过，瞬间将无境之球包裹，重新变成一个墨色的立方体。

锐角菱形体也从空中掉落。

大家看到这儿，深深吸了口气。至此，河滓伊德家族的无境之球又被封印起来了。

在大太司的飞船里，显现在无境之球上的位置信息全部消失，无境之球也像沉睡了一般，没有一点反应。大太司的眼中出现愤怒之火，他暗暗发誓，即便将整个青焰大城化为灰烬，他也要找到这两颗球！

第25章 新的计划

河滓家族的无境之球现在被彻底关闭，想来大太司那边已经得不到无境之球的坐标，河滓伊德他们终于松了一口气。“我们赶紧撤吧，这座大楼恐怕是坚持不了多久了。”墨丽尔建议。此时，随着下面岩流的迸发、刚刚地下爆炸产生的余威，高耸入云的中心大楼在不停地摆动。大家拿了点武器往外跑，河滓伊迪走在最后，突然停了下来。

此时的塔拉贝在舰队指挥中心正和手下分析大太司的舰队布局。指挥中心的中央悬浮着立体全息图景，上面显示太太司的舰队密密麻麻，基本包围了青焰大城，地下还有深潜舰在不停地移动。除此之外，联军至少有一半的隐形舰队没有出现在全息图里。塔拉贝知道盖耶诺环不能持久，以现在青焰大城的实力，打败大太司肯定是不可能的，最实际的方法是找到一个可以安全撤退的缺口。在这场突如其来的战争发生以前，塔拉贝还是低估了联军的力量。短短十几年，大太司就发展了强大的战争能力，不少武器还包含高级别的外星科技，真是让人匪夷所思。所以现在重要的，是保住自己的性命和自己家族的无境之球。

塔拉贝的手下瓦达走进来：“报告阁下，现在可用的飞船只有九千多架。”

塔拉贝：“盖耶诺环还能坚持多久？”

瓦达：“根据测算，盖耶诺环在下一轮大太司的攻击中就会失去效力，得早做准备。”

塔拉贝：“好。一会儿你们可以和平民们一起撤离。”

瓦达：“不，我们愿誓死追随阁下。”

塔拉贝点点头，然后示意瓦达出去，接着自言自语起来：“希望你们能够永远逃离古博星！”

深处地下的索布隆沿着旋力弹炸开的缝隙往前爬，小心躲过青焰岩流的“袭击”。因为刚才同时爆炸的原因，盖耶诺环的下面已经部分裸露了出来。索布隆希望能在新的旋力弹爆炸之前找到办法钻进去，但是这一切好像都是徒劳。目前知道并没有任何物质能够轻易通过盖耶诺环，至少在自己的故乡星球是这样的。但是很快，他发现一件怪事，如果盖耶诺环能够包裹着所有的青焰大城，那必然在这布满岩浆的地下也是被紧紧包围着的，既然如此，青焰一定会被盖耶诺环切断，而岩流没有了流动，必然会停止流动，可是事实上岩流还是正常地穿梭于盖耶诺环。这究竟是什么原因呢？带着这个思考，索布隆冒着危险，向黑色的盖耶诺环慢慢靠近，终于在只有咫尺之遥的时候，清楚了真正的原因——是六角花的藤蔓！原来，青焰大城的六角花藤蔓竟然可以穿越目前全宇宙最为坚固的屏障，也可能是因为六角花，才让盖耶诺环躲过了上次的攻击。索布隆看着这弯曲生长的藤蔓，有了一个穿越屏障的方法。

河滓伊德等人避开地上蔓延的岩流小心地向前走，经过一处转角，准备上远处的一架飞行器。突然一块矿石崩开，滚到河滓伊德等面前，绿苔毛受了惊吓，恨不得跳到墨丽尔身上，地上出现一个大洞，一个人头冒了出阿来，绿苔毛吓得尖声喊叫，河滓伊德以为是联军突破了防线，赶紧拿出粒子枪对准他："你是什么人？""不要开枪不要开枪！"索布隆浑身黑漆漆的。"索布隆？"墨丽尔三步并作两步跑到洞口惊讶地说。"是啊！墨丽尔阁下是你吗？"索布隆说道。

墨丽尔："是我！"

河滓伊德不可思议地说："你们认识？"

墨丽尔边点头边说："嗯，这就是皮威尔星的索布隆。"

河滓伊德和墨丽尔快速地把索布隆从洞口拉出来。

索布隆起身："墨丽尔阁下，你没事就太好了。"

"你怎么来了？""墨法耶默许我来救你。""古墨大邦还好吗？"

墨丽尔还是担心古墨大邦的安全。两人在不停地交流着情况。

"这个墨法耶还真是懦弱，这么大的事也不出来露个头。"勒伏泰愤愤不平。"墨法耶如果参与，恐怕也改变不了结果。"河滓伊德说，"他或许也要考虑古墨大邦的人们。"

"墨法耶已经开始集结手下在与青焰大城交界的地方布防。"索布隆告诉大家这个好消息。"那里的防空设施能用了吗？"墨丽尔的担心不无道理。古墨大邦虽然没有无境之球，但是长久以来，就是古博星的一块自由之地。它和青焰大城一样，一定是大太司的眼中钉。如果借助这次机会，顺便把古墨大邦消灭了也不是没有可能。战争是有惯性的，一旦开始，就很难停止。现在墨丽尔也理解了墨法耶的顾虑。他之所以没有派大量的人过来营救她,也是担心被大太司抓住把柄,那么后面入侵古墨大邦就变得顺理成章了。

索布隆看着大伙:“我已经全部弄好了,你放心,你们赶快和我走吧!”索布隆告诉他们,顺着六角花地下的藤蔓,已经钻出盖耶诺环的范围,悄悄离开。大家准备跟着索布隆走时,河滓伊德突然发现少了一个人。

“河滓伊迪呢?”这时大家才发现,河滓伊迪并没有跟上来。远处,河滓伊迪一个人正跑上一架飞船。在控制中心大楼后面有个巨大的飞船停泊场,还停着几百架飞船。部分守卫正在忙碌穿梭。停泊场中,不时地有青烟岩流喷发出来,发出“呲呲”的响声。河滓伊迪跳上一艘飞船,关上舱门,立刻启动,往上飞去。远处,河滓伊德看到了他的身影。

“他要干什么?”勒伏泰说道。河滓伊德知道族弟河滓伊迪这么做只有一个理由。“他肯定去找塔拉贝了。”他能理解河滓伊迪的做法。现在家族的无境之球已经交给了自己,他已经没有牵挂了。这些年,塔拉贝其实一直很照顾他,关键时刻他不希望自己一个人逃跑。但是,河滓伊德放不下这个弟弟,那毕竟是他唯一的亲人了。“你们先走吧,我必须要带他走。”河滓伊德希望大家能各自行动。勒伏泰第一个不答应:“要走一起走,分开算什么?”如果河滓伊迪没跟大家讲塔拉贝的故事,大家还没那么为难。现在所有人都知道他是个名副其实的英雄。“我们一起吧。”墨丽尔真诚地看着河滓伊德。

索布隆:“为什么？你们都不要命了?”

墨丽尔对着索布隆说道:“这位是勒伏泰,这位是河滓伊德,这位是亚维摩星的绿苔毛。”绿苔毛从墨丽尔的背上跳下来跑到索布隆面前:“刚才墨丽尔说你来自皮威尔星,是真的吗?”索布隆点点头说:“是的。”绿苔毛转头看着勒伏泰:“你有救了,他可以解你身上的毒。”索布隆一头雾水:“解毒？解什么毒?”

又是一阵震动,勒伏泰说:“毒不毒的后面再说,大家能不能快点,我还要去找塔拉贝,亲自问问这个家伙为什么要骗我。走!”河滓伊德和勒伏泰大步往停泊场跑去。

墨丽尔:“现在我们先去找塔拉贝,一会儿给你细说。不然你先回古墨大邦,告诉墨法耶我这边很好。”

索布隆着急地叫:“墨丽尔阁下!”

墨丽尔看着索布隆:“或者你带着绿苔毛先走?”绿苔毛看着脏兮兮的索布隆:“还是算了吧,六角花……”他打了个冷战。索布隆不放心墨丽尔:“要是允许,请让我跟随您!”墨丽尔点点头,三个人一起跟着河滓伊德往前跑去。

黑色的天空下,河滓伊迪驾驶着飞船升上来。前面就是排成行的平民飞船。他看着上方,还有攻击不停造成盖耶诺环反应。越来越高的岩流柱已经快到达平民飞船的下面了。从远处看,就像一条条笔直发光的线条。虽然岩流和六角花相克相生,但是对古博星人类可不是那么友好。它可以轻松把一个古博星人化成灰,连特制的防青焰的飞船碰到了也会损毁坠落。河滓伊迪小心地在喷发的岩流柱之间穿行。下面的陆地则大面积被岩流占领,发出青蓝色的光。因为盖耶诺环的原因,上暗下亮,好像整个世界都被颠倒过来了。

平民舰队们看到是青焰大城守护飞船过来了,纷纷让道。大家好像已经平静下来,不像刚开始那么茫然无措。河滓伊迪驾驶着飞船,静默飞过舰队群,好像一种仪式,有种凝聚的悲壮和决然反抗的气氛。在平民舰队的上方,是随时待命的战斗舰队。它们围着中心的指挥舰,一圈圈排列。准备在盖耶诺环被破坏后奋力一击。河滓伊迪飞到外围,向指挥舰发送信号,要求接驳指挥舰。

塔拉贝一直盯着全息图中大太司舰阵的变化,叫来瓦达:“你去带河滓伊迪过来。”瓦达点点头离开。他没想到这个沉默寡言的家伙,是个如此重情重义的人。和自己当年多像啊!把生和死的抉择常常放在冲动和热血之后,对自我道德的要求也会让他们寝食难安。要是因此得到了一点点好处,他们更不会放过自己。圆滑和世故是他们的仇敌,保持了生灵们与生俱来的愤怒。他对于河滓伊迪有过利用,但不可避讳,有很大一部分是恻隐之心。对于河滓家族他是敬佩的,在他的眼里,这样的家族才配得上八大家族的称呼,远不是什么冥斯家族可以比的,甚至自己的勒伏家族也无法和他们相比。当河滓伊迪狼狈不堪地被人带到他面前时,他想起自己背负家族神秘使命逃来青焰大城时的情形。虽然勒伏家族当时并没有受到实质性的冲击,但是心情有很多相通的地方。但是他不会把这种感情外露,对他来说,外露情感等同于把自己的弱点展示给所有人。他知道,这个由青焰岩流和六角花组成的青焰大城并不是真正封闭的,在某个阴暗的角落,有不知道哪儿来的力量正在盯着他,随时准备把他杀死或者毁灭青焰大城,或者代替他成为这个荒蛮城市的主人。现在这个城市即将要遭到毁灭,他甚至有点留恋起来。这里面不仅仅有习惯的权力,还有将所有忠诚变成利剑的豪情。他得承认,伪装时间长了,已经成为他身体的一部分。河滓伊迪回来,算是他对曾经自我怀疑的自己确立了某种信心。

得到指挥舰的命令,河滓伊迪的飞船靠近指挥舰,一条接驳通道伸出来,和他的飞船对接。通道门打开,瓦达走了进来:“塔拉贝正在等你。”

河滓伊德几人驾着飞船紧随其后。

“想到要和那个家伙捆绑在一起,还真是有点不甘心啊。”勒伏泰想到自己有可能死在这儿,有点后悔刚才的冲动。他还想和河滓伊德一起把大太司的谜底揭开。勒伏泰受不了没解开的秘密,就像驴子前面吊着的胡萝卜。

墨丽尔:“勒伏叔你就少说几句吧! 他可是你们勒伏家族的英雄啊。”

河滓伊德知道勒伏泰的小孩脾气,他心里多少有点不平衡,原本以为塔拉贝是个和大太司一样的大坏蛋,没有想到一个故事让塔拉贝摇身一变成了救世主。“本来勒伏大哥是想自己当救世主的,没想到现在被塔拉贝抢了风头!”

勒伏泰:“早知道不和你这小子做朋友,不帮你逃跑,不陪着你换辐射常数,现在也不会让你嘲笑了。”

河滓伊德:“看,我说对了吧!”

“没想到勒伏叔一把年纪还这么幼稚,哈哈哈……”墨丽尔一边说一边笑勒伏泰。勒伏泰脸上有些尴尬:“你们两个小鬼够了啊,不要以为我不会生气。”勒伏泰故作生气的样子。活跃的气氛背后,是即将面对未知的一种方式。绿苔毛就没有那个心境了,缩在角落,一副落魄样。

河滓伊迪在瓦达的带领下走进塔拉贝的指挥中心。

“瓦达,你先出去。”塔拉贝说道。

瓦达离开,偌大的指挥中心只有河滓伊迪和塔拉贝两个人。

“我还是叫你希波梅诺吧,习惯了。你怎么又回来了?”“我想看看,有没有我能做的。”“他们呢?”塔拉贝没有了往常的傲气和霸气,语气平和。“我已经把无境之球交给了哥哥。他们应该会想办法离开吧?”“他们正在来找我的路上。”塔拉贝对一切了如指掌。“怎么会呢?”河滓伊迪惊讶地说。“你在,他怎么会走呢?”河滓伊迪听到这句话,有点自责起来。“你要知道,我不会和大太司对抗到底的,只要一打起来,我就会逃跑。所以,你不必回来。”塔拉贝还是不紧不慢地说,“别把我当英雄。只有活下来,才能做成自己想做的事。”河滓伊迪对塔拉贝的话并不感到意外。“塔拉贝阁下,下面我们的具体计划是什么?”

“说真的,要是这次死了,也不遗憾。不孤独。”勒伏泰低声说道。

河滓伊德走到勒伏泰身边:“勒伏叔,你还记得当年你带着我第一次去金环星的情形吗? 我到现在都忘不了,我在地球的时候常常想起那个时候。你在金环星上养殖了飞蜀,让本来快要灭绝的飞蜀群得到壮大。你不嫌弃我是个小屁孩,也不怕我成天拉着你吵吵闹闹，是你教会我在金环星上骑飞蜀，为这个你触犯了族规，被你的家族禁足了一年，那一年我都是跟着我叔叔偷偷去见你，这些你还记得吗？”

勒伏泰笑笑，这些他怎么会不记得呢？那是多么幸福的一段时光。所有人都好像无忧无虑。这时，勒伏泰的手臂又出现了异常，他的皮肤颜色越来越浅，慢慢变得透明。勒伏泰用另外一只手去抓变得透明的手臂，露出紧张的表情。“看来我的身体有点等不及了。”他试图用轻松的玩笑让大家别为他担心。绿苔毛紧张地说：“这可怎么办？”索布隆上来查看勒伏泰的手臂，表情严肃。“要尽快想办法了。”“怎么才能治好勒伏叔？”墨丽尔担心会延误机会。“看看你们这些小朋友，太可笑了。”勒伏泰故作轻松，“现在担心这种小事不觉得有点多余吗？”索布隆想了想：“等到了古墨大邦，我会想办法的。”“皮威尔星佬，你不是修飞船的吗？连我也能修？”勒伏泰说。

大家都在为勒伏泰担心，勒伏泰看自己怎么努力大家都开心不起来了，有点丧气。“等我们从青焰大城冲出去，就赶紧去古墨大邦。”河滓伊德做了决定。无论如何，这些人他都不能放弃。庆幸的是，不一会儿，勒伏泰的皮肤一点一点地恢复了原来的颜色。河滓伊德上去，将双手放在勒伏泰胳膊上。勒伏泰看着河滓伊德这么为他担心，竟然开心地笑起来。

墨丽尔向指挥舰发出请求接驳的信号。

指挥舰没有任何变化。“这个家伙，是不是不敢见我们？”勒伏泰还是嘴上不饶人。

过了一会儿，接驳通道伸出。墨丽尔将飞船缓缓靠近，准确地与通道相连。通道打开，五个人先后走进通道。河滓伊德和勒伏泰走在前面，墨丽尔跟在后面，索布隆随时跟着墨丽尔，最后面的绿苔毛小声嘟囔着：“我能留在飞船上吗？”没有人搭理他，他只好跟着往前走，“我真是好奇为什么你们都不怕死。”

指挥中心的门打开，他们果然看到了河滓伊迪。塔拉贝专心致志地看着全息图，“就知道你们不会听劝。无境之球你们也拿到了，怎么了？还要拿我手上那颗吗？”“谁稀罕你的无境之球？我们是来带河滓伊迪走的！”勒伏泰嘴上不服输。“勒伏叔，你们快走吧。和平民舰队一起，我想一定能走得了的。”河滓伊迪是铁了心要和塔拉贝一起了。

河滓伊德想从塔拉贝身上得到更多信息：“我非常感谢你照顾河滓伊迪，大概情况我们也知道了。但是我还有些问题想请教。”

塔拉贝回头看着河滓伊德：“我会把所有知道的全告诉你。”

“关于大太司的历史。”河滓伊德开门见山。

塔拉贝:“有些事我也只是知道一点。”塔拉贝决定把所有知道的全部告诉河滓伊德。这次战争之后,不知道还会不会有人活下来,到时候了。

塔拉贝:“我明白你想知道什么,大太司肯定不是你们河滓家族的人,也不是来自古博星其他贵族家庭,我并不知道大太司的具体来历。但可以肯定的是他的出现与你们河滓家族有关系。”

河滓伊德:“大太司是曾经被我们家族收留,这个大家都知道。”

塔拉贝:“是,这已经写在古博星的历史里。但是,我从我们勒伏家族的族长那儿听到了理由。”

河滓伊德仿佛看到了解密的希望:“理由?”

塔拉贝:“对!我想墨法耶已经给你们看了上次星际战争中大太司存在的证明。但是非常奇怪的是,二十多年前,大太司出现在古博星的时候,好像一个什么都不知道的孩童。我们都不知道他从哪儿来。但是从外表看,他又是古博星人,因为他有着高贵的浅蓝色皮肤。你们知道为什么河滓家族会收留他吗?因为他即便什么都不知道,却能说出白江和墨碑,宽阔的白江,高高耸立的墨碑……在白江边的,只有你们河滓家族。而且,你们家族的神庙就在白江底部。这很难不让人有所联想。”

河滓伊德怎么也想不通为什么会这样:“那就很奇怪了,如果他之前从来没有在古博星出现过,他怎么会知道我们家族的事?”

塔拉贝:“这我不知道,所以,你们家族的族长认为这个人是天选之子,所以就收留了他。没想到,多年以后,他成了最高的掌权者,第一个对付的,就是你们家族。这件事少有人知,因为顾及河滓家族的名声,所以知道的人都把这些事隐藏起来了。如果我今天不说,可能将来永远不会有人知道。这就是我所知道的全部了。至于无境之球,说实话,我不知道能做什么。但是一切都告诉我,必须不能让大太司得到它。”

大家听到这个信息,都有点反应不过来。河滓伊德的疑惑没有解开,反而变得更加迷茫了:“他到底是谁呢……一会儿如果,如果盖耶诺环被破坏了,你打算怎么办?”

塔拉贝:“我也许会流浪,或者,被大太司抓住,死去或者永不见天日。但是只要有一颗无境之球没有到他手里,他就达不到他的目的,先不管这个目的是什么。这就是我想让你走的原因。”

河滓伊德:“你可以不用做星际难民。”

塔拉贝笑了:“怎么,你还想劝我去古墨大邦？不要高看那小子!”

“古墨大邦一定不能去。”墨丽尔说道,“如果阁下逃到古墨大邦,古博星才是没有救了,有无境之球在,大太司一定不会放弃,也会找到理由攻打古墨大邦,墨法耶必然会全力反击,我们古墨大邦虽然有边境防御,但是却没有盖耶诺环,到时候古博星的情况可以想象。只是徒增伤亡而已。”

河滓伊德说:“也许你可以去地球。”

塔拉贝:“这是哪里?”

河滓伊德:“一颗四阶文明星球,在银河系。”

塔拉贝:“谢谢你的好意,河滓伊德。我自然会有我的办法。”

勒伏泰:“你就真就准备带着你的手下做星际难民吗?”

塔拉贝:“怎么,让我向大太司投降,把无境之球双手奉上?”

勒伏泰被塔拉贝讽刺,却少见地没有反唇相讥:“在星际流浪可没有好结果,你看看他们。”勒伏泰指了指索布隆和绿苔毛,“他们的星球都被毁灭了,只能寄人篱下、过着东躲西藏的生活。你已经做了这么多了,不应该再受这样的苦。”

“少替我操心吧,你们考虑好自己的计划就行。相比起来,我还是希望你个老东西能多活几年。”“谁先死还不一定呢!”勒伏泰恢复了“正常”。“勒伏家族被人下了毒,很有可能是大太司。”墨丽尔说道。“下毒?”“所以说你小子命好,从家族里被赶出来,反而捡了一条命。”勒伏泰的老毛病又开始犯了。“不过皮威尔星的索布隆,对,就是你原本命令我杀掉的人,会救他!”墨丽尔把索布隆介绍给塔拉贝。塔拉贝没想到自己会在这样的情况下和索布隆见面。

塔拉贝:“你就是那个救了墨丽尔的人？希望你别恨我。我非常感谢你能帮我的忙,救救这个老东西。”

“谁要你做好人?”勒伏泰不服气。

“可以,不过,你需要用东西交换。”看来,索布隆对塔拉贝还有恨意,毕竟他害得他差点丧命在浮幽禁林,更重要的是,还把放过他的恩人关在了六角花城堡。

塔拉贝哈哈大笑:“当然可以,你要什么都可以。我塔拉贝一向公平交易。”

“我想要你的六角花城堡。”

所有人都很惊讶地看着索布隆,这是个什么怪异的条件？一棵超大的六角花树而已,不知道这能有什么价值。再说,大太司攻下青焰大城,要不要的有所谓吗?

绿苔毛:“真是怪人。”说完后不自觉地打了个冷战。在六角花城堡里的无数个日夜都是他的噩梦,想起六角花顺着血气围攻自己,他就如万箭穿心一般痛苦难当,他忘不了六角花贴在自己的皮肤上用力拉扯、疼痛长久不能退散的感觉。六角花特有的汁液会让伤口久久不能愈合,有些囚犯会因为经不起六角花的长期折磨自杀而亡,有的囚徒却在长期的折磨中慢慢地放弃任何希望,绿苔毛想到这些就原地蹲下团成一个团瑟瑟发抖。谁料塔拉贝大笑起来:“果然,也许只有皮威尔星人才会知道六角花城堡真正的价值。”

墨丽尔惊讶地看着索布隆说:“这里面有什么秘密吗?”

索布隆不紧不慢地说:“交易达成。”接着又对着墨丽尔说:“回到古墨大邦后我一定会告诉你。”

墨丽尔半信半疑地点点头,墨丽尔想起来在六角花城堡里的遭遇就不寒而栗,为什么到了索布隆这里却像得到了一个宝贝一样,墨丽尔有些不解。

塔拉贝面前的全息图上不停地闪着红光。大太司的联合舰队一刻都没有停过,徒劳而疯狂地命人攻击着盖耶诺环。

塔拉贝话锋一转:“要知道的你都知道了。我现在就希望你们能够准备离开。瓦达!”

瓦达进来:“塔拉贝阁下!”

塔拉贝:“给他们准备一个平民飞行器,让他们躲到平民中去。”

河滓伊德:“在战争结束以前,我们不会走。”

勒伏泰:“对啊,虽然我横竖看不惯你,但是现在要走了,岂不是愧对勒伏家的名声!”

塔拉贝笑道:“你以为我是为了你们的命吗?还要我说多少遍,是因为你们身上有无境之球!不能让大太司得逞,明白吗?别忘了,战争真正开始的时候,我也会走。”

河滓伊德:“我们还是先看看怎么部署对付第一波冲击吧!”

第26章 空中激战

新的深潜舰毫不费力地找到了盖耶诺环唯一的支撑点。这次放下旋力弹，他们会快速离开，以免被大太司提前按下爆炸按钮而莫名地死去。虽然操作深潜舰的是冥斯家族统治下的民众，但是都属于贱民阶层。哪怕被毫无原则地牺牲掉，也不会有任何人为他们伸张正义。如果他们违抗命令，他们在城中的家人就会被连累，从这个星球彻底消失。狭小的操作间里紫色烟雾弥漫，他们一边咳嗽着，一边胆战心惊地准备放置旋力弹。其中一个贱民拦住了操作手，操作手看着阻拦他的人，眼中充满了同情。这时候操作舱里的气氛变得凝重起来。其他几个操作手挤了过来，相互用胳膊触碰在一起。这时大太司的命令在操作舱中响起："快速放下旋力弹！我命令你们！想想你们可怜的家族，他们在等待着你们的决定！"

准备赴死的决定已经做好了，简单的仪式也很快结束了。大家各自回到岗位上，依旧是烟雾弥漫的空间，操作手将钻头对准了岩石，用力打进去。在放置旋力弹的舱里，机械手将旋力弹取走，从前面的出弹口滑走。

旋力弹被放置在新挖掘好的洞里。刚刚放完，操作舱里的贱民们赶紧开动机器撤退。

控制中心里，大太司微笑着："让我好好看看这颗大黑球吧！我想亲眼看看它怎么消失！不用一会儿，这个小城就会灰飞烟灭！无境之球，我一定会拿到你！塔拉贝、河滓伊德，这次你们还能怎么逃出去呢？"

深潜舰中的贱民们，正在奋力将破旧的老机器沿着打好的洞穴往外开，浓烈的紫色烟雾充满了坑道。他们已经完成了使命，但是求生的本能让他们不得不全力撤退。

大太司将他的手放在了虚拟的按钮上，轻轻一点。

旋力弹旋转起来，以肉眼不可见的速度将周围的岩石变成连绵的粉末，又像一个石子投入湖中引起的涟漪，荡漾着消失。这些分子链就像成片的丝线一般在旋力弹的威力下飘舞。离旋力弹很远的深潜舰还在奋力地奔跑,可是很快,里面的贱民们就看到自己的手臂已经消失了。眼泪还没来得及流下来,就变成了一件缥缈的薄纱,同那些紫色的烟雾,也瞬间变成了更薄的片。这些过程,就在塔拉贝听到动静时眨眼的瞬间发生。

支撑盖耶诺环的最后一块石头被销毁,就像顶住球的支点消失了,并且在它的下面形成一个小小的落差。由于自身的引力差,盖耶诺环正在以感受不到的速度往刚刚爆炸的地方移动。

在空中排队准备逃跑的平民们已经感觉到空气中出现有规律的抖动,空气发出震动的声音,“噗”“噗”“噗”……一种不安开始滋长。

在塔拉贝的控制舱里,红色警报开始响起。

塔拉贝:“该来的终于要来了。准备战斗吧。”

话音刚落,整个青焰大城开始向一个方向滑动,地面上的建筑和岩石开始发生倾斜。河滓伊德看着下面,透过平民的飞船,看到了腾起的烟雾。下面的准备逃跑的平民飞船又开始骚动起来。天空中的黑色球体因为开始滚动的原因,在古博星强大引力的作用下,发生有规律的抖动,就像巨大的气泡一般,出现了波浪形的气浪,并在黑色的天空上出现彩色的光晕。同时,杂音在盖耶诺环中来回窜动,发出刺耳的轰鸣。球体中的气体开始发生碰撞,发出蓝色和紫色的闪电。巨大的动能开始聚集,将青焰大城带向不可撤销的毁灭。

塔拉贝发出命令:“快,摧毁中心大楼!”

还没等大家反应过来,围绕着大楼的几架飞船发出了强烈的粒子波,强烈的能量将大楼扭曲、摧毁。巍峨的大楼瞬间变成了一堆废料,从上至下,像灰尘一样倒塌。就在一瞬间,整个盖耶诺环像魔术一样消失了。

勒伏泰:“为什么?”

河滓伊德:“如果不摧毁大楼,等不到最后决战,青焰大城就会自我毁灭!”

大太司显然没有预料到塔拉贝会主动摧毁盖耶诺环,一瞬间,两军对峙,双方完全暴露在对方面前。

塔拉贝:“还等什么?”

青焰大城的飞行器舰队向四面八方大太司率领的联合舰队发动袭击,一时间火花四散。大太司终于反应过来,也迅速还击。

因为盖耶诺环消失的关系,地下的岩浆被突然释放,巨大的岩柱从城下喷涌而出,达到平民舰队的高度,一些来不及躲闪的平民被击中,来不及叫喊就被销毁了。

塔拉贝沉着指挥："打开一条通道，突破包围！"

收到指令，青焰大城的军队开始集中火力突围。

大太司好像早就预料到了这一切，他命令所有的飞船进行封堵，一时间，你来我往，折损的飞行器无数，有的被正面击中，飞船被强大的能量扭曲，变成奇奇怪怪的形状，而里面的士兵们则被活活烧死，变成一块红色的空壳。

在先头部队的保护下，塔拉贝的飞船没有受到丝毫损伤，在战斗部队之后的，是平民的飞行器群，整个阵型就像龙卷风一般，在空中来回摆动。

塔拉贝回头对着河滓伊德："你们赶紧带着平民们从另外一个方向离开！"

河滓伊德知道，这是塔拉贝的计策，他决定用战士们的性命为平民们赢得逃跑的时间。况且，大太司知道，无境之球肯定在塔拉贝的手里。而他的直接目的，就是无境之球。

勒伏泰："想赶我们走，没那么容易！我又不是你的部下！"

勒伏泰的抗议让塔拉贝几乎头痛发作。

河滓伊德："让大家向大太司屈服吧，而你，要和我们一块走！"

勒伏泰："你疯了？"

河滓伊德："以青焰大城这点飞船和武器，根本没办法和联合部队抗争，这你是知道的。要想不让大太司得逞，我们都得走，这样概率更大！"

塔拉贝笑道："你以为我不知道吗？只有我还在，大太司才不会怀疑。如果我现在就走了，没人能指挥得了这些野蛮的青焰军队。大太司会转而攻击我们和平民飞行器。你懂吗？"

河滓伊迪上来抓住河滓伊德："族兄，我们赶紧走吧。"

河滓伊德："不如这样吧，我们分一支队伍，从另外一个方面攻击大太司的指挥飞船，出其不意。墨丽尔，你带领平民舰队，等到合适的机会，尽量让平民们顺利离开。"墨丽尔点头离开，索布隆毫不犹豫地跟了上去。绿苔毛也只能跟着离开。

塔拉贝转过身去指挥："你既然这么想死，没人拦着你！"

勒伏泰对着河滓伊德："好样的！"

河滓伊德等人从飞船的接驳通道里走向了另外一个飞行器中。

屏幕上两军正在交战，炮火连天，不断有战舰被击落，如星辰陨落，有的战舰掉落在正在逃亡的平民飞行器上，地上哀号一片，一些平民被青焰瞬间吞没，刚起飞的飞行器被击毁，掉落爆炸，连带让一些还没有来得及升空的飞行器炸个片甲不留。

墨法耶坐在指挥中心的椅子上看着屏幕,脸上泛着吓人的寒意,墨法耶摁下手边的按钮,一个手下进来:"有没有联合舰队的情报。"

手下:"墨法耶阁下,暂时没有。"

墨法耶:"墨丽尔那边呢?""暂时也没有。"

墨法耶看着屏幕中的炮火连天,暗自庆幸自己的保守策略,如果贸然出兵救墨丽尔,后果不堪想象。对于塔拉贝,他根本无所谓,甚至他希望塔拉贝的青焰大城能够消失,这样他就只用担心大太司了。塔拉贝啊,没想到你这么不堪一击。同时,要开始想想古墨大邦该往哪儿去了。

在河滓伊迪的帮助下,河滓伊德带领一小队战舰绕道大太司舰队最薄弱的左翼发动偷袭,大太司目前的主力都在攻击塔拉贝的控制中心,这突然的偷袭,让联合舰队慌了手脚,瞬间折损了不少战斗力。

大太司在主舰的控制中心问责冥斯家族的首领:"这是哪儿来的飞船?古墨大邦?""是青焰大城的战舰。"大太司冷笑。"不要分散火力,全力以赴攻击塔拉贝的控制中心,我要活捉塔拉贝。"

塔拉贝在控制中心看见炮火更加密集,自言自语道:"河滓伊德这个家伙,太低估大太司了。"

瓦达:"已经按照您的吩咐,安排他们换飞行器离开。"

塔拉贝:"那就好,瓦达你也走吧!"

瓦达:"我绝不离开阁下。"

塔拉贝:"你必须离开,和他们一起去古墨大邦!我会回来的,你和河滓伊迪一定要想办法取得古墨大邦墨法耶的信任,只有这样我才能回来。"

瓦达:"您什么时候回来?"

塔拉贝:"我哪知道,但我一定会回来,去吧。"

瓦达哽咽道:"好,我听您的。"但是站在原地一动不动地看着塔拉贝。

"滚!"塔拉贝大喊,接着起身把瓦达踹出了控制中心。

河滓伊迪驾驶着战舰,河滓伊德和勒伏泰在副驾负责攻击,河滓伊迪指挥跟着他们出来的兄弟们,突然信息弹出:"大太司派已经派增援,我们是否撤退?"

"按原计划撤退。"关了通信设备河滓伊迪转头对着河滓伊德:"我们现在就去青焰山谷的秘密基地。"

河滓伊德:"墨丽尔他们知道吗?"

河滓伊迪:"我现在就通知他们!"

墨丽尔和索布隆配合，原本胆小谨慎的索布隆现在却像一个冷静的将军。飞船上弹出了一幅地图，地图上有一个红点不停地闪烁，同时响起声音："请按提示尽快回到地图中显示的基地。"墨丽尔立即调整了航线，准备按提示退回青焰山谷的基地。她的飞船后面，跟着十几艘战斗飞船，后面则是大量的平民飞船。在这支舰队准备转向时，大太司的增援舰队出现，正堵在墨丽尔的飞船面前。

河滓伊迪飞到最前面开始攻击大太司的飞船，本来已经在开始撤退的战舰纷纷回头参与到攻击的行列，联盟更多飞船加入围剿河滓伊德的战舰这一波战斗中，很快河滓伊德等人的战舰被联盟战舰团团围住。河滓伊迪："一会儿如果我们还是不能突围，你和勒伏叔驾驶飞行器先走。"

河滓伊德："我不会丢下你离开的。"

勒伏泰仔细观察联络器，发现墨丽尔和索布隆驾驶的飞船已经不知所踪："臭丫头的战舰呢，怎么不见了？"

河滓伊迪吃惊地答："不仅墨丽尔他们驾驶的战舰不见了，跟着他们编队的十几架战舰也一起消失了。"

勒伏泰："不会被击落了吧？"

河滓伊德小声自言自语："希望没有什么意外。"

在墨丽尔这边发生了激烈的战斗。十几架掩护着平民舰队的战舰与赶来增援的联盟飞船交火。虽然在力量上有差距，但利用青焰岩流的掩护，联盟飞船始终没有办法靠近他们。墨丽尔让索布隆将飞船下沉，在岩流的间隙穿梭，平民飞船虽然没有战斗力，但他们比较了解岩流柱，所以往往能化险为夷。

这时候河滓伊迪的通信屏幕弹出来，居然是墨丽尔的影像。"等我们的信号，你们以最快速度俯冲，我们配合突围。"说完后离线了。

勒伏泰惊呼："臭丫头从哪里冒出来的？"

河滓伊德："他们现在在哪里？"

河滓伊迪："刚刚的位置还有显示，现在又没有了！"

"或许墨丽尔的方法是最好的！"河滓伊德好像知道了墨丽尔内心的想法，这种心意相通很微妙，好像不用通过任何媒介就可以知晓对方的想法。河滓伊迪迅速用密电通知了被围困的所有战舰。

通信器开始发出简短而有间隔的提示声，河滓伊迪抓紧战舰控制手柄深深吸了一口气，河滓伊德和勒伏泰同步信号，三人互相给了对方一个坚定的眼神。随着通信器一声尖锐的提示，河滓伊迪拉动手柄，整个战舰急速向下俯冲，同时所有被围困的战舰都迅速向下俯冲,就像一张下沉的大网。联合舰队正想追截,在河滓伊德飞船上方突然出现密集的炮弹,封锁了联合战舰的方向。联合战舰只能上升高度。河滓伊德带领着飞船进入了岩流组成的阵中。他明白了墨丽尔的方法,利用青焰岩流来掩护。就像当年在河滓家族的成人礼上自己为河滓伊迪所做的一样。联合舰队由各个家族委派,没有人真的愿意为大太司的野心去死。所以他们在岩流之上象征性追了一段就放弃了。

河滓伊德再次失去了墨丽尔的位置信号。好在安全了。河滓伊迪发号施令,让飞船全部飞向古墨大邦。但是河滓伊德却不同意。

河滓伊迪着急地问:“伊德大哥,你要干什么?”

河滓伊德看向身后的视窗。远处,青焰大城的平民们正在被大太司的联军攻击,平民的飞船因为没有武器装备,就像待宰的羔羊,被纷纷击落。河滓伊迪的愤怒无处发泄,眼圈变成了红色。

河滓伊德:“转回去,给平民们打通一条路!就像墨丽尔帮我们的一样!”

另外一边,塔拉贝正在尝试突围,但整个青焰大城的飞行器队伍都被包围了,在越来越密集的炮火中腾挪,但是这样的腾挪空间也越来越小。

塔拉贝的本色再次显露。他好像并不担心自己在战斗中死亡,就像一个在刀尖上跳舞的勇士,反而变得兴奋起来。

塔拉贝:“把他们引到死亡山谷!”

手下得令,在其他飞船的掩护下,青焰大城残余的飞船舰队向下方撤去。

大太司在指挥飞船上,看着塔拉贝的飞船逃跑,得意之情溢于言表,他想塔拉贝终于扛不住了。今天他一定要让塔拉贝从古博星上消失,他也一定要拿到无境之球,完成他个人的宏图。对他来说,最大的监牢,不是有形的世界,而是无形的时间。无情的物质世界,正在时刻不停地按照某个神秘力量的指示往未知的前方滚动、分裂、波形式前进,没有任何已知的文明可以阻挡。而他最想要的就是改变这一切,实现自己的意义。

河滓伊德的反攻,让联合舰队没有意料到。这些在平民身上显示威力的散兵游勇们是河滓伊德最为痛恨的。也许是在地球上生活了上千年的原因,河滓伊德对文明的理解多了一个维度。所谓的正义和非正义,对于一个文明来说,就是站立的位置。站在多数人一边,或者站立在有利于多数人未来的一边,才是一个文明个体最应该的行为。大太司的举动,有可能会让更多的古博星人陷入毁灭的境地。这些联合舰队的家族,受困于大太司眼前的威胁,却没有选择所有古博星人的未来。这是一种懦夫的行为。想到这儿，他对塔拉贝近乎疯狂的行为产生了更深一层的敬意。这种不陷入当下的勇气会激发起身体内某种潜伏的力量，就像和无数曾经为家族奋斗的祖先一样。河涬伊德自己驾驶着飞船，河涬伊迪用全息图负责躲避危险，兄弟俩配合，让飞船免于被摧毁的命运。

战争毫无疑问地偏向了大太司一边。有大太司压阵，联合舰队不敢懈怠。塔拉贝的飞船阵列被冲击得四分五裂。飞船之间的通信不停地变动着，尽管被联合舰队的粒子炮攻击，远远地看，这些青焰大城的飞船组成的阵营就像一些规则的对称图案一般，不停地改变。眼看着舰队已经到了死亡山谷上空，从飞船往下看，能隐约看到漫山遍野的六角花和远处冒出的青焰岩流。塔拉贝的指挥舰从中心的位置突然下沉，靠近六角花群而去。

塔拉贝发出命令："快，攻击六角花！"

尽管大家都不知道塔拉贝的目的是什么，但是很快青焰大城的作战飞船纷纷将炮火对准了下面的六角花。死亡山谷的六角花长得特别的粗壮硕大。好像感觉到了即将到来的生物能量，六角花纷纷向上伸展着藤蔓。很快，飞船上的粒子炮向六角花发动了攻击。粒子炮的冲击波到了地面，将六角花完全摧毁，就像雨点落在池塘上，露出了一片一片褐色的地面。而受到炮火能量袭击、被烤焦的六角花藤蔓也蜷缩起来。

跟踪而来的大太司的联合舰队被青焰大城军队的举动迷惑了，不知道他们的意图是什么。塔拉贝冷静地下命令："攻击不要停，飞船往青焰岩流方向移动！"青色的岩流从古博星的地下深处带着强大的力量喷薄而出，这种岩流并没有更高的温度，却对古博星上的一切金属和生物有强大的杀伤作用。唯一能牵制这种岩流的，只有六角花。所以形成古博星一大奇景：但凡有青焰岩流的地方，就有六角花的存在。当青焰岩流能量越大，六角花生长得也越旺盛。如果将飞船隐蔽到六角花丛中，或许还能暂时躲避一下，可是为什么要轰炸这些六角花呢？青焰大城的士兵们都搞不懂塔拉贝的目的是什么。但是命令就是命令，密集的粒子炮不停地轰炸六角花群和它们下面的岩石。很快，这些轰炸取得了成效：新的缺口被打开了，新的青焰岩流从地下冲出来，形成高达几十米的岩流。受了这些刺激，本来奄奄一息的六角花就像收到了刺激的信号，开始和岩流一道，高高地伸向空中。塔拉贝的飞船迅速穿行到岩流和六角花形成的保护阵中。

大太司的联合舰队没有意识到已经进入了塔拉贝的圈套。在追击的炮火之下，新的岩流冲出来，原来的岩流变得更高，有些飞船被岩流冲击，瞬间便被摧毁。

大太司发现了塔拉贝的计谋。他知道,论对地形地貌的了解,塔拉贝明显更有优势。他赶紧下令停止攻击,而是让联合舰队的飞船在上空跟随青焰大城的飞船,只要它们一出这由岩流和六角花构成的阵防,立刻发动攻击。

另外一边,河滓伊德在跟联合舰队的飞船交手。出其不意的攻击让联合舰队措手不及,它们为了自保,向四处散开,平民的飞船向河滓伊德方向飞来。墨丽尔也看到了这场小小的战役,赶来支援。在这小小的战役中,河滓伊德取得了胜利。河滓伊迪忧心忡忡:“伊德大哥,我们赶紧往古墨大邦撤吧!”河滓伊德点点头,将撤退的信号发给墨丽尔,带着一帮青焰大城的飞船殿后,往古墨大邦撤去。

大太司在联合舰队中心的指挥飞船中,看着局势不明而大为光火。他不太确定,无境之球到底是不是还在塔拉贝手上,原来想的是将包括塔拉贝在内的所有青焰大城的生物屠杀干净,找到剩下的两颗无境之球。可是现在平民逃走了,塔拉贝躲在青焰岩流和六角花丛中,自己也无计可施。弄不好,这次对青焰大城的计划会弄个竹篮打水一场空。他越发焦躁起来,不能放走一个活物,哪怕是看上去没有害处的平民飞船。于是,他下令继续追击河滓伊德和平民的飞船舰队。

原本以为塔拉贝能够吸引大部分联合舰队的攻击,河滓伊德没想到,新的一波飞行器来势汹汹地追踪而来。河滓伊德给前面的墨丽尔发信号,提示她大太司的飞行器跟上来了。看来要抓紧时间,依据这次的情形,大太司是不会放过任何一个人,包括平民的。行动慢的飞行器最先遭到攻击,毁灭发生在瞬间。让这些平民感觉到恐惧的是,这些武器是无形的,只是在被击毁的时候,自己才能意识到死亡的来临。一时间,这些被击中的飞船散发着紫色的光芒,化为银色的齑粉,在空气中飞舞掉落。而那些无机物则不会被击碎,随着粉尘掉落。河滓伊德命令调动所有青焰大城的战斗飞船殿后,尽可能地保护这些平民。

第27章 古墨大邦的变数

这场激战也在古墨大邦的监视之下。墨法耶看着移动的点正在往自己的城堡飞来。墨法耶的手下忧心忡忡:“墨法耶阁下,武器已经准备好。要不要让他们进来?”

墨法耶:“这是我们的机会。青焰大城这次肯定保不住了,但是大太司也会元气大伤,不会对我们怎么样。你们要知道,如果我们放他们进来,就是公开和大太司以及新的八大家族作对,会和塔拉贝有一样的下场。”

墨法耶手下:“可是墨丽尔也跟他们在一起!”

墨法耶:“你和墨丽尔联系下,她可以回来。其他的人,尤其是青焰大城的平民,不能进来!”

墨法耶手下对城主的决定感觉非常惊讶。他们以为虽然古墨大邦和青焰大城之间有很多不同甚至对立的地方,但是对待越来越独裁的大太司,在立场上应该是一样的。况且,没有人认为大太司会对古墨大邦有什么好的印象,要不是古墨大邦地处偏僻,又没有什么资源和大太司需要的东西,他们现在也许早已经被连根拔起了。但是墨法耶是城主,他的命令没有人能够反抗。

等手下走了出去,墨法耶打开了通信器。他的决定将会影响到后面古墨大邦的命运,他不得不慎重。作为一个领头人,不能为一些简单的情感和冲动所摆布,他必须得冷静。如果这时候放青焰大城的平民进来,会赢得城内大家的尊敬,但是带来的后果不是他现在能承受得了的。这给了大太司一个光明正大的对付古墨大邦的理由。以前自己收集外星武器、收留外星难民的事情应该早就是不公开的秘密,要不是古博星即将寿终正寝、正逢乱世,他也不会借机会做大。但是这个平衡需要小心维护,如果在行动上打破了平衡,可能带来的就是灭顶之灾。现在即将被毁灭的青焰大城不就是最好的例子吗?和大太司争无境之球,他最在意的无境之球,塔拉贝到底在想什么呢?

他下定了决心,对着通信器,缓缓地传达出他的决定:“所有的攻击船请注意,发现青焰大城的飞船,无论是平民飞船还是战斗船,一律发动攻击。不允许他们进入古墨大邦领域!”

关闭了通信器,整个古墨大邦陷入了死寂。所有人都不能理解墨法耶的决定,先不说对平民的处理方式,就连墨丽尔,他都没有提醒半句。那万一墨丽尔在前面领路呢?是不是也要攻击她的飞船?这个做法和他们以前认识的墨法耶好像并不是同一个人。

通信器中传来了另外一个手下的声音:“墨法耶阁下,是对所有的青焰大城的飞行器进行无差别攻击吗?”

墨法耶怒气冲冲:“我说得很明白,所有的,所有的!”

他的声音显得愤怒,带有一种疯狂的意味。这一瞬间,他似乎理解了大太司。也许,大太司的行为背后也有一个更为宏大的目的,不过,目前大家都不知道罢了。不过,他也好奇,无境之球到底有什么作用呢?

大太司在看着往古墨大邦逃跑的飞行器,他不希望墨法耶也搅和到这场战争中来。不过,如果古墨大邦真的不知死活接纳了这帮难民,战火也不能停止。除非无境之球能拿到手里。

墨法耶猜对了大太司的心思。但是墨丽尔等人并不知道。她虽然也有过一丝担心,但是以她的判断,墨法耶不会拒绝她带着这些无辜的难民进入古墨大邦。毕竟,他之前对外星球的难民都能大开方便之门,古墨大邦墨法耶的名声就是这么来的。

当河滓伊德带着平民飞行器接近古墨大邦的时候,联合舰队的炮火攻击更为猛烈了。在一路上的搏杀,双方都没占到什么便宜。飞扬的死亡灰尘飘洒了一路。青焰大城的战斗飞船也所剩无几了。墨丽尔远远地看到了古墨大邦空中列队的战斗飞船,感觉到了一丝温暖。原来墨法耶早就准备好了。

墨丽尔对着通信器:“大家准备好进入古墨大邦,进去就安全了!”

平民们在飞行器里欢呼,终于从死亡的阴影中逃离了。

浩浩荡荡的舰队往古墨大邦飞去。跟踪在后面的联合舰队速度减慢了下来,虽然古墨大邦在古博星算不上什么大家族,但是所有人都知道他们有不可小觑的实力。尤其是墨法耶收留了一批星际难民,这些难民带来了很多超过古博星文明的武器。在没有真正动手之前,大家都不知道贸然进攻古墨大邦会有什么后果。

古墨大邦上空的攻击舰队开始变换阵型,在飞船阵型的中央,出现了一架巨大的通身黑色的飞船。飞船的外壳就像蜂巢一样，有无数个六角形的孔。墨丽尔的飞船领头，她从飞船的舷窗上看出去，不由得兴奋起来。她觉得墨法耶这次动真格的了，这种没有名字的怪兽级别的武器攻击力极为强大，发出的交叉的高强能量能把任何进入其攻击领域的物体切成碎片。

看到这个武器，联合舰队的攻击停了下来，它们不敢轻易靠近。都在等大太司的指令。面对生死存亡的时候，生物的本能发挥了决定性的作用。

平民们的喜悦并没有持续多久。

古墨大邦的舰队对他们毫不留情地发动了攻击。看不见的炮火让这些平民反应慢了半拍，还不知道怎么回事，有些飞船就像喝醉酒一样，直接掉落。

没等墨丽尔反应过来，天空就像变魔法一样，到处都是爆炸形成的云，紫色的云。墨丽尔看着前方，是的，毫无疑问，是自己人在攻击平民的舰队。墨法耶到底在想什么？他不去救自己，墨丽尔还能理解。但是墨法耶为什么要这么决然地站在大太司这边？有没有可能古墨大邦已经被大太司攻陷了呢？

想到这儿，她赶紧命令手下："呼叫墨法耶！我想看看他到底在干什么！"

讯息并没有回音。

墨丽尔所乘坐的飞船在空中画着八角形轨迹，这是古墨大邦内部求救的信号。

河滓伊德也被这突如其来的攻击打蒙了。这一步是他之前未曾预料到的。古墨大邦一直是古博星上另类的存在，他们好像是不属于这个星球的独立的个体，在古博星上的家族、阶层，在古墨大邦似乎都是不存在的。在他儿时的记忆中，无论是古墨大邦还是青焰大城，都是一个模糊的地域。人们从来不主动说起他们，好像这是一个禁忌之地。当河滓家族覆灭后，他隐隐地把所谓的正义押注在这些"法外之地"，可是，现在残酷的现实将他从归属的想象中打醒。这个号称是高级文明的星球，真的在道德上能战胜那些被视作虫蚁的地球人吗？战争，混乱，死亡，悲剧，这些他在地球上生活的一千年，已经经历过无数次了。每当遇到朝代更替，烽火四起，他都会特别怀疑这个曾经带给他欢乐和希望的星球。自从他回到古博星，事情发生得太快了。一切好像还在梦中。面前的攻击并没有停止，围绕他的、所剩无几的战斗飞船正在急速飞行，一边躲避威力巨大的武器攻击，一边尝试还击。

河滓伊德无力地看着这一切。从现在开始，他感觉到了真正的绝望。也许为了自保，古墨大邦的首领并不希望步塔拉贝的后尘吧。这是自私，对于古墨大邦的平民来说，是不是自私呢？这种模糊了正义和非正义的想法让河滓伊德短暂地进入到了思想的虚空中。所有悲伤的惊慌失措，所有死亡的恐惧都难以比得上这虚空的痛苦。也许,死亡才是最好的解脱。没有星球的灭亡,没有背负家族的使命,没有感情,没有恐惧……

来自古墨大邦的攻击,让大太司感觉到一丝快意。他并不在乎权力的味道,这种味道对他来说,已经是见怪不怪了。他感觉满足的是,是他想消灭的生物在死亡前会感觉到一种深刻的痛苦和恐惧,尤其是众叛亲离的时刻,他不由得激动起来:“这才是人活着的世界,即便这是炼狱,也好过与宇宙同生的空寂。”他皮肤上的鳞片开始下垂,就好像瞬间被某种热量摧毁了一般。身边的手下看到这一幕,惊讶得不知怎么办。大太司平复了心情,折叠坍塌的皮肤又变得紧实起来。

大太司面无表情地看着手下,手下反应过来。

大太司冷冷地:“既然古墨大邦这么帮忙,就别辜负了他们的一番好意。”

手下恐惧地点头,发动了攻击的命令。

联合舰队的攻击让河滓伊德保护下的平民们面临着前后夹击的困境。河滓伊迪仿佛看到了河滓伊德内心的脆弱,他用力抓住河滓伊德的胳膊,瞪着他。河滓伊德从极度悲观中清醒过来,他环首四望,耳边似乎传来了无言的呼救。他推开河滓伊迪,自己去控制武器。河滓伊迪赶紧去掌控飞船。

处在古墨大邦控制中心的墨法耶心事重重。虽然已经走到这一步,内心的不安不停敲打着他。为了将来,不能让这些所谓的情感因素阻碍他。墨丽尔的求救他看到了,这说明墨丽尔还不确定这是他亲自下的命令,或者说,她内心里还残留着一丝幻想。墨法耶的手下:“墨法耶阁下,我们该怎么办?”

墨法耶:“先把她打下来,以免影响我们的计划。”

墨法耶的手下:“可是……”

墨法耶突然狂怒起来:“可是什么?! 要是救了她,你知道后面要发生什么吗?难道你们都希望我们全部被杀死?”

在古墨大邦上空攻击飞船中央的武器慢慢地升起来,它的目标很明确——墨丽尔乘坐的飞船。一股蒸汽样的气浪开始在黑色飞船周围浮动,它周围的攻击飞船都自觉地下降。

墨丽尔知道这是黑色巨型飞船准备发动攻击的前兆。也几乎是在同时,她明白了,发动攻击命令的不会是别人,正是墨法耶。如果是大太司占领了古墨大邦,墨法耶不会放弃这样重量级的武器的。现在,也许一切都已经晚了。

墨丽尔对着通信器:“大家小心,冲向它的下方!”绿苔毛觉得十分可怕,不禁缩成一团,胆战心惊地哭喊着:“我不要死! 叽叽咕咕……”念叨着完全听不懂的语言。

河滓伊德知道来者不善，便加速往黑色怪物武器的下方飞去。他虽然没有见过这种外星武器，但是可以预见到如果被击中，断无生还的可能性。

黑色的巨型武器还在发散着气体一样的物质，在它蜂巢状的周围围绕着。突然，黑色的舰体发出红色的闪光。红色闪得如此之快，以至于勒伏泰都不敢相信自己看到了。

勒伏泰："我刚才是不是眼花了？"他有些虚弱，因为这种毒反复发作，让他的身体有点受不了。

河滓伊德："不，你没有看错。"

说话间，黑色巨型武器周围的气体似乎被什么东西突然割裂，分成了形状整体的无数块，每块之间的裂缝非常小，如果不注意根本看不出来。勒伏泰半趴着，看向舷窗外面："糟了！"他明白过来，之所以出现裂缝，是因为这个黑色的巨大的怪物发出了某些尖锐的武器，速度如此之快，如此锋利，以至于可以将气体割开。这也意味着，如果这种飞驰的、肉眼看不见的武器攻击到飞船，他们瞬间就会像这被割开的气体一样，变成碎片。勒伏泰意识到的同时，身体突然一沉，像是被人用力往下拉了一把。

原来河滓伊德也注意到黑色巨型武器已经发动了攻击，他必须要躲避这不知名的武器。更关键的是，他必须要判断这种武器到底是怎样发挥杀伤力的，它们的路径是什么形状的。只有如此，才能躲过一劫。并不是所有的人都能及时反应墨丽尔的指令。没来得及下沉的平民飞行器被瞬间肢解了。这种情形比粒子炮还要恐怖一万倍。那些看不见的利刃毫无阻碍地将飞船肢解的时候，也让河滓伊德亲眼看到了这种武器到底是什么。它不是一个锋利的刀片一样的武器，而是由无数个菱形的网状原子刀构成。这种刀看不到，是因为它可能已经达到了小的极限。它的厚度被控制在仅仅能够让原子之间的引力暂时消失。如果再少一分，它就失去了杀伤力，它的利刃仅仅会让人感觉到被运动的流体拂过而已，本质上和他跳进白江时河面上发生的情形一模一样。但是这种武器不仅有网状的菱形原子刀，而且它在攻击的过程中会被展开，杀伤的面积会变得越来越大，直至它的能量弱到不能再撕开被攻击的物体的原子引力。远处联合舰队更为惨烈。因为他们不知道这原子刀的威力，还没反应过来，就被撕成了碎片。只有一部分逃到了上方，侥幸逃过一劫。

这就是为什么墨丽尔要叫他们往下飞的原因了。只有这样，才能找到这个黑色的庞然大物攻击的死角。

“它准备下一轮攻击需要多久?”河滓伊德隔空和墨丽尔对话。

墨丽尔:“不会太久。既然古墨大邦不欢迎我们,我们回头吧。大不了回到青焰大城。”

河滓伊德仿佛能看出墨丽尔的心思:“塔拉贝没有你想象的那么脆弱。他说不定已经从青焰大城逃跑了。”

墨丽尔的话让绿苔毛感觉到恐惧:“我们九死一生才从那个鬼地方逃出来,可千万别回去。再说,如果走了,不进古墨大邦,那个飞船上的家伙肯定熬不下去,他也会死的!”

绿苔毛的话也不无道理,墨丽尔想。可是,现在墨法耶的态度已经很明确,他是不可能让自己带着平民进入城里避难的。他肯定是怕了,不敢得罪大太司。“算我看错了你!”墨丽尔咬牙切齿。不如等到合适的时机,偷偷从下面进入城内。也许现在只有这样才能救勒伏泰的命了。

在这轮攻击发生以后,古墨大邦的指挥中心里陷入一片死寂。墨法耶根本没有看中央的立体图。

墨法耶:“墨丽尔,还活着吗?”

墨法耶手下:“墨法耶阁下,墨丽尔的飞船目前还没有被击毁。她正在周围盘旋。”

墨法耶暗自松了口气。他动用黑色巨型原子刀这个武器,其中复杂的原因并不能为外人所知。要是墨丽尔没在难民的队伍中,大太司要是不对青焰大城的所有人痛下杀手,他都不会背负这些选择上的压力。但是墨丽尔是知道原子刀的,所以当他选择用这个秘密武器,实际上在潜意识里也是为墨丽尔解围。事实上,他的想法起效了,这一次,损失的青焰大城的平民飞船并不太多,反而是后面的联合舰队死伤惨重。但是,大太司会不会觉察到他内心的那些小角落呢?

古墨大邦上空的攻击飞船开始变换阵型,一会儿像箭头,一会儿又呈现出螺旋形。墨丽尔知道,这是古墨大邦发出的逐客令。意思是如果再不离开,将会发动再一次攻击。

大太司看到自己统领下军队的损失,根本毫无愤怒或者紧张之意,他反而被这种武器吸引了。“有点意思。看来这个墨法耶小子还藏着不少我不知道的好东西啊。”大太司笑着,和自己的手下说话。

大太司手下赶紧回答:“是的,大太司,我们的首领。”

他们明白，如果大太司问话必须要尽快回答，他最不能忍受的是没有人答复他。听说，一个贴身手下曾经因为没有听见问话，导致了整个家族被降到了贱民阶层。这是一个人人都知道的、属于大太司的怪癖。

大太司通过通信器发送着命令："你们就在古墨大邦外面等着，我再说一次，所有从青焰大城逃出来的都必须死！"

第28章 最后的希望

在形同焦土的青焰大城，巨大的岩流从地下喷涌而出，如同炼狱。

塔拉贝的飞船军队在六角花和岩流之间穿梭，而上方，联合舰队的飞船紧紧咬着，等待着攻击的机会。很快，飞船将会驶出茂密的六角花区域，离开青焰大城的范围。塔拉贝知道，但凡从这里出去，自己恐怕会被密集的粒子炮直接分解成灰尘。“先别出去！掉头！”塔拉贝命令道。只要不飞出岩流和六角花的阵防，联合舰队就不能拿他怎么样。

塔拉贝的诡计让大太司愤怒。他估计这两颗无境之球都在塔拉贝的手上。不管是哪个星球、什么文明层次的生物，贪欲好像是共性。他的耐性已经到头了。损失几艘飞船也无所谓，这些所谓八大家族的成员，在他看来，不过是些丑陋的蠕虫，和那些青焰大城逃出来的平民虫子没什么区别。

“给我打，对着藏在岩流里的所有飞船开火。”大太司命令道。

指挥舱中传来了反对的声音：“可是，尊敬的大太司，下面有很多飞船在穿梭，我们根本不知道他的飞船具体藏在什么地方。而且，一旦发动攻击，我们的飞船会被突然冒出的岩流摧毁！”

大太司：“如果他的飞船一直藏在里面，你们就一直等着吗？”

指挥舱中手下接着汇报：“或许，我们可以进入岩流中，追击塔拉贝。”

大太司：“你们怎么做，我无所谓，我只要叛逆之人死。你们要知道，这次是为了维护蒙泰罗斯阶层的荣誉而战，如果你们重视自己的命胜过家族的荣誉，那就会得到和塔拉贝一样的下场！”

手下：“是！”

在大太司的命令之下，联合舰队的飞船硬着头皮冲下去，在六角花和青焰岩流的夹击下左冲右撞。被岩流击中的飞船掉落在六角花丛中，这些士兵还没等从里面跑出来，就被凶猛的六角花蚕食。

这些惨状激发了联合舰队士兵的斗志。他们发誓要把狡猾阴险的塔拉贝消灭。所以，当青焰大城的飞船出现在视野中的时候，万炮齐发。这一次，塔拉贝没那么幸运了，他的飞船被击中，他的胳膊也被打伤，流出蓝色的血液。关于怎么逃命，塔拉贝并没有提前想好。他手里能保命的东西只有一样，那就是无境之球。只要让大太司知道无境之球的下落，就会吸引所有的火力，只不过对他来说，放弃勒伏家族的无境之球让他心有不甘。好在自己留了一手，让河滓伊德带着河滓家族的无境之球离开了，即便自己手里的无境之球丢了，也不至于让大太司得逞。"我得活着，老族长交给我的任务还没有完成，"塔拉贝在心里盘算着。相比起自己化成灰、无境之球被抢走，仅仅送出无境之球，孰优孰劣还是很好判断的。

塔拉贝的身上流的，也是勒伏家族的血液。他将勒伏家族的无境之球拿出来，吩咐手下："给我准备一个应急舱。"

在大太司的指挥舰中，一个醒目的坐标突然出现。大太司的脸上露出了笑容。坐标闪烁着，在快速地移动。很快，这个坐标出现在联合舰队所有的攻击目标上。

塔拉贝乘坐的飞船被一拥而上的攻击飞船炮火攻击，瞬间化成碎片。一颗闪着黄光的黑色的球在空中缓缓下落。无境之球！青焰大城的士兵见状，纷纷围上来，和联合舰队的飞船展开激战。无境之球好像独存于世，不受任何影响地缓缓降落着，犹如神灵。而下面的六角花，都纷纷向着无境之球，好像在迎接着它。

无境之球上面留着塔拉贝蓝色的血。血液在无境之球上蔓延，包裹着球体，血液接触过的地方，从缝隙中闪现出强烈的黄色的光芒。在大太司的眼中，黄色的光线好像冲破了天空，形成一股黄色的光墙，直接冲到了太空中。

大太司："无境之球，终于找到你了！"

突然，一些黑色的、混乱的记忆开始侵袭他的大脑。这已经不是第一次了，而是出现得越来越有规律。在这混乱的画面中，一股巨大的黏稠状的黑色液体从地下冲出来，将所有的人类和代表他们文明的摩天大楼、汽车、简易飞船全部摧毁。人类的世界被这黑色的黏液覆盖、摧毁。他自己也好像被这黑色的黏液覆盖，陷入完全的黑暗中。一束光，从遥远的地方出现，像一根线，穿过他所在的空间，像一把无限长的剑。他想向着光走去，可是这束光永远也够不着。一串数学公式在他头脑中出现，也解释不了这奇怪的现象。最后残留在记忆中的，是一个人形在黑暗的虚空中飘荡。大太司头痛欲裂，稍一缓解，他便意识到，这或许是无境之球的力量。它可以影响想得到它的一切生灵，这很明显不是依靠已知所有的逻辑、科学，代表的是现在不能掌控的更高程度的文明。无境之球的能量让大太司感觉到兴奋。而且,它对大太司的影响,正在冥冥之中将地球牵扯进来。

“这将是我的命运,也是它们的命运!”

围绕无境之球发动的战斗比之前要更激烈,燃烧的飞船、飞舞的残骸,发着光,旋转着,围绕着兀自下降的无境之球。它的周围,岩流都好像在绕着,形成一个螺旋状的柱状流。

另外一边,坐在隐形应急舱的塔拉贝看着远处的战斗,满目不舍。这个无境之球他没能保住,现在他心里正在祈求,向所有不可见的文明、不可感的力量,希望河滓伊德能带着主球安全离开古博星。他要等待下一次的机会。或许,如果河滓伊德也没能幸免于难,他又要考虑怎么才能阻止大太司的计划。没有了青焰大城的一方净土,将来要怎么对抗这么大的力量,他现在完全没有头绪。不过现在他能做的,只是留下所有的一切,逃离古博星。他的眼神又恢复了冷酷,看不到一丝情绪的波澜。他按动按钮,应急舱飞快地消失。

当勒伏家族的无境之球落到大太司手里的那一刻,勒伏泰感觉到一阵莫名的痛苦。他的皮肤开始褪色,整个身体再次呈现透明状。河滓伊迪赶紧上去扶着他。

河滓伊迪:“勒伏大叔,你还好吧?”河滓伊迪回头看着河滓伊德,露出焦急的神色。

河滓伊德看着前面严阵以待的古墨大邦的飞船,心急如焚。现在进退都不能,墨法耶是铁了心不让他们进入古墨大邦,后面联合舰队正伺机而动,随时准备攻击这些手无寸铁的平民舰队。这次河滓伊德真正感到了无力。在另外一艘飞船里,墨丽尔却特别镇定。她打开通信器,请求和古墨大邦的控制中心链接。

古墨大邦的控制中心大楼里,墨丽尔请求联络的信号在全息地图上闪烁着。墨法耶看着这个闪烁的信号沉默不语。墨法耶的手下走过来,站在墨法耶面前。墨法耶盯着他。

墨法耶手下嗫嚅着:“墨丽尔反复请求和阁下对话。”

墨法耶点头示意,手下接通了信号。墨丽尔的形象出现在墨法耶面前。

墨丽尔:“为什么不让我们进来?”墨丽尔还是那个火暴脾气。

墨法耶:“很简单,为了这城里所有人的安全。”

墨丽尔:“古墨大邦不是大太司的古墨大邦,这里有各种各样被驱逐的罪犯,有很多外星球过来的星际难民。难道你今天才开始想到不得罪大太司吗?”

墨法耶:“这次不一样。你知道,如果我放他们进来,就要做好和联合舰队作战的准备。因此,这次大太司要得到他想要的东西。而这东西,我墨法耶并不需要。”

墨丽尔:“你会任由无境之球被大太司夺走?”

墨法耶:“我只关心剩下的几十年怎么安稳度过,在这星球灭亡的时候能够带着所有人重新找到安息之所。你知道吗墨丽尔,这才是最重要的。”

墨丽尔:“这所有人当中,不包括我吗?”

墨法耶:“可以包括你,但不包括从青焰大城来的那些人。”

墨丽尔:“我可以和你做一个交易吗?”

墨法耶:“交易?”

墨丽尔:“我在外面,你放河滓伊德他们进来。”

墨法耶:“交易,得有筹码。这样做对我来说没有任何好处。”

墨丽尔冷冷地说:“我知道你在想什么。即便你不愿意得罪大太司,他也不会把你当那些软弱的大家族一样对待。等他拿到了无境之球,不知道古博星要遭受什么样的灾难。这些我以为你是知道的。”

墨法耶:“软弱?这也可以叫聪明。你难道没看到塔拉贝的下场吗?还是那句话,我可以让你进来,但是其他人,不可能!”

墨丽尔愤怒极了,她直接关掉了通信器。

墨法耶手下:“墨法耶阁下,我去接她进来!”

墨法耶:“此时此刻,谁也不能放进来!”

墨法耶手下:“可是您刚才不是说要放她进来吗?”

墨法耶:“盯着外面这些飞船,一旦他们打起来,我们看情况再说。那个河滓伊德,手里一定有大太司要的东西。如果是我拿到,或许还能有筹码在手里。”

墨法耶手下:“是。”

墨法耶对墨丽尔的个性十分了解。墨丽尔受挫之后,自尊心会促使她做出铤而走险的事情。果不其然,在墨法耶的刺激之下,她驾驶着飞船往联合舰队的方向飞去。河滓伊德看到墨丽尔的反应,快速跟了过去。

河滓伊德对着通信器:“你在干什么?”

墨丽尔不理会河滓伊德,向着联合舰队的方向发动攻击。联合舰队见状,也纷纷围上来,对墨丽尔的飞船还击。一瞬间,碎屑四散。没有击中飞船的粒子炮在空中散开,像突然出现的云团。

河滓伊德看到墨丽尔身处危险之中,赶紧上去支援。这次他们没那么幸运了,河滓伊德的飞船被击中侧翼,往下坠落。大量平民飞船被击中坠毁,惊恐之下,四处乱飞。可是联合舰队并没有给他们逃走的机会。

墨丽尔赶紧跟着往下飞,似乎这样做就能挽回失败的命运。

跟随河滓伊德的战斗飞船也纷纷被击中。有的早就没有了攻击能力,只能被强大的炮火摧毁,化为灰烬。

墨法耶看到这一切,发出了出动古墨大邦飞船的命令。他知道,时机来了。

一队古墨大邦的战斗飞行器悄然出发,向着墨丽尔飞船的方向飞去。

大太司手里拿着勒伏家族的无境之球,脸色并没有太多的喜悦。

在他对面,站立着几个手下。

大太司缓缓地开口:“还有一颗无境之球呢?那颗河滓家族的无境之球?”

大太司的手下:“我们已经检查过了,青焰大城没有另外一颗无境之球的信号。”

大太司:“快去拦住所有逃出去的活物。如果找不到,你们会跟这些人有一样的下场。”

大太司有种不祥的预感,这次他离成功又差一步。如果这次找不到最后一颗,一切都会回到原点。少了一颗,等于一颗也没有。

大太司:“塔拉贝呢?有没有发现他的尸体?”

手下低头。

大太司:“也就是说,他跑了?”

大太司看着勒伏家族的无境之球:“会不会他的手里还有一颗无境之球?这个狡猾的东西!肮脏的虫子!”还有没有一种可能,最后一颗无境之球在河滓家族的人手里。但是,除了河滓伊德,其他河滓家族的人已经都被杀死了。可惜的是,他上次就没有找到这颗最为关键的球。河滓家族的球能影响所有的无境之球,这也是他发现两颗无境之球都在青焰大城的前提,作为外族人的塔拉贝显然没有这个本事启动它。而河滓伊德刚刚从地球回来,他不可能这么快就拿到这颗被河滓家族藏起来的宝贝。那就意味着,有一个河滓家族的漏网之鱼一直躲在这里。既然这里没有,肯定就在古墨大邦银沙荒野的上空。他恍然大悟,痛恨自己为什么没能早点想通这事。

大太司:“不要去追那只丑陋的虫子了,把古墨大邦外面的所有人都给我杀了,一个都不许留下!”

得到大太司的指示,联合舰队加速了对青焰大城平民飞船的血洗。大家都明白得罪大太司的结果是什么。可怜的青焰大城无辜的民众,被粒子炮轰击成碎末。

河滓伊德的飞船像空中飘动的羽毛一样,歪歪斜斜地坠落,随后重重地撞击在银沙荒漠闪着银白色光芒的沙砾中。墨丽尔的飞船紧接着降落,舱门打开,墨丽尔不顾危险,从里面冲了出来,索布隆也跟着墨丽尔跑过去,留下惊恐不安的绿苔毛在后面哇哇叫喊。

打开舱门,墨丽尔走了进去,河滓伊德踉踉跄跄地站起来,很明显,身上已经受了伤,黏稠的蓝色血液不停地涌出来。河滓伊迪的情况要好一点,他赶紧过去扶勒伏泰。勒伏泰因为中毒的原因,原本虚弱的身体经过这次袭击,更加虚弱了。河滓伊德将怀里包着黑色立方体的无境之球交给墨丽尔。

河滓伊德:“带着它,赶紧走!”

上方仍然在战斗。不过说是战斗,更准确地说是联合舰队的飞船正在疯狂地攻击平民飞船。因为大太司的死命令,更多的飞船簇拥过来,将平民飞船围住、剿灭。飞船的残骸像飞扬的尘雾一般。河滓伊德为自己的鲁莽感到痛心,如果不寄希望于古墨大邦,情况不会像现在这么惨烈。塔拉贝却有这样的先见之明。可以说,这些平民的死,自己有不可推卸的责任。

墨丽尔不愿意从河滓伊德手里接过无境之球。她架着河滓伊德向外面走去。河滓伊德重伤,只好由着她。河滓伊迪则抱着勒伏泰往外走,索布隆在最后,以防后面有袭击。

墨丽尔:“我们得快一点。”

残骸的浓雾会短暂遮挡住联合舰队的视野,但是他们身体散发出来的辐射会清清楚楚地显示在敌人飞船里的全息影像上。没等到他们跑到墨丽尔的飞船那儿,已经有联合舰队的飞船下来了,他们明显是冲这几个人来的。

在舱门口的绿苔毛远远地看到墨丽尔的影子,听着越来越近的飞船轰鸣声,来回搓手,不知道怎么办好。伴随而来的,是纷纷如雨下的炮弹,掀起来的银沙像暴雨一样落在他们的身上。

河滓伊迪放下勒伏泰:“你们先走,我引开他们!”

不等索布隆阻拦,河滓伊迪就冲向了墨丽尔的飞船。绿苔毛还在舱门口不知所措,河滓伊迪一把把绿苔毛拉下来:“想办法治好勒伏大叔的病!”

说完,他冲上了飞船,舱门关闭。河滓伊德知道了他的想法,河滓伊迪想用自己的命给大家赢得一点逃生的可能性。可是他现在受了伤,没有办法去阻止自己族弟的牺牲,只绝望地发出一声怒吼。

在舱门口,河滓伊迪低下头,似乎在跟河滓伊德和大家做最后的告别,然后驾着飞船,快速地升上了天空。尾随而来的联合舰队的攻击飞船看到这种状况,来不及管银沙上的几人,尾随而去。炮弹在河滓伊迪的飞船边爆炸,虽然他左右腾挪,还是很快被追上来的飞船包围。

河滓伊德看着河滓伊迪的飞船被围攻,眼睛红了,身上的皮肤开始变成浅蓝色。伤口冒出来的血液更多了。

另外一边,从古墨大邦来的一个飞船分队发现了他们,慢慢靠近,贴着银沙荒野的地面飞行。在浓密的残骸尘雾的掩护下靠近他们。正在这时,河滓伊迪的飞船被击中,发出一股青烟。河滓伊迪的身体也同时被击穿,他调转飞船,用剩下的武器向着对方的飞船还击。还击当然是徒劳的,因为更多的粒子炮向飞船袭来。瞬间,河滓伊迪和飞船一道,被打成了齑粉。

河滓伊德呆呆地看着远处。除了他,河滓家族唯一的幸存者就死在他的眼前。他闭上了眼睛,仿佛回到了成年礼的时候,在自己家族的神庙前,通过磁场感受到了河滓伊迪最终的嘱托:保护好无境之球,延续家族的使命。他看着掉落的残骸,清楚地意识到自己这次真正成为河滓家族最后的一个人了。这种孤独和悲伤的感受,和他得知自己家族被摧毁的时候一模一样,这种情形在短短的二十多天内再次出现,让河滓伊德的内心遭受了沉重的打击。墨丽尔能够理解这种痛苦,当时她被家族扫地出门,感觉应该类似吧。可是这种叛逆带来的痛苦,和河滓伊德的比起来,根本不值一提。河滓伊德好像被抽走了所有的力量,他已经变得无所谓了,整个人软软地倒下,被墨丽尔抱在怀里。

当硝烟过去,银沙荒野似乎恢复了之前的平静。联合舰队的飞船在四处巡游,在找刚才发现的几个青焰大城逃出来的人。可奇怪的是,明明刚才还能发现的红色讯号,现在突然消失了。好像这几个生物从来没有存在过一样。

第29章 墨法耶的想法

当墨丽尔带着受伤的众人来到古墨大邦的控制中心的时候，她感觉到巨大的不解。墨法耶为什么要在关键时刻救回他们呢？

看着墨法耶，墨丽尔并没有掩饰自己的情绪。她为墨法耶出手迟疑感到愤怒。

墨丽尔：“为什么你不早点出手？青焰大城的平民们全死了。还有河滓伊德的弟弟，为了救我们，也被打死了！”

墨法耶看着下面伤的伤，残的残，示意手下带其他人出去。

墨丽尔：“你们先去休息一下，”转身对着绿苔毛，“想办法给勒伏大叔祛毒。”

索布隆看着河滓伊德：“他怎么办？”

墨丽尔压低了愤怒的语气，她知道这时候的河滓伊德在巨大的悲痛中，于心不忍：“你好好照顾他。”

索布隆点头，将河滓伊德扶起来。河滓伊德的手里还拿着黑色立方体，但眼神空洞，任由索布隆带着他往交通浮梯走去。

墨法耶看了一眼河滓伊德手里的东西，赶紧又躲闪开目光，生怕被墨丽尔看出自己内心的欲望。他缓了缓，说道：“是，我干扰了联合舰队设定的磁场，才让他们没法发现你们。救你，不是应该的吗？”

墨丽尔冷笑：“你难道不怕引起大太司的怀疑吗？万一他要对付你，怎么办？”

墨法耶：“至少在表面上他没有再进攻我们古墨大邦的理由了，不是吗？况且，经过这一次，几大家族损失也不小，他也不会贸然再对我们出兵了吧？”

墨丽尔：“原来是这样，这就是你的计谋？那些死去的平民呢？他们就该被消灭吗？”

墨法耶靠近墨丽尔：“在你的慈爱心之上，你得想想，古墨大邦的这些平民。”

墨丽尔没有办法再去责怪眼前这个人了。墨法耶说得有道理，如果古墨大邦贸然出击，最可能的结果是玉石同焚，两个古博星的游离之族都会被消灭。

墨法耶看着外面已经变成另外一个样貌的河滓伊德:“他就是换过辐射常数的河滓伊德吧?”

墨丽尔不想否认:“是。等他们的伤好了,我们就会离开。”

说完,墨丽尔离去。墨法耶看着墨丽尔登上交通浮梯,眼神复杂。他自己也说不清,为什么会对墨丽尔有如此强大的依恋,这种情感上的不良信号,一直是他极力避免的。在他看来,一个完美的人不应该有这么脆弱的东西存在。这种所谓情感的东西,会影响他对所有事情的判断。

联合舰队的搜索注定是徒劳的。所以当手下向大太司汇报的时候,已经准备好被责罚了。

大太司:“塔拉贝帮助他们改变了辐射常数?”

手下:“是的,大太司。我们在青焰大城,发现了改变辐射常数的机器。而且我们验证了,最后驾着飞船准备逃跑的人,正是河滓家族的漏网之鱼。”

大太司:“但是,你们没有发现其他的东西?”

手下:“是的,大太司。可是,有几个从青焰大城逃走的人,突然没有了信号,我们想是不是有可能还躲在银沙荒漠中。”

大太司:“你们也没有能找到。”

手下虽然低着头,却感受到了大太司目光中的寒意。

大太司看着远处的古墨大邦,远处黑色的怪物——原子刀还在矗立着,似乎准备随时对付来攻的联合舰队。大太司几乎可以肯定,那几个逃走的人中就有河滓伊德。而且应该是墨法耶收留了他们,最后一颗无境之球也应该在古墨大邦里。墨法耶这个家伙,到底想干什么?他难道也是为了那颗球?愚蠢的东西,大太司想,他们并不知道,这八颗无境之球真正的作用是什么。对于大太司来说,那是一个可以改变自己命运的东西,但是对于这个行将毁灭的古博星上的所有生灵来说,是一无所用的。或许,墨法耶想跟自己谈判?如果真是这样,事情也许就好解决了。不过,大太司想,这件事不能再拖下去了。只要墨法耶愿意开价,他什么都答应。毕竟空头支票这个词,古博星人并没有领教过。而这是他自己曾经的种族已经玩剩下的。

勒伏泰的病情超过绿苔毛的想象。这所谓的毒,其实是潘立可星球的一种能使可见物质变成反物质的材料。所有宇宙的生物都抵抗不了这种毒的侵蚀,反物质和可见物质之间有道看不见的鸿沟。它影响着宇宙的运行,可是它无法显现。就像存在的绞合的另一层宇宙。但这种毒,能够让反物质的电磁对可见物质进行攻击，让原本属于这个宇宙的物质被另外一层宇宙同化。对于二级文明来说，这种逐步、清晰地步入死亡的方式会让人特别痛苦。如果不加干预，勒伏泰的身体会逐渐变成透明的，直到身体里所有的细胞、细胞里的原子反物质化，被另外一层宇宙吸走。就像跳入白江的时候，穿过那层银色的水膜。不过，另外一层宇宙什么样，并没有人能知道。

潘立可星的这个发明，准确地说是发现，完全是一个偶然。研究反物质通道的潘立可星科学家观测到反物质界的一次时间逆旅，成因不明。在机器被损坏之后，出现了一团发着白光的物质。当他用肢体触摸白色光团的时候，往后的十年，他慢慢被反物质吞噬了。听说临近消失的时候，他并不懊悔，因为他用自己的生命打开了研究反物质的新可能。不过，在科学家消失了以后，这个来自神秘空间的物质也一并消失了。这个故事在潘立可星人尽皆知，所以也难怪绿苔毛第一眼就能发现勒伏泰的异样。

而能阻止，甚至逆转这一切的，只能靠皮威尔星人了。这些带着秘密武器的皮威尔星人，算是宇宙流浪者中的吉卜赛人。不过索布隆看了也连连摇头。他听说过这种毒，阻止它扩散的办法只有一个——把被反物质侵蚀的原子包起来，给它套一层“外衣”，让体内同时存在两个宇宙的物质，而不是任由它们发展下去。这层“外衣”，成分和两个宇宙的隔绝材料一样，能防止反物质对可见物质进行攻击。为什么非要到古墨大邦来治疗的原因，也正是古墨大邦中收留了各个星球的难民，能提供治疗所需要的材料。治疗的药物需要几种物质混合，包括他身上最为珍贵的灰羽原矿和古墨大邦的一件武器——雾化炮，这件武器可以让靠近它的所有物体变成一堆原子。不过，除了这个，还需要一件青焰大城的宝贝。现在好不容易从青焰大城大战中逃离出来，再回去取恐怕是不可能了。

绿苔毛好像能看到索布隆的心思：“怎么，还差什么吗？”

索布隆：“还差一点活着的六角花。现在整个青焰大城都被大太司盯紧了，一时间恐怕拿不到啊。”

绿苔毛叹了一口气，从身后拿出一个金属的盒子来：“我本来是偷偷弄来做纪念的……”

索布隆惊讶地说：“你竟然带回了六角花？快拿来！”

他几乎抢一般地从绿苔毛手里拿过了金属盒子，在一个透明器皿里打开。从里面倒出一个六角花的断枝，好像已经死了似的一动不动。索布隆正准备用手触碰，被绿苔毛大声阻止：“千万别动！”绿苔毛惊恐的声音把索布隆吓了一跳，同时似乎让沉睡的六角花苏醒,细小的断枝向上伸张,而下面的根须快速长出,寻找可以扎根的地方。

绿苔毛恐惧地说:“千万不能让它长出太多来,否则这里就像那个老东西的那鬼地方一样,到处都是这些可怕的六角花。”绿苔毛曾经被六角花狠狠地折磨过,所以看到六角花还是忍不住害怕。

索布隆轻描淡写:“我知道,但是从另外一个方面说,它也是救人的好东西。”

绿苔毛:“它怎么能治好勒伏泰的病呢?”

索布隆:“等我弄到雾化炮,你自己就明白了。”

索布隆现在有点心烦意乱,尤其是看到这个多潘立可星球的、浑身长满绿苔的有点可怜的家伙。他的身上还有一种淡淡的腥臭味道。他不想再多说一句话,心里盘算着墨丽尔好像因为河滓伊德的关系而闷闷不乐,或许治好眼前这个老头,墨丽尔会高兴些。但是雾化炮在墨法耶的兵器库中,而且整个古博星只有一个,他会不会同意让自己用雾化炮救人呢?不管了,先去问问再说。想到这儿,他赶紧快步走了出去。

索布隆为了救勒伏泰而努力奔走的时候,河滓伊德正在休息舱里一言不发。脑海里不停想起地球的生活,想起荀蒙。经过这段时间的逃跑、战斗,他好像全身的力气都已经耗尽了。他甚至不明白牺牲这么多同族的生命到底是为了什么,为了古博星吗?这个星球已经没有多少年的寿命了,不久的将来,不管它曾经孕育了多高级别的文明,也没能防止内乱和残杀。而在某一天,它终会被戈兰克斯恒星攫住,变成戈兰克斯恒星滚烫的一部分,所有的文明将会化为灰烬。是为了正义?也许吧,在浩瀚的宇宙,这些正义显得微不足道,而且为此河滓伊迪死了,那些青焰大城的无辜平民也死了,给侥幸活着的人带来无尽的痛苦。不过,如果时间能够倒流到从前,他还会选择这么做。或许生命的本质就是如此吧。他自己心里也明白,他必须要很快从这种负面的情绪中走出来,迎接属于自己的使命。带着唯一的无境之球,带着家族的使命,逃出古博星。

或许,去地球?

当索布隆去中心大楼准备求见墨法耶的时候,却被告知,墨法耶已经离开了。并且不知道他到底去了哪儿。有可能墨法耶是故意躲着他们,或许不想让勒伏泰这么容易得救。索布隆无奈地离开。

墨丽尔想知道索布隆的计划,好决定怎么处置。索布隆把自己的灰羽原矿拿出来,放在大家面前。

索布隆:“不瞒大家,灰羽原矿能隔绝反物质的电磁对身体细胞的攻击。不过,这种反物质对勒伏泰的侵害,存在于每个电子中。所以,需要把灰羽原矿分解成更小的中微子,包裹着被侵害的部分。这样才能保住勒伏大叔的命。雾化炮,可以杀死在座的所有人,如果把它用在灰羽原矿上,可以救人。为了能够让原矿的中微子送到勒伏大叔身体的每一个部分,就需要六角花的帮忙。因为六角花有一个特质,它可以快速地、无限地繁殖生长。”

墨丽尔想起来两人在浮幽禁林里的经历:“明白了,也不是难事。既然墨法耶不在,我们可以自己去找。”

绿苔毛:“如果被发现了,会不会把我们交给大太司?要是再被丢到六角花城堡里……”

绿苔毛又开始不由自主地发抖。

墨丽尔:“既然他救了我们,就不会这么干。如果勒伏大叔的病好不了,河滓伊德也不会离开的。我们可以带着灰羽原矿去找雾化炮。”

索布隆看着墨丽尔坚定的眼神,点了点头。

大太司没有能得到最重要的一颗球,恼怒不已。他虽然怀疑带走河滓家族无境之球的人已经被古墨大邦藏起来,但是没有任何的证据。刚刚经历过一场大战,如果再次进攻古墨大邦,理由不充分,而且容易引起大家族的反抗。而且古博星的身份识别是依赖每个人的辐射常数,塔拉贝一直在帮那些逃窜的犯罪者、被驱逐者改变常数,所以,不出意外,根据这个线索追踪注定是一无所获。尽管如此,一个抓捕青焰大城逃犯的命令还是很快在古博星发布。

在古墨大邦封闭的密室里,墨法耶看到传送来的寻找犯人的影像,不禁感觉到一丝得意。墨法耶的手下:“墨法耶阁下,要不要派人去通知大太司?”

墨法耶:“不着急。如果不出意外,他会想办法找我的。你们要注意,保护好武器库,这对整个计划来说非常重要,不能让河滓伊德他们这么快就离开古博星。”

墨法耶手下:“是,墨法耶阁下。”

墨法耶自言自语:“这应该是古博星在消失之前最后一场战争了吧?大太司这么着急找到无境之球,是不是这里面藏着什么大的秘密?”

墨法耶盘算无境之球的时候,河滓伊德陷入悲观的思考中。此时此刻,他特别怀念地球的生活。现在想起来,在地球的他是多么的幸福,那时候家族还在,并且以最美好的形象出现在他的梦境里、他保存的画中。对于地球上的低等文明生物,他还带着一种播种者,或者说是引火者的优越感。在这种并不单一的情绪中,还有对于荀蒙复杂的情感。不知道为什么,从荀蒙小时候第一次见他开始,他好像隐隐觉得一定会和这个人类小孩产生什么联系。自己已经回到古博星很多天了,按照地球上的时间,应该已经快过了十年吧。在这十年里,一个曾经的少年天才、学术新星一定会被卡在某个位置,研究上也没有任何进展,他会变成什么样呢?这让他想起地球上哺乳动物刚出生时候的样子,他们虽然处在生育他们的雌性母体的周围,因为没有视力的原因,只能凭着本能去找能养活他们的乳汁。可是有些时候,他们就是不知道方向,在黑暗中四处茫然寻找活下去的机会。对于来自古博星的他来说,这些低等文明的人类就是这些闭着眼睛的幼崽。对于更高层次的文明来说,他们不也是如此吗?

第30章 挣扎的虫子

河滓伊德在离地球几十万光年的地方思考存在意义的时候，量子研究所里，人到中年的徐磊已经接替了徐庆之教授的位置，变成了所长。在河滓伊德等三人离开地球以后，不出所料，整个地球的量子力学的研究便停滞不前。按照人类正常的文明进化逻辑，要突破这一道关口可能还需要三百年到五百年。同样，按照地球目前的文明程度，在科研没有突飞猛进的情况下，能适应体制、懂得运筹帷幄、善用人际关系的那些在科学界圈子里打滚的人更容易占据高位。经过这么多年的洗礼，显然徐磊具备了当领导的全部才能。在他的领导下，原本陷入困境的研究雪上加霜。虽然徐庆之教授偶尔还会来实验室做实验，但是很多事情他都没有办法做主了。有时候，看着自己善用权术的儿子，徐庆之会陷入深深的自责和不解。对他这辈人来说，所有的努力除了科学女神的召唤，还有对国家的一份责任、对人类的责任，让他们倾尽一切要推动科学的发展。但是出生在和平年代的徐磊却完全是另外一种对待科学的态度。在徐磊眼中，这个量子研究所所长的位置，或许就是自己能够在社会上立足的资本，一种身份的象征。只要他和这个头衔捆绑在一起，没有人会小瞧他。那些核心期刊的文章、那些国外交流的邀请，对现在的徐磊来说，也会被分成不同的等级，以作为他身份地位加码的不同力量。所谓著作等身，对他来说，已经实现了。作为国内权威，每年都会有不同的年轻学子求着，想拜在他的门下，读他的硕士博士博士后。刚开始他享受这种被年轻人追捧的乐趣，到后来他厌烦了。开始冷眼看着这些有求于他的人用各种各样的方式向他谄媚。包括身份、金钱。尽管如此，他还是对已经三十多岁的沈晓晓抱有一份原初的想象。但是沈晓晓还是钟情于那个荀蒙，又是荀蒙！都已经变成那个德行了，居然还能得到周围几个家伙的另眼相待。想到这儿，徐磊禁不住怒气，将手中的杂志重重地摔在办公桌上，把周围正在打杂的研究生吓了一跳。

一个研究生怯生生地过来："老师，怎么了？有什么我们没有做好吗？"

徐磊："荀蒙今天是不是又没来上班？"

研究生松了一口气："他啊，今天又是没来。"他们作为徐磊的学生，也是徐磊的门徒，刚进研究所就已经被老前辈们告知，荀蒙得罪过徐所长，所以要想在这里待下去，一定要划清界限。权力的力量这时候清晰地露出了獠牙。所以，当研究停滞、徐庆之因身体原因退居二线后，荀蒙在所里的位置就一天不如一天了。哪怕这些徐磊的学生，在荀蒙看来，不过是些心智还不成熟的小孩而已，居然也敢欺负自己。事实上，荀蒙后来也接受了，毕竟，这样可以使这些年轻的学子在走向社会前学会重要的一课，不至于变成和自己一个样子。

"再这样下去，我也保不了他了。当年，我还以为他能成为学界的新星。没想到现在变成这个样子。"徐磊假意惋惜说，"说到底，我作为研究所所长，也有责任。"听到徐磊这样的说辞，想必很多人都心知肚明——徐磊要对荀蒙动手了，很有可能要被赶出研究所。沈晓晓也听到了，她对徐磊的所作所为越来越看不惯，现在听到这些话，几乎都要愤怒了。以前她觉得徐磊作为老师唯一的孩子，自己的师兄，虽然没有什么研究的天赋，但是至少为人本分，踏实，很细心，也能关心人。可是当上所长以后，本性越来越清晰了。看来自己当年没有答应徐磊的求爱是正确的。可惜的是荀蒙，怎么一步步走到另外一个境地的。看看荀蒙位置上空空的，沈晓晓的心里也变得空落起来。

好不容易熬到下班，沈晓晓就换下衣服，连桃桃跟她打招呼她都没有理会，径直离开研究所。她要去找荀蒙，她很想质问他。不管怎么样，也没必要把自己逼成那样吧。

沈晓晓用力捶着荀蒙房间的门。隔壁的人走出来看了看，发现是沈晓晓，一声不吭又回去了。这样的情形不知道发生了多少次，以至于隔壁的邻居都习惯了。开始的时候晓晓甚至害怕荀蒙一个人死在房子里，随着荀蒙把自己关在房间里的频率越来越高，晓晓已经适应了。换作以往，等晓晓捶到差不多五六十下的时候，门就会打开，露出一张睡眼惺忪、无精打采的脸。可是这次刚开始没多久，就从身后传来了熟悉的声音："你怎么又来了？"

和几年前见到的青春的、活泼的、充满活力的荀蒙完全不一样，现在出现在沈晓晓面前的，是一个头发凌乱、脸色苍白、不修边幅的准中年落魄的倒霉男人。他的眼神并没有往上，而是一直看着地面，哪怕和沈晓晓说话的时候。好像声音并不是从他的嘴里发出来的。他穿着一件因为水洗次数过多而版型坍塌的T恤，充满着褶皱表明他曾经保持一个状态很长时间。要么没有脱衣服睡觉，要么为了一个进入死胡同的问题思虑良久而忘了活动。下面的运动长裤松松垮垮的，有些晃荡。看着他，沈晓晓不免有些心疼。自从研究没有进展之后，在研究所被排挤不说，身体似乎也不好了，眼看着他越来越瘦，两个面颊全部塌陷了。更重要的是，从他的穿着上，沈晓晓知道他在某些层面放弃了生活，至少是普通人认为的正常的生活。他的脚上随意穿着一双发黄的人字拖。这双拖鞋，沈晓晓记得没错的话，应该是荀蒙自己比较中意的一双，曾经被他穿着去泰国潜水。

沈晓晓跟着慢悠悠的荀蒙进入房间，转身把门关上。不出所料，里面乱得一塌糊涂。墙上当时登山、攀岩的照片，潜水的照片，那些青春洋溢的笑脸全部不见了，取而代之的是无数的不成形状的纸片，上面全是计算公式和一些莫名其妙的图案或者文字。在称之为茶几的地方，堆放的都是没有吃完的外卖，有些很明显已经很长时间了，上面已经长上了霉菌，有了或黄或绿的点缀。不时地有苍蝇在上面飞舞。浓重的酸臭味让沈晓晓差点吐了出来。

她憋了一口气，赶紧冲到对面打开窗户。新鲜的空气让气闷恶心的感觉减轻了很多。“你干吗去了？”沈晓晓皱着眉头问道。

荀蒙将手中的购物袋高高地举起，里面传来的玻璃瓶相撞的声音：“我买酒去了！”

沈晓晓想去抢荀蒙手中的酒，被荀蒙藏在身后。沈晓晓差点抱住荀蒙，赶紧停住，脸上有些发烫。

荀蒙：“不能抢我的酒。我告诉你啊晓晓，之前我所有的灵感都是从梦境中来的，你要说这是我荀蒙的天分，也许是吧。但是经过这段时间的思考，晓晓，你知道我发现了什么？”

沈晓晓内心哭笑不得，但是目前这种状况，她心里的那些话始终说不出口。她没有办法开口告诉他，如果他再不去实验室上班，这些所有的生活费用将会无法获得，他一旦失了业，会不会还有其他研究机构和大学愿意要他。现在看着荀蒙这么激动，她只能附和：“发现了什么？”

荀蒙把沈晓晓拉到鱼缸边的墙边：“你看！”

沈晓晓看着墙上乱七八糟的纸片，层层叠叠的，她茫然地问：“看什么？”

荀蒙用手指从旁边的鱼缸里沾了点绿色的水，迅速地从一个粘在墙上的纸片移动到另外一个纸片。鱼缸里早就没有了热带鱼，而是被那些生命力顽强的菌类和绿藻占据。沈晓晓从这些带着水腥味的纸片上试图发现什么线索，但是一无所获。天才不常被人理解，哪怕他们走向疯狂的时候，也没有多少人能理解他们在想什么。

沈晓晓:“是量子力学有什么进展了吗?”

荀蒙失望地说:“那倒不是。我发现了一个秘密,之前为什么我能有源源不断的灵感,或许和一个人有关系。”看着晓晓一头雾水的样子,荀蒙赶紧解释,“你还记得以前那个守门的老头老白吗?你想想,是不是他辞职回乡养老以后我就什么想法也没有了?不是我迷信啊,说实话,以前我不是没有怀疑过,但是逻辑和理性告诉我,这两者之间没有什么关系。如果要说有,顶多是一个小孩骑自行车经过公园,而公园池塘里的一只青蛙正在鸣叫罢了。可是,现在我回忆起来,这种关联或许没这么简单。”荀蒙打开一瓶酒,还没等沈晓晓阻拦,仰头喝了一口,好像喝水一样。“就像量子力学,我们要攻克的一座看不见顶的山峰。在因果关系还是单向的观念之前,人们都认为上帝不会掷骰子,不是吗?所以,我准备去找到他,验证下是不是存在这样的联系。”

沈晓晓看着他着迷的样子,还陷入酗酒的恶习中,不由得生起气来,“量子纠缠态不过是微观世界的一种假定,你难道连这个常识都看不见了吗?我所知道的是,研究没有进展没有关系,接着努力就好了。如果再这样下去,或许你的工作都保不住了。要是离开研究所,你想过后面怎么办吗?”荀蒙看着生气而脸色通红的沈晓晓,愣了一下。

沈晓晓的大声叫嚷让蜷在角落的小黑从睡梦中醒了过来,因为上了年纪的原因,它的毛色已经不如以前那么油亮,枯黄而暗哑。它摇摇晃晃地站起来,往荀蒙的身边慢慢走过去。荀蒙抱起小黑,抚摸着。沈晓晓看着这落魄的人和衰老的猫,不由得心软起来。

沈晓晓:“听我一句劝,明天去研究所上班好不好?我知道徐磊针对你,但是只要你按时去,哪怕是混日子呢,他也不敢拿你怎么样!”

荀蒙好像并没有听进去,“徐老师怎么样了,身体还好吧?”

沈晓晓:“徐老师一直记挂你的状况。你现在变成这个样子,他很痛心。”

荀蒙勉强地笑笑:“我怎么样了?徐老师不也说过吗,作为一个科学家,或者志愿成为科学家的人,本身就带着宿命。也许一辈子也没有任何成就、任何发现。但是即便这样,他也得去努力。”

沈晓晓:“你既然知道,为什么还自暴自弃呢?不是更应该振作起来吗?”

荀蒙:“一百多年前的柏林车站,玻尔和接站的人承认电子自旋是一个伟大的发现。对于这些肉眼永远见不到的电子,有谁能否认它的存在呢?稍微放大来看,小到地球，大到另外的空间宇宙，不是同样的道理吗？微观世界，换一个观念，也是另外世界的宏观，我们生活的宇宙，放到更远处，也不过是一种微观。”

沈晓晓：“可是你是一个人，现在你身上所有的元素都在构成你的喜怒哀乐。荀蒙哥，你不能走火入魔！”

荀蒙不再说话，他缓慢而温柔地抱着小黑，轻轻地抚摸小黑的头部，小黑舒服地闭上眼睛，仰着头，发出咕噜咕噜的声音。他不再和晓晓说话，进入了自己的世界。

沈晓晓看着荀蒙不理会自己，明白这场对话注定没有结果。她也不知道为什么，自己为什么对荀蒙如此地挂念。这种单方面的类似爱情的东西经常让她陷入被动。想到这儿，她不禁懊恼起来，难道她要和荀蒙一样，要无限制地任由自己坠落下去吗？她转身，快步往门口走去。

“哎，晓晓！”荀蒙在她身后叫她。沈晓晓的心里一动，这是多长时间没有听过的亲切的、温柔的称呼。

荀蒙抱着小黑，眼角带着笑意，看着晓晓：“谢谢你。放心吧，明天我会去。”

荀蒙的反应让沈晓晓一时间有点恍惚，仿佛没有听清楚他的话。

荀蒙：“明天见！”

在听到这句话的时候，她终于知道自己没有听错。对于一个马上三十岁没有谈过恋爱的女人来说，这一刻让她感觉到心潮澎湃。多么不可思议的情感连接啊。荀蒙很明显也知道沈晓晓对自己的感情，当他违心说出这句安慰她的话的时候，并没有什么提前的预谋，好像冥冥之中不希望让沈晓晓再一次对自己失望，突然就说出了这句话。沈晓晓转身，快步跑到荀蒙身边，用力抱住了他和他怀里的小黑。

沈晓晓用自己几乎听不见的声音说道：“那我等你。”

这句话近乎表白了。细若蚊音的话对于两人来说都是无限空间里的一声巨响。荀蒙的内心一震，用什么样的理论和理智都没有办法解释的震动。这一刻的美好呢？又该怎么去理解它？在恍惚的瞬间，沈晓晓已经飞也似的离开了这乱糟糟的房间。又只剩下他和小黑了。荀蒙看着自己怀里看着自己的小黑，心里变得不平静了。不过，这样的情感牵绊也不能阻止他去验证自己内心的秘密。至于小黑，给了他很大的慰藉，但是这到底怎么进入到他的逻辑系统中，他都无暇思考了。

荀蒙：“小黑，明天我带你去找老白好不好？我想去看看，老白是不是还活着。我知道你也想去看看，对不对？”

小黑张了张嘴，只从喉咙里发出了“嘶嘶”声。

第二天,当沈晓晓带着希望来到研究所时,没有见到荀蒙。而徐磊已经提早来到了研究所,他的身后,站着几个研究员,和他自己的几位学生。

徐磊看了看表,又看了看荀蒙空着的位置。沈晓晓感觉到这次徐磊可能要下狠手了。这种若无其事的表情她已经不是第一次看到了。当初何阳拥护荀蒙做研究所主任的时候,徐磊也露出过同样的眼神。当徐磊顺利成为研究所主任时,何阳就被人发现实验出现重大失误,被踢出了实验室。也托徐磊的“福”,现在只能在一个大专学校里做实验员。这不仅终止了何阳的前途,也让他的意志被摧毁和消磨,现在已经是一个目光呆滞、没有神采的废人了。

徐磊:“荀蒙果然又没来。晓晓,你不是说他要回去上班吗?他不过就是一个欺世盗名的骗子罢了。”面对徐磊的冷嘲热讽,晓晓并不在意,她担心的是荀蒙,她不忍心见他沉沦下去。

徐磊接着说道:“我们临时开个会吧,大家对荀蒙这种无组织纪律观念的行为得有个说法,否则我们研究所怎么管理呢。”

沈晓晓准备离开,她想去质问荀蒙,为什么要欺骗她。徐磊拦住她:“这个会你可以不参加,但是请你转告他,研究所已经没有他的位置了。另外,请他把辞职信交过来,我们会适当给他两个月的津贴作为补偿。”

沈晓晓气愤地离开。

在研究所的会议室,当徐磊提议开除荀蒙的时候,几乎所有的人都举了手。大家现在都明白,这种情形下,不得罪徐主任才是明智的选择。徐磊很满意自己的权威。“也就说,大家都赞成开除荀蒙了吧?有没有反对的意见?”徐磊得意地问道。

“我不同意!”一个苍老的声音从会议室外传来。

徐磊转头看去,衰老不堪的徐庆之走了进来。

徐庆之:“荀蒙虽然没有来研究所,但不代表他没有在工作。据我所知,他一直在进行私下的研究。”

徐磊为难地说:“爸爸,这事是大家共同的决定……”

徐庆之坚持:“不知道我这个老人的话还能不能有人听得进去。徐所长,你答应过我,不要为难荀蒙,给他一定的自由。”

徐磊的脸红一阵白一阵:“如果大家都效仿他,我们实验室还怎么维持得下去?组织就该有组织的纪律,况且这不是我一个人说了算的。”

徐庆之:“荀蒙是一个难得的人才,要不是那次意外,他或许有更大的发现。就当我请求大家,请求你……”

徐磊看着衰老的父亲，心里充满了恨意。这么多年来，他还是对当年意气风发的荀蒙照顾有加，而自己呢，一切都要自己争取。仿佛他徐磊不是徐庆之唯一的儿子，他荀蒙才是。

徐磊："恐怕大家都不能答应这无理的要求。对不起。"

徐庆之转身："徐磊，你跟我来！"

在研究所后面的花园里，花正开得盛。父子俩站在花园里，气氛却异常严肃。徐磊："父亲，荀蒙这样，不开除他我没法工作！您要理解我！再说，他现在这个样子，保护他就是害了研究所！我这是保护您的心血。说句您不爱听的话，在您心目中，我哪是您的儿子，荀蒙才是！"

徐庆之对自己的儿子有种深深的失望。"你还记得当年你和荀蒙一起攀岩的事吗？"

徐磊听到这话，心里咯噔一下。他想起来了，那是因为自己一时冲动，偷偷把荀蒙的主力绳给割了口子，差点让荀蒙丧命。这么多年过去了，他已经成功地让自己忘了这件事。让他恐惧的是，为什么父亲会提起这件事？难道除了父亲，还有其他人知道这件事？

徐庆之仿佛能读懂儿子的心思："放心，没有别人知道了。你说我不把你当儿子……如果真的像你说的那样，你的前途早就没有了。这么多年，我希望你能成熟些，心胸宽广些，就当为自己赎罪也好。"

徐庆之的话舒缓，但每一个字都像重锤一样击打着徐磊的心脏。

徐庆之留下一句话："不能开除荀蒙，这也是我的底线。"说完，徐庆之独自离开。这一刻，徐磊多年自我催眠的成就感被摧毁殆尽，他好像还是活在那片乌云之下，一片永远躲不开的乌云。等徐庆之离开，他一拳捶在石桌上。

沈晓晓用力拍打着荀蒙家的门，照例引起了周围邻居的注意。可是，这次并没有等来荀蒙的出现，一种不祥的预感占据了她。她踮起脚，摸索门框上面，看有没有备用的钥匙。果然，钥匙还在。这家伙，又出去买酒了，晓晓想。

她打开门，发现自己想错了。整个房间被仔仔细细收拾过，窗明几净，完全不像上次见到的那样。在桌子上，放着一个遥控器。她摁了上面的开关键，一个细微的闹钟声响起。"他到底在玩什么？"沈晓晓被这种孩子气的行为弄得哭笑不得。顺着声音，她来到了荀蒙的房间，墙上的投影亮了，窗帘自动关闭。投影上出现了荀蒙和小黑的影像。

画面上的荀蒙看着镜头："原谅我和小黑用这么传统的方式跟你做个短暂的告

别。哦,说是短暂,也许是挺长时间。现在我没有办法保证回来见你的时间。”他突然沉默了一会儿,好像在思考什么。“我说过,我要去找老白,我想,短短的三十年的生命,上天一定有任务要交给我去完成。天将降大任于是人也,呵呵……”说到这个地方,荀蒙突然笑了,“未必能有什么结果,更有可能是一无所获……没关系。我挺喜欢这种未知的感觉。如果我见到老白,而他还活着,我想和他好好谈谈,好解开我心里的很多疑惑。如果,这一切和他没有关系,也可以证明我的很多想法都是臆测,我也不会感觉到失落的,至少,我带他的老朋友去见他了。”荀蒙看着旁边的小黑,“这样的话,我也许会等到小黑离开这个世界,才会回来。如果老白已经死了呢? 这也不是没有可能,我也许会带着小黑流浪一段时间,看看沙漠,对了,我记得跟你说过,晓晓,我想去看看胡杨林。金黄色的树叶,纹理分明的树干,一定很漂亮。”他低头半晌,好像做了什么决定,终于抬头,认真地看着镜头,“晓晓,我不知道这些年,你从来没有和男人谈过恋爱,是不是和我有关。但是,我想告诉你,别等我。”“别等我”三个字被拖长了节奏,一字一顿。仿佛怕沈晓晓听不明白。

沈晓晓的眼睛慢慢地被泪水充盈,她自己都没有意识到,自己已经哭了。

“浑蛋! 没有出息的浑蛋!”沈晓晓捡起桌上的玻璃杯,砸向墙壁。玻璃杯在墙上破碎,溅起无数的玻璃碴,反射出星点的光芒。

墙面上荀蒙的影像好像也受了伤害似的,出现了痛苦的神色。“我走了,再见!”他最后说。

沈晓晓知道自己可能真的要和荀蒙再见了。她号啕大哭,好像要把这些年对于荀蒙深藏的爱意全部倾倒。

在磁悬浮列车上,把自己裹成粽子一样的荀蒙怀里抱着小黑坐到了角落里,在现代化的场景中,很多乘客都把荀蒙当作怪人。生活于两点一线多年,荀蒙突然发现自己已经和这个时代完全脱节了。他好奇地睁大双眼,看着周围的一切:人潮汹涌,充满了冷漠而新鲜的味道。每个人似乎都不愿意和其他人交流,要么通过多维眼镜看着网络新闻,要么打开折叠的透明电脑,似乎要抓紧一切时间谈妥生意上的事情。也有那些挣扎着求生的人,在站台上贩卖着20世纪的老古董。在窗明几净的车厢里,人人都穿着得体,阳光温暖的光线射进来,好像身处天堂一般。这些坐在磁悬浮列车上的人,基本上没有笑脸,没有交谈。偶尔有一两句,都是听不清内容的窃窃私语。自己这么多年研究量子力学,目的是什么呢? 科技的进步好像和人的幸福感没有什么必然的联系,荀蒙自己也开始陷入了迷乱中。

磁悬浮列车很快将荀蒙带入了荒凉的西部。一些集中的高楼大厦在远远的地方出现,过去以后,是一大片荒漠。又过了一刻钟时间,另一片高楼大厦出现,旋即又进入了荒野。如此反复,就像有节奏的奏鸣曲。在荒漠中建造出如此宏伟的建筑,也是人类文明发达的表现吧。这些科学家,所做的所有努力,好像都是为了靠近造物主,理解他的意图。可是,如果这一切终究是梦幻泡影,也不影响人类能够生活在这样的世界中。“内蒙古,阿拉善盟,巴丹吉林沙漠。”荀蒙念叨着,他低头,看着怀里正在沉睡的小黑,“马上要见到老头了,开心吗?”小黑好像听懂了这句话,少有地抬起头来,看着荀蒙,衰老的脖子仿佛承受不了脑袋的重量,不停地摆动。荀蒙爱抚它的头,小黑安心地闭上眼睛。

从钢筋结构的车站大厅往外走,刚出门口,一幅半荒漠半沙漠的景象便出现他面前。第一步该怎么走呢?荀蒙的头脑里不停地回忆着当年老白跟他说的话。这种担心貌似是多余的,在车站门口,很多的黑车司机正在揽客。

“到哪儿去?”一口浓烈得呛人的浓烟拦住了荀蒙。荀蒙抬起头,看着这个黑车司机。他满脸皴裂,皮肤粗糙,应该是常年受到强烈的紫外线照射所致。头发出奇的黑,嘴角叼着劣质的烟卷,嘴唇薄且线条硬朗。可能因为叼着烟说话的缘故,嘴角有白沫,和形象不同的是,这位黑车司机戴着时髦的鸭舌帽和有弧度的墨镜。这是一个普通的、生活在沙漠里的男人。荀蒙看着周围,他们说话好像都很大声,和白滓老头的风格完全不同。一瞬间他甚至开始怀疑巴丹吉林沙漠是不是他真正的家乡。

黑车司机显然是不耐烦了:“问你呢,你到底要去哪儿?”

荀蒙:“巴丹吉林沙漠。”

黑车司机:“去旅游的。上车吧!”

荀蒙:“不是,我是去找人。”

黑车司机:“找人?那沙漠了除了开店的,牧民可不好找。你得说明白点。是哪个庙。”

荀蒙:“什么庙?”

黑车司机:“这沙漠里就有两个地方有人住,都叫庙子。你不知道过来找什么人?哎,哥们,有钱吗?路途远,这可比去景点贵多了啊!”

荀蒙点头:“两个地方我都要去看看,钱,我有。”

黑车司机吐出嘴里的烟:“上车!”

荀蒙带着小黑坐上车。黑车一溜烟离开车站。

从偶尔能见到对面的车交错而过,到孤独的荒漠,车子还在快速地奔跑,司机嘴里的烟从来没有断过,浓密的烟味呛得荀蒙不停地咳嗽。司机见状,把车窗打开,一百多迈的速度,把带着沙粒的风灌进来,打在荀蒙脸上,密密麻麻的触感。司机用牙齿咬着烟蒂,以免被风吹走,也因此需要大力吸才能过瘾。于是在咬着烟蒂和奋力吸烟之间搏斗,最后他放弃了,一脚刹车的同时,将嘴里的烟头吐了出去。

荀蒙拿出定位器,准备看看自己已经到了什么地方。“没用的,这边没有任何信号。”黑车司机也许正在通过后视镜看着他,不过因为戴着墨镜的关系,看不到任何表情。

突然车子发出了噗的一声,车身歪了一下,黑车司机感觉不妙,靠路边停下。果然,车胎爆了一只。他感觉非常懊恼,打开后备厢,从里面取出备用轮胎和工具,准备换胎。荀蒙从车上下来,一块帮忙。

司机:“从哪儿来啊?”

或许是因为对荀蒙的行为比较感激,司机也显得不那么冷漠了。荀蒙打开了话匣子。荀蒙告诉司机自己的身份,以及来这儿找人的原因。对着一个陌生人聊天好像打开了他自己的情感阀门,不知道从什么时候开始他就进入了一个相对封闭的环境,在这种环境里待的时间长了,好像和这种真实的生活就有了隔离感。或许出来找老白、离开研究所,潜意识里就有着逃离的想法。

荀蒙:“我们走了有两百公里了吧?”

司机:“差不多。”他把换下的坏轮胎放到后备厢里,重重地关上车门,却不着急开车,点上一支烟自顾自地抽起来。

荀蒙:“今天能跑完两个地方吗?”

司机:“把你的密码给我。”

荀蒙有点不太理解。司机把墨镜摘了,露出一张狰狞的脸,脸上一颗眼球发白,眼皮上有刀疤。他冷冷地说:“把你的钱全交出来,我可以不弄死你!”

荀蒙想跑,却瞬间被司机一把抓住。司机看看荒无人烟的沙漠:“别想其他没用的,在这里我说了算。”

荀蒙:“我可以给你钱,但你要送我去目的地。”

司机往地上啐了一口痰,从荀蒙的怀里抢过小黑,用手卡住脖子吊着。一边推开荀蒙。小黑被捏住了喉咙,不停地挣扎,但是体力衰弱,怎么也抓不到司机的手。

荀蒙冲上去:“你干什么? 你放开小黑!”荀蒙咆哮着。

司机:“好像我说的话你有点听不懂。要重复一遍吗?”

在这无人区,世界的规则由肌肉和汽油说了算。荀蒙把自己的数字账户里所有的钱都给了司机，司机拎着小黑上了车，荀蒙追上去，司机发动汽车，从窗户里扔出小黑，扬长而去。

荀蒙抱起小黑，小心翼翼地放在怀里，拎着行李，在荒无一人的沙漠里走着。口渴、饥饿，不停地提醒着荀蒙人类在世界上的渺小。那种深深的无力感攫住了他。在黑夜降临之前，狂风肆虐，温度骤降。荀蒙的嘴唇冻得发紫，浑身哆嗦。绝望之时，看到远处有一个牧民正在赶着驼队前行。荀蒙踉踉跄跄地跑过去，在驼队的边上，看到了一汪碧水，他不顾一切地跑过去，趴在地上喝水。刚喝了一口，才发现这水有股苦涩的味道。

“这水不能喝！”一个男人的声音传来。

荀蒙想自己已经没有可以被抢的东西了，准备逃跑，可是身体不听使唤，眼前一黑便不省人事了。

等他再次醒来，已经躺在一张温暖的皮毛做的床上。他强撑着起来四处看，发现小黑正在喝着奶。救他的牧民上来安抚他。吃了点牛肉，喝了点汤，荀蒙又感觉活过来了。

“这些黑心的司机，坏得很！”牧民听到荀蒙的故事以后愤愤不平地说道。

“大哥，你知道白滓这个人吗？老头，年纪大概七十多岁。他的家应该就是这儿的。”

牧民沉默着想了一会儿，嘴里念念有词：“白滓……这个名字我有印象。不过是很多年前了。”

荀蒙的眼睛亮了起来，看来真的要找到了！

荀蒙：“是的，他曾经出来过很多年，七八年前他又回来了。你听说过吗？”

牧民摇头：“出去？他能上哪儿去呢？一个单身老汉，很久以前见过。爱喝酒得很，要是晚上醉在外面，咋死的都不知道。后来又回来了？这更没听说过。应该不能吧！”

荀蒙：“大哥，你能带我去他家看看吗？”

牧民：“好。”

第二天一早，荀蒙就被叫醒了，踏上了去找老白的路途。荀蒙后来得知，这位牧民大哥本来是要去另外一个方向，为了帮他，不惜花一天的时间往另外一个方向走。

在巴丹吉林沙漠，地方虽然大，但是本地人却极为稀少，人和人之间虽然不常见面，但是相互都知道对方的存在。荀蒙忽然对这样的关系有了一丝感动。这里无边无际的沙漠,现在看来竟然是伊甸园一般。

果不其然,白老头的房间部分已经倒塌风化,里面也已经多年没有人生活的痕迹。“我们估计他早就过世了,人死在沙漠里,一般是找不到的。”牧民向荀蒙解释道。

荀蒙不愿意相信白滓或许已经死亡这个事实。他宁可相信当年白滓并没有回到沙漠,或许他去了其他地方生活也未可知。在城市生活多年的他,会不会不愿意再生活在这里了呢?

牧民:“走吧,我带你回到城里。”

荀蒙:“谢谢大哥,我想在这里多待一两天。”

牧民点点头,从骆驼背上的行李里拿出一些水和干粮,放到荒废的屋子里,转身离开。

荀蒙把小黑放下来。小黑却不肯往前走,紧紧贴着荀蒙。荀蒙也没想清楚,自己来这儿究竟是为了什么。现在老白不知去向,他为什么要在这儿待着。好像在这里生活下去能破解关于他自己的谜团一般。不管怎样,他做好了决定,一直要在这儿生活下去,依靠自己的力量独立生活下去,等老白哪天回来要好好跟他聊聊。或者,在这里,他能心无旁骛地继续钻研他的量子力学,希望能重新找到灵感。

在夜晚降临之前,荀蒙给小黑做好了一个窝。里面垫着他自己的衣服,确保小黑在里面舒舒服服的。门口倒塌的木杆被竖了起来,并被挂上了一块裁碎的布条。他希望有一天有人能告诉老白,老白能赶回来见他。

在篝火的映衬下,荀蒙吃着牧民大哥给的口粮,喝着水,看着天上的繁星、清澈见底的银河,又进入了自己的量子世界。

第31章 再回地球

古博星上，趁着戈兰克斯恒星尚在星球的另外一面，整个古墨大邦处在一片夜空之下，索布隆、绿苔毛在墨丽尔的带领下往古墨大邦的武器仓库悄悄前行。现在看来墨法耶并没有打算让他们治好勒伏泰，所以借故不见他们。看到更多防卫的士兵，让墨丽尔更加坚信这一点。每个防守的士兵身边都围着几个发光球，发光球浮动着，随时接受士兵的指令，飞速旋转过去，照亮那些阴暗的角落。

绿苔毛使出自己的绝招，跑出去两步，遇到情况不对就蜷缩成一个石头状。“武器仓库的入口只有一个，硬冲进去不太可能。”墨丽尔对着索布隆说。索布隆担忧地问：“那怎么办？”“把你的灰羽原矿给我，我想办法进去用雾化炮将它轰成中微子微粒。”“不可以。直接用雾化炮，灰羽原矿就会附着到空气中，你是带不出来的。我们得把雾化炮偷出来。”偌大的一个雾化炮，怎么才能掩人耳目偷出来，墨丽尔实在想不到好的主意。

墨丽尔：“难道没有其他的方法了吗？”

索布隆：“有倒是有，把勒伏泰大叔送进去。还有六角花。”

墨丽尔：“这个方法靠谱多了。走！”

索布隆：“现在吗？”

还没等索布隆反应过来，墨丽尔已经往回走了，他只能快步跟上，一边走一边后悔提了一个愚蠢的意见。正在准备往前走的绿苔毛回头一看，发现其他两人消失不见，吓丢了魂，正准备往回移动，一个发光球飘了过来，绿苔毛见状赶紧把头缩回去，继续伪装成石头。

发光球在绿苔毛的上空旋转了两圈，发出了红色的光。绿苔毛还没反应过来，守门的士兵已经发现了发光球的异样，将绿苔毛围了起来。为首的士兵看着绿苔毛，知道他是外星难民，便要绿苔毛出示在古墨大邦的收留信息。绿苔毛假装听不懂，把头从身体下面露出来，发出叽叽咕咕的声音。士兵们问不出来，无奈之下只好把绿苔毛带走。绿苔毛欲哭无泪,他没想到墨丽尔他们居然留下他一个人就跑了。

墨丽尔回到自己的居住舱,抱着奄奄一息的勒伏泰准备往外走,索布隆拿着六角花的金属盒跟在后面,自动感应门刚打开,墨法耶就走进来。

墨丽尔已经猜到墨法耶知晓了一切。而且她也猜到了墨法耶来一定是有所图的,她正等他开口。

墨法耶看着墨丽尔把勒伏泰交给索布隆,缓缓说道:“你要救他,为了什么?”墨丽尔:“没有为什么,只是能救而已。”墨法耶:“一个生灵对另外一个特定的生灵很重要,可是这种重要性并不具备普遍性。”墨丽尔:“你是在说我对勒伏泰还是你对我们?”墨丽尔心想,面前这个她曾经认为有包容力,但有少许优柔寡断的领主形象在她的心目中变得模糊不清起来,他在暗示自己没有必要帮助勒伏泰吗?可是他明明已经放他们进来了。这里面的区别是什么?

墨法耶:“我说的是你,也包括我。”墨法耶将手放在墨丽尔的胳膊上,两人的意识通过这种古博星特有的方式在交换信息,这样,旁边来自皮威尔星的索布隆就没有办法知道他们在说什么。

墨法耶通过信息交换告诉她,让她不要怀疑自己对她的保护,问题在于这些来自其他家族的人,其中的利害关系太过于复杂。当收到墨法耶的信息时,墨丽尔还是弄不清楚他真实的用意,好像永远在绕着弯子。墨丽尔告诉他,勒伏泰和其他趋炎附势的古博星贵族成员不同,他是一个有正义感的人,不应该被暗物质吞噬。现在材料具备,只要墨法耶愿意帮这个忙,就可以暂时救他一命。墨法耶对墨丽尔的话并不赞同,他告诫她古博星没有她想象得那么简单,就像到现在为止,没有人知道大太司的目的。他知道这一切和无境之球有关,进一步说,这无境之球会不会和新的移民计划有关?如果大太司的目的是给古博星的人找到新的移居星球,那会不会他们现在在做的是一件没有意义并且阻碍了整个星球利益的错事呢?这些话让墨丽尔几乎产生了动摇,她实在没法否认有这样一种可能性。如果真是如此,那么他们就站到了整个古博星人的对立面。可是,如果大太司的做法是正义的,为什么会用这种方式呢?他完全可以召集所有有无境之球的家族,和盘托出、获得原始八家家族的信任,岂不是更好?现在的结果是为了抢杀无境之球,已经有这么多的死难者。这些手段可不是光明正大的,反而告诉自己大太司的目的没这么简单。墨法耶告诉墨丽尔,唯独有一个办法可以解决这样的问题——把无境之球交给他保管,他来做决定。墨丽尔突然反应过来,这才是墨法耶的真实目的,也是治疗勒伏泰的筹码。墨丽尔气愤地挣脱开墨法耶的胳膊。

墨法耶:“这不是我和你的交易。”

河滓伊德走了进来:“我知道,这是我和你的交易。”

墨法耶回头看着河滓伊德。

河滓伊德接着说道:“只要你愿意救勒伏泰,我愿意把无境之球给你。”

墨法耶得到了他最满意的结果,微微鞠躬而去。

墨丽尔余怒未消:“你真的要把无境之球交给他?万一他把无境之球出卖给大太司怎么办?”

河滓伊德:“不用万一,他拿到了无境之球,一定会用来和大太司交易。只是我不能肯定的是,什么时候以及达到什么样的目的。现在大太司已经拿到了七颗,在外面的只有这一颗了。靠消灭一些异见者和一个低等级文明的星球来达到自己的目的,即便是为了这个星球上的一部分人,我也不能容忍。还有塔拉贝和我们家族的付出。”

墨丽尔:“那你打算怎么办?”

河滓伊德:“欺骗他,等勒伏泰病情稳定了,我们带着无境之球走。对于他这样的,得用一些非常的方案。”

墨丽尔听了河滓伊德的话吃了一惊。她分不清到底是在那个遥远的星球上生活的十年改变了他,还是回到古博星上的这二十多天发生的事改变了他。不过,出于对于自己内心正义的维护,她也没有办法要求河滓伊德完全用君子的方式对待墨法耶。

因为河滓伊德的谎言,武器库的大门已经不是障碍了。在索布隆的安排下,灰羽原矿的一小部分被取了下来,连同六角花一起通过雾化炮分解成极致的中微子,再将隔离罩打开,让瞬间雾化的物质进入勒伏泰的身体。六角花的神奇之处体现了出来——哪怕已经被分解成极小的微粒,六角花超强的自我繁殖能力并没有丧失,包裹着灰羽原矿微粒的六角花,在勒伏泰的体内快速复制,包裹着被反物质化的部分。

“我很抱歉,这只能暂时控制,并不能治好勒夫大叔的病。”索布隆抱着歉意地和墨丽尔说道。

河滓伊德:“你不用抱歉,应该是我们感谢你救了勒伏泰的命。”

不一会儿,勒伏泰从昏迷的状态中清醒过来。防护门打开,大家赶紧过去将勒伏泰接出来,回到了墨丽尔的居住舱。

河滓伊德:“勒夫大叔,现在感觉怎么样?”

勒伏泰虽然还很虚弱,但是已经可以自由行动了。他举起了自己的手,看着它们恢复了正常,惊讶地问:“你们是怎么做到的?”

河滓伊德把整个过程简略地对勒伏泰说了一遍,这时大家才发现绿苔毛不见了。

勒伏泰听完以后,一副愁眉苦脸的模样,和之前嘻嘻哈哈状态完全不同。河滓伊德以为勒伏泰是关心绿苔毛的安危,赶紧劝解:“应该是被墨法耶扣留了。不过没有关系,我会想办法把他带出来。”勒伏泰:“我担心的还不是这个事。”

勒伏泰接下来说的话让所有人都大为震惊。

勒伏泰告诉大家,在昏迷的这段时间里,他的意识去了另外一个地方。那个地方极度黑暗,有明显的触觉,但就是完全看不到任何物体。这个黑暗的空间无穷大,因为他在里面行走了很长时间,都没有尽头。同时,这个黑暗的空间又是极小的,你虽然摸不到它的边,但是你发出的求救的声音好像在很近的地方被弹回来了。随着病情的加重,这种感觉越来越强烈,甚至开始见到了一些模模糊糊的影子。当他发现这一点时,在另外一个时空的他感觉到一种从来没有体会过的兴奋感。但是很快,这种幻觉就消失了,因为河滓伊德阻止了他陷入更深的无意识幻想世界。

墨丽尔:“勒伏大叔,你感觉到的是不是幻觉?”

勒伏泰:“我也希望是幻觉。只不过,这个感觉太可怕了,那种黑暗会让人陷入妄想之中,不停感觉活着的痛苦。”

河滓伊德:“勒伏大叔,好好休息。别多想。”

墨丽尔:“下一步怎么办?”

河滓伊德:“古博星不能再待下去了。我已经决定了,我要回到地球。”

所有人都吃惊地看着河滓伊德。

河滓伊德:“我想我跟大家说过大太司的秘密计划,既然他是为了在短时间内让地球人科技飞速发展,借着干预文明发展的过程灭绝地球人,我就一定要阻止这件事。因为,我不相信他是为了古博星的移民计划,肯定另有目的。”

河滓伊德想回到地球这件事其实已经在心里盘算了很久。这好像是一种躲避,仿佛只要回到了地球,自己还是一个身处低等级文明、背负家族荣耀的秘密使命的高贵的古博星人;这也是一种潜意识的决定。逃离古博星,远离自己曾经赖以生存的故乡,变成低人一等的星际流浪者,更好的选择是回到自己曾经待了十年的这个蓝色星球；还有一条复仇者之路，貌似简单又直接——想办法去星际联盟，将大太司不经星际联盟允许、私自使用折叠空间，摧毁低等级文明生物以霸占其他物种的栖身之所等这些联盟明令禁止的罪行揭发出来，让星际联盟出面惩罚大太司。但这是有风险的。尤其当他知道索布隆所在的母星被大太司摧毁，事实上星际联盟并没有采取应有的行动，不禁让他怀疑星际联盟是站在大太司这边的，至少，星际联盟有大太司的同盟——如果自己千辛万苦到了星际联盟，却掉入到大太司盟友的手中，他可能再也没有机会复仇了。在一个更高级别的文明中，自己逃出来的可能性就更微乎其微了。

听到河滓伊德的这番话，墨丽尔的内心变得失落起来。这么多年，她一直想着有一天能成为河滓家族的一员，哪怕众叛亲离。现在河滓伊德又要去那颗遥远的星球，而且这一次离开，可能永远也见不到了。但墨丽尔是个不愿意显露软弱的人，所以表情毫无变化："好，我们再想办法。"

河滓伊德："等不了太久了。通往地球的折叠通道再过两天就会关闭。在这之前，大太司派往地球的新飞船就会出发。就是奥亚特林乘坐的那艘飞船。"

墨丽尔不死心："奥亚特林胆子小，他不会冒着奥亚特家族覆灭的风险让你搭乘飞船的。再说，上面除了他，还有冥斯伯和尼尔普。尤其是冥斯伯，他可是冥斯家族的人！"

河滓伊德："光明正大地登船当然不可能，我们得想办法偷偷上去。"

墨丽尔："你自己一个人吗？万一你在那个星球上遇到危险怎么办？"

河滓伊德："它叫地球。你们也可以说它是 T167086 行星。没关系，遇到危险我自然会解决。"

勒伏泰："我不同意。你这小子想把我留下等死吗？要走我们得一起！"

河滓伊德："去到地球，时间会变得很慢。在我们星球十年，在地球上就是一千年。"

勒伏泰："你这小子还怕我嫌活得长吗？"

河滓伊德打定主意要自己一个人偷着回地球，要是这个时候有其他人参与，很有可能连飞船都上不去，更何况勒伏泰现在是这个状况。暂时不和他争执了，免得他的情况再度恶化。所以就骗勒伏泰，告诉他准备让大家一起走，这才让勒伏泰停止了抱怨。

但是顺利达到目标，需要过三关。第一关，他得想办法从古墨大邦的士兵眼皮底下逃出来，墨法耶已经派了很多人监视他们，以防勒伏泰治好病以后，河滓伊德不能遵守承诺。第二关,他要从古墨大邦境内逃出去,一旦得知他的下落,大太司一定会想尽一切办法抓住他。最后一关,他要进入大太司的地盘——控制大楼中心地下的飞船发射场,偷偷进入准备返回地球的太空旅行船,并且要赶在飞船进入折叠通道以前。墨丽尔知道河滓伊德的顾虑:“没问题,出古墨大邦的事交给我,大家准备下,等到夜晚来临的时候。索布隆,你跟我走!”说完,她急匆匆地带着索布隆走了出去。

一艘来自古博星总部的信使飞船进入了古墨大邦的上空。在它到来之前,古墨大邦总部的红色警报就已经响起,高频能量在空中传播。“墨法耶阁下,发现了美博斯的小东西。”墨法耶的手下一向用这种轻蔑的语气来称呼大太司派出来的飞船。墨法耶:“我正在等它。放它进来!”

在古墨大邦的上空,排列成阵的武器让开了一条通道,在控制中心的大楼里,一条狭长的通道被打开,信使飞船快速驶入,降落在指定的位置上。

舱门打开,墨法耶慢慢地向前走去。两个美博斯家族的年轻人走了过来,向墨法耶行礼。

墨法耶挥手,周围升起四道幕墙,将三人围在中间。其中一个信使跪下,他的脖子后面,露出一个红色的按钮。另外一个人将手悬浮在上面,红色按钮按下,出现了一束光。光发散成一个全息投影。投影中,大太司出现在墨法耶的面前。

墨法耶笑了笑:“大太司阁下,何必这么麻烦让人亲自来送秘密信息呢?”

大太司并没有理会墨法耶的玩笑,直截了当说明送信的目的:“墨法耶,告诉我,你到底有没有收留那几个从青焰大城逃出来的人?”

墨法耶:“就看你愿意相信哪个结果,或者说,你愿意付出什么样的价码?”

大太司:“你知道我想要什么?”

墨法耶:“我没有兴趣要你想要的东西。不过,大太司阁下,你也知道,我们古墨大邦一直和外界没什么干戈。但是大太司阁下,被那些人称为尼让姆斯,一直让我的城民们感觉到被冒犯。”

大太司知道墨法耶要的是什么。在古博星,那些星际难民和没有身份的流民,甚至是被通缉的罪犯,都视古墨大邦为最后的避难地。因此古墨大邦久而久之变成了一个法外之地。愚蠢的古博星人,永远那么看重自己的出身和那些无关紧要的身份。大太司觉得有些可笑。

大太司:“如果我允诺你成为灵斯一员呢?”

大太司的话果然击中了墨法耶的内心。墨法耶听到这句话内心一惊,他没想到大太司是这么痛快，竟然为了河滓伊德手上的东西付出这么大的代价。

墨法耶："我希望不仅仅是我，我的属下们都能成为灵斯的一员。"

墨法耶心想，既然如此，那就可以提高价码，看看无境之球在大太司心目中到底是什么样的重量。

大太司果然沉默了。他在算计墨法耶心里的想法。如果他一下子答应了，墨法耶肯定会有其他的要求。要是让他知道无境之球的重要性，恐怕最后许诺他更好的条件他都不会把河滓伊德交出来。为了得到最后的这颗球，别说灵斯，让他们变成蒙泰罗司阶层对大太司来说都无所谓，毕竟这只是一个称呼而已。

大太司："为什么？为了那些外星难民吗？如果仅仅是你，做蒙泰罗斯都可以。"

墨法耶："如果你答应我的要求，我就会向你效忠。"

大太司没有再说话，缓缓转身，通信器关闭。两个信使面无表情，四周的墙壁消失，重新降落回地面。他们向着墨法耶鞠躬示意，转身乘坐飞行器离开。

墨法耶心里忐忑起来，他觉得是自己的要求突破了大太司的底线。是不是自己太贪心了？也许，刚才应该见好就收。想到这儿，墨法耶又感觉到有点不可思议。如果无境之球对大太司没有这么大的作用，他为什么要费这么大的力气对付塔拉贝？这场战争的损失不仅仅是塔拉贝的，也是蒙泰罗斯家族的。而蒙泰罗斯家族，是大太司最忠心的追随者。这么大的代价他都可以承受，为什么会对古墨大邦这么斤斤计较呢？难道，他的目的是像消灭青焰大城一样消灭我们？这才是目的吗？

但是他必须要争取到这个身份。将来古博星走向毁灭之时，不是所有人都有资格离开，移居到新的星球去。有限的资源很有可能，不，绝对可能会按照身份进行分配。身为尼姆让斯的最不起眼的贱民，肯定会被牺牲掉。不过如果仅仅是墨法耶自己能够变成灵斯的一员，到了新的星球，他的帝国将只剩下他自己一个人，变成新的星球中的最底层。于公于私，这对于他来说，都不是一个好事情。现在的古博星，古墨大邦的存在是一个没人可以争辩的事实，可是到了新的星球上，他无法用已有的、从各个星球淘汰来的高科技垃圾重新给古墨大邦找一个栖身之所，因为星际联盟不会允许这样的事情发生。现在的情况让墨法耶只剩下一条路，为所有古墨大邦的人争取一个更高的身份，这样才是为未来打算的正确做法。这个正确的做法落到眼前，就是如何处置河滓伊德他们。一定要留下所有的人和无境之球。如果只留下无境之球，放走了河滓伊德他们，那么古墨大邦侵占无境之球的事同样会让自己陷入被动。如果他们执意要逃走,那么只能将他们全部囚禁起来,或者……杀死,让大太司将来可能的指责变得毫无证据。

大太司面对自己的手下:“在古墨大邦外围盯着。”他打心底里瞧不起这些古博星人。他们的心思和计谋比起那些低等级文明来说,没什么更高明的地方,反而显得更愚蠢。看来,科技文明并不能让生物们更熟练地在丛林中生存下去。

配备高强度武器的隐形飞船出现在古墨大邦领地的周围,这让墨法耶更加相信自己悲观的判断,他让指挥中心盯紧大太司派来的飞船,并随时准备发动一场大战。黑色怪物武器原子刀再度升起,用以震慑准备来犯的联合舰队。

这些变故很快在古墨大邦引起了轰动。因为这一次和上一次的情况完全不一样了。青焰大城的结果大家都已经看到了,如果大太司执意要拿下古墨大邦,恐怕这些外星武器也防不住,准确地说,防不了多久。

在古墨大邦的控制中心,所有的控制员和信息员严阵以待,防止大太司的联合舰队突然进攻。突然,三维信息图上出现了一个闪动的警报。“是联合舰队的攻击吗?”信息员惊恐地问。

一个古墨大邦的士兵在全息图上出现:“是墨丽尔,她抢了一艘飞船,带着河滓伊德逃跑了!”

墨法耶的声音从全息图上空响起:“拦住他们。如果拦不住,就摧毁他们。千万不要让他们被联合舰队抓住!”

墨法耶对河滓伊德的食言感到异常的愤怒。他也愤怒于墨丽尔的叛变。如果被大太司抓住,自己的计划就落空了。

被追击的飞船飞速地往城外飞去,后面很快聚集了一大堆古墨大邦的攻击飞船。密集的炮火落在飞船的周围。可是都被逃跑的飞船躲过去了。在飞船里,正在驾驶的墨丽尔非常冷静,她的敏捷足可以对抗这些普通士兵的追击。

墨法耶来到了控制中心,他看着闪烁的点已经快到了古墨大邦的边界,心里有种不祥的预感。墨丽尔的能耐他是知道的,一般的人根本不是她的对手。怎么办?要不要用原子刀?如果把她的飞船赶到上空,再配合原子刀,大概率能把他们,不,是他们的尸体全部留在古墨大邦,拿到无境之球以后和大太司接着谈判。问题是,不仅墨丽尔会死,追击他们的士兵都会被一起切成碎片。墨丽尔变成碎片的景象在他的头脑中变得异常强烈。他开始痛恨起自己的软弱来,这个关键时刻,也许是古博星灭亡之前最后的机会了,怎么还会因为墨丽尔和自己的几个手下而犹豫呢?他甚至开始羡慕起大太司来,为了达到目的,他会不惜一切代价。

墨丽尔所驾驶的舱内，只有她一个人。

墨丽尔居住舱的门口，索布隆将河滓伊德、勒伏泰接出来，进入一个普通的飞船。河滓伊德："墨丽尔呢？"

索布隆停顿了一会儿："墨丽尔还要去救出绿苔毛，一会儿就来。"

河滓伊德乘坐的飞船趁着夜色飞向高空，跟随那些攻击墨丽尔飞船的大队向古墨大邦外飞去。在外围，墨丽尔与围追堵截的战斗飞船展开了鏖战。如雨的炮火包围着她的飞船。等待的联合舰队看到这种情形，也跟了上去。墨法耶看着联合舰队进攻，一时拿不准主意。如果原子刀启动，杀了自己的士兵还好说，如果将联合舰队的飞船击毁，很有可能会让大太司找到新的理由向自己开战。但是如果河滓伊德被大太司抓走，也是自己不想看到的。现在他陷入了两难之中。"所有的飞船出发，一定要把他们拦在边界内！"

在墨丽尔身后的飞船开始变换阵型，部分飞船跑到了墨丽尔的正面，把墨丽尔的飞船包围在中间，四面的炮火攻击，让墨丽尔只能上下躲避。

在飞船基地，几个古墨大邦的士兵清醒了过来，他们发现周围一片安静。他们惊慌失措地往基地跑去。

墨法耶愤怒地问："什么？丢了两艘飞船？"墨法耶的大脑在进行快速的分析。现在能看到的飞船信号，只有一艘。也就是说还有另外一艘飞船已经关闭了所有的信号。现在围攻的飞船可能根本不是河滓伊德乘坐的，他在另外一艘飞船上！！现在已经过了这么长时间，恐怕河滓伊德已经逃出了古墨大邦的领地。墨法耶知道自己已经中了墨丽尔的圈套。为今之计，如果大太司也没能抓住河滓伊德或者墨丽尔，他们就还有机会。这样大太司还会以为无境之球在自己手里。所以一定要把墨丽尔抓回来！！

在夜空的掩护下，一艘飞船在飞行。飞船里，索布隆正在手动驾驶，里面的灯全部熄灭。河滓伊德走向索布隆："墨丽尔呢？"

索布隆好像没有听见河滓伊德的话，自顾自地飞行。

河滓伊德："墨丽尔是不是还在古墨大邦？"

索布隆："没有墨丽尔拖住他们，我们出不来。您不用为墨丽尔担忧，墨法耶不会杀了她，她也不会落到大太司手里。"

河滓伊德回身看着远处星星点点的古墨大邦，希望墨丽尔能活下去。他知道自己已经不能回去了，为了能逃离古博星，回到地球，为了弄清楚大太司的终极目的，为自己的家族复仇，他现在非走不可。喜怒哀乐对古博星的二阶文明来说，都是被作为理性和逻辑的对立面而存在的。但他此刻感受到了一种难以名状的痛苦。以前在地球上生活,即便遇到难处,只要想到古博星,古博星上的河滓家族,那一片片蓝金铃草和白江,他很快就能恢复过来。可是,现在的他感觉到自己真的没有任何依靠了。蓝色金铃草裹在脚上的感觉还在,跳入白江的感觉还在,甚至戈兰克斯恒星的炙热的感觉还在,这些记忆却无法给他安慰了。

勒伏泰:“要回去把他们接出来,我看看墨法耶那小子能怎么着!”

河滓伊德摁住勒伏泰:“我们回去的话,就再也出不去了,会被关到古博星灭亡的那一天!”

勒伏泰:“可是墨丽尔怎么办?她会不会被一直关着?”

河滓伊德:“不会。”

勒伏泰:“我不信,你别想骗我这个老头子。”

河滓伊德:“我相信她的能力,每次都能找到生路。总之,我们必须要往前走了!”

河滓伊德的语气充满了愤怒,让勒伏泰不再坚持。如果可以选择,河滓伊德宁愿代替墨丽尔去引开古墨大邦的战斗飞船,甚至去死。墨丽尔为他所做的一切,他都铭记于心。但是他身上流着河滓家族蓝色的血液,为此他要经历更为变幻莫测的、艰难的旅程。哪怕这次旅程的未来通向哪里,他根本无法判断。

墨丽尔估计河滓伊德的飞船已经安全离开,松了一口气。她调转方向,冲着后面攻击的飞船撞去。突然,一股巨大的气浪冲进来,将她身边的控制器冲击成碎末。墨丽尔被强烈的气流击中,昏死过去,飞船坠落。

在古墨大邦空域边缘发生的这场冲突一直被大太司关注着。他猜测这和河滓伊德有关系,但是被攻击的飞船一直没有能够逃出来,使得他无法名正言顺地参与其中,把被击落的飞船抢过来。看来河滓伊德,或者说,那颗无境之球还在墨法耶的手上。谈判是不可避免的,只需要给墨法耶一点时间,价码还会降低。这是那个星球的规律,放到古博星,大致也差不多吧。不过,如同前面说的,大太司并不介意给墨法耶一点甜头,对于这些细枝末节,大太司并不在意。他现在放在首位的,是趁着折叠通道的开启,将新的蒙泰罗斯的继承人们送过去。按照计划,过不了几年,也就是地球的几百年,他们就应该发生新一次的世界大战,而且,这次大战将会造成地球人类的灭亡。古博星人能不能移居到那儿去并不重要,重要的是时间和空间将会发生一次巨变。

河滓伊德心里明白墨丽尔即将面临着什么,她最好的结果就是死在古墨大邦的领地之下。驾驶舱里的气氛变得特别沉重而压抑。索布隆的眼泪流了下来，但是他并没有停住飞船，快速往古博星的中心飞去。

很快，戈兰克斯恒星从另外一边升起来。新的一天开始了。飞船在中心城邦边上落下，舱门打开。河滓伊德站起来，和勒伏泰一起走下去。

索布隆走到舱门口目送他们。

河滓伊德："你不跟我们走吗？"

索布隆摇摇头："墨丽尔还在那儿，我得回去。"

河滓伊德："墨法耶不会放过你。"

索布隆："他不会杀了我，我还有一些你们古博星没有的技术。"索布隆顿了顿，转身回来，"我也赞成你去那个星球。星际联盟不会为你们家族讨回公道，除非，将来引起了更大的战争。"索布隆的话很突然，显然是他一直藏在心里的。他或许担心河滓伊德会有另外的打算。河滓伊德很感激索布隆的建议，并向他道别。身后，索布隆的飞船迎着戈兰克斯恒星的方向飞去。

勒伏泰的身体还显得有些虚弱。原本诈诈唬唬的老头现在也变得沉默且伤感。河滓伊德看着勒伏泰："勒伏大叔，要不然你也回去吧。去地球太危险了，我怕你身体受不了。"

勒伏泰好像一下子回过神来："你想留老头子一个人在这个鬼地方等死吗？那还不如去那个什么地球，好歹也能体会一下当美博斯的乐趣！"

河滓伊德："在地球，他们把美博斯叫作上帝。"

勒伏泰："管他什么上帝还是大太司呢！哎，我们怎么混进去啊？"

河滓伊德转身："走一步看一步吧。"

勒伏泰追上："会不会被发现啊？"

河滓伊德盖上了防光帽："别忘了，现在大太司找不到我们的辐射常数……"

控制中心像刀尖一样高耸入云，几乎看不到大楼的顶端。在大楼下面，完全是另外一个世界，尤提斯们和尼让姆斯们被四处驱逐，在荒凉的矿石组成的大地上跳着奔跑。因为他们的光脚实在抵抗不住戈兰克斯恒星的灼热，每次脚底接触到地面，都会发出一阵轻微的烟，这种蹦蹦跳跳的样子滑稽又可怜。大楼的后面，是流经的白江支流，在恒星强烈的光线照耀下，反射出强烈的银色光芒。

河滓伊德："我记得以前古博星不是这样的。"

勒伏泰："我知道你想说什么。现任的大太司，听说是由去世的大太司亲自指定的人选。而现在这个邪恶的家伙，不知道是从哪儿冒出来的。"

河滓伊德:“而他,我记得也不属于任何一个家族。”

勒伏泰:“你到底想说什么?难不成他是星际难民?哈哈哈……”勒伏泰戏谑地说。

河滓伊德:“上次我回来的时候,看到他,感觉很奇怪。具体因为什么我也说不清楚。”

勒伏泰:“与其说这个,不如想想怎么想办法躲到星际飞船上去。”

河滓伊德和勒伏泰离古博星的权力中心越来越近。河滓伊德向建筑物的边缘走去。现在控制中心的大楼外严阵以待,他们知道这是要准备深夜的夺地行动的第二波智力催熟计划。要想进入大楼内部,得先抢到一艘飞船混进去。河滓伊德对里面的结构比较熟悉,只要避开人群,找到催熟计划的太空船应该不是难事。关键是能不能摆脱大太司的眼线,顺利地到达太空,进入折叠通道。

回到地球的计划,到了第三步。

控制中心的深处,一艘巨大的飞船在等待着合适的时机起飞。在上面的休息舱中,并列的几个古博星蒙泰罗斯家族的继承人正在休息,等待着最后的命令,其中就有河滓伊德曾经的好友、墨丽尔的弟弟奥亚特林,以及新兴的蒙泰罗斯家族冥斯家族的冥斯伯,以及传统的蒙泰罗斯尼尔家族的尼尔普。

中空的内置发射塔上,沿着底层的巨大飞船上升,在上方的控制室中,大太司盯着看,好像在等待着什么。

一个手下进来:“大太司阁下,目前没有发现什么异常。要不要准备起飞?”

大太司:“再等等,如果不出意外,河滓伊德一定会出现在这里。只要谁靠近,就立刻拿下。”

手下疑惑:“会不会耽误通道飞行的时间?”

大太司不耐烦地挥手,示意手下出去。河滓伊德会出现,是住在他身体里的另外一个自己告诉他的。这个意识里的另外一个人似乎能预料到很多未来的事件,而这些事件确实一件件地发生了。看来自己也要弄清楚另外一个自己到底是谁,从哪儿来的。不过,现在这个意识告诉他,要阻止河滓伊德登上回地球的飞船,在未来的某个时刻,河滓伊德会彻底阻止他在地球的计划。所以,他在等待这个时刻,相比于无境之球,这件事更重要。

夜幕终于降临。河滓伊德和勒伏泰从中心大楼边缘绕过去,直接到了白江边。在防范如此严密的情况下,直接从前面进入大楼肯定是不可能的。即便他和勒伏泰已经换了辐射常数,但是他们俩现在根本没有办法通过门口的立体扫描仪器,因为他们已经变成了古博星上没有身份的贱民，也就是不起眼的尼让姆斯。河滓伊德已经计划好了，从白江的远处进入河中，找到大楼防卫的薄弱处，抢到一艘巡逻飞船，从大楼的飞船入口进入。只有这个办法，才能混进去。白天的热气快速消散，温度瞬间降低。河滓伊德担心勒伏泰的身体，勒伏泰却显示出无所谓的态度，率先跳入了白江中。河滓伊德跟着钻入白江，就像一条灵活的鱼。被温暖的白江水包围的一瞬间，成年礼时发生的情形在他的头脑里闪现。那种年少轻狂、无拘无束、有族人有父母的时光如同昨日。等他反应过来，勒伏泰已经被水流卷着无力前进。河滓伊德赶紧上去，拉着勒伏泰往前游去。

河滓伊德和勒伏泰从江面上伸出头来，看到了大楼背后的几艘守卫飞船在巡逻。勒伏泰从身上掏出一个发光球，让其悬浮在水面之下游动。巡逻的守卫看到江面上游动的光亮，从上面降落，下来查看，被背后已经上岸的河滓伊德袭击。

河滓伊德一边从昏迷的守卫身上拿下操控飞船的金属胸章，一边问勒伏泰："你的发光球是哪儿来的?"

勒伏泰："从古墨大邦拿的啊!"

说着，发光球好像有生命似的，在勒伏泰身边飞了一圈，又回到了他的手里，亮光熄灭，他揣到了怀里："这些小东西，简单归简单，有时候很有用。"

河滓伊德和勒伏泰上了巡逻飞船，在大楼外转了一个圈，升起来，找到入口，飞了进去。

飞船进入大楼通道后，一个巨大的暗色金属空间出现在勒伏泰面前。他之前从来没有来过这栋大楼，现在看到如此巨大的内部空间，还是大为惊讶。

巡逻的飞船飞进飞出。也有一些飞船刚刚入港，它们停在上下排列的舱中。河滓伊德驾驶的飞船差点和另外一艘撞上，于是他拉动虚拟操纵杆，飞船便直立向上飞去。勒伏泰看着头顶上方全部都是巡逻飞船，有几百层，密密麻麻，不计其数。

在中间位置悬停后，河滓伊德打开了底舱防护，露出下面的透明窗。从透明窗可以看到下面飞梭的巡逻飞船。

河滓伊德："我们正中下面，就是那艘不久后要出发去地球的飞船。"

勒伏泰往下看，在控制大楼的正下方，有一个巨大的微微拱起的圆形金属盖子。

"等到他们出发的时候，这个盖子就会被打开，飞船从楼里冲向顶上，进入戈兰克斯星系的引力场。在引力场边缘，加速朝着原点云团前行，直到进入折叠通道。在通道里，会见到五光十色的奇异景象。"河滓伊德说道。

“那我们怎么进去?还有飞船里的三个家伙。”勒伏泰想,这可不是一件简单的事情。

大太司看着脚下巨大的飞船,还剩下几个大家族的工程师正在做检查,看来准备工作已经妥当,就等着出发的命令了。“还剩下一个古博星时,折叠通道就会关闭。怎么办,大太司阁下,还要等吗?”大太司的手下有点等不及了。大太司想,这次的预感也许错了。这座大楼防守严密,仅凭这个河滓伊德,怎么能够直接闯进来,即便能混进来,他也上不了飞船,即便他能进飞船,也飞不出古博星去。不过,河滓伊德知道催熟计划,需要提防的是他将计划透露给星际联盟,如果那样事情会变得更复杂。

“再等等,半个小时后出发。”大太司慢悠悠地说道。

勒伏泰:“那我们怎么才能打开那个盖子,上飞船?只要我们走出这个巡逻船,立刻就会被人发现。”

河滓伊德:“想上那个飞船,不可能!”

勒伏泰:“你说什么?!不可能,那我们来这儿干什么啊?”

河滓伊德:“上次我执行任务的时候,得知一件事。为了防止穿越折叠空间失败,飞船损毁,他们一定会再备一艘。而这艘,才是我们的目标。”

勒伏泰:“飞船损毁?还可以这样!”

河滓伊德:“折叠通道,实际上是第五维空间。我们河滓家族保留了通过第五维空间的能力,不过还属于初级。只要别遇到多维空间反向扭曲,应该没有什么危险。”

勒伏泰:“早知道把他们全部带过来了。”看来勒伏泰还是对墨丽尔的事放不下。

河滓伊德:“如果不出意外,现在就是通过折叠通道最理想的时刻,再过一个古博小时,通道就会变得不稳定、不适合穿越了。奥亚特林他们三个人一定会吸引所有人的注意。而备用飞船,往往没有人会注意到。”

勒伏泰:“如果备用飞船不见了,他们不会发觉吗?”

河滓伊德:“不用等到那个时候,只要我们发动,他们都会发觉。关键是我们得快。只要出了古博星,进入折叠通道,大太司就不敢大动干戈追我们,只好任由我们飞向地球。不管星际联盟有没有大太司的盟友,他必然不希望这件事弄得整个星系沸沸扬扬。”

勒伏泰:“为什么不试试让星际联盟对付他!”

河泽伊德:“我想索布隆说得有道理。为了掠夺资源,大太司摧毁了皮威尔星,可是星际联盟毫无动作。再说,我得知道他是谁,为了什么。”

勒伏泰纳闷地问:“既然现在是最佳的时刻,为什么不发射呢?”

对于大太司的计划,河泽伊德也弄不清楚。唯一可以肯定的是,他希望地球人相互残杀,他需要那颗遥远的星球。

备用飞船的位置,如果他没记错的话,在这座建筑物的地下深处。他曾经把这栋建筑物里的所有地方都走了一遍,凭他的记忆,找到备用飞船不是难事。而深处的仓库,靠普通的巡查员身份是很难进入的,只能随机应变了。关键是,要在一个小时之内启动这次星际航程,否则所有的计划都会落空。

他把巡逻飞船停在升降区附近,和勒伏泰两人从飞船上下来,看四下无人,悬空按下下降按钮。依靠磁场升降的包裹椅从上方飞速降下,两人坐上升降椅,迅速降到底部。在经过地下一层的瞬间,河泽伊德看到了正在准备起飞的圆形飞船。

升降椅到了更深一层的地下——古博星中心区域的最下层。这里停放着另外一艘备用的远航星际飞船。他和勒伏泰小心翼翼地走向仓库门口。几个看守的士兵走过来,警惕地看着他们。河泽伊德拿出从外面看守士兵那儿拿来的身份牌,做了一个亮相,没等对方做扫描确认,他便收了起来,正色说道:“我们奉命来检查备用星际飞船,确保一会儿的发射行动万无一失!”看守士兵半信半疑地看着两人走进了备用飞船仓库。

看守士兵用通信器呼叫:“请求确认,IV－89013号和89025号进入了备用星际飞行器仓库进行临检。请求确认!”

河泽伊德和勒伏泰知道瞒不了多久,他们以飞快的速度打开了隔绝探测和任何能量波的金属大门。因为河泽伊德曾经被培训过,所以还记得这一切。进入大门后,一个巨大的飞行器就出现在他们面前。金属大门在他们身后慢慢关上。勒伏泰好像看到了新大陆似的,眼睛中的感受器变得又大又圆。

外面的士兵得到了否定的答案,他们得知这两个人超过了他们的职权范围,便发出了警告。

上一层,通往地球的折叠通道开始变得不稳定起来。看来,准备出发的时间到了。大太司觉得河泽伊德不会再出现了。他觉得这种莫名其妙冒出来的念头有些荒诞。这可是自己统治的星球的中心,河泽伊德有这么大的胆量公然过来抢夺星际飞船?谁会有这么大的胆量?他不禁为自己这些幼稚的想法感觉到可笑。

接到出发的命令,奥亚特林、冥斯伯、尼尔普从休息舱走出,在一众守护士兵的注视下,缓慢而坚定地走向星际飞船。他们接受的命令和十年前河滓伊德的一样,梦想着为自己的家族争得一份荣耀。但是奥亚特林却有其他的想法。他个人很欣赏河滓伊德,自从接受到这神圣的使命,他也明白了为什么当年河滓伊德会突然消失。但是并不因为河滓伊德的付出,大太司就对河滓家族网开一面。据谣传,河滓家族不仅反对大太司的很多指令,甚至有取而代之的做法。奥亚特林并不相信这种传言。但是,他不能不去接受这个任务。如果不去,或许自己的家族也会面临同样的危机。在古博星上,所有的人开始在心里有一个念头形成——大太司变得越来越独裁了。如果违背大太司,家族可能会有灭顶之灾,前车之鉴就是那个青焰大城。咬着牙也得去完成任务,坐到了出发舱的座位上后,他闭上了眼睛。他尽力把河滓伊德从自己的头脑里赶出去。

在星际飞船之外,警报声让大太司猛然惊醒。难道那个声音又说对了?河滓伊德怎么能进入这座大楼、如同无人之境一般?当时,他从这座大楼里溜走,就让自己感觉到了一种挫败感。对,就是一种挫败感,成就感和控制感的对立面。仅仅在那一瞬间,他觉得自己的掌控力不足以完成那个一直牵引他的终极任务。“按时发射,不要迟疑!”在进入下一层备用仓库前,他吩咐手下。

地下仓库的金属门被打开,守卫的士兵冲了进来,勒伏泰正在摆弄飞船旁边的控制系统,河滓伊德靠近飞船,与围攻上来的士兵对战。勒伏泰拿出一把增强型的粒子枪跳到前面:“你来吧,这么多按钮太复杂了!”勒伏泰对着外面围攻上来的士兵一通乱射,河滓伊德侧身到后面,操控控制台。飞船很顺利地等待启动,里面发出了自检的程序声。

河滓伊德:“再撑一会儿,我们只要进了船,什么武器也不用怕了!”

“想从这里逃出去,没有这个可能!”大太司带着人走了过来。在他身后,有几个士兵拿着一个奇怪的武器。士兵按动攻击按钮,从枪口处发出一缕缕汽波。汽波沿着直线快速行进,好像没有任何伤害性。一通攻击后,这个士兵快速往两边散去。

勒伏泰:“这是什么武器?”话音未落,河滓伊德赶紧过来,将勒伏泰扑倒。刚才的汽波撞到飞船上以后反弹变成一个明确的黑色的弹道,向着士兵的枪口飞去。黑色的弹道蹭到了河滓伊德的皮肤,皮肤组织瞬间消失,蓝色的血液顺着胳膊流了下来。

河滓伊德:“和他们跑动的位置要完全相反,才能躲得过!”

备用飞船还在自检,舱门还没有打开。

攻击的士兵越来越近，这奇怪的武器攻击的线路越来越多变。

河滓伊德以超人的速度一边躲避黑色的反射弹道，一边用粒子枪还击，把一两个士兵撂倒。

上面的催熟计划的继任者们都已经准备妥当，飞船准备起飞。偌大的控制中心大楼里，响起了不同长度的提示音，暗示着起飞的时刻即将来临。

勒伏泰："这个倒霉的船，怎么还没有检测完？"

河滓伊德："一般情况它需要十分钟！"

勒伏泰躲开一个黑色弹道："等我们挂了估计差不多能完成吧？"

河滓伊德看着黑色弹道碰到特殊材料做成的飞船外壳后，瞬间又变成汽波反弹离开。可以确定，这不是古博星的武器，黑色的弹道并不是黑色的，只是所有的光和物体都被吸走了而已，直到回到枪口。难道是……一个想法在他大脑中形成。如果知道了这武器的来历，会不会能查到大太司来源的线索。现在他基本可以肯定，大太司不是古博星人。

终于，上面的倒计时提示音越来越急促，上面星际飞船发射在即。这时，下面备用星际飞船的自检也即将完成。这时，一个黑色弹道，打坏了控制系统。勒伏泰来不及回击，懊恼地说道："这下完了！"

河滓伊德的心里一沉，看来这次真的逃不掉了。他将勒伏泰拉向飞船侧面，躲避越来越密集的黑色弹道。这时，突然飞船的舱门咯噔一声打开了。河滓伊德跳入飞船，勒伏泰还在用粒子枪一通乱扫，河滓伊德一把把勒伏泰拉上飞船，黑色弹道打在舱门上，反弹到勒伏泰的腿上，让河滓伊德意外的是，勒伏泰并没有受伤。舱门关闭，河滓伊德锁定舱门。

上面的星际飞船发出巨大的轰鸣声。在等待最后的指令。

一个拿着黑色弹道武器的士兵退出来，被大太司抢过武器，对着士兵就是一枪，黑色弹道反弹，瞬间将士兵的身体掏出一个大洞，士兵当场死亡。

大太司："没用的东西！我还以为武器失效了！封住盖顶，不能让这艘船逃离！"

备用星际飞船发出巨大的轰鸣声，大太司赶紧撤出。整个入口被重新封锁。在上一层星际飞船的下方，另一层厚厚的金属甲板重新闭合，将河滓伊德重重封锁在地下。

河滓伊德发出升空的指令,飞船的控制器上出现了超强障碍物的警告。河滓伊德不理会,关闭自动控制系统,强制升空。

飞船撞到了上方的甲板,发动了巨大的颤动。这个力量如此强大,以至于整个大楼都在跟着震动。

大太司在过道上被震得晃了一下。周围的士兵赶紧护着他离开。

大太司:“别等了,让他们赶紧出发!”

手下:“明白,大太司!”

大太司并没有拒绝,坐上了一架小型飞船,快速逃离了大楼。

星际飞船的能量被完全释放,上面的甲板已经开始弯曲变形。

奥亚特林等三人已经明白下面发生了什么。其他两人都有点惴惴不安,唯独奥亚特林不为所动,冷静地操控着飞船。

一声巨大的提升声响彻云霄,奥亚特林启动飞船,瞬间飞船便消失在大楼楼顶的上空。

周围大太司的手下们还没反应过来,下面的封闭甲板被击碎,另外一道影子在他们面前闪过,也跟着消失在大楼楼顶的上空。等一切好像风平浪静之后,大楼就像经过了几千年的灰土之城一般,从根部破裂、倒塌,完全摧毁。

烟雾腾起。上空,有两个小亮点,向着古博星的外围轨道飞去,一会儿便消失不见了。

大太司坐在小飞船上,看着这一切,喃喃自语:“看来这一切还是避免不了啊!”

在飞船内,勒伏泰松了一口气。在他们面前,能远远地看到奥亚特林的飞船。河滓伊德松了一口气,坐在了地上。

回到古博星的这些天,就像一场噩梦,而现在河滓伊德终于可以结束这场噩梦了。

河滓伊德看着勒伏泰:“勒伏叔,你不要紧吧?”

勒伏泰:“没事啊。”

河滓伊德查看勒伏泰的腿,确实没有伤口。因为余毒未消的原因,勒伏泰的身体还有些透明。以他现在掌握的知识,河滓伊德没办法想清楚,为什么那个杀伤力强大的武器对生病的勒伏泰不管用。难道这个武器和反物质有关?看来这个谜题要等到将来才能破解了。大太司来自某个更高层次的文明,这点几乎可以肯定了。

可是，他们即将要到达的，是文明层次低得多的地球，那个充满蓝色的海水、绿色生物的小小星球。等他回到地球的时候，已经过人类时间十多年了吧？那些人类现在变成什么样子了呢？荀蒙呢，他还好吗？

在西北偏僻之地的沙漠中，一个人，一只猫，只在看着星星。透过凌乱的头发和浓密的胡须，他似乎看到整个星空出现了扭曲。他眨了眨眼，以为自己出现了幻觉。

（第一部完）